Legend of the Five Rings

Fluch der Ehre

DAVID ANNANDALE

Ins Deutsche übertragen von
Wibke Sawatzki

cross cult

Die deutsche Ausgabe von LEGEND OF THE FIVE RINGS: FLUCH DER EHRE
wird herausgegeben von Cross Cult, Teinacher Straße 72, 71634 Ludwigsburg.
Herausgeber: Andreas Mergenthaler, Übersetzung: Wibke Sawatzki; verantwortlicher Redakteur und Lektorat: Markus Rohde; Lektorat: Katrin Aust; Korrektorat: Peter Schild;
Satz: Rowan Rüster; Cover-Illustration: Jeff Chen, Karte: Francesca Baerald
Print-Ausgabe gedruckt von CPI Moravia Books s.r.o., CZ-69123 Pohořelice. Printed in the EU.

Titel der Originalausgabe:
LEGEND OF THE FIVE RINGS: CURSE OF HONOR
First published by Aconyte Books in 2020
Aconyte Books is an imprint of Asmodee Entertainment Ltd

Print ISBN 978-3-96658-408-1 (Mai 2021)
E-Book ISBN: 978-3-96658-409-8 (Mail 2021)

WWW.CROSS-CULT.DE

Für Margaux, immer und mit Freude

Kaiu
Land des Krabben-Clans
Kuni
Rokugan
Hida
BURG HIDA
Die Schattenlande
Erdbeben-Fischbucht
Yasuki

Kapitel Eins

Hinter den Gipfeln der Berge sah er den Winter bereits näher kommen und wusste, der heutige Tag würde sich in die lange Liste seiner Fehlschläge einreihen.

Hida no Kakeguchi Haru hatte seinen Blick noch einmal Richtung Norden gewandt, um den Fortschritt der Handelskarawane im Auge zu behalten. Der Pfad durch die Dämmerberge, den er gewählt hatte, war an dieser Stelle steil und der Wagenzug war nicht so dicht, wie er gehofft hatte, da die Pferde Schwierigkeiten hatten, die beladenen Karren aufwärtszuziehen. Zunächst war er lediglich etwas gereizt. Alles an dieser Reise hatte länger gedauert als geplant und mit jedem weiteren Tag rückte zu seiner Schande die Aussicht in weitere Ferne, die Burg der Morgenröte an dem Tag zu erreichen, für den er seine Rückkehr versprochen hatte.

Und dann sah er die Wolken. Schwer, bedrohlich silbern und grau schimmernd wälzten sie sich über die Berge. Haru hatte nie zuvor so deutlich gesehen, wie eine Jahreszeit in eine andere überging, wusste aber sofort, was hier geschah. Diese Wolken zogen eine Grenze zwischen Himmel und Erde. Wenn sie über seinen Kopf hinwegzogen, würden sie ihm das Licht und die Wärme der Sonne entziehen und weißer Ruin würde fallen. Der Nordwind pfiff bereits kälter und zerrte an den

Säumen seiner Uniform. Haru fühlte, wie ihm die Kälte in den Nacken biss. Bald würde seine Haut taub werden.

Langsam schoben sich die Wolkenmassen voran wie der Bug eines Schiffes, das die Kälte mit sich brachte. Gestalt gewordene Unvermeidlichkeit. Die Vorboten seines Versagens.

Vor mehr als einer Woche hatte die Karawane die Sommerlande verlassen. Und sie hatten immer noch fast einen Tagesmarsch vor sich bis zur Burg der Morgenröte. Zumindest bei gutem Wetter. Und es war bereits die Stunde des Pferdes.

»Leutnant Haru, werden wir Morgenröte noch vor dem Unwetter erreichen?« Auch Chen, der Anführer der Händler, hatte die Wolken bemerkt. Der grauhaarige Mann saß auf seinem Wagen, hielt die Zügel fest umklammert und sah Haru mit diesem Ausdruck an, den der Kaufmann wohl für reserviert hielt, aus dem aber Angst und Hilflosigkeit sprachen. Haru verabscheute den Mann und wie immer kostete es ihn Mühe, seine Verachtung nicht zu zeigen. Allein der Klang von Chens Stimme, rau, als müsse er sich ständig räuspern, und mit einem Unterton, der nur eine Nuance von Jammern entfernt schien, war nervtötend.

»Wir werden sicher in Morgenröte ankommen«, sagte Haru. Es gefiel ihm nicht, mit jemandem von so niedrigem Stand zu sprechen. Sich mit Chen zu unterhalten bedeutete einen Abstieg und in Harus Leben hatte es bereits mehr als genug Abstiege gegeben. Aber den Kaufmann zu beruhigen war leider ein notwendiges Übel. Chen war nervös und wenn man dem Anführer der Karawane nicht sofort seine Sorge nahm, würde sie sich ausbreiten. Haru wollte jetzt nur, dass jeder sich darauf konzentrierte, so schnell wie möglich voranzukommen. »Es gibt keinen Grund, am erfolgreichen Ausgang unserer Reise zu zweifeln«, fügte er noch hinzu.

Chens Augen weiteten sich. Vermutlich wurde ihm gerade klar, dass er ihn, ohne es zu wollen, beleidigt hatte. »Ihr habt sicher recht, Leutnant Haru«, sagte er. »Bitte verzeiht meine unüberlegte Frage. Ich wollte damit nicht andeuten, dass ich an Euch zweifle.«

Haru bedachte den Kaufmann mit einem langen Blick und wandte sich dann ab. Er hatte sein Ziel erreicht. Chen hatte jetzt mehr Angst vor ihm als vor dem nahenden Winter. Zumindest für eine Weile. Damit war die Gefahr einer Panik eingedämmt.

Solange alle nach vorn blickten und sich nicht zu der Wolkenfront umdrehten.

Ishiko schloss zu ihm auf. Sie war die dienstälteste Wächterin in der Eskorte, die Haru anführte. Ihre Rüstung war nicht so makellos wie seine, sondern zeigte die Spuren des Weges, den sie hinter sich hatten. Seine eigene Rüstung glänzte, weil er sie jeden Morgen nach dem Aufstehen pflegte. Haru hatte fast ebenso viele Schlachten geschlagen wie Ishiko und doch trug sie, genau wie die anderen Bushi der Truppe, Fujiki, Hino und Eikei, ihre Rüstung mit einer Selbstverständlichkeit, die Haru abging. Das verstärkte nur seine Unsicherheit. Niemals war Ishiko aufsässig gewesen oder hatte seine Anweisungen infrage gestellt. Doch oft glaubte er, eine Wertung in ihrem scheinbar so ungerührten Blick zu lesen. Ob eingebildet oder echt, vermochte er nicht zu sagen.

»Also habt Ihr es gesehen?« Ishiko deutete mit einem Kopfnicken in Richtung der Wolken.

»Das habe ich«, bestätigte Haru.

»Die Schneefront wird uns einholen.«

»Ich weiß. Dann marschieren wir eben durch den Schnee nach Morgenröte.« Er war der Meinung, in seine Stimme die angemessene Menge unerschütterlicher Ruhe gelegt zu haben, und seine Nervosität schwand. Dass er zu spät kam, würde weniger schwer wiegen als die Tatsache, dass er auch die letzte Karawane heimgebracht hatte, nicht vor dem

Wintereinbruch, sondern *währenddessen*. Er stellte sich vor, wie er ankam und welches Erfolgserlebnis das für ihn bedeuten würde. Das war gut. Er brauchte es, und nicht nur für sein Selbstwertgefühl. Es würde sein Ansehen bei seiner Mutter verbessern. Als Erbe von Daimyo Akemi musste er sich mehr anstrengen, um sich würdig zu erweisen. Vielleicht würde auch Barako ihn dann wohlwollender betrachten. Vielleicht.

Ehrlich gesagt war er nicht sicher, ob er das wirklich wollte.

»Wir nähern uns schwierigem Terrain«, sagte Ishiko. »Es während eines Schneesturms zu durchqueren wird mehr als schwierig werden.«

Haru überlegte, was vor ihnen lag, und musste ihr recht geben. Der Felskamm, zu dem sie unterwegs waren, war völlig ungeschützt den Elementen ausgesetzt. Die Hoffnung, in Ehre heimzukehren, zerrann ihm zwischen den Fingern. Er seufzte. »Diese Reise ist wirklich vom Pech verfolgt.« Durch den tagelangen heftigen Regen war die Karawane wieder und wieder in Erdrutsche und Steinschläge geraten. »Eine Springflut weniger und wir wären bereits in Morgenröte. Oder ein blockierter Pfad weniger.«

»Wir hatten allerdings mit einigen Hindernissen zu kämpfen«, bestätigte Ishiko.

Was soll das heißen? Stimmst du mir zu? Oder meinst du, ich hätte all diese Probleme voraussehen und mehr Zeit einplanen müssen? Hätte ich vielleicht eine andere Route nehmen sollen? Zu viele Möglichkeiten. Vielleicht trafen sie alle zu. Oder vielleicht meinte Ishiko nur genau das, was sie gesagt hatte, und den Rest flüsterten ihm seine Selbstzweifel ein. Er konnte sich ihnen kaum entziehen. Selbst in den besten Momenten waren sie schwer zu überhören.

Die Regenfälle waren nicht meine Schuld. Schneller hätten wir nicht sein können. Auch der Sturm ist nicht meine Schuld.

Dieses Risiko trägt nun einmal die letzte Karawane. Das hätte jeden treffen können. Auch Ochiba.

Aber es hatte nun einmal nicht den befehlshabenden Offizier der Burg der Morgenröte getroffen. Es hatte ihn getroffen. *Jetzt kommt es darauf an, wie ich darauf reagiere.*

»Wir könnten hier Schutz suchen«, schlug Ishiko vor. Sie befanden sich auf einem breiten Pass. Die Felswand zu ihrer Rechten war nur wenige Hundert Meter entfernt und wies einige Vorsprünge auf. Dort wären sie vor dem Schnee geschützt, und zu einem guten Teil auch vor dem Wind.

»Nicht groß genug für die gesamte Karawane«, bemerkte Haru. »Wir müssten uns zu sehr aufteilen. Und ich möchte hier nicht feststecken.«

»Ihr glaubt, es fällt so viel Schnee, dass er den Pass blockiert?«

»Vielleicht nicht diesen, aber es erwarten uns viel engere Pässe auf dem Weg. Und wir können nicht wissen, wie lange der Schneesturm anhält.«

»In dem Fall haben wir ausreichend Vorräte, genug für viele Tage.«

Die Aussicht, aufgrund des Sturms für längere Zeit festzusitzen, war nicht gerade verlockend. »An Lebensmitteln schon«, antwortete Haru. »Aber wie lange hätten wir Brennmaterial, um uns zu wärmen?« Ein Schneesturm in dieser Höhe konnte auf so viele Arten tödlich sein. Die Kälte war eine davon. »Das werde ich nicht riskieren. Wir ziehen weiter.«

Mehr als diese Karawane vertraut meine Mutter mir nicht an. Sie hat mich zu einem Leibwächter von Kaufleuten gemacht und ist es ihr zu verübeln? Verdiene ich etwas Besseres? Wenn ich nicht einmal diese Aufgabe zu Ende bringen kann?

Was würde Barako denken, wenn sie uns hier sehen könnte? Der Gedanke an den anderen Leutnant der Burg der

Morgenröte war viel zu schmerzhaft und Haru schob ihn beiseite. *Ich werde nicht versagen. Ich darf es nicht.*

»Wo wolltet Ihr das Nachtlager aufschlagen?«, fragte Ishiko.

Haru hatte ursprünglich vorgehabt, heute so lange wie möglich weiterzuziehen. Er hatte gehofft, Morgenröte zu erreichen, ohne eine weitere Nacht in den Bergen verbringen zu müssen. Dabei war ihm bewusst gewesen, dass das bedeuten könnte, auch nach Sonnenuntergang noch unterwegs zu sein. Allerdings hatte er gehofft, dass sie nicht lange im Dunkeln würden reisen müssen.

Hast du gehofft. Hast du ernsthaft gedacht, das würde klappen?

Ich habe überhaupt nicht nachgedacht. Nicht so, wie ich es hätte tun sollen. Das habe ich jetzt davon.

Wo schlagen wir das Nachtlager auf? Darauf wusste er keine gute Antwort. Er konnte nicht einmal einschätzen, wie lange sie noch weitergehen konnten, ehe der Schnee jegliches Fortkommen unmöglich machte. »Wir gehen weiter«, sagte er im vollen Bewusstsein, dass er sich wiederholte. Dabei sah er stur geradeaus, als hätte er ihr Ziel bereits im Blick. »Wir ziehen weiter, so lange wir können. Je weiter wir kommen, desto besser.« Sogar in seinen eigenen Ohren klangen die Worte hohl, egal wie entschlossen er sie aussprach. Sein Selbstvertrauen war nur Fassade.

Ishiko nickte nur stumm. Er hatte seine Anweisungen gegeben und das war's.

Beinahe hätte Haru sie gefragt, was sie selbst ihm raten würde. Doch sein Stolz hielt ihn zurück.

Schweigend ritten sie weiter.

Als die Stunde der Ziege begann, erreichte die Karawane den Gipfel des Passes und zog weiter den Bergkamm entlang. Dieser beschrieb einen lang gestreckten Bogen, erhob sich erst sacht und führte dann wieder hinab, bevor er einige Meilen später in einen weiteren Pass mündete. Dieser Bergkamm war so breit, dass ihn bei gutem Wetter bequem drei Reiter nebeneinander passieren konnten. Haru ordnete an, einzeln zu reiten. Der Wind wurde immer stärker und zu beiden Seiten des Gipfels ging es steil hinab.

Die Wolken hingen bereits über ihnen und verbargen den Himmel hinter einem dunkelgrauen Schirm. Haru funkelte sie an und befahl ihnen stumm, an sich zu halten und den Wintereinbruch noch um einen Tag zu verschieben.

Zur Antwort schienen die Wolken ihn zu verspotten. Eine halbe Stunde nachdem das letzte Lastenpferd die relative Sicherheit des Passes verlassen hatte, fielen die ersten Schneeflocken.

Zunächst waren es nur wenige, scheinbar harmlos, winzig und federleicht, wie sie im Fallen auf dem Wind tanzten, als wollten sie nie zu Boden fallen. Einige landeten auf Harus Arm, verharrten dort ein wenig und schmolzen dann. Sie stellten keine Bedrohung dar, ja, man bemerkte sie kaum.

Nach und nach wurde das Wetter schlechter. Die Flocken wurden mehr und hartnäckiger und der Wind zog an. Die Windstöße wurden zu Böen. Haru musste sich anstrengen, um sich fest im Sattel zu halten, während es um ihn herum immer heftiger wehte. Der Schnee tanzte nicht länger im Wind, sondern legte sich auf Harus Rüstung. Auch wenn der Wind aus dem Norden kam und die Karawane deshalb gnädigerweise von hinten traf, gab es immer wieder einen Windstoß, der ihm den Schnee eiskalt und stechend ins Gesicht schleuderte. Die Flocken, die sich in seinen Wimpern verfingen, wischte er leise fluchend weg, um wieder klar sehen zu können.

»Es schneit«, sagte Chen.

»Kaufmann«, schnauzte Haru ihn an, »wenn Ihr nichts Besseres zu sagen wisst, als auf das Offensichtliche hinzuweisen, dann seid ruhig!«

Bei dieser Ermahnung zuckte Chen zusammen, duckte sich noch tiefer unter seinen Umhang und wirkte, als hoffe er, hinter Ishiko verschwinden zu können.

Der graue Felsen unter seinen Füßen färbte sich allmählich weiß. Als sie etwa die Mitte des Kamms erreicht hatten, war der Schnee tief genug, dass Pferde und Wagen Spuren hinterließen.

Haru warf einen Blick zu Ishiko. Sie konzentrierte sich auf die Straße und sah dann und wann nach hinten, um die Karawane im Blick zu behalten.

»Wir werden es schon schaffen«, versicherte er, obwohl sie nichts gesagt hatte.

»Wir schaffen es«, stimmte sie zu.

Im Moment, dachte Haru. *Das meinst du doch, oder?*

Der Wind wurde schneidender. Unaufhörlich wurden sie von den Böen gebeutelt. Haru drehte sich um und sah gerade noch, wie einer der Kaufleute, der ein Lastenpferd anführte, ausrutschte und hinfiel. Eikei, der ihm am nächsten war, ritt zu ihm hin und blieb bei ihm, bis der Mann wieder sicher auf den Füßen stand.

»Die schlechte Sicht wird schon bald zum Problem werden«, stellte Ishiko fest.

»Ich weiß.« Der Pass hinter ihnen war nur noch ein verschwommener Fleck, genauso wie die Gipfel, auf die sie zuritten. Rechts und links verschwand der Abhang im Nichts. Es würde fast eine Stunde dauern, bis die Karawane den nächsten Pass erreichte, und das auch nur, wenn der Schneefall nicht noch stärker wurde.

Falls er stärker werden sollte, sodass sie nicht mehr sehen konnten, wo sie hintraten, säßen sie hier ohne jeden Schutz fest.

»Wir sollten schneller werden«, sagte Haru.

»Ich glaube nicht, dass wir das können. Wir sind bereits sehr weit gezogen, ohne uns auszuruhen. Die Heimin, die zu

Fuß unterwegs sind, könnten auch ohne Schnee kaum schneller laufen.«

Beinahe hätte Haru dennoch darauf bestanden, die Kaufleute zu mehr Eile anzutreiben. *Wenn wir nicht schneller werden, wird es ihnen noch schlechter ergehen.* Die Hoffnung, Morgenröte noch zu erreichen, wurde mit jedem Herzschlag geringer. Dieser Tag konnte nicht gut enden. Auf dem Felskamm festzusitzen war allerdings von allen schlechten Enden das denkbar schlechteste.

Und wessen Schuld ist das? Du hättest anhalten können, als Ishiko vorgeschlagen hat, einen Lagerplatz zu suchen.

Dafür ist es jetzt zu spät. Wir müssen weiter und wir müssen diese exponierte Stelle hinter uns lassen. Wir haben keine Wahl. Wenn wir es nicht schaffen, sind wir tot.

»Dann nicht schneller«, gab Haru schließlich nach, »aber auch nicht langsamer. Wir machen keine Pausen. Nicht, solange wir auf diesem Felskamm sind.«

Trotz dieser Worte trieb er sein Pferd an. Wenn er die Händler nur dazu bringen könnte, noch ein klein wenig schneller zu werden ... Nicht so viel, dass es gefährlich wurde, nur genug, um möglichst bald den nächsten Pass zu erreichen. Chen würde sich Mühe geben, mit ihm Schritt zu halten, wenn er sah, wie Haru vorausritt, und die anderen Kaufleute würden folgen.

Und dann? Wenn wir den Pass erreichen, was dann?

Er wusste es nicht, also verdrängte er die Frage aus seinen Gedanken. Der Schnee zwang ihn, sich auf das Hier und Jetzt zu konzentrieren. Es kostete ihn all seine Aufmerksamkeit, damit er und alle, für die er verantwortlich war, auf dem Pfad blieben.

Das Licht ließ bereits nach. Das Unwetter zeigte sein wahres Gesicht und schlug seine Krallen in die Berge. Die Wolken hingen so tief, dass sie die Gipfel verhängten. Der Wind heulte und kreischte und der Schnee fiel so dicht, dass kaum eine Lücke auszumachen war. Der Pass schien sich weiter und weiter zu entfernen. Die Welt um Haru herum wurde kleiner und kleiner. Alles war grau, durchzogen von diesem unbarmherzigen Weiß. Dahinter lauerten vage Schatten, die kaum noch wirklich schienen. Noch konnte er sehen, wo er hintrat, auch wenn er die Augen gegen den Schnee zu Schlitzen verengen musste. Das Ende der Karawane jedoch konnte er nicht mehr ausmachen.

»Wir werden bald anhalten müssen«, sagte Ishiko, »sonst treten wir noch ins Leere.«

»Wenn wir hier Halt machen, sind wir tot«, widersprach Haru. *Schneller. Noch ein wenig schneller. Wir müssten fast da sein.*

Haru versuchte, den Pass zu erkennen, doch er lag hinter dem Vorhang aus Schnee verborgen. Und dann schrie jemand auf.

Er fuhr herum. Knapp fünfzig Meter hinter ihnen war ein Lastenpferd ausgerutscht und gefallen. Panisch wiehernd ruderte es mit den Beinen und rutschte bereits den Abhang hinunter. Der Händler, der es führte, hatte sich in der Führungsleine verfangen und war ebenfalls gefallen. Das Tier zog ihn mit sich auf den Abgrund zu.

Schon waren Eikei und Hino bei ihm, sprangen von ihren Pferden und eilten ihm zu Hilfe. Hino packte den Händler und zog, stemmte ihre Stiefel in den immer tiefer werdenden Schnee. Eikei griff nach der Leine, um das Bein des Mannes zu befreien.

Der Kamm war zu schmal, um an den Wagen vorbeizureiten, also sprangen Haru und Ishiko von ihren Tieren ab und liefen, so schnell sie konnten. Der Schnee war bereits so tief, dass sie nur langsam vorankamen. Haru achtete genau auf seine Schritte, während ihm schrecklich bewusst war, wie lange sie brauchen würden, um die Unfallstelle zu erreichen.

Das Pferd trat panisch aus. Ein Huf traf Eikei auf den Brustharnisch und brachte ihn zu Fall. Er und das Pferd rutschten weiter auf den Abhang zu und zogen den Händler mit sich. Hino konnte sie nicht mehr halten. Auch sie geriet ins Rutschen.

Kapitel Zwei

Haru verzog das Gesicht und sprintete vorwärts. Der Händler, Eikei und Hino würden jeden Moment den Abhang hinunterfallen. Haru erkannte, dass sein Versagen immer weitreichender wurde. Er hatte die Karawane nicht rechtzeitig nach Morgenröte gebracht. Er konnte die Burg nicht vor Wintereinbruch erreichen. Seine Schützlinge waren hilflos dem Unwetter ausgeliefert. Und nun auch noch weitere Bushi zu verlieren …

Nicht so. Nicht so. Nicht so.

Er eilte den Abhang hinunter, ohne auf die Gefahr für sein eigenes Leben zu achten. Eikei war bewusstlos. Das Pferd wieherte panisch. Hino schrie vor Schmerz auf, so viel Anstrengung kostete es sie, den Absturz aufzuhalten, aber sie hielt durch.

Haru zog sein Katana und sprang die letzten Meter. Mit einer Hand ergriff er Eikeis linken Arm am Leder seiner Ashigaru-Rüstung. Mit der anderen hieb er die Zügel durch.

Schreiend verschwand das Pferd hinter der Felskante. Eikeis Schwung zog sie beide vorwärts und Haru stemmte sich gegen den Abhang. Schnee sammelte sich zu seinen Füßen. In dem verzweifelten Versuch, sich abzusichern, stieß er seine Klinge in den Untergrund. Endlich kam er zum Stillstand.

Eikeis Beine baumelten bereits über dem Abgrund. Das Gewicht kugelte Haru fast den Arm aus. Er konnte sich nicht rühren. Wenn er es versuchte, würde er entweder den Halt um Eikeis Arm verlieren oder mit ihm in die Tiefe stürzen. Seine Finger verkrampften sich bereits.

Dann hasteten Ishiko und Hino zu ihm und ergriffen Eikei. Zusammen zogen sie ihn wieder hoch, trugen ihn an die Spitze der Karawane und legten ihn in Chens Wagen.

Der Wind blies sogar noch stärker. Von den Bergen und dem Pass war keine Spur mehr zu sehen. Von hier aus sah Haru auch nicht mehr das Ende der Karawane.

»Was soll nur aus uns werden?«, fragte Chen »Was machen wir nur? Was machen wir nur?« Vor Angst vergaß er offenbar jeden Respekt.

Gemurmel und Schluchzer erklangen im Wagen dahinter. Mehr konnte Haru durch den starken Wind nicht hören. Das musste er auch nicht. Die Stimmung in der Karawane war eindeutig.

Hino wandte sich ihm zu und wartete auf Anweisungen, bevor sie sich wieder an ihren Platz begab.

»Hört auf zu jammern!«, fuhr er Chen an. »Habt Ihr denn gar keine Ehre?«

»Es ist so kalt. Wir sehen nichts mehr.«

»Das ist Schnee. Es ist nur ein Schneesturm, nicht die Dunkelheit der Schattenlande.«

»Aber was sollen wir nur tun?«

»Was wir auch vorher getan haben: Wir ziehen weiter. Würdet Ihr lieber hierbleiben? Dann bleibt und sterbt, wenn Ihr mögt. So wäre ich Euch wenigstens los.«

Chen schüttelte den Kopf. »Bitte vergebt mir, Leutnant Haru.« Endlich erinnerte der Kaufmann sich an seinen Stand.

Haru ignorierte ihn und sagte an Hino gewandt: »Sagt Fujiki, dass wir weiterziehen.« Der letzte seiner Bushi bildete das Schlusslicht der Karawane. »Wir dürften höchstens eine Meile vom Pass entfernt sein.«

Die Karawane zog weiter. Obwohl der Pass hinter dem dichten Vorhang aus Schnee verborgen lag, konnte Haru auf dem Bergpfad noch einige Meter weit sehen. Der Weg vor ihm war frei, auch wenn es ein Weg ins Ungewisse war. Der Wind hämmerte ihm in den Rücken und trieb den Schnee gegen seine Rüstung. Dieser fiel jetzt beinahe horizontal und Windstöße ließen ihn im Kreis tanzen. Es dämmerte.

Die Karawane kroch nur noch dahin, weil die Pferde Schwierigkeiten hatten, die Karren durch den tiefen Schnee zu ziehen. Haru hatte jegliches Zeitgefühl verloren. Ein Augenblick war wie der andere, es gab nur noch sein Pferd, das durch das endlose Weiß stapfte, nichts war zu sehen als das gleiche schmale Stückchen vom Pfad. Das Weiß wurde dichter und dichter. Wind und Schnee waren eins und begruben Licht und Hoffnung unter sich. Der gleichmäßige Rhythmus ihrer Schritte war hypnotisch. Das Weiß, ein Weiß, das Dunkelheit mit sich brachte, schloss sie ein, wie eine Faust, wie ein Fluch, wie ein Hohn.

Ich bin der Winter, schien der Wind ihm entgegenzuheulen. *Du und deine Träume, deinen Ruf wiederherzustellen, bedeuten gar nichts. Dir werde ich es zeigen. Ich bringe das Nichts, und in dieses Nichts werde ich dich werfen.*

Die Kälte nagte an ihm wie ein Hund an einem Knochen. Sie drang durch die Nähte seiner Rüstung bis unter seine Haut. Sie ließ sein Blut gefrieren, nistete sich tief in ihm ein und würde niemals mehr weichen. Er kauerte sich zusammen und zog sich in sich zurück auf der Suche nach Wärme, die es nicht mehr gab.

»Wir müssen anhalten«, sagte Ishiko.

Haru blinzelte, als er aus seiner Trance gerissen wurde, und brachte sein Pferd zum Stehen. Das Knarren der Räder hinter ihm verstummte.

»Es ist zu gefährlich«, fügte Ishiko hinzu.

Haru war so in Gedanken versunken gewesen, dass er immer nur die nächsten paar Schritte Schnee vor seinen Füßen gesehen hatte. Dadurch hatte er gar nicht bemerkt, was jetzt sein ganzes Blickfeld ausfüllte. Er unterdrückte ein Schaudern. Ishiko hatte recht, es war gefährlich. Inzwischen war es allzu leicht, vom Weg abzukommen und den Abhang hinunterzustürzen. Warum war er weitergeritten? Was hatte er sich dabei gedacht?

Er saß ab und ließ den Blick über die weiße Fläche schweifen, suchte nach irgendwelchen Hinweisen auf die Landschaft, dem geringsten Umriss eines Berges. Er sah gar nichts. Die Welt hatte ihn verlassen. Um ihn herum war nur Leere. Der tiefe Abgrund wartete hungrig auf Haru und seine Schutzbefohlenen. Der Boden, auf dem sie standen, war plötzlich zu einer kleinen Insel geworden und ein falscher Schritt wäre fatal. Plötzlich kämpfte er gegen das Schwindelgefühl an, gegen die Anziehungskraft, die der Abgrund ausübte.

Bring sie zu mir. Stürz dich mit offenen Armen hinunter. Etwas anderes bleibt dir nicht.

Haru schüttelte den Kopf, um diese aus der Verzweiflung geborenen Flausen zu vertreiben. Ja, Ishiko hatte recht. Sie mussten anhalten. Aber sie durften nicht anhalten.

»Wir können hier nicht bleiben«, sagte er. »Das würde den sicheren Tod bedeuten.«

»Blind diesen Felskamm entlangzustolpern, ebenfalls.«

»Da hast du recht. Also müssen wir das Risiko begrenzen.« Er wusste jetzt, was er zu tun hatte, und eine seltsame Leichtigkeit ergriff ihn. Er schluckte das wahnsinnige Kichern hinunter und verdrängte das Gefühl der *Erleichterung*, dass die Karawane dem Tod so nah war. Denn nun wusste er, wie er alle retten konnte. Er hatte noch immer keine Ahnung, wie sie Morgenröte sicher erreichen sollten. Er wusste nicht einmal, ob sie den heutigen Tag überleben würden. Aber er sah einen Ausweg aus ihrer gegenwärtigen Situation.

Das reichte ihm. Es wäre ein Sieg und es würde beweisen, dass er anführen konnte. Es wäre ein Lichtschimmer in der Dunkelheit seines Versagens und es würde ihn wärmen.

»Holt Seile«, wies er Ishiko an. »Wenn Ihr nicht genug Seile findet, bindet Stoffbahnen zusammen. Alles, womit man die einzelnen Mitglieder der Karawane aneinanderbinden kann. Wir werden gemeinsam weiterziehen, ganz vorsichtig, ein Schritt nach dem anderen. Ich werde an der Spitze reiten. Wenn einer von uns danebentritt und fällt, werden die anderen ihn aufhalten.«

Und dann?

Diese Frage stellte Ishiko nicht. Sie hörte seine Anweisung und machte sich daran, sie umzusetzen.

Und dann?

Die Worte waren Harus ganz persönlicher Fluch. Er beeilte sich, seinen Plan in die Tat umzusetzen, und versuchte, der Frage davonzulaufen.

Mit ihren vor Kälte steifen Fingern dauerte es mehr als eine Stunde, alle Karren aneinanderzubinden. Niemand ritt jetzt mehr und die Händler befestigten ein Handgelenk an dem Pferd oder Wagen, neben dem sie liefen. Es würde funktionieren, dachte Haru. Gemeinsam war die Karawane stark. Eine einzelne Person konnte einen Fehler machen. Jetzt waren sie sicher und jeder war sich der Gefahr bewusst und würde aufpassen.

Als sie endlich bereit waren, wieder aufzubrechen, war die Kälte nahezu unerträglich. Wann immer er sein Gesicht in den Wind hielt, empfand Haru das Unwetter als einen scharfen Schmerz. Seine Haut war taub, schmerzte aber trotzdem. Der Schnee lag knietief und jeder Schritt wurde zu einem Kraftakt.

»Wir folgen Euch auf dem Fuße, Leutnant Haru«, sagte Ishiko.

Er brummte. Diesmal war er sicher, ihre unterschwellige Botschaft verstanden zu haben: *Führe uns nicht über die Klippe.* Er setzte sich in Bewegung. *Führe sie. Führe sie gut. Sie folgen dir auf dem Fuße. Zeig ihnen, dass du ihr Vertrauen verdienst.*

Es ging quälend langsam vorwärts. Haru bedachte jeden Schritt sorgfältig. Hinter ihm formte sich ein Trampelpfad, der besser und sicherer wurde, je mehr Leute darüberliefen und den Schnee festtraten. Für ihn jedoch gab es nur die weiße Leere, blendendes Weiß, stechendes Weiß, Weiß, das hypnotisierte und die Grenze zwischen Himmel und Erde verschwimmen ließ. Bevor er einen Schritt tat, wusste er nicht, ob er noch in die richtige Richtung ging. Ihm blieb nur die Hoffnung, und davon auch nicht besonders viel.

Dennoch stolperte er weiter. Ishiko nahm er nur noch als gelegentlichen Zug am Seil wahr, das er um die Hüfte gebunden hatte. Wenn er sich zu ihr umwandte, waren der Wind und der Schnee so beißend, dass er sie kaum erkennen konnte. Auch Chen war nur noch ein stolpernder Schemen. Der Rest der Karawane war ein Schatten vor einer weißen Wand.

Bald würde er befehlen müssen, die Fackeln zu entzünden. Hoffentlich erreichten sie den Pass, solange es noch hell genug war, ohne sie voranzukommen. Ohne einen Schutz vor dem Wind würde das Unwetter jede offene Flamme sofort auslöschen und er bezweifelte, dass sie genug Laternen dabeihatten, um der gesamten Karawane den Weg auszuleuchten.

Den Weg? Welchen Weg?

Langsam voran, der Taubheit und Kälte und Blindheit und dem Ende des Tages entgegen. Haru war allein auf dem Felskamm, allein, während der Wind pfiff und alles um ihn herum weiß war, weiß und noch mehr weiß. Und er war froh, allein zu sein. Er wollte allein sein. Je näher das letzte

Versagen, der Tod, lauerte, desto mehr wünschte er, sich von der Karawane abzuschotten. Aber auch wenn seine Schutzbefohlenen nur mehr die Schemen von Geistern waren, konnte er spüren, wie sie ihn stumm verurteilten. Ishiko, Hino und Fujiki. Auch Chen und seine Leute, obwohl die kein Recht hatten, über ihn zu urteilen. Niemand hatte ein Wort gesagt und er konnte ihre Gesichter nicht sehen. Aber das machte nichts. Er konnte ihre Missbilligung spüren. Sie lastete schwer auf seinen Schultern, ließ ihn tiefer in den Schnee sinken, machte es ihm schwerer, die Beine zu heben und einen weiteren Schritt zu tun.

Bald würde der Tag enden. Die Dunkelheit würde kommen und sie würden gar nicht mehr weiterkönnen. Dann würde der Tod kommen und mit ihm verlöre er nicht nur den letzten Rest seines Rufs. Seine letzte Chance wäre vertan, der Krieger und Beistand zu sein, der er seiner Familie sein sollte. Bei seiner Ankunft im Meido hätte er nichts vorzuweisen als Schande. Seinen Rang als Leutnant hatte er nur der Tatsache zu verdanken, dass er der Erbe der Daimyo war. Seine Leistungen auf dem Schlachtfeld waren bestenfalls mittelmäßig gewesen, schlimmstenfalls eine Schande. In dieser Beziehung war er selbst sein strengster Kritiker. Niemand hatte ihn vor zehn Jahren für den Tod seines Vaters verantwortlich gemacht, als die Kakeguchi einen Angriff auf die Mauer zurückgeschlagen hatten. Aber er wusste, dass es so war. Seine Strategie war schwach gewesen, die Goblins weit in der Überzahl und sein Vater Genichi war ihm zu Hilfe geeilt, obwohl er selbst nicht ausreichend Männer gehabt hatte.

Nein, niemand hatte ihm die Schuld gegeben. Aber seitdem waren seine Streitkräfte nur noch in der Reserve eingesetzt worden oder als Unterstützung für Ochiba, die Anführerin der Wache der Burg der Morgenröte, oder um Leutnant Barako beizustehen. Es war, als hätte Akemi den beiden befohlen, für den Rest seines Lebens auf dem Schlachtfeld als seine Aufpasser zu dienen.

Und das Schlimmste daran war, dass er dafür dankbar war.

Das Licht wurde immer schwächer. Einmal, zweimal, ein drittes und schließlich ein viertes Mal trat er über den Abgrund, so langsam und vorsichtig er auch ging. Der Schnee gab unter seinen Füßen nach und er rutschte weg. Ishiko fing ihn auf und als auch sie einmal ins Rutschen geriet, gab das Gewicht von Chens Karren ihnen Halt. Haru war in der Lage, zurück in Sicherheit zu klettern. Auf diese Weise wurde die Weisheit seines Plans unter Beweis gestellt, aber seine Würde litt darunter.

Er hatte sich ein Tuch um den Helm gewickelt, aber es konnte auch nicht verhindern, dass sich an seinen Wimpern Eis bildete und ihm die Augen zuzufrieren drohten. Er musste sich ständig das Gesicht reiben, um das Eis zu brechen. Davon tränten ihm die Augen und das Ganze begann von vorn. Er war in einem ewigen Kreis von Wiederholungen derselben schmerzhaften, sinnlosen Prozedur gefangen. Vielleicht war er ja bereits gestorben. Vielleicht war das ja das, was ihn im Meido erwartete.

Der Klang des Windes änderte sich. Der Schnee vor ihm tanzte noch wilder. Er kniff die Augen zusammen, versuchte, durch das tosende Unwetter hindurch etwas zu erkennen. Und dann sah er es. Zu seiner Linken ragte eine Felswand auf. Und zu seiner Rechten ebenfalls.

Sie hatten den Bergpass erreicht.

»Wir sind da!« Er musste brüllen, damit Ishiko ihn hörte. Vor lauter Siegestaumel wollte er lachen. Er musste sich selbst daran erinnern, dass er noch nicht gewonnen hatte. Morgenröte war noch viele Meilen entfernt. Die Karawane war den Elementen nicht mehr so ausgesetzt wie auf dem Bergkamm, das war alles.

Dennoch grinste er vor Erleichterung. Er hatte den Sieg über eine gefährliche Situation errungen. Das reichte ihm.

Hörte er hinter sich dankbare Rufe? Oder ließ seine Vorstellungskraft ihn im Pfeifen des Windes nur hören, was er gern hören wollte? Er entschied, dass es Rufe waren. Er konnte nicht der Einzige sein, der sich an diese Illusion von Sicherheit klammerte.

Er lief jetzt schneller, kämpfte zunächst noch gegen den Zug des Seils an, bis allmählich die übrigen Samurai und Händler ebenfalls schneller wurden, da sie nicht mehr der unmittelbaren Gefahr ausgesetzt waren, von der Klippe zu fallen.

»Rechts halten«, rief er Ishiko zu. Der Pass lag in einer schmalen Felsspalte zwischen den Bergen. Der Grund des Passes war eine tiefe Schlucht, aber der Pfad lag auf einer weiten Hochebene, die sich im Westen aus den Bergen heraus erhob. Zu seiner Linken, das wusste Haru, obwohl er es nicht sehen konnte, ging es in die Schlucht hinab. Aber rechts war der Boden eben und ging dann in eine Felswand über. Diese würde sie sicher durch den Pass geleiten.

Und dann?

Es dauerte noch ein paar Minuten, bevor er über diese Frage erneut nachdenken musste, also verbannte er sie aus seinen Gedanken.

Hier im Pass blies der Wind noch stärker, als schreie er vor Wut über die Beute, die ihm auf dem offenen Felskamm entkommen war. Auch der Schnee war hier tiefer und sammelte sich bereits zu Verwehungen an den Felsen. Doch diese Beschwernisse schienen ein geringer Preis dafür, dass er die hohe schwarze Wand jetzt deutlich sehen konnte. Haru näherte sich ihr, bis er die Hand ausstrecken und den Granit berühren konnte. Immer noch sah er nur wenige Meter weit, aber vorerst war die größte Gefahr gebannt.

Dennoch beschloss er, die Seile erst einmal beizubehalten. Falls jemand zu weit hinter der Karawane zurückfiel oder vom Weg abkam, konnte er sich leicht verlaufen. Besonders, wenn noch mehr Schnee fiel.

»Wie lauten Eure Befehle, Leutnant Haru?«, fragte Ishiko.

Und dann? Sie zwang ihn, mehr als nur den nächsten Schritt zu planen. Das passte ihm nicht, aber sie hatte recht. Das hatte sie fast immer, zu seinem Glück.

»Vorwärts. Immer vorwärts.« *Fürs Erste.*

»Ich bin dankbar für Eure Führung«, sagte sie voller Respekt und ohne eine Spur von Ironie in der Stimme. »Es ist ein Glück für uns, dass Ihr bereits einen Plan habt, wie wir die exponierten Pfade meistern können, die noch vor uns liegen.«

Natürlich mussten sie noch weitere Felskämme überwinden. Das wusste er nur zu gut. Aber in seiner Sehnsucht nach einem Sieg, egal wie unbedeutend, hatte er seine Aufmerksamkeit nur auf den Moment gerichtet. Es war, als könne er über die Zukunft gar nicht mehr vernünftig nachdenken. Aber das musste er oder sie alle würden sterben. Es lag ein weiterer Felskamm zwischen diesem Ort und Morgenröte und dieser war sogar noch länger als der, den sie gerade hinter sich gelassen hatten. Ehe die Karawane ihn erreichte, wäre die Nacht endgültig hereingebrochen. Sie konnten ihn unmöglich überwinden.

Haru merkte, dass er immer noch davon träumte, die Burg ohne Zwischenhalt zu erreichen. Die Angst davor, was es bedeutete, Schutz für die Nacht zu suchen, hatte ihn dazu gebracht, die Möglichkeit nicht einmal in Betracht zu ziehen.

Denk nach. Das musst du oder du vernachlässigst deine Pflicht.

Ich weiß, ich weiß. Wir können nicht weiter. Das ist eine Tatsache.

»Wir suchen hier Schutz«, entschied Haru »warten auf morgen früh und hoffen, dass der Sturm bis dahin so weit nachgelassen hat, dass wir weitergehen können.« *Und dass der Schnee dann nicht drei Meter hoch liegt und wir im Pass festsitzen.*

Hier gab es keinen Unterschlupf. Die Felswand war glatt und ohne Höhlen oder Vorsprünge. Während er weiterging, zermarterte Haru sich das Hirn, was vor ihnen lag, und versuchte, sich an die genaue Form des Berges zu erinnern. *Das musst du doch wissen. Du bist so oft durch diesen Pass gewandert.* Aber seine Erinnerung gab keine Details preis, da es für ihn nie notwendig gewesen war, davon Notiz zu nehmen. Er konnte die Klippen genauso wenig vor seinem geistigen Auge sehen wie mit seinen tatsächlichen Augen.

Beinahe hätte er Ishiko gefragt, ob sie wusste, was vor ihnen lag, aber er bremste sich. Mit der Frage würde er zugeben, dass er nicht wusste, was er tat, und ihre Antwort würde ohnehin keinen Unterschied machen. Der Wind pfiff durch den Pass, als wolle er sich dafür rächen, dass die Karawane vom Bergkamm entkommen war. Ihnen blieb nichts anderes übrig, als weiterzugehen. Sie mussten weiter, bis sie Schutz fanden, oder sie starben.

Vorwärts durch immer tiefere Schneewehen. Vorwärts durch das immer schwächere Licht, dem Tod immer näher. Haru versuchte, schneller zu gehen, aber die Karren blieben im Schnee stecken. Alle waren erschöpft und froren. Haru konnte kaum noch die Beine heben. Der Wind trug das Stöhnen und Wimmern der Händler zu ihm, den Chor seines Versagens.

Eine tiefere Note begleitete den Refrain, ein tiefes, langes, scharfes Knacken. Dann ein Grollen, ein Donner, der nicht vorüberging, sondern immer lauter wurde.

»Lawine!«, schrie Haru. »Schnell!«

Die Kaufleute nahmen den Schrei auf und wiederholten ihn entlang der Karawane.

Er konnte unmöglich sagen, aus welcher Richtung die Lawine kam. Im Pass warf der Berg alle Geräusche hin und her, bis alle Richtungen bedeutungslos schienen. Der Donner grollte von überallher. Wenn der Schnee über die Karawane hereinbrach, waren sie alle verloren.

Haru schob sich durch den Schnee vorwärts und betete, dass er in drei Metern, oder den nächsten drei Metern oder den nächsten drei Metern, irgendeine Art von Schutz fand. Ein Felsvorsprung würde ihm reichen. Alles, was nicht nur senkrechte Felsenwand war.

Das Grollen der Lawine wuchs zu einem Furcht einflößenden Donnern. Die Berge brüllten vor Wut und schrien sein Versagen geradezu hinaus. Es gab keinen Schutz. Keine Hoffnung.

Dann schwoll der Donner ab. Der Wind heulte erneut auf, pfiff schneidend durch den Pass und wirbelte den Schnee auf. Wo die Lawine abging, konnte Haru nicht erkennen. Hauptsache, nicht hier.

Er drängte darauf, weiterzugehen. Der Karawane war noch etwas Zeit geschenkt worden. Er hatte eine neue Chance darauf, seine Schutzbefohlenen zu retten. Noch einmal stolperte er einige Meter und noch einmal. Die Felswand ragte unverändert steil und ohne Vorsprünge vor ihm auf, aber er konnte so wenig davon erkennen, dass er immer die Hoffnung hatte, wenn er nur ein klein wenig weiter ging, einen Unterschlupf zu finden.

Da. *Da!* War da nicht ein Unterschied? Wich der Felsen zurück? War dieser dunkle Schatten eine Felsspalte?

Nur für einen kurzen Moment riss der Schleier und er konnte fast hundert Meter weit sehen, bevor der Schnee wieder alles vor ihm verbarg. Es könnte auch eine Sinnestäuschung gewesen sein.

Aber vielleicht auch nicht.

Haru kämpfte sich weiter durch den metertiefen Schnee. Dort *war* ein Unterschlupf. Es musste einfach einer sein. Er versuchte, ihn mit reiner Willenskraft heraufzubeschwören.

Wieder erklang der krachende Donner, gefolgt von diesem Brüllen, wie der Schrei eines schrecklichen Tieres. Der Lärm des Echos übertönte sogar den Gesang des Windes.

Diesmal brauchte Haru die Lawine nicht zu sehen, um zu wissen, dass sie kein Erbarmen mit ihnen haben würde. »Ich sehe einen Unterschlupf!«, rief er. Es spielte keine Rolle, ob das der Wahrheit entsprach. Falls er recht hatte, gab es ihnen allen Hoffnung. Falls nicht, würde niemand überleben, um ihn für seine Lüge zur Rechenschaft zu ziehen.

Es brüllte und brüllte, lauter, immer lauter. Der weiße Tod brauste heran.

Er rannte und zerrte am Seil, als könne er die gesamte Karawane hinter sich herziehen. Seine Lungen waren wie aus Stein. Atmen allein war so schmerzhaft, dass er unmöglich sprechen konnte. Der Schmerz von Angst und Hoffnung saß sogar noch tiefer. Er spürte einen Ruck, als auch Ishiko rannte. Es war nicht nötig, ihr eine Warnung zuzurufen. Die ganze Karawane hatte begriffen, dass das Schicksal sich gegen sie gewandt hatte. Die Kaufleute und ihre Pferde waren vermutlich in Panik. Sie konnten nirgendwo hinlaufen außer in seinen Traum von einem Unterschlupf, einem Traum, der sich aufgelöst hatte, sobald er ihn gesehen hatte.

Sie konnten nirgendwo hinlaufen, aber laufen war alles, was sie jetzt noch tun konnten.

Haru lief. Er rannte durch die weiße Dunkelheit, bis das Brüllen auf sie alle niedersank.

Kapitel Drei

Die Schreie der Händler erfüllten die bedrückende Dunkelheit. Die Wehklagen erklangen dicht neben ihm, aber es war so finster, dass Haru die Kaufleute nicht sehen konnte. Er musste für sie ebenso unsichtbar sein. Einige Augenblicke lang konnte er sich in Vergessen hüllen und nicht daran denken, wie grandios er gescheitert war und wie hoch der Preis sein musste. Einige Augenblicke lang, auch wenn er es sich nicht gern eingestand, konnte er sich in der Illusion ausruhen, nicht verantwortlich zu sein. In dieser Leere brauchte er nichts mehr zu tun.

»Ich bin hier, Leutnant Haru«, sagte Ishiko.

Sein Name war gefallen. Die Illusion war vorbei. Er wurde aufgefordert, seine Pflichten wieder aufzunehmen.

»Und ich bin hier«, meldete Hino. »Eikei ist bei mir.«

Von Fujiki hörte er nichts.

»Licht«, befahl Haru.

Nach einiger Fummelei gelang es Chen, seine Laterne zu entzünden. Ihrem Lichtschein folgten weitere, als auch andere der überlebenden Händler ihre Laternen fanden, und man erkannte allmählich, wo sie sich befanden.

Die Karawane stand in einer tiefen Höhle. Der Eingang, von der Lawine vollständig blockiert, hatte einen Durchmesser von etwa fünf Metern. Dahinter stieg die Decke an, während die Höhle sich immer tiefer in den Felsen grub, bis sie ein hoher Spalt war, wie von einer gewaltigen Axt gehauen. Nach etwa fünfzehn Metern wurde der Durchgang wieder schmaler, bis er nur noch eine etwa eineinhalb Meter breite Kluft war, die im Herzen des Berges verschwand.

Haru atmete tief ein und begann dann, gemeinsam mit seinen Bushi eine Inventur vorzunehmen und die Verluste zu zählen.

»Etwas mehr als die Hälfte der Karawane ist geblieben«, fasste Ishiko zusammen, als sie fertig waren.

Er nickte. Der Rest der Karawane war weg, genau wie Fujiki. Niemand sagte, dass sie Glück gehabt hatten, nicht mehr verloren zu haben. Die Schande des Verlusts war zu groß.

Haru ergriff eine Laterne und ging an den Kaufleuten vorbei zum Eingang. Dort erwartete ihn eine solide Wand aus Schnee.

»So schnell werden wir hier nicht wieder herauskommen«, sagte Ishiko.

»Das brauchen wir auch nicht«, antwortete Haru. »Hier drinnen sind wir sicher vor dem Unwetter. Wir haben genug zu essen und Wasser können wir einfach schmelzen.« Sie könnten fast unbegrenzt in dieser Höhle überleben. »Und wir graben uns nach draußen, so lange es auch dauert. Wenn der Sturm vorbei ist, ziehen wir weiter. Falls nicht, warten wir ab. Teile die Arbeiter in Schichten ein. Jede gräbt eine Stunde. Das wird sie ablenken.« Er wandte sich den Händlern zu. »Wir sind in Sicherheit«, wiederholte er, lauter diesmal. »Die Gefahr ist vorbei. Wir werden uns einen Weg bahnen, damit wir bereit sind, sobald wir unsere Reise fortsetzen können.« Er wählte seine Worte mit Bedacht und stellte den Schnee als einen hilfreichen Schutz dar, nicht als eine undurchdringliche Mauer, die sie hier drinnen festsetzte.

Haru und seine Bushi führten die Grabungsteams an. Er wollte mit diesem Eifer ein Zeichen setzen und mit seiner ruhigen Entschlossenheit noch einmal betonen, dass sie nichts zu befürchten hatten.

Das zumindest redete er sich selbst ein.

Und es funktionierte. Die Entscheidung war richtig gewesen. Haru übernahm die erste Schicht und nutzte einen der Spaten aus den Vorräten der Karawane. Er selbst zerstörte mit den ersten Spatenstichen die Makellosigkeit des Schnees. Die unversehrte weiße Mauer war ein zu bedrückender Anblick gewesen. Zu endgültig. Indem er auf diese Wand einstach, verwandelte er sie zurück in Schnee. Vor ihnen lag eine lange, harte Aufgabe, aber sie schien nicht mehr unmöglich. Die Kaufleute in seiner Schicht bearbeiteten die Wand mit Feuereifer.

Das Gejammer, das in der Dunkelheit zunächst erklungen war, verstummte. Die Händler beklagten nicht mehr ihre Verluste. Sie waren dankbar, unter den Überlebenden zu sein. Und sie dankten ihrem Retter.

»Leutnant Haru«, sagte Chen, während er den Schnee hinter sich schaufelte, »wir stehen für immer in Eurer Schuld. Eure Voraussicht hat uns gerettet.«

Haru brummte und arbeitete weiter. Dabei musste er die Zähne zusammenbeißen, um den Händler für seine Schmeicheleien nicht zusammenzustauchen. *Ich verdiene euren Dank nicht.*

»Leutnant Haru ...«, begann Chen erneut.

Sei endlich still! »Spart Euren Atem für die Arbeit«, sagte Haru kühl, aber er verlor nicht die Fassung.

Chens Dankesworte trafen ihn. Sie durchdrangen den Panzer, den Haru durch die harte Arbeit um seine Gedanken aufbauen wollte.

Voraussicht. Welch bittere Ironie. Wäre Chen nicht solch eine rückgratlose Kreatur, hätte Haru ihn im Verdacht gehabt, ihn verspotten zu wollen. Wie angenehm wäre es gewesen, wie schön, sagen zu können, dass er von dieser Höhle gewusst hatte, dass sie von Anfang an sein Ziel gewesen war. Stattdessen hatte er es nur dem Glück, oder dem Schicksal, zu verdanken. Beides beschämte ihn. Er konnte nicht sagen, mit welchem er sich unwohler fühlte.

Chen schwieg jetzt, aber es war zu spät. Haru bearbeitete den Schnee, als sei er seine Wirklichkeit gewordenen Schuldgefühle. Vor Anstrengung schwitzte er. Seine Muskeln schmerzten, als er sich selbst zu bestrafen versuchte, indem er seinen Spaten jedes Mal so voll lud, dass er ihn gerade noch heben konnte. Seine Gedanken brachte das nicht zur Ruhe.

Immer wieder sah er Barakos Gesicht vor sich. Sie sah ihn nicht so an, wie er es sich so oft gewünscht hatte, voller Zärtlichkeit. Stattdessen sah er nur Verachtung in ihren Augen. In Wirklichkeit hatte er auch das noch nie erlebt. Nie hatte in ihrem Blick etwas anderes als respektvolle Gleichgültigkeit gelegen.

Haru machte sich nichts vor, was ihn und Barako anging. Er würde, wenn es so weit war, die Frau heiraten, die seine Mutter für ihn auswählte, aus politischen Gründen und um ihr Geschlecht zu erhalten. Barako war Kriegerin, keine Hofdame. Sie diente unter Ochiba, der Kommandantin der Wache der Burg der Morgenröte.

Doch die Tatsache, dass eine Heirat mit Barako keinen politischen Vorteil brächte, war nur ein Hindernis. Ein weiteres war Harus Inkompetenz. Seine Leistungen auf dem Schlachtfeld waren ihrer einfach nicht wert. Nichts, was er bisher getan hatte, hatte ihm ihren Respekt eingebracht, und schon gar nicht ihre Bewunderung. Dieser neutrale, gleichgültige Blick schmerzte. Er hätte ganze Berge versetzt, damit sie ihm gegenüber einmal eine andere Emotion zeigte.

Na, das habe ich ja jetzt geschafft. Ich habe einen Berg über uns hereinbrechen lassen.

Nein, was Barako anging, gab er sich keinerlei Illusionen hin. Aber er konnte träumen. An diese Träume hatte er gedacht, als er die Karawane aus ihrer relativen Sicherheit hinaus auf den offenen Felskamm getrieben hatte. Und er stellte sich jetzt ihren Blick vor, wenn er Morgenröte endlich erreichte, mit bestenfalls einer halben Karawane. Die Verachtung, die darin liegen würde, war ein weiterer Traum, ein Albtraum. Er war auch nicht realer als die Zärtlichkeit, die er sich gewöhnlich vorstellte. Barako war ein Musterbild an Ehre. Sie würde ihn ebenso wenig ihre Enttäuschung spüren lassen wie irgendwelche verbotenen Leidenschaften.

Das heißt nichts. Sie kann nichts zeigen, was sie nicht empfindet.

Haru schaufelte noch schneller. *Sei endlich still!*, rief er stumm, diesmal an sich selbst gerichtet, nicht gegen Chen. *Vergiss es einfach. Es spielt keine Rolle. Es wird nie eine Rolle spielen. Deine Träume waren albern. Und nun sind sie endgültig ausgeträumt. Versuch, so viele wie möglich nach Hause zu bringen. Nur das zählt noch.*

Haru stürzte sich in die Arbeit. Gern hätte er sich der totalen Erschöpfung hingegeben. Je mehr die Gedanken an Barako und an seine Schmach ihn heimsuchten, desto entschlossener arbeitete er, um sie loszuwerden. Er grub in einem erbarmungslosen Rhythmus, bis sich die Höhle wie ein Heizofen anfühlte. Die Kälte des Winters war in weite Ferne gerückt. Nur gelegentlich spürte er sie noch im Nacken, ein winziger kalter Fleck. Er zerrte an seiner Wahrnehmung. Die Kälte, die durch den Schweiß drang, ließ seine Haut prickeln.

Kurz bevor seine Schicht endete und als Barako, trotz all seiner Bemühungen, noch einmal vor seinem inneren Auge stand, hörte er das Flüstern. Nah und fern, ein Hauch an seinem Ohr und ein Echo in den Sternen. Sobald er aufhörte, sich zu bewegen, verschwand auch das Flüstern.

Das war ihre Stimme.

Nein, war es nicht. Du hast es nicht richtig gehört. Du hast ja nicht einmal verstanden, was gesagt wurde. Du musst dich verhört haben.

Als seine Schicht vorüber war, zog Haru sich weiter in die Höhle zurück, weg von den Kaufleuten und anderen Bushi. Mit etwas Abstand zum Arbeitslärm begann er seine Wache und lauschte auf das Flüstern.

Er hörte es nicht noch einmal. Aber er entdeckte, warum sich sein Nacken kalt angefühlt hatte. Ein Luftzug wehte aus den Tiefen der Höhle, nur gelegentlich und so sacht, dass er ihn gar nicht bemerkt hätte, wenn die Luft nicht so eisig gewesen wäre. Der Luftzug kam in größeren Abständen, wie ein langsamer Seufzer des Berges.

Während Haru in die Dunkelheit der Höhle blickte, fragte er sich, wie weit der schmale Felsspalt an ihrem Ende reichen mochte.

Ishiko hatte das Kommando über diese Grabungsschicht inne. Haru beobachtete sie, wartete dabei darauf, dass ihn der nächste kalte Luftzug streifte, und lauschte immer noch auf das Flüstern. Allmählich verlor er sein Zeitgefühl. Plötzlich zuckte Ishiko zusammen, sah sich erschrocken um und grub dann weiter.

Haru hatte nichts gehört. Er warf einen Blick auf die anderen Bushi. Eikei war nach wie vor bewusstlos und zu schwer verletzt, um von Nutzen zu sein. Hino schlief, um Kräfte zu sammeln, bevor sie mit Schaufeln und Wachehalten dran war. Haru wartete, bis die Sanduhr, die er von einem der Wagen genommen hatte, das Ende seiner Schicht anzeigte. Nach seiner Schätzung war es die Stunde des Ochsen.

Ishiko weckte Hino und kam dann zu Haru, um ihn bei der Wache abzulösen.

»Was habt Ihr eben gehört?«, fragte Haru.

Ishiko zögerte. Aber er hatte ihr gar nicht erst die Möglichkeit gelassen, zu behaupten, dass sie nichts gehört hätte. »Ich dachte, ein Flüstern gehört zu haben«, sagte sie schließlich.

»Und was wurde geflüstert?«

»Keine Ahnung. Ich muss mich geirrt haben.«

»Das glaube ich nicht«, antwortete Haru.

Sie nickte, um ihm zu zeigen, dass die Botschaft angekommen war.

Erneut spürte er den Atem des Berges in seinem Nacken. »Was haltet Ihr von diesem Luftzug?«, fragte er.

»Ich bin nicht sicher. Vielleicht kommt er von einem anderen Eingang?«

»Genau das dachte ich auch.« In Gedanken versuchte Haru, das Wispern von dem Luftzug zu trennen. Es gab andere Erklärungen, aber weder er noch Ishiko wollten sie aussprechen. Noch nicht. »Wir sollten untersuchen, wie weit diese Höhle reicht«, fügte er hinzu. »Und wo sie hinführt.«

Ishiko nickte.

Kurz sagten sie Hino Bescheid. Dann nahm Ishiko eine der Laternen und sie begaben sich tiefer in die Dunkelheit hinein. Die Höhle schrumpfte hier zu einem Tunnel zusammen. Eine Decke konnten sie nicht erkennen. Ishiko hielt die Laterne hoch. Über ihnen schloss sich der Felsspalt nicht. Er schien bis zum Gipfel des Berges zu reichen.

Schon bald war die Passage gerade einmal anderthalb Meter breit. Gelegentlich bog sie um scharfe Kurven, wurde dann aber wieder gerade und sie gelangten Richtung Westen immer tiefer ins Innere des Berges. Die Geräusche der Grabungsarbeiten drangen schon bald nur noch gedämpft zu ihnen. Kurz darauf waren sie vollends verstummt. Haru und

Ishiko waren allein, zwei Ameisen, die durch einen Haarriss im Gestein krabbelten.

In unregelmäßigen Abständen traf sie der kalte Luftzug.

»Ist er hier stärker?«, fragte Haru.

»Mir kommt es so vor«, erwiderte Ishiko.

Die ganze Zeit lauschte Haru auf das Flüstern. Er wollte es noch einmal hören, es begreifen. Gleichzeitig hoffte er, es nicht mehr zu hören, damit er es als Illusion abtun konnte, die Ishiko und er irgendwie zu unterschiedlichen Zeitpunkten geteilt hatten.

Die Luft im Inneren des Berges war still und bedrückend, als würde etwas darin lauern.

Nach etwa einer halben Stunde begann Haru, sich zu sorgen, dass der Tunnel so beständig westwärts führte. Außerdem ging es bergab, schon seit Ishiko und er die Karawane verlassen hatten, und inzwischen war die Neigung steiler geworden.

Offenbar dachte Ishiko ähnlich. »Wenn wir so weitergehen …«

»Ich weiß.« Sie befanden sich jetzt tief im Inneren der letzten Gebirgskette vor der Kaiu Kabe, der Zimmermannsmauer vor den Schattenlanden, jenem Ort der Dunkelheit, wo alles Böse weilte. Dort wohnten all die hungrigen Toten und die dämonischen Oni unter der Herrschaft des gefallenen Kami Fu Leng.

»Wir sind noch weit entfernt«, sagte Haru.

Er versuchte, die genaue Position der Karawane zu bestimmen. Morgenröte lag südlich der Burg der Vergessenen, etwa auf halbem Wege von dort zur Burg Hida. Da der Karawane noch fast ein Tagesmarsch bevorstand, konnte Haru sich ausrechnen, dass sie sowohl im Norden als auch im Süden einen deutlichen Abstand zu einem der zwölf Kaiu-Wachtürme hatten. Sie befanden sich parallel zu einem der Segmente der Ringmauer dazwischen. Es war unmöglich, jeden einzelnen

Abschnitt dieser langen Strecke ständig zu patrouillieren. Also waren diese Teile der Kaiu Kabe am verwundbarsten gegenüber Angriffen von den Monstern der Schattenwelt.

Aber selbst wenn der Tunnel ganz durch den Berg verlief – und Haru wollte noch immer nicht so recht daran glauben –, hätten sie immer noch den Wall vor sich. Er hatte wahrlich mit genug echten Katastrophen zu kämpfen, da musste er nicht auch noch welche dazuerfinden.

Dass es so weit hinabging, störte ihn allerdings. Er konnte nicht anders, als sich vorzustellen, wie der Spalt tiefer und tiefer und tiefer ging, unter den Fuß des Berges, und schließlich unter der Mauer hindurch verlief.

Ist das möglich? Es ist ziemlich unwahrscheinlich. Aber unmöglich ist es nicht.

Was, wenn es so ist? Eine solche Lücke in unserer Verteidigung zu entdecken wäre hervorragend.

Damit könnte er die Schande des Versagens von sich abwenden. Er könnte im Triumph zurückkehren und auch den Respekt und das Ansehen, das er verdiente, wiedererlangen. Er hätte etwas Entscheidendes zum Überleben der Kakeguchi beigetragen, vielleicht sogar zum Erhalt des Walls selbst.

Zu viel Fantasie. Vergiss es und konzentrier dich!

Genug in Wunschbildern geschwelgt. Sich solchen Träumen hinzugeben war eine seiner größten Schwächen. Er lebte zu sehr für seine Hoffnungen. Auf dem Schlachtfeld war ihm das schon mehr als einmal zum Verhängnis geworden. Ochiba und Barako hatten jedes Mal das Desaster für die Familie Kakeguchi noch abwenden können. Und sein Vater. Die Hoffnung, sich in den Augen seiner Mutter, und noch viel mehr in Barakos Augen, beweisen zu können, hatte dazu geführt, dass er die halbe Karawane verloren hatte. Und worauf hoffte er jetzt? Auf etwas Großes und Schreckliches? Wenn er hier tatsächlich etwas derart Bedeutendes fand, dann wäre es auch etwas, das zwei einzelne Samurai unmöglich besiegen konnten.

Ganz bestimmt nicht zwei Samurai unter deiner Führung. Also bleib bei der Sache und mach dir lieber über tatsächliche Konsequenzen Gedanken.

Konsequenzen. Sollte dieser Gang tatsächlich bis in die Schattenlande führen, dann war die Höhle alles andere als eine sichere Zuflucht für die Karawane. Aber das wusste er nicht. Es war genauso gut möglich, dass Ishiko und er einen weiteren Spalt in einer Felswand fanden, der ihnen vielleicht weiterhalf, vielleicht auch nicht, und damit hatte es sich.

Wieder spürte er den Luftzug. Diesmal war er stärker, da war Haru sich sicher. Es war mehr als ein eisiger Hauch an seiner Wange. Eine Brise wehte ihn an. Und da hörte er das Wispern.

Abrupt blieb Haru stehen und legte die Hand auf das Heft seines Katana. »Habt Ihr das gehört?«, fragte er Ishiko. »Das Flüstern?«

»Nein. Konntet Ihr es verstehen?«

Haru schüttelte den Kopf. Aber das stimmte nicht ganz. Obwohl der Luftzug kein Geräusch machte, versteckten sich die geflüsterten Silben irgendwo darin, unter der Kälte. Ihre Anwesenheit ließ sich erahnen, aber nicht ihre Form. Und doch waren es zwei Silben.

Ein Seufzen wie vor Hunger. *Aaaaaaaaaah ...*

Ein durchtriebenes Stöhnen. *Uuuuuuuuuuh ...*

Das war nicht mein Name. Ich habe nicht meinen Namen gehört. Ich suche nur nach einem Muster.

Aaaaaaah ... uuuuuuh ...

Nicht mein Name. Nicht mein Name.

Er würde Ishiko erst davon erzählen, wenn er sich sicher war. Es war besser, wenn sie unvoreingenommen auf das Flüstern lauschte.

Es dauerte etwas, bevor der Luftzug wiederkam. Diesmal war er stärker als je zuvor, kälter und er hielt länger an.

Ishiko sog scharf die Luft ein.

Haru blieb stehen und drehte sich zu ihr um. »Ihr habt nicht Euren Namen gehört.«

Ishiko starrte ihn an. »Woher wusstet Ihr …?«

»Weil ich vorhin nicht meinen Namen gehört habe.«

Sie nickte langsam.

»Das ist das erste Mal, dass Ihr das Flüstern gehört habt, seit wir die Karawane verlassen haben?«, fragte Haru.

»Ja. Habt ihr das gerade eben nicht gehört?«

Er schüttelte den Kopf.

»Vielleicht sind es nicht unsere Namen.« Ishiko klang eher hoffnungsvoll als überzeugt.

»Aber es ist real«, stellte Haru fest.

»Meint Ihr, wir sollten weitergehen, Leutnant Haru?«

»Ich denke, wir sollten wissen, worin diese Bedrohung besteht. Falls es überhaupt eine ist. Wir gehen vom Schlimmsten aus. Vielleicht haben wir ja unrecht.«

»Dann glaubt Ihr, dass es für die Karawane eine größere Gefahr bedeuten würde, wenn wir nicht weitergehen?«

»Das glaube ich.« *Ich bin mir meiner Verantwortung bewusst und denke an die Folgen meiner Taten.* Die Entscheidung fühlte sich richtig an.

Sie gingen weiter, immer noch Richtung Westen, immer noch abwärts. Die Brise schwoll bald zu einem Wind an, der immer häufiger wehte, bis er schließlich unablässig blies. Die Atemzüge, die Haru zuvor gespürt hatte, entpuppten sich nun als derart kräftige Windstöße, dass nicht einmal all die Kurven und Wendungen des Gangs sie komplett abhalten konnten.

»Wir müssen nah an einem Ausgang sein!« Haru musste die Stimme erheben, um das schrille Heulen des Windes zu übertönen.

Schnee wurde von irgendwoher hereingeweht. Die Flocken flogen mit schneidender Kälte durch den Tunnel. Geflüster war nicht mehr zu hören, aber das Fauchen des Windes klang manchmal wie Stimmen.

Je weiter Haru und Ishiko gingen, desto stärker wurde der Wind. Haru musste sich regelrecht dagegenstemmen. Der Wind zerrte an ihm, wie eine physische Barriere, die ihn aufzuhalten versuchte. In der Kälte verzog Haru das Gesicht zu einer frierenden Grimasse. Sie legte sich beißend auf Nase und Wangen, schneidend und schmerzhaft, und nagte an ihm, bis sein Gesicht taub wurde.

Hier wurde der Tunnel wieder enger. Haru konnte gerade noch hindurchschlüpfen. Seine Schultern streiften die mit Raureif bedeckten Wände. Immer noch heulte der Wind. Vor Anstrengung atmete Haru hörbar.

Er folgte dem Tunnel um eine Linkskurve und sah plötzlich den Ausgang vor sich. Der Wind pfiff einmal mehr um ihn und der Schnee nahm ihm die Sicht. Er konnte lediglich erkennen, dass er nicht an einer Klippe herausgekommen war, sondern dass sich Felsboden vor ihm erstreckte. Nach ein paar weiteren Schritten stand er vollständig im Freien.

Jetzt, da er nicht mehr durch den Tunnel brauste, hatte der Wind an Stärke verloren. Er zog sich zurück, wie besiegt.

Haru wischte sich den Schnee aus den Augen.

Ishiko stellte sich neben ihn. »Was ...?«, begann sie, dann starrte sie nur auf das, was vor ihnen lag.

»Ich weiß es nicht«, flüsterte Haru. Sein Mund fühlte sich trocken an und seine Stimme klang heiser.

Kapitel Vier

Der Schnee fiel immer noch, aber der Mond brach hinter den Wolken hervor. Das Licht, das er über die Senke zwischen den Bergen warf, war kalt wie Eis. Haru und Ishiko standen an einem Abhang, der zu einem spindeldürren Felskamm hinabführte. Granitene Felsnadeln ragten in scharfen Zacken daraus hervor. Es wirkte wie das Skelett eines riesigen Tieres, das hier verendet war. Zu beiden Seiten ging es steil hinab und der Grund der Senke war nicht zu sehen. Der Felskamm wand sich darüber bis zum Tor einer Stadt. Der Wachturm ragte auf, als sei er zwischen den Felsen durchgebrochen und hätte sie zur Seite gedrängt. Der Granit bildete um ihn herum Formationen, die an lederne Schwingen erinnerten.

Die Stadt hinter dem Tor war als Umrisse aus Licht und Schatten zu erkennen. In ihrer Mitte stand ein riesiger Turm, der auf die Umgebung hinabsah wie ein eifersüchtiger und unheilvoller Herrscher.

Es schneite nicht mehr so stark wie auf dem Pass. Große Flocken fielen langsam und stetig und landeten mit einem kaum hörbaren Klirren. Beim Aufprall zerfielen sie in winzige Kristalle. Haru zuckte zusammen, als eine davon sein Gesicht traf, und erwartete, dass sie ihm in die Haut schnitt. Aber er fühlte nur Schnee auf der Haut, der dann zu Wasser schmolz, das ihm über die Wange rann, als wollte es ihn verspotten.

Haru rieb sich die Augen, um wieder klar sehen zu können. Er hatte Schwierigkeiten, die Stadt anzusehen. Der Schnee lag auf seltsame Art und Weise auf Dächern und Wänden. Er wirkte wie ein Leichentuch, aber manchmal schien er auch beinahe zu fließen wie eine Flüssigkeit. Alles wirkte verzerrt und verwirrte die Augen. Auch die Umrisse der Häuser waren falsch. Die Konturen waren schwer auszumachen. Was Haru da sah, erinnerte ihn an verzerrte Spiegelbilder in einem bewegten Teich. Was gerade Linien hätten sein sollen, wand sich. Sogar der Wachturm, den er etwas deutlicher sehen konnte, widersetzte sich seinem Blick. Ihm tränten die Augen. Aber selbst wenn er sie sich rieb, blieb das Bild verschwommen. Lag dieses Fenster dort halb in der Dunkelheit verborgen? Oder befand sich die Öffnung an zwei Orten gleichzeitig, die einander überlappten, aber ein klein wenig verschoben waren?

Er schüttelte den Kopf, um die Illusion abzuschütteln.

»Dies ist ein düsterer Ort«, sagte Ishiko.

»Das stimmt.« Alles um Haru herum beunruhigte ihn. Dennoch widerstand er dem Impuls, den sofortigen Rückzug zu befehlen. »Wir haben aber nicht die Schattenlande betreten«, sagte er. »Der Wall ist weiter südlich, hinter diesen Gipfeln dort.«

»Ja. Dafür sind wir nicht weit genug gegangen.« Ishiko klang nicht sehr erleichtert. »Trotzdem weiß ich nicht, wo wir sind.«

»Ich auch nicht. Von dieser Stadt habe ich nie etwas gehört.« *Eine Entdeckung*. Trotz seiner Besorgnis war er aufgeregt. Wie die Sonne stieg die Hoffnung vor ihm auf, sich beweisen zu können. Im Vergleich zu dem, was er entdeckt hatte, kamen ihm seine Verluste wie ein kleines Opfer vor.

Sollte dies ein Außenposten der Schattenlande nördlich des Walls sein, dann war dies die wichtigste Nacht seines Lebens. Und selbst wenn die Stadt etwas weniger Tödliches darstellte, war ihre Entdeckung fast ebenso bedeutend.

Die Berge umgaben die Stadt wie die Finger einer Klauenhand. Soweit Haru es erkennen konnte, gab es nur einen Weg hinein: über den schmalen Felskamm. »Das könnte schon seit Jahrhunderten hier versteckt sein«, sagte er. »Wir sind nur durch Zufall auf diese Höhle gestoßen. Und anders kann niemand hierhergelangen.«

Falls Ishiko in irgendeiner Weise aufgeregt über ihre Entdeckung war, verbarg sie es gut. »Vielleicht sind wir nicht in den Schattenlanden«, sagte sie, »aber ich fühle ihren Einfluss hier. Dieses Tal ist gefährlich.«

Die Gebäude verschwammen immer noch vor Harus Augen. Es war wie die Bilder in einem Traum, kurz bevor man aufwacht oder in traumlosen Tiefschlaf fällt. Ishiko war zu Recht beunruhigt. Er selbst war beunruhigt. »Wir müssen vorsichtig sein.«

»Wobei, Leutnant Haru?«

»Wir gehen bis zu den Wachhäusern, nicht weiter, fürs Erste.«

»Was bezwecken wir damit?« Ishiko sprach sehr leise, vermutlich, weil es sie so viel Mühe kostete, ihren Tonfall respektvoll zu halten.

»Wir müssen der Burg der Morgenröte berichten, was wir gefunden haben. Dazu bringen wir irgendein Artefakt mit. Ihr und ich wissen nicht, was das hier für ein Ort ist, aber jemand anders vielleicht. Wir müssen es demjenigen ermöglichen, diese Stadt zu identifizieren, wenn wir herausfinden wollen, was sie ist und wie die Familie Kakeguchi reagieren soll.«

Er würde etwas finden, *irgendetwas*, was er mitbringen konnte, solange es seine Schutzbefohlenen nicht in Gefahr brachte oder ein Risiko für die Burg der Morgenröte bedeutete. Er würde ihnen zeigen, was hier war, und warum es so wichtig war, dass *er* zurückkehrte.

Mit gezückten Schwertern gingen Haru und Ishiko den Abhang hinunter Richtung Felskamm. Dieser war uneben, zerklüftet und rutschig. Auch wenn der Wind nachgelassen hatte, zerrten die gelegentlichen Böen an Harus Gleichgewicht. Zwischen den Felsnadeln war er ihnen ausgeliefert. Wenn er sich zu heftig dagegenstemmte, riskierte er leicht, hinunterzufallen, sobald sie nachließen. Und der Fall würde sein Schicksal besiegeln. Also ging Haru sehr vorsichtig, setzte ganz bedacht einen Fuß vor den anderen und achtete auf Eisflächen.

Etwa auf halbem Weg mussten sie einen winzigen, gekrümmten Vorsprung um einen Felsen herum bewältigen. Der Wind pfiff und zerrte an ihnen und flüsterte vom Fall in die Tiefe. Zu allen drei Seiten ging es steil abwärts, während Haru sich um die Ecke zwängte. Und der Abgrund war hungrig. Voller Neugier zupfte der Wind an Haru. Wenn er nur ein einziges Mal ausrutschte, würde ihn die Schwärze in ihre Arme ziehen. Der Abgrund würde ihn verschlucken, aber sein Hunger wäre damit nicht gestillt. Das wäre er nie.

Endlich umrundeten Haru und Ishiko die letzte Kurve der Felsbrücke und die Stadtmauer mit dem Tor darin kam wieder in Sicht. Riesig ragte sie vor ihnen auf und verbarg die Stadt hinter sich. Doch immer noch erschien sie Haru wie ein Traum. Er fühlte sich, als nähere er sich einem Trugbild, das sich aber nicht auflöste und das er berühren konnte. Er streckte die Hand nach dem Tor aus und erwartete fast, dass sie einfach hindurchgleiten würde. Stattdessen berührte er kalten Stahl.

Die Torflügel waren nicht vollständig geschlossen. Der schmale Spalt dazwischen war gerade groß genug für Haru, falls er sich hindurchzwängen wollte. Er sah hindurch auf die Stadt, die dahinter wartete, graue Schemen, die vom Schnee verschleiert und wieder freigegeben wurden. Das hier hätte er eigentlich gar nicht sehen sollen. Die Stadt zeigte und verhüllte sich gleichzeitig, als wäre die Nacht ein Nebel, Wolken aus Dunkelheit, die von den geisterhaften Dächern zerrissen wurden.

Es wäre so leicht, die Schwelle zu überschreiten und die Stadt zu betreten.

So leicht, der Versuchung nachzugeben. Ein winziger Schritt zu einem weiteren Fehler, einer weiteren Niederlage. Geh nicht ohne eine Kompanie von Samurai dort hinein.

Er wartete, forderte den Wind heraus, wieder das Wispern, das nicht sein Name war, zu ihm zu tragen, forderte die Stadt heraus, ihn zu rufen.

Im Wind vernahm er nur Stille. Wenn er der Versuchung nachgab, dann durch sein eigenes Verschulden.

Haru trat von der Schwelle zurück, wandte sich von der Stadt ab und ging zum Wachturm zu seiner Linken. Seltsamerweise verfügte der sechs Meter hohe Turm über eine kleine Tür an der Außenseite der Mauer, wie eine Einladung. Während Haru darauf zuging, hatte er Schwierigkeiten, seinen Blick zu fokussieren. Jetzt erkannte er auch die Schnitzereien, die die Tür zierten und sich auf Rahmen und Mauerwerk fortsetzten. Ihm drehte sich der Magen um. Haru hob eine Hand an die Kehle und spürte die beruhigende Präsenz des Jadestäbchens, das er als Schutz vor dem Einfluss der Schattenlande trug. Ishiko und er befanden sich jetzt auf unreinem Boden. Haru unterdrückte den Ekel, fest entschlossen, sich von den feindlichen Reliefs nicht unterkriegen zu lassen. Er wandte den Blick nicht ab und verstand endlich, warum er doppelt sah. Das Muster war detailreich und trügerisch. Es täuschte das Auge und verwirrte den Verstand. Es wand sich in angedeuteten Schuppen, aber Haru sah keine Schlange. Dazu waren die ineinander verschlungenen Lagen zu fein und verworren. Als er genauer hinsah, wirkte das, was er zunächst für Schuppen gehalten hatte, eher wie Zähne.

»Erkennt Ihr diese Bilder?«, fragte er Ishiko.

»Nein, ich kenne sie nicht. Aber sie bedeuten nichts Gutes, denke ich.«

»Sehe ich auch so.«

Er drückte die Klinke. Die Tür ging auf. Die Räume im Erdgeschoss waren leer. Ishiko und er gingen die Treppe des Turms hinauf. Auch im oberen Stockwerk fanden sie nicht viel, einige Kissen und einen niedrigen Tisch in den inneren Räumen. Der Boden war wieder mit dem verschlungenen Muster verziert. Es sah überall anders aus. Haru hatte noch nicht gesehen, dass es sich wiederholte, auch wenn es von Tür zu Tür, Wand zu Wand eindeutig als zusammengehörig erkennbar war.

»Etwas stimmt hier nicht«, bemerkte Ishiko.

»Wie meint Ihr das?«

»Spürt Ihr es nicht, Leutnant Haru? Als würde man uns täuschen.«

»Doch«, sagte Haru nach einem Augenblick, »ich spüre es auch.«

Sie befanden sich im Wachposten, der die Brücke überblickte. Mit seinem Kampfhandschuh strich Haru über das Mauerwerk. Die Kanten waren von Regen und Wind abgeschliffen worden und das Holz des Wehrgangs war stark verwittert. Der Turm stand schon sehr lange hier. Und doch wurde Haru das Gefühl nicht los, dass alles nur Schein war, als hätte jemand den Turm nur für sie gebaut. Dann war da noch das Problem, dass alles so verlassen war. Der Wachturm schien vollkommen leer zu sein, als hätten ihn die Wachen vor so langer Zeit verlassen, dass nicht einmal mehr Erinnerungen zurückgeblieben waren. Oder vielleicht waren auch nie welche hier gewesen. Und obwohl der Turm Alterungserscheinungen zeigte und die Witterung an ihm genagt hatte, wirkte er stabil. Er war keine Ruine, er würde ewig stehen.

Immer noch verwirrte das Muster der Verzierungen Harus Sinne. Zumindest glaubte er, dass es das Muster war. Wenn er nicht sehr konzentriert das betrachtete, was vor ihm lag, verschob sich der Turm wieder in zwei Bilder, als würde er schielen. Selbst jetzt, da er im Inneren des Turms stand, versuchte er, auf zwei Ebenen gleichzeitig zu existieren.

»Ist das eine Illusion?«

»Das ist unmöglich, Leutnant Haru«, erwiderte Ishiko.

Haru hatte nicht gemerkt, dass er laut gesprochen hatte. »Stimmt«, sagte er. »Dies ist die Wirklichkeit. Der Gedanke, dass es eine Illusion sein könnte, ist die Lüge. Dies ist *echt.*« Er schlug mit der Faust gegen eine Wand. Das Klopfen klang klar und deutlich und seltsam laut. Sein Echo hallte durch die Stadt.

Wie erstarrt blieben Ishiko und Haru stehen und sahen einander an. Bisher hatten sie zwar auch nicht darauf geachtet, leise zu sein, während sie den Turm erkundet hatten, aber alle Geräusche hatten gedämpft geklungen, von Windböen und fallendem Schnee eingeschlossen. Das Klopfen seiner Faust hatte zu sehr an das Läuten einer Glocke erinnert.

»Wir sollten nicht hier sein, Leutnant Haru«, stellte Ishiko fest.

»Nein«, stimmte er zu, »sollten wir nicht.«

Klugheit, nicht Feigheit drängte ihn zum Rückzug. Doch er hatte noch immer nicht gefunden, wonach er suchte.

»Eine Runde«, beschloss er. »Wir gehen einmal um den Turm herum, dann verschwinden wir.«

Und wenn du dann immer noch nichts findest? Durchsucht ihr dann auch noch den anderen Turm?

Das entscheide ich, wenn es so weit ist.

Auf der anderen Seite des Turms blieb er stehen und betrachtete die Stadt in ihrem nächtlichen Wolkenkleid. Die Dunkelheit schien wie Nebel durch die Straßen zu wabern. Vielleicht bildete er sich das nur ein. Vielleicht sah er nur den fallenden Schnee. Vielleicht, vielleicht. Die unmögliche Stadt flackerte vor seinen Augen und die Schneeflocken fielen und fielen, wie Asche, und zerbarsten mit gläsernem Klirren.

Du musst weg. Du musst weg.

Ja.

Er war jetzt bereit, von hier zu verschwinden. Wenn er noch länger blieb, wusste er nicht, ob er der Versuchung widerstehen könnte, tiefer in die Stadt einzudringen. Doch das wäre Wahnsinn.

Wir sind nur zu zweit. Wir werden zurückkommen. Wenn mir niemand glaubt, ist Ishiko meine Zeugin.

Sein Mund wurde trocken.

Und wenn ihr etwas passiert?

Das war leicht möglich. So viel war schon schiefgelaufen. Was, wenn die einzige Zeugin starb, bevor sie Morgenröte erreichten? Wer würde ihm dann noch glauben?

Wir müssen weg von hier.

Ob diese Stadt nun ein Ausläufer der Schattenlande war oder nicht, sie war gefährlich.

Was ist schlimmer? Wenn einem keiner glaubt oder zu wissen, dass man etwas Dummes getan hat?

Lieber dumm dastehen, als dumm sein.

»Lasst uns gehen.« Er drehte sich zur Treppe um.

»Was ist das?« Ishiko zeigte in eine Ecke.

Dort baumelte ein heller Anhänger an einer Kette von der Decke.

Wie konnte mir der entgehen? Er war sicher, der war vor einem Moment noch nicht dort gewesen. Er drehte sich im Wind und klirrte und klimperte, als Schneeflocken sich an ihm brachen. Haru näherte sich dieser Ecke des Wehrgangs. Der Anhänger hing an einem Haken von einer der Dachrinnen. Dort war er mit bloßen Händen nicht zu erreichen. Haru zog sein Katana und schaffte es, die Spitze durch die Kette zu schieben. So konnte er den Talisman lösen und er rutschte über die Klinge zu ihm herab.

Er untersuchte seine Beute.

Es war ein Stäbchen aus weißer Jade. Eine vereinfachte Version des Spiralmusters, das die Stadt zierte, war auf einer Seite eingraviert worden. Das Auge wurde sofort davon angezogen, aber im Gegensatz zu den anderen Mustern wirkte es nicht abstoßend. Haru hielt es Ishiko hin.

»Weiße Jade?«, fragte sie.

»Ja.« Er fasste den Talisman behutsam an, aber das Material verlieh ihm neuen Mut. Dies war ein Schutz vor bösen Kräften, und zwar ein mächtiger. »Vielleicht war dies das Muster, bevor die Stadt korrumpiert wurde«, überlegte er.

»Und der letzte gefallene Krieger hat den Anhänger zurückgelassen«, spekulierte Ishiko weiter.

»Sind wir uns einig, dass wir ihn mit zu Junji nehmen, damit er ihn untersuchen kann?« Der Mönch wusste vielleicht, was die Gravur bedeutete, oder zumindest, wie man es herausfinden konnte.

Ishiko betrachtete den Anhänger einen Moment lang genau, dann nickte sie. »Weiße Jade. Es ist richtig, etwas so Heiliges von diesem Ort zu entfernen.«

»Ganz genau«, bestätigte Haru. »Ich glaube nicht, dass wir eine Wahl haben. Was wir hier gefunden haben, kann man nicht ignorieren. Wir gehen, aber wir *müssen* hierher zurückkehren. Selbst wenn die Geheimnisse uns geradezu einzuladen scheinen, selbst wenn es sich um eine Falle handelt. *Ganz besonders*, wenn es sich um eine Falle handelt, sollten wir alles genau untersuchen.«

Noch einmal drehte er sich zu dem riesigen Turm in der Mitte der Stadt um. Dieser starrte zurück, gebieterisch, herausfordernd. Er befahl ihm, seine Geheimnisse zu erforschen.

Und jetzt konnte Haru auch sicherstellen, dass er mit Verstärkung zurückkehren würde.

Ich werde dich besiegen. Das schwöre ich.

Sie gingen die Treppe des Turms wieder nach unten und begaben sich zurück auf den Felskamm. Erneut wurde der Wind stärker, stieß sie von hinten an, ein fieser Abschiedsgruß aus dem Tal des kalten Lichts und der fließenden Dunkelheit. Die Kälte brannte wie offenes Feuer. Der Schnee prasselte auf ihre Helme und Rüstungen ein. Während Haru mit Ishiko den Windungen des Felskamms folgte, peitschten ihm die Flocken aus gebrochenem Glas ins Gesicht und zerkratzten es.

Der Zorn des Windes schwoll an. Sobald sie eine offene Stelle erreichten, versuchte er, Haru von den Füßen zu reißen und den Berg hinunterzuschleudern. Er wehrte sich und verzog das Gesicht zu einer Maske der Anstrengung und gleichzeitig zu einem triumphalen Grinsen. Sobald sie den Felskamm hinter sich gelassen hatten und wieder den Abhang zurück zum Tunnel hinaufstiegen, erschütterte das Wutgeheul des Windes das ganze Tal.

Wir entkommen dir. Das passt dir nicht.

Am Tunneleingang wuchs das Heulen zu einem schrillen, ohrenbetäubenden Kreischen an. Haru konnte das Knirschen der eigenen Schritte im Schnee nicht mehr vernehmen. Blut strömte ihm über das Gesicht und in die Augen. Halb blind stolperte er in den Durchgang und tastete sich voran, während Ishiko sich bemühte, die Laterne wieder zu entzünden.

Der Wind war die Stimme der Stadt, dachte er, und er war erzürnt, weil sie ihr widerstanden hatten.

Hier sind wir außerhalb deiner Reichweite, da kannst du wüten, soviel du willst. Dein Ärger jetzt ist nichts im Vergleich zu dem, den ich dir bereiten werde, wenn ich zurückkehre.

Sobald sie die erste Biegung des Tunnels hinter sich hatten, ließ der Wind nach. Er war besiegt. Bald war er wieder nur ein gelegentlicher Atemzug. Es wurde wärmer.

Das weiße Jadestäbchen hielt Haru fest umklammert, während sie langsam Richtung Osten und aufwärts wanderten, zurück zur Karawane. Seine Bedeutungsschwere schien ihm mehr Gewicht zu verleihen, als es eigentlich haben dürfte. Er hatte etwas entdeckt, um das er sich kümmern musste, und konnte sogar einen möglichen Hinweis darauf vorlegen, wie man an die Stadt herangehen sollte. Schon viel zu lange hatte er nichts mehr von echtem Wert für die Familie getan.

Diese Nacht kann doch kein Zufall gewesen sein. Sie war Schicksal. Dies ist meine Bestimmung. Endlich erfüllt sie sich. So werde ich der, der ich sein muss.

So würde er sich würdig erweisen, eines Tages der Daimyo der Burg der Morgenröte zu werden.

Der nächste Windstoß kam ihm schwach vor, beinahe warm. Und als Haru wieder die Höhle betrat, in der die Kaufleute kauerten, schwitzte er. Die Arbeiten am Eingang kamen viel schneller voran, als er gehofft hatte. Schon bald wäre die Karawane wieder frei, da war er sich sicher. Das Unwetter würde sich verziehen und im Morgengrauen würde er sie weiterführen.

All das war sicher. Daran gab es keinen Zweifel. Es war Schicksal.

Je eher die Karawane weiterzog, desto eher konnte er zurückkehren.

Kapitel Fünf

»Hältst du Ausschau nach ihm?«, fragte Ochiba.

Barako verzog keine Miene. »Ich will nur wissen, wer von uns recht hatte.«

Ochiba war gerade zu ihr in den nordöstlichen Eingangsturm der Burg der Morgenröte gekommen. Das erste Unwetter des Winters hatte sich ausgetobt, aber ein weiteres schickte bereits seine Vorboten. Vorerst fiel kein Schnee mehr. Doch die Wolken hingen tief und stahlgrau am Himmel. Der Wind hatte sich gelegt und schleuderte keine Schneewehen mehr gegen die Mauern, die die Landschaft in eine Phantomwelt in Grau und Weiß verwandelten. Letzte Nacht, während ihrer Patrouille, waren die Berge um Morgenröte herum nicht einmal mehr Schatten hinter dem Schnee gewesen. Sie waren als die Geister von Bergen erschienen, blasse, veränderliche Umrisse, die im einen Moment erschienen und im nächsten wieder verschwanden. Jetzt waren die Felswände deutlich zu sehen, auch wenn ihre Gipfel von den tief hängenden Wolken verhüllt wurden.

Die Steinmauern von Morgenröte waren um einen niedrigen Berggipfel herum errichtet worden. Von dieser Position aus kontrollierte die Burg alle Pfade, die sich durch die engen Pässe nach Norden und Süden schlängelten, zur Burg der

Vergessenen und zur Burg Hida, sowie die Pässe Richtung Westen, zum Schutzwall. Von der Kreuzung dieser Wege aus ging ein schmaler Pfad in Serpentinen hinauf zum Tor. Die anderen drei Seiten der äußeren Burgmauer waren den schroffen Felswänden zugewandt, die der Berg jedem präsentierte, der versuchen wollte, ihn zu erklimmen.

Die Burg der Morgenröte hatte eine gute Lage, aber sie war nicht uneinnehmbar. Also patrouillierten die Wachen der Familie Kakeguchi mit steter Wachsamkeit an ihren Mauern – und jetzt, da der Winter mit seinen langen Nächten und der schlechten Sicht gekommen war, umso entschlossener.

»Höchstens eine halbe Karawane«, sagte Ochiba. »Welch ein Vertrauen in den Erben der Daimyo.«

Barako lächelte. Ochiba hatte leise gesprochen. Ihr Spott war nur für die Ohren des jeweils anderen bestimmt. Sie beugte sich etwas näher zu der drahtigen Kommandantin und senkte ebenfalls die Stimme. »Die vollständige Karawane? Bleibst du bei dieser Vorhersage? Dein Vertrauen ist bemerkenswert.« Auf den Schlachtfeldern hatten sie bereits viele unglückselige Erfahrungen mit Haru machen müssen. Barako konnte immer noch nicht sagen, ob Haru mit Unfähigkeit oder Pech geschlagen war. Vermutlich beides.

»Ich glaube an Ishiko.« Ochiba klopfte Barako ermutigend auf die Schulter. »Sie wird ihn zur Ordnung rufen.«

»Sie ist wirklich zuverlässig«, gab Barako zu. »An ihren Fähigkeiten zweifle ich nicht. Wir könnten uns niemand Besseren an Harus Seite wünschen. Ich frage mich nur, ob es ihr gelingt, dafür zu sorgen, dass er auf sie hört.«

Ochiba seufzte. »Stimmt. Das ist die Frage.«

»Und doch bleibst du bei deiner Vorhersage?«

»Ich lege meine Hoffnung in Ishiko.«

Barako nickte. »Dein Vertrauen in sie ehrt dich.«

»Also bleiben wir beide bei unserer Entscheidung.«

»Wie immer gleiche ich deine Hoffnung mit meinem Pessimismus aus.«

Ochiba rollte mit den Augen. »Diesem Ausgleich verdanken wir unser Leben, Barako.«

Barako verneigte sich leicht. Ihr Gespräch hatte mehr Förmlichkeit angenommen, aber es war geprägt von Humor und Kameradschaft. Sie waren sich beide der freundschaftlichen Beziehung bewusst, die sich zwischen ihnen entwickelt hatte, und dankbar dafür. Im Krieg hatte sie ihnen einige Male zum Sieg verholfen.

Als die beiden Frauen sich gemeinsam gegen die Wand lehnten, reichte Ochiba Barako gerade einmal bis zur Schulter. Nun empfand Barako den Tag als wärmer, die Sorgen, die er mit sich brachte, als weniger drückend.

»Die Daimyo ist besorgt.« Ochiba wurde ernst. »Es war ein schlimmes Unwetter.«

»Ist sie etwa noch pessimistischer als wir? Glaubt sie, die ganze Karawane könnte verloren sein? Wir sollten dennoch über den Winter kommen, wenn wir die Vorräte, die wir haben, einteilen, und der Frühling nicht ungewöhnlich spät einsetzt.«

»Das ist nicht ihre einzige Sorge.«

»Glaubt sie, Haru hat vielleicht nicht überlebt?«, fragte Barako.

»Ich weiß nicht, ob sie es für wahrscheinlich hält. Aber sie macht sich Gedanken, dass es so sein könnte. Das muss sie ja.«

»Natürlich.« Akemi hatte keine anderen Kinder. Haru war ihr Alleinerbe. Wenn er fiel, würde ihre Herrschaft über die Burg der Morgenröte sehr geschwächt, und das nicht nur aufgrund der Unsicherheiten über ihre Nachfolge. Barako dachte einen Augenblick lang nach. »Ich glaube, dass er überlebt hat.«

»Ich hoffe es.«

»Jetzt bist du diejenige, die zweifelt.«

»Es ist, wie du gesagt hast. Das Unwetter war schlimm. Und sein Urteilsvermögen ist nicht immer das Beste. Es könnte alles Mögliche passiert sein.«

»Sein Urteilsvermögen ist nicht immer das Beste, aber das Schlechteste ist es auch nicht«, wandte Barako ein. »Er tut manchmal dumme Dinge, aber er ist nicht dumm. Er weiß, wie man überlebt, auch wenn er es gelegentlich vergisst.« Sie bedachte Ochiba mit einem schiefen Lächeln. »Ich habe wenig Vertrauen in seine Fähigkeiten, aber ich vertraue darauf, dass er zu uns zurückkommt.«

»Na, dann können wir den Erben der Familie Kakeguchi ja nicht verlieren«, sagte Ochiba trocken.

Barako atmete tief ein, um sich zu sammeln. »Freuen wir uns, dass die Daimyo gesund und kräftig ist. Ohne sie wäre unsere Aufgabe sehr viel anstrengender.«

»Der Tag wird kommen, an dem wir eine große Bürde auf uns nehmen müssen.«

»Und wir werden sie gemeinsam bewältigen.« So wie es die Familie Kakeguchi tat und der gesamte Krabben-Klan. Ochiba und sie dienten einem großen Ganzen, das viel wichtiger war als jedes Individuum, und dieser Dienst erfüllte sie mit Stolz.

Ochiba legte ihr eine Hand auf den Arm, um ihre Dankbarkeit zu zeigen. Dabei behielt sie den Pfad Richtung Norden im Auge. »Was auch immer er entschieden hat«, sagte sie, »er hätte gar nicht früher hier sein können.«

Barako hörte die Anspannung in ihrer Stimme und fragte sich, wie prekär die Lage der Daimyo geworden war. »Glaubt Leutnant Doreni, dass seine Zeit gekommen ist?«

»Ich bin nicht sicher und ich glaube, er auch nicht. Aber vermutlich stellt er sich selbst genau diese Frage.«

Die Familie Kakeguchi hatte nicht als Einzige ihre Leute in der Burg der Morgenröte stationiert. Hiruma Doreni führte ein Kontingent Soldaten seiner Familie an, die Akemis Streitkräfte unterstützen sollten. Es sollte eine Zusammenarbeit unter pragmatischen Gesichtspunkten sein. Morgenröte brauchte starke Soldaten, um sich zu schützen und Hida am Wall Verstärkung schicken zu können. Nur war die Geschichte der Burg nicht so einfach. Das war Geschichte nie. Obwohl Morgenröte seit über einem Jahrhundert im Besitz der Kakeguchi war, war das nicht immer so gewesen. Auch die Familie Hiruma erhob Anspruch darauf. Akemis Anspruch war am größten, solange Haru ihr Erbe war und die Linie fortbestehen würde. Wenn sie keinen direkten Erben mehr hätte, wäre Dorenis Anspruch mindestens so stark wie der eines jeden Mitglieds der Familie Kakeguchi. Beide Familien waren Lehnsleute von Hida und diese höhere Macht hatte ihnen befohlen, zusammenzuarbeiten.

»Ich habe nie erlebt, dass Doreni sich hinterhältig verhalten hätte«, sagte Barako.

»Er hält nichts von Haru«, meinte Ochiba. »Er wird nicht einfach hinnehmen, dass dieser Daimyo wird.«

»Du befürchtest, dass er seinen eigenen Ehrgeiz mit seiner Sorge um Morgenröte verwechselt.«

»Aus seiner Sicht eine große Versuchung.«

»Das stimmt. Und eine noch größere, wenn Haru nicht zurückkehren sollte. Aber er wird zurückkehren.«

»Ja, natürlich.« Jetzt nahm Ochibas Stimme wieder einen neckischen Ton an. »Schließlich ist er noch nicht fertig damit, dich anzuschmachten.«

Barako seufzte und biss die Zähne zusammen, als sie sah, wie ein Grinsen an den Mundwinkeln von Ochibas ansonsten ausdruckslosem Gesicht zupfte. Sie bemühte sich um einen ernsten Ausdruck. »Er scheint gegen meine Gleichgültigkeit immun zu sein.«

Das Grinsen gewann die Oberhand. »Gleichgültigkeit?«

Barako lachte. Sie konnte nicht anders, wenn Ochiba auf diese Weise lächelte. »Ich werde nicht offen zugeben, dass ich den Erben der Daimyo verachte.«

»Ist wohl auch besser so.«

»Alles andere wäre auch sinnlos. Haru sieht nichts, was er nicht sehen will.«

Ochiba schüttelte den Kopf. »Da tust du ihm unrecht. Im Gegensatz zu dir kann ich beobachten, wie er dich ansieht, und seinen Gesichtsausdruck sehen, während du seinem Blick ausweichst. Deine ... sagen wir *Gleichgültigkeit* trifft ihn. Sie trifft ihn sehr. Und viele seiner Fehler rühren nur daher, dass er versucht, sich deiner Gunst würdig zu erweisen.«

»Meiner Gunst«, murmelte Barako. Die Worte schmeckten wie verdorbenes Fleisch. »Wenn er es so deutlich fühlt, wie du sagst, dann ist die Hartnäckigkeit, mit der er immer noch von mehr träumt, ein Zeichen des Wahnsinns.«

»Ganz und gar nicht«, sagte Ochiba. »Deine bloße Existenz schmerzt ihn. Er kann dich nicht haben und kann nicht sein wie du.«

»Das gilt auch für dich.«

»Aber er erwartet, dass ich sein Hauptmann werde, wenn er Daimyo wird. Und meine Situation ist allgemein bekannt.«

Barako nickte, vermied aber, Ochiba direkt anzusehen. *Er kann dich nicht haben.* Die Worte hallten in ihrem Kopf wider und in ihrem Herzen.

Ochibas engste Familie hatte gewollt, dass sie eine Hofdame wurde. Schon bei ihrer Geburt war ein passender Ehemann für sie ausgesucht worden. Jeder Schritt ihrer politischen Karriere war geplant gewesen.

Sie selbst jedoch hatte anders entschieden. Sie hatte den Weg des Schwertes gewählt. Solange sie zurückdenken konnte, hatte sie gewusst, dass es ihr bestimmt war, eine Bushi zu werden, keine Hofdame.

Also hatte Ochiba sich dem Willen ihrer Eltern widersetzt, wenn auch zunächst nicht offen. Ihre Entscheidung aber war unumstößlich gewesen. Heimlich hatte sie mit ihrer Klinge geübt und den Zeitpunkt ihrer offenen Rebellion mit demselben strategischen Scharfsinn geplant, der später ihren Kommandostil auszeichnen sollte. In einem Grenzdisput mit dem Kranich-Klan hatte sie sich bewiesen. Sie hatte gezeigt, dass sie als Kriegerin so hervorragend war, wie sie es als Hofdame nie hätte sein können. Im Land des Krabben-Klans konnte man solche Fähigkeiten gut gebrauchen. Also musste ihre Familie nachgeben, aber ihre Weigerung, zu heiraten, hatte ihr ein Opfer abverlangt. Um keine Schande über die Familie zu bringen, hatte sie auch jeder anderen Vereinigung abgeschworen. Wenn ihr Pfad das Schwert war, dann musste sie sich diesem Pfad auch voll und ganz verschreiben und nicht davon abweichen.

Das hatte sie seitdem getan und tat es noch.

Barako würde Ochiba nie in Versuchung führen, diesen Schwur zu brechen. Sie würde sie nie darum bitten, etwas Schändliches zu tun. Und sie würde alles tun, damit Ochiba nie auch nur ahnte, dass Barako einen solchen Vorsatz hatte treffen müssen.

»Dann muss ich mich in mein Schicksal fügen«, sagte sie seufzend.

»Eine Ehe mit Haru?«, fragte Ochiba grinsend.

Barako sah sie gespielt wütend an. »Seine sinnlose Aufmerksamkeit.« Sie sah noch einmal zum Himmel. Die Wolken wurden dunkler und hingen tiefer. »Das Unwetter wird bald hier sein.«

»Stimmt. Wenn Haru uns heute erreichen will, muss es bald sein.«

Stumm hielten sie nebeneinander Wache. So sehr verdunkelte sich der Himmel, dass Barako nicht einmal mehr den

Galgenhumor aufbringen konnte, mit dem Ochiba und sie ihre Sorgen im Zaum gehalten hatten.

Wenn du diese Karawane verloren hast, Haru ... Wenn du die Erwartungen deiner Daimyo dermaßen enttäuscht hast, dass sie ihre Herrschaft über Morgenröte verliert, dann bist du nicht besser als ein Verräter und ich werde dein Andenken verfluchen. Sei kein Held. Sei kompetent. Das ist doch nicht zu viel verlangt.

»Ich glaube, ich sehe ihn«, sagte Ochiba.

Auch Barako sah es – eine Bewegung am Horizont, kleine, dunkle Schemen vor dem immer grauer werdenden Himmel. Schon bald konnte sie die Umrisse von Leuten, Pferden und Wagen ausmachen. Ochiba sandte die Wachen aus dem anderen Turm aus, um Akemi mitzuteilen, dass die Karawane näher kam.

Barako sah, wie die Prozession die ersten Ausläufer des Berges erreichte, auf dem Morgenröte lag, und sich an den langsamen Aufstieg machte. »Weniger als die Hälfte«, stellte sie fest.

Ochiba presste verärgert die Lippen zusammen. Barako wusste, dass es nicht daran lag, dass sie ihre Wette verloren hatte, sondern weil Haru eine so schlechte Leistung erbracht hatte. »Das sieht nicht gut aus«, meinte sie. »Es wird Dorenis Position stärken.«

»Aber sieh ihn dir an.« Barako warf dem berittenen Schemen, der die Karawane anführte, einen finsteren Blick zu. »Man kann bis hier oben spüren, wie stolz er ist. Er sitzt da hoch zu Ross, als kehre er als Sieger von einem Feldzug heim.«

»Das ist allerdings merkwürdig«, antwortete Ochiba. »Arroganz sieht ihm nicht ähnlich. Normalerweise besitzt er wenigstens den Anstand, zu wissen, wann er sich schämen sollte.«

»Dann hat er einen Grund, stolz zu sein. Oder er glaubt es zumindest.«

Die beiden Samurai sahen einander an. Barako hatte Haru auf dem Schlachtfeld immer eher als Grund zur Besorgnis angesehen. Aber sie wusste auch, dass er selbst diese Meinung durchaus teilte. Nun kehrte er mit nur einem Teil der Karawane nach Morgenröte zurück, fühlte sich aber augenscheinlich dennoch als Sieger.

Eine Vorahnung ließ ihren Nacken kribbeln.

•

Sie alle hatten vor dem Tor auf ihn gewartet. Seine Mutter hatte feierlich an der Spitze gestanden. Doreni hatte, seinem Stand als dauerhafter Ehrengast entsprechend, an ihrer Seite gewartet, nur einen halben Schritt dahinter. Er hatte sich demonstrativ Mühe gegeben, ein verärgertes Stirnrunzeln zu verbergen, obwohl Haru sich sicher war, dass Doreni insgeheim froh war, den Sohn der Daimyo erneut scheitern zu sehen. Hinter diesen beiden hatten Ochiba und Barako gestanden, ihre Gesichter unbewegt, ihre Augen wie gewohnt nach Bedrohungen Ausschau haltend.

Sie alle hatten ihn in dem Moment, als er angekommen war, als Versager gesehen. Dann musste ihnen Ishikos ernster Gesichtsausdruck aufgefallen sein und sie hatten begriffen, dass der Zustand der Karawane nicht die wichtigste Neuigkeit war, die sie mitbrachten.

»Daimyo Akemi«, hatte Haru gesagt, »ich muss Euch sprechen. Die Angelegenheit ist dringlich.«

Während also die Karawane durch das Tor zog und damit begann, ihre Waren in den riesigen Vorratskammern auf der Ostseite der Burg zu verstauen, folgte Haru Akemi und ihren Kommandantinnen über den Burghof und durch den Haupteingang. In der Eingangshalle wandten sie sich nach links zur großen Halle. In der Feuerstelle in der Mitte des Raums prasselte ein Feuer. Auf einer erhöhten Plattform an der Westseite stand ein vergoldeter Gelehrtensessel. Auf diesem nahm seine Mutter nun Platz und bedeutete ihm zu sprechen.

Haru hatte Ishiko mitgenommen. Es war erniedrigend, dass er das Gefühl hatte, für seinen Bericht einen Zeugen zu brauchen. Es war aber auch realistisch.

Ihm war bewusst, wie die anderen ihn sahen. So wie er sich selbst sah.

Er hielt dem Blick seiner Mutter stand, während er ihr berichtete, was er entdeckt hatte, ihnen ein Wunder enthüllte und ruhig, aber bestimmt durch seine Entdeckung deutlich machte, dass er im Schicksal von Morgenröte eine bedeutende Rolle zu erfüllen hatte.

Als er geendet hatte, sah er auf, betrachtete die Gruppe vor sich und wartete auf ihre Reaktion. Eines Tages würde er sie alle befehligen. Er fürchtete sich vor diesem Tag, weil er niemals gut genug sein würde, ihre Erwartungen zu erfüllen. Heute aber würden sie über ihn urteilen. Vor der Entdeckung der geisterhaften Stadt hatte er sich vor diesem Augenblick, vor dem Blick dieser Leute, die ihm, ungeachtet ihres Rangs, überlegen waren, gefürchtet. Doch seit sie die Höhle verlassen hatten, freute er sich darauf. Dieses eine Mal hatte er keine Angst, Schande über sich gebracht zu haben. Er ging davon aus, dass einige von ihnen, vielleicht sogar alle, ihm nicht glauben würden. Das machte nichts. Er hoffte es sogar fast. Denn er hatte einen Beweis. Wie süß dieser Triumph schmecken würde!

Akemi lehnte sich vor und betrachtete Haru eingehend. Seine Mutter sah älter aus, als sie eigentlich war. Ihr Haar war grau und ihr Gesicht war von Wind, Krieg und Sorge gezeichnet. Ihre Augen lagen zwischen tiefen Falten. Sie glänzten schwach, weise und umsichtig, gaben aber nichts preis. Vor dreißig Jahren bei der Verteidigung des Walls war sie am linken Bein schwer verwundet worden. Seitdem benutzte sie einen Gehstock aus geschnitztem und poliertem Bambus. Und sie war noch fast ebenso tödlich wie damals. Ihre Bewegungen waren nach wie vor geschmeidig und kräftig. Die Zeit hatte die Grundfesten ihres Selbst abgetragen, aber ihren inneren Stahl gehärtet. Er war äußerst scharf und hinterließ tiefe Wunden.

Von Harus Position aus standen Ochiba und Barako links von Akemi. Äußerlich waren sie sehr unterschiedlich, aber wer sie einmal auf dem Schlachtfeld erlebt hatte, wusste, dass sie eine Einheit bildeten. Ochiba war klein und drahtig. Barako war groß, größer als alle anderen im Raum, und hatte so breite Schultern, als wäre sie der Kaiu Kabe selbst entsprungen. Ochibas lange, dunkle Zöpfe schwangen bei jeder ihrer schnellen Bewegungen mit. Barako hatte ihre kürzeren Haare zu einem festen Knoten hochgesteckt, über den sie jederzeit ihren Helm ziehen konnte, falls nötig. Ihr jeweiliges Erscheinungsbild passte auch zu ihrem Verhalten im Kampf. Ochiba war der Blitz, der in den Feind einschlug. Barako war der darauffolgende Donner, der ihn vernichtete. Ochiba verwendete ein Katana, Barako einen Hammer. Ochibas Führungsstil war wagemutig, Barako war etwas vorsichtiger. In ihrer Zusammenarbeit ging Ochiba notwendige, kalkulierte Risiken ein und Barako sorgte dafür, dass sie Erfolg hatten. Sie waren die Geschwindigkeit und die Stärke der Kakeguchi.

Die beiden ließen ihn ebenso wenig aus den Augen wie die Daimyo. Barakos Züge waren schmal und scharf geschnitten, ihre Nase gerade wie die Schneide eines Schwerts. Sie blickte so unbewegt drein wie immer. Ochibas runderes, lebendiges Gesicht, das sonst immer so schnell lächelte oder die Stirn runzelte, war ebenso neutral. Haru konnte nicht sagen, ob eine der Bushi ihm glaubte.

Bei Doreni, der rechts am Fuße des Podiums stand, hatte er hingegen keine Zweifel. Der Bushi der Familie Hiruma sah ihn finster an, seine hohe Stirn in ärgerliche Falten gelegt. Sein Gesicht war fast ebenso kantig wie Barakos, was durch den spitzen Kinnbart noch betont wurde. Wenn er still dastand, wie jetzt gerade, sah er aus wie aus Eichenholz geschnitzt, schlank und stark, nur zweimal so hart und unnachgiebig.

Einige Schritte von Doreni entfernt, als wollte er sich durch diesen Abstand von den politischen Strömungen auf der Burg der Morgenröte distanzieren, stand Junji. Der gedrungene Mönch mit dem rasierten Kopf schien abgesehen von Ishiko der Einzige zu sein, der keine Schwierigkeiten hatte, Haru zu glauben. Auch Junjis Miene war finster, aber er sah an Haru vorbei in die Ferne, auf etwas jenseits der Mauern und jenseits dieses Augenblicks.

An der rechten Seitentür klopfte es. Akemi lehnte sich in ihrem Sessel zurück und nickte dem Wächter zu. Der Bushi öffnete die Tür und ein Krieger der Hiruma marschierte so stramm herein, dass die Absätze seiner Stiefel auf den hölzernen Bodendielen klackten. Er verbeugte sich vor Akemi, flüsterte Doreni etwas zu, worauf dieser brummte, und zog sich zurück.

Doreni wandte sich an Akemi. »Ich habe eine Inventur unserer Lager vornehmen lassen, Daimyo«, sagte er. »Es ist, wie ich befürchtet hatte. Nach den Verlusten, die die Karawane erlitten hat, können wir nur hoffen, dass der Winter nicht zu lange anhält.«

»Wir haben genug«, antwortete Akemi, ohne den Blick von Haru zu nehmen.

»Vielleicht. Wenn wir es uns gut einteilen.« Auch Doreni sah nun wieder Haru an. »Aber es wird knapp.«

»Eure Sorge wurde zur Kenntnis genommen, Leutnant Doreni. Wir werden uns zu gegebener Zeit darum kümmern und es ist auch nicht das erste Mal, dass wir das tun.«

»Wir sollten aber nicht dazu gezwungen sein.«

Der herausfordernde Unterton in seiner Stimme ließ Ochiba vortreten.

»Ruhig Blut, Hauptmann Ochiba«, sagte Akemi. »Wir müssen offen über diese Sache sprechen. Wie es aussieht, steht sehr viel auf dem Spiel.«

»Mehr, als notwendig gewesen wäre«, wandte Doreni ein.

»Wir verstehen Euch sehr gut«, antwortete Akemi. »Aber ich glaube, wir sind uns auch einig, dass die Frage, worum es sich bei dieser Stadt handelt, dringender ist als der langfristige Zustand unserer Lagerhallen.«

»Dann erlaubt mir, das weiter auszuführen, Daimyo«, sagte Doreni. »Wir haben nur den Bericht von Kakeguchi Haru, um zu entscheiden, was wir tun sollen. Wenn ich gewisse Situationen auf dem Schlachtfeld bedenke, habe ich Zweifel an der Richtigkeit seiner Ausführungen.«

»Wollt ihr damit sagen, dass er eine ganze Stadt halluziniert hätte?« In Barakos Stimme schwang Ärger mit.

Sie hat mich verteidigt! Haru wurde ganz schwindelig.

Doreni kam aus dem Konzept. »Nein, das wollte ich natürlich nicht.«

»Er hat Euch genau das berichtet, was wir gesehen haben«, warf Ishiko ein.

»Ihr seid eine ehrenhafte Bushi«, sagte Doreni. »Ihr steht Eurem Kommandanten bei. Aber Loyalität kann auch fehlgeleitet sein und in solchen Fällen führt sie zu schweren Fehlern. Oder möchte mir da jemand widersprechen?« Er machte eine Pause. Als niemand etwas sagte, fuhr er fort: »Dann, bei allem gebührenden Respekt, reicht dieser Bericht nicht aus, so leid es mir tut.«

»Sicher, sicher.« Junji klang ungeduldig. Er schien kaum auf die Spannungen im Raum zu achten. »Aber erst einmal sollten wir uns alles anhören, was Leutnant Haru zu sagen hat.«

»Leutnant Dorenis Zweifel sind verständlich.« Haru lächelte und sah, wie ein Hauch von Beunruhigung über das Gesicht des Hiruma huschte. Doreni war nicht darauf gefasst gewesen, dass er so selbstsicher sein würde. »Mir sind meine Fehler in der Vergangenheit bewusst. Deshalb habe ich das hier aus der Stadt mitgebracht.« Er zog den Talisman aus seinem Beutel und ließ ihn an seiner Kette vor der Versammlung baumeln. Er glänzte matt und reflektierte den Schein des Feuers.

Alle Anwesenden starrten das Jadestäbchen an. Junji trat einen Schritt vor, dann noch einen wenn auch zögerlichen Schritt. Näher schien er nicht herangehen zu wollen. »Wo habt Ihr das gefunden?«, wollte er wissen.

»In einem Wachturm.« Haru hoffte, dass Junji bestätigen würde, wie wichtig seine Entdeckung war. Das Problem war, dass Junji sich ungern auf irgendetwas festlegte.

»Aber wo genau?«, fragte der Mönch.

»Es hing vom Dach herab.«

»Einfach so, frei zugänglich?«

»Ja. Ich kann nicht sagen, warum es da hing, aber das tat es nun mal.«

»Sagt es Euch etwas?«, fragte Akemi an Junji gewandt.

»Nein, Daimyo, nichts.« Er kam nun doch näher und streckte zögernd die Hand aus. »Darf ich?«

»Bitte.« Haru legte Junji das Amulett in die Hand.

Bei der Berührung zuckte der Mönch leicht zusammen, als hätte er erwartet, dass es ihn verbrenne, und stattdessen eine Bewegung gespürt. Er sah auf den Anhänger hinab. Mit dem Zeigefinger der rechten Hand fuhr er die spiralförmige Verzierung nach. »Zähne«, murmelte er und schüttelte angewidert den Kopf.

Akemi stand auf und kam zusammen mit den anderen näher. Sie alle drängten sich um Junji.

»Das Muster ist unangenehm«, stellte Barako fest.

»Und doch faszinierend«, murmelte Ochiba.

»Ja.«

»Es ist von derselben Art wie das Muster, das ich dort überall gesehen habe«, sagte Haru. »Es wiederholt sich nicht, aber es ... es windet sich. Genau so.« Er bemühte sich, Autorität in seine Stimme zu legen. »Meiner Meinung nach ist es ein Sinnbild für die Stadt, vielleicht ein Hinweis darauf, was sie früher einmal war.«

»Woraus besteht es?«, wollte Akemi wissen.

»Aus weißer Jade, oder?« Vor plötzlicher Unsicherheit zog sich Haru der Magen zusammen.

»Ich weiß es nicht«, sagte Junji. »Ich weiß es nicht.«

»Wir müssen mehr herausfinden.« Akemi klang sehr besorgt.

»Ja!«, stimmte Haru zu. »Ja, das müssen wir!« Sein Herz schlug vor Triumph schneller. Genau das hatte er erhofft. Endlich hatte er etwas Bedeutendes für Morgenröte zustande gebracht. *Lass dir diesen Moment nicht entgleiten!* »Jetzt, da wir wissen, dass es die Stadt gibt, dürfen wir sie nicht ignorieren. Wir haben keine Zeit zu verlieren. Der Winter ist angebrochen und wenn wir noch lange zögern, ist es zu spät. Wir können nicht bis zum Frühling warten.«

»Was schlagt Ihr also vor?«, fragte Ochiba.

»Wir müssen sofort zurückkehren, und zwar mit einer ganzen Truppe. Daimyo, ich bin bereit, die Expedition zu leiten.«

Akemi schüttelte den Kopf. »Niemand geht dorthin.«

»Aber ...«

Sie hob eine Hand. »*Vorerst* geht niemand. Ich stimme zu, dass die Stadt untersucht werden muss. Sie stellt eine potenziell schwere Bedrohung dar. Aber ich werde niemanden dorthin entsenden, *niemanden*, solange wir nicht alles in unserer Macht Stehende getan haben, um mehr zu erfahren. Für den Anfang werden wir die entsprechenden Rituale vollziehen.«

Haru neigte den Kopf. »Natürlich.« Außerdem würde jedes Mitglied der Karawane auf Wunden, Prellungen oder andere Formen von Verletzung untersucht werden, ganz besonders Ishiko und er selbst. Morgenröte war nicht bedeutend genug, dauerhaft einen Kuni-Shugenja zu beherbergen, und es war schon einige Zeit her, seit das letzte Mal einer von ihnen die Burg besucht hatte, also würde Junji die Untersuchungen vornehmen.

Akemi wandte sich an den Mönch: »Ich überlasse Euch den Anhänger. Haben wir irgendeine Möglichkeit, herauszufinden, um welche Stadt es sich handelt? Sie kann doch nicht zum ersten Mal entdeckt worden sein.«

Junji nickte. »Das halte ich auch für unmöglich. Ich sehe, was ich finden kann.« Immer noch betrachtete er das Amulett. »Ich glaube nicht, dass es sich um weiße Jade handelt. Das Material sieht ihr sehr ähnlich, aber irgendetwas stimmt nicht. Wir sollten alle Vorsichtsmaßnahmen gegen Einflüsse aus den Schattenlanden verstärken.«

»Das werden wir.« Akemi nahm ihren Stock und entfernte sich von der Plattform, ein deutliches Zeichen, dass das Gespräch beendet war. »Verdoppelt die Wachen«, befahl sie. »Wir alle sollten wachsam sein. Dieser Anhänger ist vielleicht nicht das Einzige, was aus dieser Stadt zu uns kommt.«

Ochiba, Barako und Doreni neigten rasch die Köpfe zum Zeichen, dass sie verstanden hatten. Haru genoss den Ausdruck auf Dorenis Gesicht. Aller hämischer Triumph war daraus gewichen. Er blickte immer noch finster drein, aber nicht mehr mit der zuvor so theatralisch zur Schau gestellten Missbilligung.

Barako hat sich für mich eingesetzt!

Haru wandte sich in ihre Richtung, um ihr zu danken, aber sie marschierte bereits hinter Ochiba aus dem Raum und drehte sich nicht noch einmal zu ihm um.

Kapitel Sechs

Junji betrat die Bibliothek der Burg der Morgenröte. Er atmete tief ein und aus, um die Anspannung zu vertreiben, und rollte den Kopf von einer Seite zur anderen, um den steifen Nacken zu lockern. Es war eine Erleichterung, die Haupthalle mit all ihren politischen Stolperfallen hinter sich gelassen zu haben. Er tat, was er konnte, um sich aus den Machtkämpfen zwischen der Familie Kakeguchi und der Hiruma-Familie herauszuhalten. Allerdings fühlte es sich immer häufiger so an, als klammere er sich verzweifelt an den Fels der Neutralität, während die Stromschnellen um ihn herum drohten, ihn mitzureißen. Immer wieder musste er gegenüber Akemi und Doreni seinen Standpunkt verdeutlichen. Er war ein geborener Kakeguchi, aber seine Berufung war es, Mönch zu sein. Er würde ihre Spielchen nicht mitspielen. Ihm kam es nur darauf an, dass die Burg der Morgenröte sich den Schattenlanden mit aller Macht widersetzte.

Dennoch versuchten sie, ihn auf ihre Seite zu zerren. Und die Neuigkeiten, die Haru gebracht hatte, trugen nicht dazu bei, die Situation zu beruhigen. Er konnte sehen, dass sowohl die Daimyo als auch der Leutnant nach Möglichkeiten suchten, die Entdeckung zu ihren Gunsten zu nutzen, entweder um

Harus Eignung als Erbe zu beweisen oder ihn ein für alle Mal zu diskreditieren.

Noch einmal atmete Junji tief und bewusst ein. Er schloss die Augen und entließ die Luft langsam wieder, sammelte sich und schob alle Gedanken an Machtkämpfe beiseite. Deshalb war er nicht hier. Er war hier, um seine geliebten Schriftrollen zu Rate zu ziehen, um in der Zeit zurückzureisen und in die Geschichte von Rokugan einzutauchen. Haru hatte eine Entdeckung gemacht. Die nächste lag jetzt an ihm.

Junji öffnete die Augen. Er war bereit.

Das Archiv von Morgenröte war ein großer Raum mit Regalen, die bis unter die hohen Decken reichten. Über Leitern erreichte man die Alkoven, wo die ältesten Schriftrollen untergebracht waren. Ganz oben gab es einige Ecken, in denen schon lange niemand mehr nachgeschlagen hatte und die seit vielen Jahrzehnten nicht mehr aufgeräumt worden waren.

Junji stieg eine Leiter hinauf. Hier oben musste er beginnen, in den Höhen der Vergangenheit. Es verstörte ihn, dass er keine Ahnung hatte, worum es sich bei dieser Stadt handeln könnte, über die Haru gestolpert war. Und der Anhänger verstörte ihn sogar noch mehr. Vielleicht würde er sich besser fühlen, wenn er einen Namen dazu fand und zumindest Ansätze einer Geschichte. Das Unbekannte war gefährlich. Und es gefiel ihm nicht.

Während er die Schriftrollen durchforstete und dabei hauptsächlich auf Karten und Geschichtschroniken achtete, tauchte vor seinem inneren Auge immer wieder das Bild des Anhängers auf. Es verfolgte ihn. Er hatte den Anhänger auf dem Tisch in der Mitte der Bibliothek in einem kleinen, geweihten Kästchen aus grüner Jade platziert und darin versiegelt. Je mehr er ihn untersuchte, desto weniger traute er ihm. Solange er in dem Kästchen lag, musste er ihn nur ansehen, wenn es notwendig war. Trotzdem konnte er das Bild nicht vertreiben. In seiner Vorstellung bewegte sich die Spirale tatsächlich. Sie drehte und wand sich in abscheulichen Kreisbewegungen, als wollte sie Licht und Seelen in ihr Inneres ziehen.

Was immer er auch fand, es würde finster sein. Daran gab es keinen Zweifel. Er konnte nur hoffen, *dass* er etwas fand und dass es von Nutzen war.

•

Der Abend brach herein und es stürmte wieder. Als Barako in die Bibliothek kam, saß Junji an dem langen Tisch, der den größten Teil des Mittelgangs beanspruchte, umgeben von ausgerollten und geschlossenen Schriftrollen. Vor ihm lagen Papiere ohne erkennbare Ordnung verstreut. Die Deckenlaternen warfen Lichtkegel auf den Tisch. Junji saß über eine Schriftrolle gebeugt und hatte konzentriert die Stirn gerunzelt. Er war in seinem Element und tat, was er über alles liebte.

Dir macht das auch noch Spaß, was?

Barako schalt sich selbst für diesen unfairen Gedanken. Junji war sichtlich erschrocken gewesen, als Haru den Anhänger hervorgeholt hatte. Eine Gefahr aus den Schattenlanden würde er nie auf die leichte Schulter nehmen. Natürlich ergriff er trotzdem gern die Gelegenheit, in seinem geliebten Archiv abzutauchen. Wenn seine Pflicht von ihm verlangte, sich einmal mehr aus der politischen Schusslinie zurückzuziehen, umso besser.

Junjis neutrale Haltung frustrierte Barako. Mehrmals schon hatte sie versucht, ihm klarzumachen, dass er, wenn er Akemi nicht aus voller Kraft unterstützte, die Machtkämpfe, die ihm so zuwider waren, nur noch mehr in die Länge zog.

Aber deshalb bist du nicht hier.

Nein. Sie war hier, um zu helfen. Sie ärgerte sich über Junji, aber sie bewunderte auch seine Gelehrsamkeit.

Bewusst trat sie etwas fester auf, um Junji auf ihre Anwesenheit aufmerksam zu machen, bevor sie den Tisch erreichte. Er zuckte leicht zusammen und sah auf. Sein Lächeln wirkte müde und ein wenig zurückhaltend.

»Seid Ihr hier, um zu helfen, oder wollt ihr mir wieder Vorträge halten?«, fragte er.

»Ich will helfen«, beruhigte ihn Barako.

»Gut. Ich könnte Eure Augen hier gut gebrauchen.«

Barako zog sich einen Stuhl heran, der Junjis gegenüberstand, und setzte sich. Schon viele Tage hatten sie hier gemeinsam schweigend verbracht und gelesen. Barako frequentierte die Bibliothek mehr als alle anderen Krieger der Burg. Sie nutzte jede sich bietende Gelegenheit, mehr über die Feinde der Kakeguchi zu erfahren, wer oder was sie auch sein mochten. Ihr Wissen war eine der Waffen, die sie mit aufs Schlachtfeld brachte, und Ochiba war dankbar für die Nachforschungen ihres Leutnants und wusste sie gut einzusetzen.

»Hier.« Junji beugte sich vor und schob Barako einen Stapel Schriftrollen zu. »Fangt hiermit an. Es sind Berichten von Reisen durch die Berge. Möglicherweise wird die Stadt in einem davon erwähnt.«

Die erste Rolle, die Barako in die Hand nahm, war vom Alter ganz spröde. Es staubte, als sie sie sorgsam entrollte. Die Schriftzeichen waren verblasst, die schwarze Tinte grau geworden. »Ein alter Bericht.«

»Sie sind alle alt. Wenn jemand vor Kurzem etwas über die Stadt geschrieben hätte, wüssten wir davon.«

»Glaubt ihr, es hat überhaupt einmal jemand darüber berichtet?«

»Das können wir nur hoffen«, sagte Junji leise.

Barako begann zu lesen. Sie ging die Schriften so schnell sie konnte durch, ohne nachlässig zu sein, und suchte nach den Zeichen für *Ruinen* und *Stadt.* Schon bald hatte sie jegliches Zeitgefühl verloren. Wie Junji tauchte sie in die Dokumente ein, bis es in ihrer Welt nichts mehr gab außer den Schriftzeichen vor ihren Augen. Das einzige Geräusch in der Bibliothek war das Rascheln von Papier. Junji und sie bewegten sich nur, um eine Schriftrolle beiseitezulegen und die nächste auszurollen.

Sie wusste nicht, wie viele Stunden sie so dagesessen hatte, als Junji brummte. Barako sah auf. »Habt Ihr etwas?«

Junji nickte. »Ich glaube, es ist ein Hinweis. Eine beiläufige Bemerkung aus dritter Hand. Dieser Reisende hat von einer antiken Stadt gehört, irgendwo in den Bergen südlich der Burg der Vergessenen.«

»Nennt er einen Namen?«

»Ja, ›Die Stadt der Hungrigen Nacht‹.«

Barako ließ das auf sich wirken. Sie biss die Zähne zusammen. *Haru, was hast du getan?* »Klingt unheimlich.«

»Das ist es auch«, stimmte Junji zu.

»Steht dort noch etwas?«

»Nein, nur diese Bemerkung.«

»Nun, es ist zumindest ein Anfang.«

Sie suchten weiter, nun mit neuer Entschlossenheit. Barako hatte das Gefühl, dass sie ihrer Beute jetzt auf der Spur waren. Sie hatten einen Namen, nach dem sie suchen konnten. Aber sie beachtete auch die Dokumente, in denen sie diesen Namen nicht entdecken konnte. Vielleicht wurden andere Namen benutzt oder gar kein Name.

Sie arbeiteten bis zum Morgengrauen. Schließlich hatten sie noch einige Textstellen gefunden, wertvolle Informationsfetzen über die Stadt.

Barako streckte sich und massierte sich die Schultern, in denen sich nach dem stundenlangen Sitzen in gebeugter Haltung schmerzhafte Verspannungen gebildet hatten. »Wir sollten Akemi zeigen, was wir gefunden haben«, sagte sie.

»Das überlasse ich Euch«, erklärte Junji. »Ich suche weiter.«

»Glaubt Ihr denn, dass es noch etwas zu finden gibt?« Barako betrachtete die Haufen von Schriftrollen, die sie bereits durchgearbeitet hatten.

»Es könnte sein. Wir haben die Möglichkeiten dieser Bibliothek noch lange nicht ausgeschöpft.« Einen Augenblick lang schwieg Junji. »Und doch«, fuhr er dann fort, »scheint es mir ein schlechtes Zeichen, dass wir nach der langen Suche so wenig vorzuweisen haben.«

»Inwiefern ein schlechtes Zeichen?«

Er deutete auf die wenigen Texte, die sie gesammelt hatten, in denen auch nur der geringste Hinweis auf die Stadt der Hungrigen Nacht zu finden war. »Es sind nur ein paar Bruchstücke«, erklärte er. »Und wenn sie erwähnt wird, dann nur in wenigen Worten, was besonders für eine Stadt dieser Größe und Gestalt, wie Haru sie beschreibt, ungewöhnlich ist. Warum führt das niemand weiter aus? Und warum gibt es keine Augenzeugenberichte? Nur vage Erinnerungen an die vagen Erinnerungen einer anderen Person an die Geschichte eines Dritten. Fast scheint es, als ob die Stadt sich verbirgt, nicht nur vor unseren Augen, sondern auch vor unseren Gedanken.«

Das wurde ja immer schlimmer. »Und was glaubt Ihr, was wir dann tun sollten?«

»Diese Entscheidung liegt nicht bei mir«, sagte Junji entschlossen. »Ich finde, was ich kann. Über das weitere Vorgehen entscheidet Daimyo Akemi.«

»Aber Eure Weisheit könnte entscheidend sein.«

»Nun, ich habe keine zu bieten. Nicht in dieser Sache.«

»Und wann seid Ihr je der Meinung, dass Ihr Weisheiten habt, die Ihr mit uns teilen könntet?«

Junji antwortete nicht.

»Eines Tages müsst auch Ihr Euch vielleicht für eine Seite entscheiden«, sagte Barako und stand auf.

•

Haru ging im Quartier seiner Mutter auf und ab und der flackernde Schein der Lampen tanzte auf seinem Gesicht. Vor einigen Minuten hatte Barako den Raum verlassen. Ihre Worte hingen jedoch noch immer in der Luft. *Die Stadt der Hungrigen Nacht.* Akemi hatte kein Wort gesagt, seit die Samurai gegangen war. Sie kniete auf der Tatami-Matte, nippte an ihrem Tee, dachte nach und ignorierte Haru, wann immer er an ihr vorbeiging.

Schließlich hielt er es nicht länger aus. Er kniete sich vor Akemi. »Also?«, fragte er.

Langsam sah Akemi auf. Der Blick, mit dem sie ihn bedachte, war unendlich geduldig, was ihn nur noch mehr frustrierte. »Du willst mir sagen, was ich deiner Meinung nach tun sollte, nicht wahr?« Sie trommelte mit den Fingern auf den Griff ihres Stocks.

»Nein ... ich ...«, stammelte Haru. Sie hatte recht. Genau das hatte er vorgehabt. Aber solch eine Anmaßung wäre beleidigend und er hätte damit auch das letzte bisschen Respekt verspielt, das sie noch für ihn haben mochte. »Euer Wunsch ist mir Befehl«, sagte er stattdessen. »So wird es immer sein. Niemals würde ich etwas anderes andeuten wollen.«

»Gut.«

»Doch ich bitte Euch, sagt mir, was Ihr von dem haltet, was Barako uns erzählt hat.«

»Der Name der Stadt ist finster«, stellte Akemi fest.

»Dem stimme ich zu.«

»Nun, du wirst irgendwann der Herr von Morgenröte sein.« Akemi sprach mit einer Gewissheit, die Haru nicht empfand. »Sag mir, was du tun würdest.«

»Die Stadt ist gefährlich. Wir wissen nicht, auf welche Weise. Und wir können es uns nicht leisten, sie zu ignorieren.«

»Allerdings«, unterbrach Akemi. »Jetzt, da wir sie entdeckt haben, könnte die Stadt ebenso auf uns aufmerksam geworden sein wie wir auf sie. Oder das, was dort lauert, wurde auf uns aufmerksam. Einer von uns hat sie betreten und wieder verlassen. Wer weiß, ob nicht das, was darin ist, ebenfalls die Stadt verlassen und dem Pfad folgen kann, der ihm bereitet wurde?«

Bei dieser Zurechtweisung verzog Haru das Gesicht. *Hätte ich das, was ich entdeckt habe, einfach ignorieren sollen? Oder das, was Ishiko und ich in der Höhle erlebt haben? Was hättest du an meiner Stelle getan? Wie kommst du darauf, dass wir sicher wären, wenn wir die Stadt nie gefunden hätten? Glaubst du, dass nicht früher oder später eine Gefahr von ihr ausgegangen wäre? Wie könnten wir uns darauf vorbereiten, wenn wir nicht einmal wüssten, dass es diese Stadt gibt?* Er schluckte all diese defensiven Antworten hinunter. Sie brachten ohnehin nichts. Es war besser, Akemis Worte mit Würde hinzunehmen. Vielleicht war sie dann offener gegenüber dem, was er zu sagen hatte. »Falls eine Gefahr davon ausgeht, müssen wir sie zerstören, bevor sie uns bedroht. Falls es etwas gutzumachen gilt, werde ich es tun.«

»Was schlägst du also vor?«, fragte Akemi.

»Was ich von Anfang an gesagt habe. Wir müssen in die Stadt der Hungrigen Nacht zurückkehren. Falls sie ein Ausläufer der Schattenlande ist, muss sie zerstört werden.«

»Eine ganze Stadt auszulöschen ist keine leichte Aufgabe.«

»Ich weiß. Es wird lange dauern, sie zu schleifen. Aber als Erstes müssen wir herausfinden, ob dort etwas lebt, und es besiegen. Lasst mich eine Truppe zusammenstellen. Ich werde den Feind besiegen, den ich entdeckt habe.«

Akemi sah ihn lange an. Ihr Gesicht wurde milder. Als sie sprach, wandte sie den Blick ab und sah an ihm vorbei, als wollte sie ihm nicht in die Augen sehen. »Nein. Diesen Wunsch kann ich dir nicht erfüllen.«

»Warum nicht?«

Nun sah sie ihn doch an und ihr Ausdruck war voller Kummer und Enttäuschung. »Du weißt, warum. Es stimmt, wir müssen handeln. Du hast etwas von schrecklicher Bedeutung entdeckt. Unter welchen Umständen die Entdeckung auch stattfand, sie ist wichtig. Sehr wichtig. Darauf kannst du stolz sein.«

»Dann bitte, zwing mich nicht hierzubleiben.« Haru hasste es, so zu betteln, und er wünschte, seine Mutter hätte nicht so gute Gründe, seine Bitte auszuschlagen.

»Und wenn du zurückgehst und ich dich verliere, was geschieht dann mit den Kakeguchi der Burg der Morgenröte?«

»Und was sagt es über mich aus, wenn ich hierbleibe? Wird irgendjemand sich von einem Feigling führen lassen?«

Akemi presste die Lippen zusammen und legte ganz leicht den Kopf schief, als würde sie über seine Worte nachdenken. »Also gut«, gab sie schließlich nach. »Du gehst.«

»Ich breche sofort auf.«

»In diesem Unwetter? Damit du stirbst, bevor du die Stadt auch nur erreichst?«

»Dann eben, sobald das Unwetter nachgelassen hat. Aber wir können nicht ewig warten. An irgendeinem Punkt müssen wir die Reise riskieren. Denn es nicht zu tun wäre dann ein noch größeres Risiko.« Er wartete auf eine Antwort seiner Mutter. Als keine kam, fuhr er fort und bemerkte, dass er schon wieder bettelte. »Ich muss gehen. Ich darf nicht zurückbleiben. Sonst kann ich mir nie die Autorität erwerben, die nötig ist, um die Burg zu führen. Da ist es besser, wenn ich bei dem Versuch sterbe, sie zu erhalten. Die Folgen für dein Vermächtnis wären dieselben.«

Wieder schwieg Akemi. Schließlich seufzte sie. »Vielleicht hast du recht. Also gut, du gehst.«

»Danke. Du wirst es nicht bereu...«

Mit einer Geste schnitt Akemi ihm das Wort ab. »Du gehörst zu einer Truppe, die von Ochiba angeführt wird. Sie hat das Kommando.«

»Nein ...« Haru rang nach Worten. Kränkung und Ärger schnürten ihm die Kehle zu, er konnte kaum atmen. »Warum? Warum tust du mir das an? Verstehst du nicht, wie mich das in den Augen aller Samurai der Burg demütigen wird?« Das war fast schlimmer, als zurückzubleiben.

»Letzten Endes muss ich tun, was für die Burg das Richtige ist. So wie du, wenn deine Zeit gekommen ist. Und es ist ja nicht das erste Mal, dass du unter Ochibas Kommando stehst.«

»Wann habe ich das nicht? Aber diesmal ist es etwas anderes. Das hier ist *meine* Entdeckung.«

»Stimmt. Du hast es entdeckt, im Namen deiner Familie. Im Namen des Krabben-Klans. Und jetzt tu deine Pflicht und diene Morgenröte so, wie ich es für richtig halte.«

Es hätte keinen Zweck, weiter zu argumentieren. Akemi hatte entschieden und war von dieser Entscheidung nicht mehr abzubringen. »Ich werde den Kakeguchi Ehre machen«, versprach er und verließ den Raum.

Er würde seinem Schwur treu bleiben. Egal was Akemi befahl.

Schnellen Schrittes ging Haru den Korridor entlang. Er hatte Vorbereitungen zu treffen.

Kapitel Sieben

»Ich konnte herausfinden, dass die Stadt der Hungrigen Nacht sehr alt ist«, berichtete Junji dem versammelten Rat. »Die wenigen Hinweise, die wir gefunden haben, deuten darauf hin, dass sie bereits vor dem Bau des Walls bekannt war, allerdings nur wenigen. Ansonsten habe ich wenig beizutragen, das über bloßes Raten hinausgeht.«

»Wurde sie von Sterblichen errichtet?«, fragte Akemi.

Junji breitete die Arme aus. »Kann ich nicht sagen.«

»Damit sind wir nicht viel schlauer als vorher.« Doreni brachte den Frust zum Ausdruck, den sie alle empfanden.

»Der Name ist bedeutsam«, sagte Barako.

»Das stimmt.« Junji nickte. »Und noch etwas ist mir an den Worten aufgefallen, die wir über die Stadt der Hungrigen Nacht gefunden haben. Sie waren geflüstert.«

Junji war kein Selbstdarsteller. Barako wusste, dass er es hasste und stets vermied, dramatisch zu klingen. Seine Worte sollten also nicht unheilschwanger wirken. So hatte er die Dokumente tatsächlich erlebt. Ihr selbst war es ebenso gegangen. Auch Barako hatte das verängstigte Flüstern gehört, als sie die wenigen, verstohlenen Worte gelesen hatte. »Er hat recht.«

»Nun«, sagte Akemi, »dann gibt es also kaum Zweifel, dass die Stadt eine Gefahr darstellt. Aber wir wissen nicht, auf welche Weise oder wie wir die Gefahr abwenden können.«

»So ist es«, bestätigte Junji. »Abgesehen von dem, was wir normalerweise tun, wenn uns etwas begegnet, das mit den Schattenlanden in Berührung kam.«

»Und was würde es ändern, wenn wir mehr wüssten?«, warf Haru ein. »Was wir zu tun haben, ist heute ebenso klar wie gestern. Wir müssen zurückkehren, und zwar mit genügend Mann, um allem entgegenzutreten, was uns dort begegnen mag. Die Pflicht des Krabben-Klans, und sein Privileg, ist es, gegen die Schattenlande zu kämpfen. Also tun wir, was wir tun müssen.«

Barako hatte Haru heimlich im Auge behalten, seit sie sich versammelt hatten. Er zitterte vor Ungeduld. Haru sah jünger aus, als er eigentlich war. Ein Grund dafür war seine nervöse Energie. Dazu kamen seine Unsicherheit und sein Wagemut, den er statt Selbstsicherheit an den Tag legte. Sein Gesicht war faltenfrei, seine Lippen spröde, weil er ständig darauf herumkaute. Barako vermutete, dass er immer jugendlich und unerfahren aussehen würde, selbst im Alter. In diesem Moment schien die Luft um ihn herum geradezu zu pulsieren vor lauter Begehren, in die Stadt der Hungrigen Nacht zurückzueilen. Er beunruhigte sie. Was er sagte, war nicht falsch, jeder in der großen Halle stimmte ihm zu. Aber wie er es sagte, war gefährlich. Er konnte kaum an sich halten. Damit war er geradezu prädestiniert dafür, falsche Entscheidungen zu treffen und noch schlechtere Taten folgen zu lassen.

»Wir werden gehen«, teilte Akemi ihnen mit. »Ihr werdet gehen. Hauptmann Ochiba wird ein Regiment unserer Krieger zur Stadt der Hungrigen Nacht anführen. Mit dem ersten Morgengrauen nach dem Sturm wird es aufbrechen.« Sie wandte sich an Doreni: »Die Verteidigung von Morgenröte liegt dann in Eurer Hand.«

Doreni neigte den Kopf, sah aber nicht glücklich aus. Er warf einen raschen Blick auf Haru und fragte dann: »Seid Ihr ganz sicher, dass dies die klügste Gesandtschaft ist, die wir aufbringen können?«

»Die Burg braucht Euch hier.« Akemi erwiderte seinen Blick ungerührt.

Doreni verneigte sich erneut. »Wie Ihr befehlt.« Er klang nicht besänftigt.

Barako spannte sich an. Ihr war sofort klar, was der Wortwechsel zwischen Doreni und Akemi zu bedeuten hatte, obwohl sie dachte, dass Haru es vielleicht nicht verstand. Doreni gefiel der Gedanke nicht, dass Haru noch einmal zu der Stadt ging, erst recht in diesem aufgewühlten Zustand. Vielleicht war es Doreni auch nicht recht, selbst zurückzubleiben. Barako hingegen fand Akemis Entscheidung richtig. So sehr sie Harus Inkompetenz auch fürchtete, war dies doch das geringste Übel. Darüber hinaus konnte Akemi so Dorenis politischen Ehrgeiz erneut ausbremsen. Er konnte ihr und der Burg nur treu dienen, wollte er nicht den Eindruck mangelnden Respekts erwecken.

Haru ließ nicht erkennen, dass er etwas von Akemis sorgfältiger Planung mitbekommen hatte, die über die Stadt der Hungrigen Nacht hinausging. Er hatte nur gehört, dass der Aufbruch aufgeschoben wurde. »Es könnte Wochen dauern, bis das Unwetter nachlässt«, protestierte er. »Wir sollten sofort aufbrechen.«

Akemi hob eine Augenbraue. »Ich wüsste nicht, inwiefern es uns nützt, einen Trupp auszusenden, nur damit dieser sich im Schneesturm verläuft und erfriert.«

»Ich meine nur, wir müssen eine Möglichkeit finden, früher dort hinzugelangen.«

»Wenn Euch eine praktikable Lösung einfällt, werde ich sie in Betracht ziehen.«

Haru verzog das Gesicht. »Wir verschwenden Zeit«, beharrte er.

Barako runzelte die Stirn. Wenn es sich nicht um Akemis Sohn gehandelt hätte, wäre sie bei einer solchen Respektlosigkeit längst eingeschritten. *Bleib ruhig*, sagte sie sich. Es bringt nichts, einem Kaninchen Manieren beibringen zu wollen.

»Die Stadt der Hungrigen Nacht ist seit Jahrhunderten in unserer Nähe«, sagte Ochiba. »Da kann sie noch einige Tage auf uns warten.«

»Kann sie das?«, fragte Haru. »Können wir uns das leisten?«

»Worum macht Ihr Euch Sorgen?«, fragte Doreni. »Glaubt Ihr, es könnte Euch etwas hierher gefolgt sein?«

Der Samurai sprach in ernstem Ton. Er wollte sich nicht über Haru lustig machen. Dieser reagierte aber so. »Nein«, schnauzte er. »Nein, das glaube ich nicht. Meint Ihr, ich hätte es nicht bemerkt, wenn uns jemand gefolgt wäre?«

»Wir wissen nicht, was sich in dieser Stadt befindet«, sagte Ochiba ruhig. »Es ist durchaus möglich, dass man nicht bemerkt, wenn einem etwas folgt. Es könnte sich vollkommen unauffällig bewegen.«

»Wir haben aufgepasst«, betonte Haru, als ob das wichtig wäre.

Barako wandte sich an Junji: »Was denkt Ihr?«

Junji dachte einen Moment lang nach. Barako fragte sich, ob er seine Hinweise abwägte oder darüber nachdachte, inwiefern seine Antwort politisch ausgelegt werden würde. Dann sagte er: »Ich glaube, wir sollten möglichst schnell handeln.« Er warf Haru einen entschuldigenden Blick zu. »Ihr habt etwas entdeckt, worauf wir reagieren müssen, Leutnant Haru, und wertvolle Informationen geliefert. Aber ich befürchte, gerade dadurch habt Ihr auch die Gefahr für uns erhöht. Der Anhänger, den Ihr mitgebracht habt, hat es mir ermöglicht, die Stadt zu identifizieren, aber er ist nicht aus weißer Jade.«

»Woraus dann?«, wollte Haru wissen.

»Ich glaube, es ist ein konzentriertes Stück der Stadt selbst. Ich habe es versiegelt, sodass es allein keinen Schaden mehr anrichten kann. Aber auf dem Weg hierher könnte es die Aufmerksamkeit von dem, was auch immer in der Stadt der Hungrigen Nacht verborgen liegt, erregt haben.«

Haru schloss die Augen und wirkte sichtlich getroffen.

»Dann ist es entschieden.« Akemi stand auf und beendete damit die Diskussion, bevor Haru noch etwas sagen konnte. »Hauptmann Ochiba, bereitet Euch darauf vor, aufzubrechen, sobald es aufklart.«

»Wir werden bereit sein, Herrin Akemi.«

Akemi ging, gefolgt von Ochiba und einem finster dreinblickenden Doreni. Barako berührte Haru an der Schulter und er blieb so plötzlich stehen, als hätte sie ihn gepackt. Er schien nervös, bevor sie auch nur ein Wort gesprochen hatte.

»Ich muss Euch etwas fragen«, sagte sie.

»Natürlich.«

»Seid Ihr Euch Eurer Pflicht bewusst? Ist Euch klar, was Ihr zu tun habt?« In jedem anderen Klan wäre es undenkbar gewesen, den Erben derart herauszufordern, selbst wenn Haru derzeit in der Burgwache denselben Rang bekleidete wie sie. Aber der Krabben-Klan konnte sich den Luxus einer derart strengen Etikette nicht leisten. Direktheit war lebensnotwendig.

»Ich verstehe«, erklärte Haru. »Da könnt Ihr Euch ganz sicher sein.«

Barako sah ihm nach, als er den Raum verließ. Sie war alles andere als sicher.

•

Es dämmerte bereits, als Haru Ishiko in der Kaserne aufsuchte. Er hatte fast den ganzen Tag nach der Ratssitzung damit gewartet. Inzwischen hatte Ochiba der Truppe, die sie in die Stadt der Hungrigen Nacht begleiten sollte, ihre Anweisungen gegeben. Vorbereitungen wurden getroffen und es war leicht,

Ishiko unbemerkt anzusprechen. Er bat sie nach draußen, wo der Schnee immer noch in dichten Flocken fiel, der Wind pfiff und ihnen Nase und Wangen einfroren.

»Wir haben eine besondere Aufgabe«, sagte Haru. »Vielleicht müssen wir vor den anderen losgehen.«

»Warum das?«

»Die Lage ist ernst. Die Stadt der Hungrigen Nacht stellt eine Bedrohung aus den Schattenlanden dar. Wir dürfen keine Zeit verlieren, sondern müssen das, was dort haust, finden und zerstören. Aber das Unwetter hält uns auf. Mit jeder Stunde, die wir hier darauf warten, dass es nachlässt, wächst die Bedrohung. Also werden wir Risiken eingehen müssen und es ist unsere Pflicht, das größte Risiko einzugehen, weil wir die Stadt gefunden haben und den Weg dorthin kennen.«

»Und von welchem Risiko sprecht Ihr?«

»Wir brechen auf, sobald der Wind nachlässt, ohne auf das Morgengrauen zu warten.«

Ishiko sah sich um und betrachtete das Schneetreiben. Das Dach der Burg war als undeutlicher grauer Schemen zu sehen, die Außenmauer war unsichtbar. Ishiko wirkte nicht glücklich. Haru wischte sich Eis von der Wange und achtete auf einen ruhigen, bestimmten Gesichtsausdruck. Seine Hoffnung, dass sie ihm glauben würde, war gering, aber er nahm nicht an, dass sie ihm widersprechen würde. Allerdings wünschte er sich, dass sie ihm glaubte. Er wollte, dass sie ihn verstand. *Ich sage die Wahrheit. Wir müssen handeln, und zwar schnell.* Trieb ihn sein verletzter Stolz an? Ja, natürlich. Und er war dankbar dafür. Er wollte tun, was für die ganze Familie am wichtigsten war. Dieses Bedürfnis war so groß, dass er dafür sogar bereit war, sich Akemi zu widersetzen. Er hatte höhere Verpflichtungen. Vor die Wahl gestellt, seiner Mutter zu gehorchen oder die Burg zu retten, gab es nur eine richtige Entscheidung. Oder? Doch, er war sich seiner Sache sicher.

»Es wird ein beschwerlicher Weg«, sagte Haru.

»Sobald der Wind nachlässt.« Ishiko wiederholte die Worte, als wollte sie sie auf Anzeichen von Wahnsinn prüfen. »Es könnte nur eine kurze Pause sein.«

»Ja, richtig. Darum ist es ein Risiko. Aber wir haben keine Wahl.«

»Also gehen wir auch mitten in der Nacht los?«

»Ja. Mir ist genauso bewusst wie Euch, was wir da vorhaben. Manchmal ist das, was notwendig ist, nicht unbedingt auch das, was klug wäre. Dies ist ein solcher Fall.«

Ishiko antwortete nicht.

»Der Erfolg, den diese Mission verspricht, rechtfertigt das Risiko«, sprach Haru weiter. »Aber aufgrund dieses Risikos kann nicht die ganze Truppe an unserem Ruhm teilhaben. Wenn wir gehen, muss es also schnell und leise geschehen, um die anderen nicht zu entmutigen.«

Immer noch schwieg Ishiko.

Sie glaubt mir kein Wort. Und warum sollte sie auch? Er plapperte Unsinn, Lügen und Rechtfertigungen. Er hätte aufhören sollen zu reden, als ihm die Wahrheiten ausgegangen waren. Hier ging es nur darum, dass Ishiko seine Befehle befolgte. Je mehr er versuchte, sie zu überzeugen, desto größer wurde ihre Skepsis, weil sie auch seine unausgesprochenen Zweifel hörte. Es gefiel ihm nicht, in diese Lage gezwungen zu sein. Sich Akemis Befehlen zu widersetzen war ihm zuwider. *Ich tue es für das Wohl der Burg und den Ruhm unserer Familie. Das schwöre ich.*

Haru räusperte sich. Genug. Sie hatten schon zu lange hier draußen gestanden. Niemand konnte sie sehen. Niemand konnte überhaupt etwas sehen in diesem Schneegestöber. Er wollte einfach nur, dass dieses Gespräch vorbei war. Nur der eisige Frost bewahrte sein Gesicht davor, vor unterdrückter Scham zu glühen. »Habt Ihr verstanden, was Ihr tun sollt?«, fragte er.

Nach kurzem Zögern nickte Ishiko.

»Gut.« Er wandte sich ab und ging. Doch selbst als der fallende Schnee ihn längst verschluckt haben musste, fühlte er noch ihren Blick auf sich ruhen.

Haru kämpfte sich durch fast hüfthohe Schneewehen. So kam er nur langsam über den Burghof voran, verlor sich in der weißen Leere. Er konnte weder die Burg noch die Mauern sehen. Wenn er immer geradeaus ging, musste er früher oder später an einer Mauer ankommen, das reichte ihm. Er musste sich bewegen, seine Energie verbrauchen bei dem Versuch, vorwärtszukommen. Das war besser, als seinen Gedanken nachzuhängen.

Aber die Mühe wurde nicht belohnt. Ein Windstoß traf ihn so hart, dass er beinahe von den Füßen gerissen wurde. Die Kälte raubte ihm den Atem.

Hier hinein willst du deine Soldaten führen?

Nein. Ich warte, dass das Unwetter nachlässt.

Selbst wenn das bedeutet, mit Ochiba zusammen aufzubrechen?

Ja, wenn der Sturm erst dann nachlässt. Es kommt nur darauf an, so früh wie möglich dort hinzugelangen.

»Nur darauf kommt es an«, murmelte er. Der Wind riss ihm die Worte von den Lippen. Er glaubte sie ebenso wenig wie Haru selbst.

Vor ihm tauchte ein hoher, langer Schatten auf, nahm Gestalt an und entpuppte sich schließlich als die Mauer. Als er dort ankam, stellte er fest, dass er auf seinem Weg weit nach rechts abgekommen war, und er verlor für einen kurzen Moment die Orientierung.

Ihm war unwohl bei dem Gedanken, dass ihm das genauso gut in den Bergpässen passieren könnte. Er verzog das Gesicht und zwang sich, weiterzugehen. *Es muss sein, das weißt du.*

Haru kämpfte sich an der Wand entlang, bis er das Tor erreichte, zerrte die Tür zum nordöstlichen Turm auf und schlüpfte hinein. Dort kletterte er hinauf, wobei er auf der Treppe ordentlich aufstampfte, um den Schnee abzuschütteln, der ihm an Beinen und Stiefeln klebte.

Die diensthabende Wache verbeugte sich tief, als sie ihn sah. »Es wird eine Expedition zur Stadt der Hungrigen Nacht geben«, sagte Haru, während er sich Schnee von den Schultern klopfte.

»Ja, Leutnant Haru«, sagte ein Wachmann. Die anderen beiden nickten. Also hatten sie es schon gehört.

»Ich bin hier, um Euch mitzuteilen, dass die Mission in der Nacht beginnen könnte. Sobald der Wind nachlässt, führe ich die Vorhut an. Haltet Euch bereit, wenn es aufklart. Ich möchte, dass das Tor offen ist, wenn ich hinauswill.«

»Ja, Leutnant.«

»Gut.«

Haru blickte Richtung Norden. Es gab nichts zu sehen. Der Wind heulte ihn an und schob ihn von den Zinnen zurück. Die Kälte biss ihn mit Giftzähnen in Wangen und Stirn. Das Schneegestöber war immer noch dicht, wirbelte und warf sich gegen den Turm. Nur ein gewaltiges weißes Treiben war zu erkennen. Keine Berge, kein Himmel, nicht einmal der Boden unter ihnen. Die Welt war verschwunden. Es gab keine Anzeichen, dass es in absehbarer Zeit aufklaren würde. Das Unwetter belagerte die Burg der Morgenröte und schien entschlossen, niemals nachzulassen.

•

»Übernimmst du jetzt auch Junjis Arbeit?«, fragte Ochiba.

Barako sah von den Papieren auf, die vor ihr auf dem Tisch der Bibliothek verstreut lagen. »Ich suche nach irgendeinem Hinweis. Genau wie er.« Sie rieb sich die Augen. Seit sie die Vorbereitungen mit ihren Soldaten abgeschlossen hatte, saß sie schon hier. Sie sollte sich ausruhen, aber alles sah danach aus, dass es noch einige Tage dauern würde, bis das Unwetter nachließ, wenn nicht länger. Falls es auch nur die geringste Möglichkeit gab, etwas Nützliches über die Stadt der Hungrigen Nacht herauszufinden, musste sie suchen. Auch Junji suchte bereits den ganzen Tag und hatte sich kurz hingelegt, als mit der Stunde des Hahns die Nacht ganz hereingebrochen war. Barako hatte beschlossen, noch mindestens bis zur Stunde des Hundes weiterzusuchen. »Ist etwas passiert?«, fragte sie.

Sie freute sich, Ochiba zu sehen, aber der Hauptmann besuchte die Bibliothek nur selten.

»Das wollte ich dich fragen«, entgegnete Ochiba. »Du hast nach der Ratssitzung noch einmal mit Haru gesprochen.«

»Ja. Ich wollte ihn an seine Pflichten erinnern.«

»Musste er daran erinnert werden?«

»Ich glaube schon.«

Ochiba setzte sich neben Barako. »Du klingst besorgt«, sagte sie sanft und legte ihre Hand auf Barakos.

»Das bin ich. Sein Bedürfnis, sich zu beweisen, macht mir Sorgen.« Sie wollte Ochibas Hand umfassen, behielt aber ihre Handfläche auf dem Tisch.

»Haru wird immer versuchen, seinen Wert zu beweisen«, erinnerte sie Ochiba.

»Aber dieses Bedürfnis ist viel stärker geworden, da bin ich sicher. Er hat die Stadt der Hungrigen Nacht entdeckt ...«

»Und dann wurde ihm nicht erlaubt, die Erkundungstruppe anzuführen«, beendete Ochiba den Satz.

»Genau. Wir können uns auf ihn nicht verlassen.«

Ochiba schnaubte. »Das konnten wir doch nie.«

»Dieses Mal wird er noch schlimmer werden. Er hat zu viel zu verlieren.«

»Warum? Will er etwa dort einziehen? Die Stadt zu einer weiteren Festung der Kakeguchi machen?«

»Ich glaube, das ist ihm selbst nicht ganz klar«, meinte Barako. »Für ihn zählt nur, dass der Erfolg, wie auch immer dieser aussehen mag, ihm zugeschrieben wird. Wir sollten ihn gut im Auge behalten.«

Ochiba drückte Barakos Hand. »Das tun wir. Haben wir doch immer gemacht. Wir kommen schon mit ihm zurecht.« Sie drückte nochmals zu. »Wir haben ja genug Übung.«

Die Wärme von Ochibas Berührung brachte Barakos Blut in Wallung »Wir sollten uns da nicht zu sicher sein.« Sie sah Ochiba in die Augen und zeigte ihr all die Sorge, die sie beschäftigte. »Er wird nicht nur die üblichen Fehler machen, weil er einfach inkompetent ist. Er wird leichtsinnig sein.«

»Du hast Angst, dass er uns alle in Gefahr bringt.«

»Ja.«

»Es wäre nicht das erste Mal. Und wird auch nicht das letzte sein. Was ist denn diesmal anders?«

»Das Ausmaß der Gefahr, die von ihm ausgeht. Er wird sich hohe Ziele setzen. Und falls er versagt …«

»Du meinst: *wenn* er versagt …«, berichtigte Ochiba.

»… wird es eine Katastrophe«, endete Barako.

Noch einmal drückte Ochiba ihre Hand. »Ich verstehe. Wir werden vorsichtig sein und auf alles gefasst. Wir behalten ihn im Auge. Das weißt du doch.«

»Ich musste es nur noch einmal von dir hören.«

Barako hätte erleichtert sein sollen. War sie aber nicht, und das bereitete ihr Sorgen.

Kapitel Acht

Haru hatte den Befehl gegeben, während der Nacht zu Beginn jeder Stunde geweckt zu werden. Es kostete ihn Mühe, überhaupt einzuschlafen, aber er musste sich ausruhen. Er konnte es sich nicht leisten, erschöpft zu sein, schon bevor er losmarschierte. Und er wollte die Gelegenheit nicht verpassen, vor allen anderen loszukommen. Das Unwetter wirkte, als wollte es bis zum Frühling wüten, aber es könnte jederzeit ganz plötzlich aufhören.

Die Stille weckte ihn zur Stunde des Ochsen. Bis zum Morgengrauen dauerte es noch einige Zeit, aber Licht fiel durch das Fenster seines Quartiers. Er sprang von seiner Schlafmatte auf und rannte hin, um hinauszusehen. Dabei blinzelte er sich den Schlaf aus den Augen.

Der Wind hatte nicht ganz aufgehört. Er rüttelte an den Fensterläden und pfiff leise. Aber er war so viel schwächer geworden, als wäre die Burg der Morgenröte in ein tiefes Loch aus Stille gefallen. Nur wenige Schneeflocken rieselten sanft zu Boden. Durch einen Riss in der Wolkendecke schien der Mond. Der Boden glitzerte vor unzähligen Eiskristallen, die das Licht reflektierten.

Haru hatte sich voll bekleidet hingelegt. Jetzt warf er sich, so schnell und leise er konnte, die Rüstung über, griff sich sein Katana und das Jadestäbchen. Als er die Tür zu seinem Zimmer aufschob, kam gerade Bushi Hachi, um ihn zu wecken. »Ich weiß«, sagte er, ohne zu flüstern. Er durfte nicht den Anschein erwecken, dass etwas nicht stimmte. Schnell und leise ging er mit Hachi zur Westkaserne, wo seine Krieger einquartiert waren. Dort angekommen stellte er fest, dass Ishiko die Krieger bereits geweckt hatte und alle bereit waren und seine Befehle erwarteten. Als er feststellte, dass sie seine Anweisungen so vollständig befolgt hatte, war ihm vor Dankbarkeit beinahe schwindelig.

»Die Pflicht ruft«, sagte er zu den Samurai. »Und Ruhm erwartet uns.« Dies war nicht der richtige Zeitpunkt für lange Reden. Zu riskant. Da Haru ihnen nicht befehlen konnte, leise zu sein, konnte er nur hoffen, dass der Lärm ihres Aufbruchs keinen Alarm auslöste.

Er verließ die Kaserne und watete durch den Schnee zum Tor. Der Weg über den Burghof schien endlos. Dieser Moment war der schlimmste. Wenn Akemi etwas mitbekam, bevor er durch das Tor und auf dem Pfad nach unten war, wäre seine Schande endgültig. Davon könnte er sich niemals freimachen. Akemi könnte ihm Morgenröte nicht vermachen.

Der tiefe Schnee zwang ihn und seine Samurai, zu Fuß zu marschieren. Der einzige Vorteil war, dass sie so weniger Lärm machten, als wären sie beritten.

Haru sah nach vorn, den Blick immer auf das Tor gerichtet. Wenn er nicht zur Burg zurücksah, dann kam vielleicht auch niemand dort auf die Idee, zu ihm zu schauen.

Die Wachen im Turm sahen ihn und seine dreißig Samurai. Sie befolgten seinen Befehl und das Tor war bereits geöffnet, als er es erreichte. Haru nickte ihnen knapp zu, um ihnen zu zeigen, dass er zufrieden war, dann war er durch.

Er stampfte den steilen Weg hinab.

Und seine Samurai folgten ihm.

Das Tor schloss sich hinter ihnen.

Der Mond schien hell durch seinen Spalt in den Wolken und beleuchtete die Serpentinen, die Richtung Norden führten. Schnellen Schrittes marschierte Haru voran. Das helle Mondlicht, das aufgeklarte Wetter, diese Kombination aus glücklichen Zufällen sah er als Wink des Schicksals. Seine Entscheidung war richtig gewesen. Dies war seine Bestimmung und er ergriff sie mit beiden Händen.

Sie gelangten an den Fuß des Berges, auf dem Morgenröte lag, und folgten dem Pfad weiter Richtung Norden. Nur noch ein wenig weiter, über den nächsten Hügel, und seine Soldaten wären außer Sichtweite der Burg. Haru grinste. Er warf einen Blick zu Ishiko, die an seiner Seite marschierte. Sie musste auch spüren, dass es so vorherbestimmt war. Schließlich hatte sie zusammen mit ihm die Stadt der Hungrigen Nacht entdeckt und hatte auch das Wispern gehört. Ihr Gesicht war ausdruckslos, ihr Blick starr nach vorn auf den Pfad zwischen den Bergen gerichtet. Der Schnee leuchtete im Mondschein wie ein weißes Band, das ihnen den Pfad zum Ruhm wies. Auch dieses blendende Leuchten war ein Zeichen, entschied Haru. Er war von guten Omen umgeben.

»Die Ahnen halten ihre Hand über unser Vorhaben«, sagte er zu Ishiko.

»Wie meint Ihr das?«

Haru schnaubte. Wie konnte sie es nicht sehen? Er machte eine ausladende Geste, die ihre Umgebung und die ruhige Nacht einschloss. »Wir hätten uns keine besseren Bedingungen wünschen können.«

»Wir hätten wünschen können, dass der Sturm gegen Morgen nachlässt«, sagte Ishiko.

Haru verfluchte sich stumm. Er hätte schweigen sollen. Falls Ishiko Zweifel daran hegte, dass Akemi diesen frühen Vorstoß genehmigt hatte, hatte er nicht gerade dazu beigetragen, diese zu zerstreuen. »Es stimmt, am Tag zu marschieren hätte ich auch vorgezogen«, log er. »Aber je eher, desto besser.« Das zumindest war nicht gelogen. »Jetzt, da wir wissen, was sich in den Bergen befindet, da wir es mit eigenen Augen gesehen haben, steigt mit jeder Stunde, die wir zögern, die Gefahr, meint Ihr nicht?«

»Die Stadt darf nicht sich selbst überlassen werden«, sagte sie.

Das klingt bewusst mehrdeutig. Aber Haru hakte nicht nach. Er wollte sie nicht dazu drängen, sich zwischen ihm und der Daimyo entscheiden zu müssen. Noch konnte sie sich, wie er hoffte, zumindest einreden, dass er tatsächlich gemäß Akemis Anweisungen vorging.

Also marschierte Haru schweigend weiter. Er versuchte, einen schnellen Schritt vorzugeben, aber der Schnee lag mehr als kniehoch. Dennoch gab er nicht auf. Wer wusste, wie lange das Mondlicht anhielt.

Nicht lange, wie sich herausstellte. Sie waren höchstens eine Meile vom Fuß des Berges entfernt, auf dem Morgenröte lag, als das strahlend weiße Band zu grau verblasste und sich erneut Wolken vor den Mond schoben. Das Grau des Weges vor ihnen ging in das Grau der Berge über, alle Kontraste verschwammen. Dann wurde es vollkommen dunkel.

Haru befahl, die Laternen zu entzünden, und seine Samurai marschierten weiter, noch langsamer als zuvor. Sie konnten nicht weiter sehen, als die Lichtkegel ihrer Laternen reichten.

Es fing an zu schneien.

»Nicht schon wieder«, murmelte Ishiko und warf Haru einen vielsagenden Blick zu.

Er schüttelte den Kopf. »Wir kehren nicht um.«

»Auf dem Weg zur Stadt der Hungrigen Nacht liegen mehrere offene Felskämme.«

»Und wir werden mit ihnen fertigwerden, wie beim letzten Mal. Der Ruhm wartet.«

Ishiko öffnete den Mund, um etwas zu sagen, zögerte jedoch. »Was, wenn wir auf noch eine Lawine treffen?«

»Das Risiko besteht bei Tag und Nacht, Schnee oder klarem Himmel«, wandte Haru ein. »Aber ich glaube an die Bestimmung. Wie könnte ich denken, dass es reiner Zufall war, der uns in die Stadt der Hungrigen Nacht geführt hat? Wir wurden dort hingeleitet. Und wir werden wieder geleitet werden, um zu tun, was wir tun müssen.«

Auf diese triumphierende Erklärung gab Ishiko keine Antwort. Zumindest widersprach sie ihm auch nicht offen. Haru richtete seinen Blick auf den Schnee vor sich und marschierte mit neuer Entschlossenheit weiter. *Sie wird schon sehen. Sie wird schon sehen, dass ich recht habe.*

Der Wind wurde stärker, der Schnee fiel dichter, aber noch nicht so sehr, dass er die Sicht vollkommen beeinträchtigte. Haru konnte auf mindestens drei Meter noch etwas erkennen. Das musste ausreichen.

Einmal blickte er zurück. Nur ein schwaches Glühen hinter den Wolken zeigte noch an, wo der Mond stand. Das Licht reichte gerade aus, um ihm den Eindruck zu vermitteln, dass es in Richtung der Burg der Morgenröte noch viel stärker schneite.

•

Barako sprang auf und zog sich die Rüstung an, bevor ihr überhaupt bewusst war, dass sie wach war.

Etwas stimmt nicht.

Ihr Instinkt war stark, die Überzeugung absolut. Aus ihrem Gemach in der oberen Etage der Ostkaserne rannte sie hinunter zu den Schlafsälen. Dort schliefen ihre Soldaten seelenruhig. Hier war alles in Ordnung.

Sie schnappte sich eine Laterne und lief hinaus ins Schneetreiben. Das Unwetter tobte genauso stark wie zu dem Zeitpunkt, als sie ins Bett gegangen war.

Irgendetwas ist anders. Aber was?

Sie konnte kaum etwas erkennen. Die Fackeln an der Außenmauer warfen einen schwachen Schein, der hinter dem dichten Schleier aus Schneeflocken immer wieder verschwand. Weiter als ein, zwei Schritte konnte Barako nicht sehen.

Es ist Haru. Das weißt du doch. Such ihn.

Sie stapfte durch die Schneewehen los zur Westkaserne. Als sie sich der Tür näherte, sah sie schon die Spuren, die marschierende Füße dort hinterlassen hatten. Ein breiter Pfad war in den Schnee getreten worden, teilweise schon von Neuschnee bedeckt.

Barako folgte den Spuren und rannte zum Wachturm. Eine der Wachen trat vor und sprach sie an. »Leutnant, wollt Ihr auch losgehen?«

Auch? Oh nein!

»Wann ist Leutnant Haru mit seinen Samurai losmarschiert?«

»Vor etwa einer Stunde.«

»Bei diesem Unwetter?«

»Es hatte für einen Moment aufgeklart.«

Gerade lange genug, dass Haru seinem Stolz nachgeben und eine Katastrophe heraufbeschwören konnte.

»Danke.« Barako achtete darauf, sich ihren Ärger nicht anmerken zu lassen. *Mach es nicht noch schlimmer.* Wenn Akemi sich dazu entschloss, Haru für diesen Ungehorsam zu maßregeln, war das allein ihre Entscheidung.

Barako ging zurück zur Festung. Sie musste Akemi wecken. Viel mehr konnte sie nicht tun. *Dieser Dummkopf wird uns noch alle umbringen.* Beim Gedanken daran, was Harus Taten für Folgen haben könnten, kochte Barako innerlich. Das Unwetter war genauso stark wie zuvor. Er führte ein Drittel einer gesamten Kompanie in den so gut wie sicheren Tod. Und eine Rettung war unmöglich.

Du stolzer, erbärmlicher kleiner Wicht. Ich würde dir ja wünschen, dass du bekommst, was du verdienst, wenn das nicht bedeuten würde, auch unsere Soldaten zu verfluchen.

Fast wäre es ihr lieber, er hätte aus Bosheit gehandelt. Dann hätte sie wenigstens seinem Selbsterhaltungstrieb trauen können.

Er wird sich aus reinem Stolz selbst umbringen.

Und dabei, wie sie fürchtete, viele gute Samurai mit in den Tod reißen.

Kapitel Neun

Der Morgen brach zäh und zögernd herein. Die Finsternis verblasste nur allmählich zu einem dunklen Grau. Haru konnte nicht viel mehr sehen als in der Nacht. Die Laternen waren keine Hilfe mehr und Schnee bedeckte die Berge. Aber das Wetter war nicht so undurchdringlich wie auf ihrem Weg nach Morgenröte. Haru konnte entschlossen weitermarschieren. Wenn sie an einen offenen Übergang kamen, sah er genug, um die gefährlichen Abgründe zu meiden. Er musste nicht einmal langsamer werden. Durch den tiefen Schnee zu waten war anstrengend. Es war eine Tortur. Aber es war auch sicher. Sie kamen nicht schnell genug voran, um in Gefahr zu geraten.

Um Erschöpfung vorzubeugen, ließ er seine Soldaten reihum an der Spitze laufen, und auch er selbst ging gelegentlich widerwillig ans Ende der Reihe, wo der Schnee bereits niedergetrampelt war und man besser vorankam. Er wollte als Erster die Höhle betreten, die zur Stadt der Hungrigen Nacht führte. Also wollte er an der Spitze gehen, wenn sie sie erreichten.

Geduld. Sorge dich nicht um solche Kleinigkeiten. Die Entdeckung ist bereits gemacht.

Außerdem machte er sich Sorgen, dass er die Höhle vielleicht nicht erkennen würde. So viel Schnee war gefallen, dass die Umgebung, zumindest soweit er sie erkennen konnte, völlig verändert aussah.

Was, wenn es noch eine Lawine gegeben hat und der Höhleneingang wieder zugeschüttet ist?

»Glaubt Ihr, wir merken es, wenn wir an der Höhle angekommen sind?«, fragte er Ishiko, als seine Sorge über seinen Stolz die Oberhand gewann.

Nach einer Pause, die Haru nicht ganz deuten konnte, sagte sie: »Ich denke schon, wir haben sie ja deutlich gesehen, als wir hinausgegangen sind.«

»Im Moment kann ich gar nichts deutlich sehen.«

»Wir kennen den Weg dorthin.«

»Das stimmt.« Er klammerte sich an ihre Worte.

Wann immer er am Ende der Reihe marschierte, musste er all seine Willenskraft aufwenden, um nicht zurückzublicken. Er durfte nicht den Eindruck erwecken, sich um Verfolger Gedanken zu machen. Ohnehin würde er sie erst sehen, wenn es zu spät war.

Sie folgen uns nicht, unmöglich. Nicht, wenn hinter uns das Unwetter wieder schlimmer geworden ist, und danach sah es aus. Sie hätten uns direkt aufhalten müssen oder gar nicht.

Er ärgerte sich, dass er sich Sorgen darüber machte, wer ihnen nachkam. Und er schämte sich, dass er das Wort »Verfolger« auch nur gedacht hatte.

Ich habe das Richtige getan. Wir sind bald da. Hätte ich gewartet, hätte es möglicherweise noch Monate gedauert. Dann wäre es vielleicht zu spät gewesen. Mutter wird es schon verstehen. Wenn ich ihr den Sieg präsentiere, ist alles vergeben und vergessen. Wir sind der Krabben-Klan. Wir tun, was getan werden muss. Und dies hier muss eben getan werden.

Immer wieder hielten sie an, um kurz zu rasten. Das musste sein, sonst wären sie bereits erschöpft, bevor sie die Höhle erreichten. Sie kamen langsam voran, frustrierend langsam, aber sie kamen voran. Und als sich der graue Himmel wieder zur Nacht verdunkelte und Haru gerade befehlen wollte, die Laternen zu entzünden, sah er die Höhle.

So einfach war es. Sie befanden sich in dem Pass, von dem er *glaubte*, dass es der richtige war. Er befand sich gerade etwa in der Mitte der Formation. Er wandte sich nach links und hoffte, dass er sich nicht geirrt hatte. Und da war sie. Offen und unversperrt, ein tieferes Schwarz im Zwielicht des Schneetreibens. Wenn er nicht in die Richtung geblickt hätte, hätte er sie leicht verfehlen können. Aber er *hatte* hingesehen, als wäre es immer so vorgesehen gewesen.

Als sei dies hier seine Bestimmung.

So ist es. Jetzt bin ich ganz sicher.

Ishiko entdeckte die Höhle nur wenige Augenblicke nach ihm. Sie beide wurden langsamer. Die anderen Samurai marschierten weiter, nahmen kaum etwas wahr als die Anstrengung, die es sie kostete, durch den Schnee zu stapfen.

»Halt«, rief Haru. »Wir haben unser Ziel erreicht.«

Und was jetzt?

Die Stimme war leise, einschmeichelnd und ihm nur allzu bekannt und verhasst. Es waren seine Selbstzweifel, die wiederkehrten. Seit er die Stadt der Hungrigen Nacht in dem Triumphgefühl verlassen hatte, eine weitreichende Entdeckung gemacht zu haben, waren sie verstummt. Nun war er zurückgekehrt, und zwar mit einem Ziel. Und an diesem Ziel bissen seine Selbstzweifel sich fest, wie immer. Sie wussten, wie wenig Erfahrung er damit hatte, eine Sache erfolgreich zu Ende zu bringen.

Und was jetzt? Wir sind mit Verstärkung zurückgekehrt. Was jetzt? Wie bekämpfen wir die Stadt? Gibt es hier überhaupt etwas, das man bekämpfen könnte?

Was jetzt? Was jetzt?

»Lasst mich in Ruhe«, murmelte er.

»Wie bitte?«, fragte Ishiko.

Haru verzog das Gesicht. Ihm war nicht bewusst gewesen, dass er die Worte laut ausgesprochen hatte. »Ach, nichts.« Er ging über den schmalen Streifen unberührten Schnees auf den Eingang der Höhle zu. Nahe der Felswand waren die Schneewehen meterhoch. Mit jedem Schritt sank sein gesamtes Bein ein und er musste sich nach vorn werfen und mit den Armen rudern, um genug Schwung für einen weiteren Schritt zu holen. Er kam quälend langsam voran und es war anstrengend genug, um die innere Stimme wieder zum Schweigen zu bringen. Was jetzt? Das spielte gerade keine Rolle. Es war nicht der richtige Moment für diese Frage. Sie würde sich erst stellen, wenn sie die Stadt erreichten. Und dann würde er die Antwort wissen. Dies war seine Bestimmung. Das Schicksal würde ihn nicht im Stich lassen.

»Hier entlang!«, rief er unnötigerweise. Jeder seiner Krieger folgte ihm bereits. Sie alle kämpften sich durch den Schnee zur Höhle vor.

Haru betrat sie als Erster, dicht gefolgt von Ishiko. Diese Reihenfolge gefiel ihm. Ein weiteres von vielen guten Vorzeichen. Er drang tiefer in die Höhle ein und ließ das Unwetter hinter sich. Sobald er außer Reichweite des Sturms war, spürte er wieder den kalten Hauch des anderen Windes, der durch die Stadt blies und dann den Berg durchquerte, um dieser kühle, verlockende Luftzug zu werden. Haru hielt den Atem an und lauschte auf das Flüstern. Er hörte nichts.

Jetzt brauchst du mich nicht mehr zu rufen, was?

Oder vielleicht wollte die Stadt der Hungrigen Nacht nicht mehr, dass er kam. Vielleicht hatte sie gemerkt, dass es ein Fehler gewesen war, sich ihm zu offenbaren.

Zu spät, deine Meinung zu ändern. Ich bin hier und ich werde dich erobern.

»Hört Ihr das Wispern?«, fragte er Ishiko leise genug, dass niemand sie über dem Stampfen der Krieger, die in die Höhle strömten, hören konnte.

Ishiko schüttelte den Kopf.

»Ein sehr gutes Vorzeichen, nicht wahr?«

Ishiko zuckte mit den Schultern. »Jetzt gerade höre ich nichts. Im nächsten Moment könnte das schon anders sein.«

»Nun, wenn Ihr etwas hört, oder ich, sei's drum. Diesmal können wir darauf antworten.« Er ging weiter zur Rückseite der Höhle, wo sie sich zum Tunnel verjüngte. Dort blieb er stehen und wartete, bis all seine Samurai sich im Inneren der Höhle befanden. Hachi und Hino schlossen zu Ishiko und ihm auf. Haru lächelte ihnen zu. »Und so sind wir wieder hier versammelt.«

»Ich hätte nicht erwartet, so schnell wieder hier zu sein«, sagte Hino schmunzelnd.

»Seid Ihr enttäuscht?«

»Es ist uns eine Ehre«, erklärte Hachi.

»Das ist es«, stimmte Hino zu. »Der Gedanke hat uns belastet, dass wir nicht an Eurer Seite sein konnten, als Ihr zum ersten Mal die Stadt der Hungrigen Nacht erblickt habt.«

»Ihr habt getan, was notwendig war. Man brauchte Euch hier, in der Höhle, wo Ihr uns den Weg freigeschaufelt habt. Jetzt danke ich Euch, indem ich mit Euch zusammen zur Stadt zurückgekehrt bin. So sollte es sein.« Er hob die Stimme. »Vorwärts!«, befahl er den versammelten Kriegern.

Dann stürzte er in den Tunnel.

Es war so eine Erleichterung, ohne größere Anstrengung vorwärtszukommen, dass der Weg durch den Berg Haru kürzer erschien als beim letzten Mal. Wieder wurde der Windhauch immer stärker. Auch diesmal bedrängte sie die Dunkelheit, aber sie hatten viele Laternen mitgebracht, die sie in Schach hielten. Außerdem wusste er diesmal, was auf der anderen Seite wartete. Die Passage hielt keine Rätsel für ihn bereit. Sie stellte lediglich das letzte Hindernis dar, bevor er die Stadt wiedersah.

Als er den Ausgang erreichte, stemmte er sich mit einem grimmigen Lächeln dem letzten Windstoß entgegen. Der hatte ihn auch beim letzten Mal nicht aufhalten können. Jetzt waren seine Bemühungen vollkommen sinnlos. Wieder war es Nacht, als er den abschüssigen Weg betrat, und wie beim letzten Mal war das Unwetter hier schwächer, als weigere sich die Stadt der Hungrigen Nacht, sich hinter Dunkelheit und Schnee zu verbergen. Während die Flocken landeten und Haru wieder das leise Klirren wie von splitterndem Glas hörte, wurde ihm bewusst, dass der Schnee in genau derselben Weise fiel wie an dem Tag, als er die Stadt erstmals erblickt hatte. Das Wetter war unverändert. Auch der Wind blies mit derselben Stärke.

Ishiko bemerkte es ebenfalls. »Nichts hat sich verändert. Die Zeit steht hier still.«

»Ja«, sagte Haru, dann verbesserte er sich: »Nein, nein, das trifft es nicht ganz.« Wenn die Zeit stillstehen würde, dann würde der Wind überhaupt nicht wehen. Kein Schnee könnte fallen. »Es ist, als ob die Zeit hier keine Rolle spielt. Sie ist irrelevant.«

Die Zeit war eingefroren.

Dann fragte er sich, ob das nicht auch falsch war. Die Stadt verzerrte die Wahrnehmung. Er konnte seinen Sinnen nicht trauen. Er musste bei allem auf der Hut sein.

Keine Schlüsse ziehen.

Das schien sehr wichtig. Er schwor sich, vorsichtig zu sein.

Die Samurai blieben hinter Haru stehen. Schweigend starrten sie die Stadt an und den großen Turm in ihrem Zentrum, der zurückzustarren schien, triefend von diesem seltsamen Schnee. Die Umrisse des Turms waren zwar gewaltig, schienen aber auch diesmal vor den Augen zu verschwimmen.

»Dort ist unser Ziel und unser Gegner«, sagte Haru an seine Samurai gewandt. »Wir werden ihn bezwingen, im Namen der Burg der Morgenröte und der Familie Kakeguchi.«

Nicht dass er Jubelschreie erwartet hätte, aber das unbehagliche Gemurmel, das sich unter seinen Samurai ausbreitete, enttäuschte ihn. Niemals hätte er einen dieser Bushi der Feigheit bezichtigt, doch auf ein wenig mehr Aufregung hatte er schon gehofft.

Es spielt keine Rolle. Du bist hier und sie sind mitgekommen. Das wolltest du doch. Und jetzt tu, wozu du zu dieser Stadt zurückgekehrt bist.

Er ging den Abhang hinunter zu dem schmalen, gewundenen, felsigen Grat, der zum Stadttor führte. Der Schnee war nicht tiefer als beim letzten Mal. Natürlich nicht. Ishikos und seine Fußspuren allerdings waren vollständig verschwunden. Es gab keinerlei Anzeichen dafür, dass jemals jemand hier gewesen wäre, ob vor Kurzem oder vor Jahrhunderten.

Haru glaubte, den Weg ganz gut zu kennen. Schließlich war er schon zweimal über diesen Felskamm gegangen. Das Terrain war ihm nicht mehr fremd. Dennoch widerstand er der Versuchung, zu hastig vorzugehen, und gratulierte sich zu seiner Selbstbeherrschung. Einen Moment lang wünschte er sich, Ochiba und Barako wären hier und könnten sehen, was für ein umsichtiger Anführer er war. Dann würden sie erkennen, dass er sich geändert hatte und dass man ihm vertrauen konnte.

Ach, das denken Ochiba und Barako also gerade, ja? Glaubst du, du hast sie beeindruckt, indem du heimlich aus Morgenröte aufgebrochen bist?

Er schnaubte, schob den Gedanken beiseite und ermahnte sich selbst zur Konzentration.

Und es klappte. Er kümmerte sich um sein Regiment, übereilte nichts und alle kamen sicher über den schmalen Kamm. Selbst als sie dem Tor schon sehr nah waren und die Versuchung, loszurennen, immer größer wurde, hielt er sich zurück. Langsam und bedächtig setzte er einen Fuß vor den anderen. Niemand rutschte aus, niemand fiel. Dann endlich standen sie vor den Toren der Stadt der Hungrigen Nacht. Jeder Einzelne der Samurai, die Morgenröte verlassen hatten, war noch bei ihm.

Das Tor stand offen. Nicht viel. Der Spalt war nicht einmal weit genug, dass ein einzelner Krieger sich hindurchquetschen konnte. Aber es war nicht verriegelt. Haru musste es nur aufschieben.

Er legte eine Hand auf das Eisen des linken Torflügels. »Stand es das letztes Mal auch offen?«, fragte er Ishiko.

»Ich glaube nicht.« Sie verzog das Gesicht. »Aber ich kann mich nicht richtig erinnern. Haben wir überhaupt darauf geachtet?«

»Ich erinnere mich auch nicht.« Einige Einzelheiten ihrer ersten Begegnung mit der Stadt der Hungrigen Nacht waren verschwommen, als hätte die Architektur auf sie übergegriffen. Seine Augen schmerzten wieder vom Anblick der Stadt. Selbst das gusseiserne Stadttor trug das feine Muster und verschwamm vor seinen Augen. Die Galle stieg ihm hoch, aber er kämpfte sie nieder.

»Eine Einladung?«, vermutete Ishiko.

»Oder eine Herausforderung.«

»Beides beunruhigt mich.«

»Zu Recht. Aber beunruhigt waren wir auch schon vorher. Daran hat sich nichts geändert. Wenn die Stadt der Hungrigen Nacht uns herausfordern will, nun, deshalb sind wir ja hier.«

Vielleicht hatte zu viel freudige Erregung in seiner Stimme mitgeschwungen. Ishiko warf ihm einen mahnenden Blick zu. »Ich hoffe, wir werden nicht nur mit Entschlossenheit, sondern auch mit Vorsicht vorgehen.«

»Das werden wir.« Haru gab sich Mühe, nicht zu ungeduldig zu klingen. »Das werden wir.« Mit beiden Händen ergriff er das Tor und drückte prüfend dagegen. Es war schwer. »Zusammen!«, befahl er seinen Kriegern.

Beinahe hätte er irgendetwas über Ehre gerufen, aber er hielt sich zurück. Dies war der Moment für sachliche Anweisungen.

Ein halbes Dutzend Krieger stemmte sich gegen das Tor und es schwang auf. Das Quietschen der Scharniere hallte in der Stadt wider wie ein Schrei. Haru zog sein Katana und betrat die Stadt schweigend, aber in Gedanken beanspruchte er sie im Namen der Familie Kakeguchi.

Vom Tor aus wand sich eine enge Straße durch die Ruinen. Und die Gebäude *waren* Ruinen, das sah Haru jetzt, zumindest viele von ihnen. Die Bauweise war so seltsam, verwirrte ebenso sehr das Auge wie die verschlungenen Muster, die jeden Stein zierten. Krumme Pagoden standen in gefährlich aussehenden Winkeln. Manche sahen aus, als würden sie schmelzen. Bei anderen waren die Wände so zerstört, dass die Dächer in der Luft zu schweben schienen. Einige Gebäude erinnerten an riesige Schreine, aber ihre Giebel waren zu geschwungen und ausladend, sodass sie an Schwingen erinnerten oder an grinsende Münder. Um all diese Gebäude herum wehte der Schnee und legte sich über die Muster, sodass Stein und Holz sich zu bewegen schienen, sobald Haru sie aus dem Augenwinkel betrachtete.

Über allem thronte der zentrale Turm. Er war so viel höher als alle anderen Gebäude, dass Haru ihn nur für wenige Momente aus den Augen verlor, wenn direkt vor ihm eine Ruine die Sicht versperrte.

Sogar die Straße selbst war ihm unheimlich. Er konnte kein System im Straßennetz erkennen, aber die meisten Wege schienen, wie eine Infektion, zum großen Turm zu führen. Die Straße wand sich wie ein Wurm. Andere – keine breiter, viele noch enger – zweigten davon ab. Zunächst hielt Haru sich auf der Hauptstraße, aber schon bald machte diese eine scharfe Kurve, die ihn beinahe denselben Weg zurückführte, weg vom

Turm. Er begab sich auf Seitenwege. Ohne den riesigen Turm, der auf die Kakeguchi herabsah wie ein Berg oder ein Raubvogel, hätte sich Haru fast augenblicklich im Straßengewirr verlaufen. Auf andere Orientierungspunkte war kein Verlass. Eine Ruine konnte aus der Ferne ganz anders aussehen als aus der Nähe und noch einmal völlig verändert, wenn man sie rückblickend hinter anderen, ähnlich trügerischen Schemen verschwinden sah.

Außerdem waren da noch die Schneewehen. Sie schienen sich zu bewegen, zu kriechen, und Haru war sicher, dass das nicht nur durch die Bewegung der Wolken vor dem Antlitz des Mondes erklärt werden konnte. Wann immer er sie direkt ansah, waren sie still, kalt und tief wie die Trauer. Sie wirkten wie Gestalt gewordenes Mondlicht. Sobald er wegsah, tauten sie auf und flossen, tropften von den Mauern, strömten an den Wegen entlang und züngelten in Fenster- und Türrahmen.

»Die Schneewehen«, sagte Ishiko leise. Sie hatte ihre Klinge gezogen. »Ich glaube nicht, dass der fallende Schnee sie gebildet hat.«

»Wie meint Ihr das?« Haru war sich nicht sicher, ob er die Antwort hören wollte.

Ishiko nickte in Richtung der Spitze des zentralen Turms. »Sie kommen von dort.«

Haru spürte, dass sein Mund trocken wurde. Er hatte ebenfalls den Eindruck gehabt, dass der Schnee vom Turm nach außen floss, hatte aber versucht, diesen Gedanken zu verdrängen. Er wechselte einen Blick mit Ishiko, dann sah er zurück zu den Soldaten. Selbst der Samurai, der ihm am nächsten stand, war ein verschleierter Schemen. Unter dem Helm waren die Gesichter so gut wie unsichtbar und die Farben der Uniformen verblassten im Zwielicht zu Grau. Die Samurai marschierten beständig voran. Es gab keine Anzeichen von Feigheit. Aber Haru sah hier und da ein Gesicht hervorblitzen und erkannte ihre grimmige Entschlossenheit und Augen, die bereits gerötet waren, weil sie so viel Unnatürliches erblicken mussten.

Er wandte den Blick wieder nach vorn, betrachtete finster den Turm und ignorierte die flackernden Schatten um ihn herum. »Dann müssen wir dort hingehen«, sagte er. »Er ist das Zentrum aller Dinge hier, in jeder Hinsicht. Meint Ihr nicht auch?«

»Das tue ich«, bestätigte Ishiko.

Haru ging etwas schneller. Von Anfang an hatte er den Weg zum Turm eingeschlagen, aber jetzt wurde er regelrecht davon angezogen. Er hatte einen Feind. Er erkundete nicht nur feindliches Terrain, er führte einen Angriff aus.

Gerade blickte er in Richtung Turm, als dort ein Horn erklang. Das Dröhnen hallte in seinem Schädel wider, rollte die Wirbelsäule entlang und vibrierte in seinen Eingeweiden. Der Boden erzitterte, als wollte der Klang die Berge entwurzeln. Der Klang des Horns war lang gezogen und tief und gnadenlos. Es heulte und donnerte, warnte und rief herbei.

Als das Dröhnen verstummte, kamen von allen Seiten Antworten. Den verzerrten Winkeln der Stadt der Hungrigen Nacht entwanden sich Schreie und Geflüster, Weinen und Lachen. Die Echos schoben sich übereinander wie Haut, die sich kräuselt. Haru wurde plötzlich kalt. Schauer liefen ihm die Arme und den Rücken hinab. Endlich verstummten die Geräusche, wie Insekten, die sich wuselnd zurückzogen.

Haru stellte fest, dass er wie angewurzelt dastand. Genau wie Ishiko und alle anderen.

Das ist unter deiner Würde. Beweg dich!

Er schluckte und machte einen Schritt nach vorn. Das Krachen des Schnees unter seinem Stiefel, wie splitterndes Glas, war beinahe tröstlich.

»Es ist dunkler geworden«, bemerkte Ishiko.

Sie hatte recht. Die Schatten der Ruinen waren undurchdringlicher. Das Mondlicht war kälter, der Glanz von Eis oder Knochen, der auf dem Schnee lag, der die Straßen bedeckte, wie ein Köder für die Dunkelheit. Es spiegelte sich an Mauerecken, versilberte die Ränder der leeren Nischen und ließ die Schatten noch tiefer wirken. Die Schneewehen krochen näher, machten sich kaum mehr die Mühe, ihre Bewegungen zu verbergen. Die Flut der weißen Nacht floss immer näher an die Samurai heran. Haru dachte an böse Kansen, die den Schnee vorwärtsschoben. Und er dachte an eine Flut von hungrigen Geistern.

»Zum Turm!«, stieß er hervor und reckte sein Katana in die Höhe. Er stürmte los, doch Ishiko packte ihn am Arm. »Was?«, schnauzte er. Er brauchte den Schwung des Angriffs. Wenn er jetzt nicht alle in Bewegung brachte, holten die Schrecken ihn vielleicht ein.

»Hört!«, zischte Ishiko.

Haru wollte nicht. Er wollte nicht hören, wie der Wind seinen Namen flüsterte. Beim ersten Mal, im Tunnel, hatte er sich noch einreden können, dass er etwas anderes gehört hatte. Er war nicht so sicher, ob er sich auch diesmal wieder überzeugen könnte, eine Illusion gehört zu haben.

Der Wind stöhnte. Er jammerte. Er wirbelte um die Turmspitzen und blies mit scharfem Zorn die enge Gasse entlang. Aber er flüsterte nicht. Stattdessen lag im Wind ein Rasseln, zunächst leise, vielleicht aus weiter Ferne, dann immer lauter, immer näher.

Das Rasseln kam von den toten Fenstern der Türme, erklang auf der anderen Seite der verschlossenen Türen, hinter Mauern, im Dunkel der Straße. Und während es näher kam, hörte Haru auch andere Geräusche. Das Scheppern von Rüstungen. Das Trampeln schwerer Stiefel.

»Wir sind umzingelt«, stellte Ishiko fest.

Haru drehte sich langsam um, suchte nach dem Feind, versuchte, eine Strategie zu finden, einen Ausweg zu sehen. Aber alles war immer noch in den Schatten verborgen. Er stand an einer Kreuzung und blickte alle Straßen entlang sowie in die leere Schwärze der Gebäude um ihn herum. Er sah den Angreifer nicht, wusste nicht, was er zu tun hatte.

Er sah keinen Ausweg.

Und dann öffneten sich die Türen der Ruine direkt neben ihm. Das Holz schabte über die Steinschwelle. Die Scharniere kreischten schrill auf.

Das Rasseln war ganz nahe.

Es näherte sich auf den Straßen und hinter der einsamen Mauer, die die Straße begrenzte.

Am nächsten war es auf der anderen Seite der offenen Türen.

Haru blickte auf. Er sah, was sich ihnen näherte.

Das Horn des Turms erschallte erneut und Haru hörte, was er beim ersten Mal noch nicht vernommen hatte. Er hörte den Hunger.

Den Hunger vor dem Festmahl.

Kapitel Zehn

Es war der dritte Morgen, seit Haru weg war. Barako stand im östlichen Wachturm an der Festungsmauer und blickte Richtung Norden. Sie hatte so viele Wachen dort übernommen, wie sie konnte. Viele Nachtstunden, in denen sie in die leere Schwärze gestarrt hatte. Viele Tagesstunden, in denen sie die weiße Wand aus Schnee betrachtet hatte. Das Wetter hatte sich nicht geändert, seit der Sturm wieder Fahrt aufgenommen hatte. Der Wind wütete mit solcher Gewalt um Morgenröte, als wolle er die Festung niederreißen.

Barako hatte ihre Wache geleistet und dem Sturm, ohne mit der Wimper zu zucken, getrotzt. Sollte er doch wüten. Sollte er verbergen, was immer er wollte. Er würde Morgenröte und der Familie Kakeguchi nichts anhaben, nicht, solange sie lebte.

Ochiba betrat den Wachposten. Sie war auf dem Wehrgang gewesen und von Schnee bedeckt. Im relativen Schutz des Turms wischte sie sich das Eis aus Haaren und Wimpern. »Noch da?«, bemerkte sie an Barako gewandt.

»Meine Wache endet zur Stunde des Drachens.«

Ochiba starrte in den dichten Schnee. »Ein Wunder, dass wir überhaupt noch wissen, welche Stunde es ist. Wir erkennen Tag und Nacht, mehr nicht.« Sie stellte sich neben

Barako an die Rückwand, wo die schlimmsten Böen sie nicht erreichen konnten. »Du übernimmst zu viele Wachen«, sagte sie sanft.

»Ich tue, was nötig ist.«

»Und was erreichst du damit, außer eine Erschöpfung zu riskieren?«

»Du patrouillierst doch ebenfalls oft.«

»Ja, aber dazwischen ruhe ich mich aus. Tust du das auch?«

»Ich ruhe genug.« Das stimmte. Wenn sie übermüdet wäre, würde sie Fehler machen. Und sie wollte nicht riskieren, dass sie ihre Pflicht für die Burg, die Familie und die Daimyo nicht mehr ausüben konnte.

»Ich glaube trotzdem, du versuchst, dich selbst zu bestrafen.«

Barako zuckte mit den Schultern.

»Herrin Akemi gibt dir keine Schuld«, fügte Ochiba hinzu.

»Ich weiß. Das ist sehr freundlich von ihr. Aber als Haru aufgebrochen ist, habe ich geschlafen. Ich wusste, dass er kurz davor war, etwas Unüberlegtes zu tun, und ich habe ihn nicht aufgehalten.«

»Niemand von uns hat das.«

»Aber ich wusste es«, beharrte Barako. »Ich glaube, ich habe sogar geahnt, was er vorhatte.«

»Wusstest du, dass das Unwetter ihm die Gelegenheit dazu geben würde?«

»Nein«, gab Barako zu. Sie seufzte.

Ochiba berührte sie am Arm. »Was hättest du denn tun sollen? Ihn von morgens bis abends bewachen, bis der Schneesturm aufhört? Genießt du seine Gesellschaft so sehr?«

»Wohl kaum.« Während ihrer langen Wachschichten hatte Barako Haru verflucht. Vorher hatte er sie nur genervt. Jetzt war er zu einer Bedrohung geworden. Um Akemis willen und für die politische Stabilität der Burg betete sie zu den Ahnen, dass er sicher zurückkehren möge. Aber wenn es nach ihr gegangen wäre, hätte sie ihm für seine Dummheit nur zu gern den Kopf abgeschlagen. Sie seufzte. »Irgendjemandem muss ich einfach die Schuld geben«, sagte sie reumütig. »Und da Haru nicht hier ist, bleibe nur ich übrig.«

»Dann teilen wir uns die Schuld«, erwiderte Ochiba. »Es ist genug für alle da. Aber eigentlich gebührt sie Haru allein.«

Langsam umrundete Barako den Wachposten und sah durch die Tür zur Treppe, um sicherzustellen, dass keine Wachen kamen und sie hörten. Dann trat sie wieder neben Ochiba. »Von der Stadt der Hungrigen Nacht einmal abgesehen«, sagte sie, »frage ich mich, ob es wirklich das Beste für Herrin Akemi wäre, wenn Haru zurückkehrt.«

»Sie hofft darauf.«

»Natürlich tut sie das. Er ist ihr Sohn.«

»Worauf willst du hinaus?«, fragte Ochiba.

»Ich bin mir selbst nicht ganz sicher«, gestand Barako. »Aber Haru hat sich selbst und der Daimyo enormen Schaden zugefügt.«

»Stimmt.«

»Glaubst du, man kann den Schaden wiedergutmachen?«

Ochiba war für einen Moment still und dachte nach. »Kann ich nicht sagen«, meinte sie. »Du hast Sorge, dass Doreni die Sache zu seinem Vorteil nutzen wird?«

Barako schnaubte. »Er wäre dumm, es nicht zu tun. Wäre ich eine Hiruma, wäre ich der Meinung, dass er die größte Hoffnung für die Burg der Morgenröte darstellt.«

»Wir sind keine Hiruma. Wir sind Kakeguchi. Aber wir gehören alle zum Krabben-Klan.«

»Und Morgenröte ist wichtiger als die Familie, die die Burg regiert.«

Während der darauffolgenden Stille wischte sich Barako ärgerlich den Schnee aus dem Gesicht, der beständig hineingeweht wurde. Ochiba brach das Schweigen. »Das alles spielt doch keine Rolle, oder?«

»Nein, tut es nicht«, sagte Barako leise. Ihre Pflicht hatte sich nicht geändert. Und sie würde sie bis zum Ende ausführen. »Aber ich musste darüber reden.«

»Ich auch«, erwiderte Ochiba.

Trotz ihrer Sorge breitete sich ein wohliges Glücksgefühl in Barako aus. Ochiba war die Einzige, mit der sie über solche Dinge sprechen konnte. Aber sie brauchte es auch, mit Ochiba darüber zu sprechen. Dass Ochiba sich ihr gegenüber ebenso frei fühlte, ebenso dieses Bedürfnis verspürte, war wunderbar. »Vielleicht kann ich jetzt aufhören, dauernd über die Erbfolge nachzudenken.«

»Und dich darüber zu ärgern, dass so viele Leben riskiert werden, um einen Idioten zu retten?«

»Das auch.« *Ganz besonders ein Leben.* Sie runzelte die Stirn und sah wieder hinaus in den fallenden Schnee. »Wird es weniger?«

»Ich glaube schon. Und der Wind bläst auch nicht mehr ganz so stark.«

»Du hast recht. Vielleicht klart es sich endlich auf.«

»Dann werden diese Leben schon bald riskiert werden«, bemerkte Ochiba trocken.

Gemeinsam sahen sie zu, wie das wilde Treiben sich beruhigte. Der Wind ließ als Erstes nach. Bald war er kaum mehr als eine kalte Brise. Der Schnee fiel noch eine Weile weiter. Es dauerte deutlich länger, bis man die Veränderung wirklich merkte, aber auch er wurde weniger. Nach und nach war richtiges Tageslicht zu sehen. Die Berge erschienen wie aus dem Nichts. Erst wurde der Boden am Fuß der Wachtürme sichtbar, dann der Pfad, der zur Festung hinaufführte, und schließlich sogar die Straßen, die man von Morgenröte aus überwachen konnte.

»Wir müssen uns bereitmachen«, sagte Ochiba. »Bald werden wir aufbrechen.«

»Es wäre wohl zu viel verlangt, dass Haru von selbst zurückkehrt«, murmelte Barako. Dann zuckte sie zusammen und trat einen Schritt vor. »Wer …?«, begann sie.

Sie wurde unterbrochen von den Wachen im Westturm. Sie läuteten die Turmglocke, um Alarm zu schlagen.

Jemand näherte sich aus dem Norden. Eine einzelne Gestalt erschien am Eingang zum Bergpass und stolperte schwankend vorwärts.

Barako flog die Stufen des Turms hinunter, Ochiba nur wenige Schritte hinter ihr. Sie befahl den Wachen, das Tor zu öffnen, und rannte auf den Pfad hinaus, wobei sie den tiefen Schnee verfluchte, der sie ausbremste. Hinter sich hörte sie Ochiba nach einem Trupp rufen, der sie begleiten sollte.

Eine Person. Eine. Ein schlechtes Zeichen. Sie wird medizinische Betreuung brauchen. Oder sie muss bekämpft werden.

Mehrmals fiel die Gestalt hin und rappelte sich unter sichtlichen Schwierigkeiten wieder hoch. Als Barako endlich den Fuß des Hügels erreicht hatte, war die Person kaum ein Drittel so weit gekommen. Barako wandte sich nach Norden, den Pfad hinauf. Sie versuchte, über den Schnee zu laufen, aber sie kam nur ein oder zwei Schritte weit, bevor er unter ihr nachgab und sie bis zu den Oberschenkeln einsank und sich vorwärtskämpfen musste. Ochiba und den Soldaten hinter ihr erging es nicht besser.

Die Gestalt, auf die sie sich zubewegte, brach erneut zusammen, und diesmal stand sie nicht wieder auf.

Barako fluchte lautlos und ging weiter. Sie wandte all ihre Kraft auf, um vorwärtszukommen, aber es fühlte sich an, als wäre sie so langsam wie ein Gletscher. Es schien Tage zu dauern, bis sie die Stelle erreichte, wo die Gestalt gefallen war. *Und wie lange brauchen wir dann erst, um zu dir zu gelangen,*

Haru? Vorausgesetzt, das bist nicht du, der da gerade ankommt, nachdem du deine erfrierenden Samurai im Stich gelassen hast.

Schließlich gelangte sie doch zu der Mulde im Schnee, wo die Gestalt zusammengebrochen war. Es war ein Samurai, ein Mann. Seine Rüstung war zerschmettert und hing in Bruchstücken an zerfetzten Lederriemen. Er war mit dem Gesicht nach unten gefallen. Barako drehte ihn um. Hachi.

Seine Augen waren so verdreht, dass man nur das Weiße sehen konnte. Er hatte seine Handschuhe verloren und die Hände fest zu Fäusten geballt. Die Haut an seinen Fingern war außerordentlich blass, bis auf die Stellen, an denen sie bereits schwarz wurden. »Hachi«, sagte Barako leise und dann lauter: »Hachi!« Der Samurai antwortete nicht. Barako beugte sich vor und legte ihr Ohr an seinen Mund. Er atmete nicht.

Im Gesicht und an der Brust war er verwundet. Die Einschnitte waren tief. Es sah aus wie von Klingen, dachte Barako, war aber nicht sicher. Hachis Rüstung war schwarz vor Blut.

Barako lehnte sich zurück. Sie würde auf den Trupp warten, damit er ihn zurücktrug. Vorerst konnte sie nichts mehr tun. Aber bald würde sie dafür umso mehr zu tun haben. *Oh, Haru, du Trottel, was hast du getan?*

Ochiba schloss auf und kauerte sich neben sie. »Hachi«, keuchte sie. »In welchem Zustand er ist. Und seine Rüstung. Wie hat er es zurückgeschafft?«

»Hat er nicht«, sagte Barako. »Er ist tot.«

»Aber wie ist er bis hierher gekommen?« Ochiba schien nicht beleidigt. »Durch den Schneesturm und die Kälte?«

»Verzweiflung.« Barako gefiel nicht, wo diese Vermutung hinführte. »Er muss vor etwas viel Schlimmerem als dem Unwetter geflohen sein.«

Die vier Wachen, die mit Ochiba gekommen waren, hoben Hachi auf. Der kaum verhohlene Schrecken stand ihnen ins

Gesicht geschrieben, als sie sich daranmachten, ihn mühsam in die Festung zu tragen. Barako und Ochiba gingen hinter ihnen.

»Nur einer«, sagte Barako.

»Das sagt noch nichts darüber aus, was den anderen widerfahren ist«, wandte Ochiba ein.

»Aber es deutet in eine gewisse Richtung. Es verheißt jedenfalls nichts Gutes.«

»Es heißt, dass wir uns beeilen sollten.«

»Allerdings«, stimmte Barako zu. Selbst wenn sie keine Überlebenden fanden, war die Gefahr, die von der Stadt der Hungrigen Nacht ausging, jetzt real geworden. Sie durften sie nicht ignorieren. Sie mussten sich darum kümmern, und zwar bald.

•

»Eines müssen wir klarstellen.« Dorenis Stimme wurde von den Wänden der großen Halle zurückgeworfen. »Die Expedition muss sich natürlich um die Gefahr kümmern, die von der Stadt der Hungrigen Nacht ausgeht. Aber was Kakeguchi Haru angeht, ist dies keine Rettungsmission. Er wird zur Rechenschaft gezogen.«

»Sprecht Ihr für die Daimyo?«, fragte Barako scharf. Der Triumph in seiner Stimme ging ihr genauso gegen den Strich wie der Opportunismus, der sich in seinen Worten zeigte.

»Natürlich nicht. So etwas würde ich nie wagen«, sagte Doreni schnell, als wäre ihm gerade aufgefallen, dass er zu weit gegangen war.

»Ach nein?« Die vorgespiegelte Sanftheit in Akemis Stimme hielt nicht lange an. »Ich hatte den Eindruck, Ihr wolltet einen Beschluss verkünden.«

Doreni errötete, fasste sich aber schnell wieder. »Bitte verzeiht, Herrin Akemi, sollte ich meine Befugnisse überschritten haben.« Er verneigte sich kurz. »Ich wünsche nur, Klarheit zu gewinnen. Das halte ich für wichtig. Wir befinden uns in einer Krise. Ich denke, das wird niemand hier abstreiten.«

»Nein«, bestätigte Akemi.

»Es bereitet mir keine Freude, zu sagen, was ich zu sagen habe«, fuhr Doreni fort.

Lügner, dachte Barako.

»Da ich kein Kakeguchi bin, fällt mir die undankbare Aufgabe zu, die unangenehme Wahrheit auszusprechen. Euer Sohn hat Eure Befehle missachtet. Wie es aussieht, hat er dadurch den Tod von einem Drittel einer Kompanie Samurai verursacht, zusätzlich zum Verlust einer halben Karawane. Einen solchen Verlust kann sich die Burg nicht leisten. Er hat dadurch Morgenröte und das Gebiet, das sie schützen soll, in Gefahr gebracht. Er hat Euch verraten, meine Daimyo. Damit hat er unwiderruflich den guten Ruf seiner Familie und dieser Burg beschmutzt. Für diese Verbrechen muss er zur Rechenschaft gezogen werden, und sei es nur, um die Schande, die er über uns gebracht hat, auszulöschen und sie daran zu hindern, sich weiter zu verbreiten.«

Oh, geschickt. Außerordentlich geschickt. Barako musste Doreni zugutehalten, dass diese Rede wirklich sehr gut war. Auch wenn sie nur seinen eigenen Interessen diente, entsprach sie doch der Wahrheit.

»Über Kakeguchi Haru muss erst noch ein Urteil gesprochen werden.« Akemi verbarg ihre Verzweiflung hinter Förmlichkeiten. »Falls er am Leben ist, soll nicht in seiner Abwesenheit über ihn gerichtet werden. Er wird sich der Anklage stellen, sobald er wieder hierhergebracht wurde.«

Doreni nickte. »Natürlich, Herrin Akemi. Ich glaube, wir verstehen alle, was in dieser Hinsicht notwendig ist. Damit bin ich zufrieden.«

Natürlich bist du das, dachte Barako. *In der Stunde deines Sieges kannst du es dir leisten, großmütig zu sein. Akemis Erbe ist entweder tot oder er ist unwürdig, Morgenröte zu führen. Damit ist dein Aufstieg so gut wie sicher.*

Als sie Akemi ansah, hoffte Barako, dass man ihr das Mitleid nicht ansah. Sie wollte nicht daran denken, wie es werden würde, wenn Doreni regierte. Sie konnte nur beten, dass die Ahnen Akemi ein langes Leben gewährten.

»Wir reden hier bereits darüber, was nach unserer Mission passiert«, stellte Ochiba fest. »All das muss bis nach unserer Rückkehr warten. Jetzt zählt, dass wir sofort etwas unternehmen.«

»Allerdings ist das schwieriger geworden«, bemerkte Doreni. »Ihr werdet in die Stadt der Hungrigen Nacht nur noch zwei Drittel der Krieger mitnehmen können, die Ihr ursprünglich hättet haben sollen.«

»Ich danke dem Leutnant für seine Rechenfähigkeiten«, sagte Ochiba trocken.

»Es ist dennoch richtig«, erklärte Akemi. »Und Ihr werdet damit zurechtkommen müssen. Ich wage nicht, noch mehr Krieger von der Verteidigung der Burg abzuziehen.«

»Das braucht Ihr auch nicht«, versicherte Ochiba. »Die Anzahl ist ausreichend. Darauf gebe ich Euch mein Wort.«

»Ist der Sturm vorbei?«, wollte Akemi wissen.

»Es sieht so aus«, bestätigte Barako. »Im Norden ist der Himmel klar. Ein besseres Wetter für unseren Aufbruch hätten wir uns nicht wünschen können.«

Akemi sah nachdenklich aus. »Junji«, sagte sie. »Erst lässt der Sturm nach, jetzt endet er ganz. Was hältst du davon? Ist das Zufall oder Absicht?«

»Genau diese Frage habe ich mir auch schon gestellt, meine Daimyo«, antwortete Junji. »Doch ich habe keine Antwort darauf gefunden.«

»Wenn es Absicht war«, stellte Doreni fest, »dann könnte Haru bei seinem ersten Besuch etwas entfesselt haben, das wahrhaft große Macht besitzt.«

»Ob das nun so ist oder nicht«, entgegnete Barako, »unsere Optionen bleiben dieselben.«

»Wir werden wachsam und auf das Schlimmste vorbereitet sein«, pflichtete Ochiba ihr bei. »Wie immer.«

»Wie wir es *alle* sein sollten«, bemerkte Akemi bitter. »Aber manche von uns vergessen das gelegentlich.«

Der Rest des Rats schwieg. Sogar Doreni respektierte ihren Schmerz. Oder, dachte Barako, er wusste einfach, dass es besser war, jetzt nicht auch noch Salz in die Wunde zu streuen.

»Es gibt noch ein Problem«, sagte Ochiba. »Jeder, der den Eingang zur Höhle kannte, ist mit Haru zusammen aufgebrochen.«

»Da können wir helfen, nicht wahr?«, erwiderte Barako an Junji gewandt.

»Ja«, bestätigte der Mönch. »Immer noch habe ich nur sehr wenig über die Stadt herausgefunden, aber ich glaube, anhand der Beschreibungen, die uns Haru und die Samurai Ishiko gegeben haben, können wir eine Karte zeichnen.«

»Tut das«, befahl Akemi, dann wandte sie sich an Ochiba. »Sobald Ihr die Karte habt, brecht Ihr auf. Vernichtet den Schatten dieser Stadt, der sich über Morgenröte gelegt hat. Und bitte, bringt ihn zurück. Bringt meinen Sohn zurück.«

•

Zufall oder Absicht. Die Frage ließ Barako nicht los, während Ochiba und sie ihre Krieger nordwärts führten. Der Himmel war wolkenlos und blassblau. Der Schnee war blendend weiß und die Luft war so kalt, dass sie zu klirren schien. Aber obwohl sie durch die hohen und tiefen Schneewehen nur langsam vorankamen, war der Weg nicht gefährlich. Von den Felskämmen aus hatte Barako eine tolle Aussicht über die Gipfel, die sich so scharf abzeichneten wie mit dem Rasiermesser geschnitten.

Als die Krieger für die Nacht Schutz unter einem Felsvorsprung suchten, schienen der Mond und die Sterne so hell, dass sie das Feuer nicht brauchten, um besser zu sehen, sondern nur, um sich zu wärmen.

»Was hältst du davon?«, fragte Ochiba, als sie gemeinsam vor den Flammen kauerten.

»Wovon?«, fragte Barako zurück.

»Wie leicht wir vorwärtskommen.«

Also wurde Ochiba von ähnlichen Gedanken heimgesucht.

»Werden wir von der Stadt angelockt?«, fuhr der Hauptmann fort. »Oder segnen uns die Ahnen?«

»Kannst du meine Gedanken lesen?«

»Vielleicht liest du auch meine.«

Barako lachte leise. »Falls wir ohne Zwischenfall an der Stadt der Hungrigen Nacht ankommen, bin ich auf das Schlimmste gefasst.«

»Ich auch.«

Das begierige Funkeln, das bei diesen Worten in Ochibas Augen lag, kannte Barako nur zu gut. So glänzten sie immer, wenn ihnen ein Kampf bevorstand. Und auch auf dem Schlachtfeld selbst. Es war der Blitz, der in Ochiba tobte. Im Kampf war sie in ihrem Element. Aber sie war nicht so unbedacht wie Haru. Sie preschte nicht einfach vor, ohne zu wissen, was sie tat. Barako vertraute darauf, dass Ochiba in der Stadt der Hungrigen Nacht die gebotene Vorsicht walten lassen würde. Sie vertraute ihr, weil sie wusste, dass Ochiba auf ihre Warnungen hören und ihren Blitz zähmen würde, genau wie sie das Feuer in Barako zu einem Inferno schüren würde, das den Feind niederbrannte.

Aber wir müssen vorsichtig sein. Es ist nicht die erste Falle, der wir uns gegenübersehen, aber diese hier … Ich habe ein schreckliches Gefühl dabei.

Ochiba hatte gesagt, sie wäre auf das Schlimmste gefasst. Das reichte Barako. Sie waren einander Schwert und Schild.

Noch vor dem Morgengrauen zogen sie weiter. Obwohl sie sich alle in der Nacht aneinandergeschmiegt hatten, um sich gegenseitig zu wärmen, war es zu kalt, um länger an einer Stelle zu verharren. Also marschierten sie durch die letzten Nachtstunden mit ihrem reflektierten Mondlicht Richtung Norden, einem Tag entgegen, der, als er schließlich kam, genauso blendend hell war wie der Tag zuvor. Im Sommer war das Licht nie so grell. Nur ein Land, das vollständig mit Schnee bedeckt war, konnte das Sonnenlicht so gnadenlos hell zurückwerfen. Es stach Barako in den Augen und ließ ihren Kopf schmerzen. Während des Schneesturms hatte sie starren können, so viel sie wollte, und doch nichts gesehen. Jetzt kniff sie die Augen zusammen und beschattete sie mit einer Hand, und sah doch so viel, dass es schmerzte.

Letztlich brauchten sie die Karte kaum. Barako sah regelmäßig darauf und hatte kaum gesagt: »Es kann nicht mehr weit sein«, da meinte Ochiba auch schon: »Dort ist es.«

Der Eingang zur Höhle war ein auffallend dunkler Fleck im grellweißen Schnee. Ein Loch, das man in den Tag gestanzt hatte. Es ließ die Strahlen der Sonne dünn wirken, wie eine frische Eisschicht, die jederzeit brechen konnte.

Die Kompanie schwenkte ein und kämpfte sich durch die Schneewehen zur Höhle vor.

»Das war leicht, nicht wahr?«, bemerkte Ochiba.

»Wie ich befürchtet hatte.«

»Also glaubst du, wir sind hierhergelockt worden?«

»Ich weiß es nicht.« Barako wollte lieber nicht daran denken. Der Gedanke, wie viel Macht ein Feind haben musste, um so etwas zu bewerkstelligen, war verstörend. »Aber ich gehe lieber davon aus.«

»Du bist immer so umsichtig.«

»Glaubst du nicht, dass wir hierhergelockt wurden?«, fragte Barako überrascht.

Ochiba lächelte sanft. »Ich weiß so viel wie du. Ich habe es ernst gemeint. Du bist immer so klug und umsichtig. Und das ist mein Glück. Sonst nichts.«

Barako lächelte zurück und bemerkte trotz der schneidenden Kälte, dass ihre Wangen warm wurden.

»Keine Anzeichen, dass Haru hier langgekommen ist«, sagte sie, als sie sich dem Höhleneingang näherten.

»Wir haben überhaupt keine Spuren gesehen. Kein Wunder, nach dem Unwetter. Aber er ist bis hierher gekommen. So viel wissen wir.«

Barako nickte und dachte an Hachis Wunden. Es war nicht die Kälte gewesen, die ihm Gesicht und Brust zerfetzt hatte. Und diese Risse waren ihm auch nicht von sauberen Klingen zugefügt worden.

Sie betraten erst die Höhle und dann den Durchgang. Barako fühlte den Luftzug, von dem Haru ihnen erzählt hatte. Ishiko hatte auch etwas vage von einem Wispern gesprochen. Das vernahm Barako zwar nicht, aber der Luftzug ließ sie bereits aufhorchen.

»Dieser Wind aus den Tunneln ist falsch«, sagte sie.

Ochiba brummte. »Anders als draußen, nicht wahr?«

»Bösartig«, bestätigte Barako. Und Schlimmeres. Verdorben. Wissend. Die Luft, die aus der Stadt der Hungrigen Nacht heranwehte, war verändert.

»Der Hauch aus den Schattenlanden, der dieser Stadt anhaftet, ist bis hierher zu spüren«, stellte Ochiba fest.

»Ich frage mich, wie weit er wohl noch reicht.«

»Bis Morgenröte, meinst du?«

»Keine Ahnung. Ich hoffe nicht.«

Je weiter sie gingen, desto stärker wurde der Eindruck, dass diese Brise bösartig war. Barako ergriff ihren Streithammer fester. Nicht dass es hier ein Ziel für ihn gegeben hätte. Aber die solide Waffe in ihrer Hand verlieh ihr Sicherheit. Stetig ging sie vorwärts, entschieden dem unbekannten Feind entgegen. Sie hatte bereits in den Schattenlanden gekämpft. Sie hatte Schreckliches gesehen und es besiegt. Es wäre arrogant von ihr, anzunehmen, dass sie immer siegen würde. Aber sie war entschlossen genug, dem Feind ohne Zögern entgegenzutreten.

Dennoch stockte ihr der Atem, als sie aus dem Tunnel traten und die Stadt sahen. Ochiba schnappte nach Luft und aus der ganzen Kompanie erhob sich erschrockenes Gemurmel. Es lag keine Schande darin, seine Gefühle so offen zu zeigen. Die Samurai wären nicht menschlich gewesen, wenn sie stets absolut ungerührt geblieben wären.

Es war Nacht und der Mond stand über dem Turm und seiner Umgebung. Die Sterne lagen hinter den wirbelnden Wolken verborgen.

»Da stimmt doch was nicht«, murmelte Ochiba. Als sie die Höhle erreicht hatten, war es später Vormittag gewesen. Jetzt konnte es höchstens früher Nachmittag sein. Aber hier war es Nacht, tiefste Nacht, weit von jedem Morgengrauen entfernt.

»Nicht einmal der Mond selbst stimmt«, sagte Barako. Letzte Nacht hatte eine abnehmende Mondsichel am Himmel gestanden. Jetzt war der Mond voll und bleich wie ein Totenschädel. »Hier herrscht Nacht. Immer Nacht. Und immer dieselbe Nacht.« Sie betrachtete die Stadt und rief sich ins Gedächtnis, wie Haru und Ishiko sie beschrieben hatten. Die Spitze des Turms glühte smaragdgrün. Barako runzelte die Stirn. »Das Licht …«

»Haru hat nichts dergleichen erwähnt«, stimmte Ochiba ihr zu.

»Und Ishiko auch nicht. Es war beim letzten Mal noch nicht da.«

»Also hat sich etwas verändert.«

»Seit Haru zurückgekommen ist?«

»Vielleicht, *weil* er zurückgekommen ist.« Ochiba nickte entschlossen und nahm ihren Gegner in Augenschein. »Na gut«, sagte sie. »Na gut, na gut. Die Stadt der Hungrigen Nacht hat sich vorgestellt. Also kennen wir einander jetzt.« Sie wandte sich an die Kompanie: »Die Schattenlande haben dieses Land befleckt. Also, schließen wir unsere Vorbereitungen ab. Zwar tragen wir unsere Waffen und Jade, aber rüsten wir uns mit dem, was wir wirklich brauchen.«

Sie kniete sich hin und Barako ließ sich neben ihr nieder. Die ganze Kompanie sank auf die Knie. Ochiba betete zu den Geistern der Ahnen der Kakeguchi. Barako lauschte den Worten und fand durch sie ihre Mitte. Alles, was sie von jetzt an tat, ihr ganzes Dasein, war dem einen Ziel gewidmet, Haru zu retten. Sie betete für den Segen Hidas. Wenn sie jetzt in die Dunkelheit trat, die vor ihnen lag, würde sie nicht allein sein. Sie würde versuchen, eins zu sein mit dem perfekten Handeln und der Reinheit der Absichten.

»Sind wir bereit?«, fragte Ochiba. Zur Antwort standen ihre Samurai auf und zogen ihre Waffen. »Wir sind bereit«, stellte sie fest.

Sie begannen, den Grat mit den spitzen Felsnadeln zu überwinden.

Der Schnee fiel hier stetig und Barako vermutete, das tat er bereits seit ewigen Zeiten – endlose Flocken in endloser Nacht. Und doch war die Schneedecke hier nicht sehr dick, kaum mehr als eine dünne Schicht auf dem Felsboden. »Es gibt keine Fußabdrücke«, sagte sie. Nichts deutete darauf hin, dass Haru und seine Samurai hier entlanggekommen waren. Sie blickte zurück. Sie selbst hatte Spuren hinterlassen. Die Kompanie zertrampelte den Schnee bis auf den Felsboden.

»Er muss hier entlanggegangen sein«, meinte Ochiba.

»Der Schnee reicht nicht aus, um seine Spuren zu bedecken, aber es gibt keine Spuren. Sie wurden ausgelöscht.«

»Du bist in düsterer Stimmung, liebe Freundin.«

»Ich wünschte, es wäre anders.« Das Licht im Turm machte ihr immer mehr Sorgen. Sie fragte sich, wie groß Harus Versagen war. Und ob für sie eine Hoffnung bestand, das Unheil abzuwenden, das er über sie gebracht hatte.

»Mit jedem dieser Zeichen wird deutlicher, von welchem Ausmaß die Aufgabe ist, die uns hier zufällt«, sagte Ochiba. »Und das freut mich. So überschätzen wir unsere Chancen nicht.«

Barako lächelte. »Das soll wohl eine Anspielung auf jemand Bestimmten sein.«

»Schon möglich.«

Solche Wortwechsel taten gut. Es war eine Erleichterung, sich den Raum zu nehmen, von Haru genervt zu sein. »Er macht uns das Leben sogar dann schwer, wenn er nicht da ist.«

»Glücklicherweise sind wir daran ja schon gewöhnt.«

Schweigend erreichten sie das Tor, das ein wenig offen stand. Die Stadt erwartete sie ebenso schweigend. Diese Täuschung nahm Barako ihr aber nicht ab, und auch die gewundene Architektur strafte diese scheinbare Stille Lügen. Ishiko hatte sie bereits gewarnt, wie schwer es war, die Stadt der Hungrigen Nacht direkt anzusehen. Barako hatte versucht, sich vorzustellen, wie Ishiko das gemeint haben könnte, hatte versucht, sich auf das vorzubereiten, was sie hier erwartete. Jetzt begriff sie, dass ihr das nicht im Geringsten gelungen war.

Ochiba blieb vor dem Spalt zwischen den beiden Torflügeln stehen, auf der Schwelle zur Stadt. Barako stand neben ihr. Sie betrachteten die schmale Straße, die sich zwischen den windschiefen Ruinen wand.

»Nur ein Narr würde in eine so offensichtliche Falle tappen«, sagte Barako.

»Ein Narr und die noch größeren Narren, die ihm hinterherlaufen.«

Barako seufzte. »Er ist da einfach reinmarschiert, oder?«

Ochiba nickte. »Haru der Unerschrockene, der Furchtlose, der dieses Land im Namen der Kakeguchi für sich beansprucht.«

Vielleicht waren sie ja ungerecht. Aber in der Stadt war nichts zu hören als der Wind und das Klimpern der gläsernen Schneeflocken. Wenn Harus Krieger gekämpft hätten oder marschiert wären oder überhaupt irgendetwas getan hätten, hätte Barako sie hören müssen. Die Stille zeugte von einem Desaster.

»Und wir werden gezwungen, dasselbe zu tun«, murmelte Ochiba. In der Art, wie sie dastand, und am Ton ihrer Stimme konnte man ihre Kampfbereitschaft erkennen, aber auch ihre Zurückhaltung. Sie schüttelte den Kopf.

»Nein«, sagte Barako. »Ich kämpfe nicht zu den Bedingungen dieser Stadt.«

»Das werden wir nicht«, stimmte Ochiba zu. Trotz und Ärger waren ihr deutlich anzusehen. »Die Stadt der Hungrigen Nacht bestimmt nicht über uns.« Sie sah zum Tor, wechselte einen Blick mit Barako und nickte. »Also, zu unseren Bedingungen.«

Barako nahm eine Phiole aus ihrem Beutel und Ochiba ebenfalls. Junji hatte sie für sie vorbereitet, während Barako der Karte den letzten Schliff verliehen hatte. Hinter ihnen stellten sich die sechzig Samurai ihrer Kompanie vor dem Stadttor auf. Sie hatten in ihrem Training noch nicht die Fähigkeiten und die Weisheit erreicht, die für das Ritual benötigt wurden, das die beiden Offiziere durchführen wollten. Aber sie wussten, was sie vorhatten, und erkannten, dass es notwendig war. Junji hatte die Reinigungsriten vor den Toren der Burg der Morgenröte vollzogen und damit den Segen der Ahnen für die

Kompanie erbeten. Anders als Haru waren Ochiba und Barako mit ihren Kriegern auf Befehl der Daimyo aufgebrochen.

Barako schritt ihre dreißig Krieger ab und Ochiba die ihren. Die Samurai setzten ihre Helme ab. Mit dem geweihten, mit Jade versetzten Öl aus ihren Phiolen salbten die Kommandantinnen ihren Kriegern die Stirn. »Ich rufe dich an, Hida, mein Herr«, sagte Barako, »Gründer und Verteidiger des Krabben-Klans. Sieh auf uns, deine Kinder, herab, während wir gegen die Machenschaften von Fu Leng, deines größten Feindes, kämpfen.« Sie machte eine kurze Pause und intonierte dann: »Die Stärke von Hida, unserem Herrn«, während sie den Kopf jedes Kriegers berührte.

Nachdem Ochiba und sie an jedem Samurai vorbeigekommen waren, segneten sie einander. Dann drehten sie sich zur Stadt um und erweiterten die Reinigungsriten von den einzelnen Personen auf die gesamte Umgebung. Sie riefen die Geister an, das Land, auf dem sie standen, zu segnen.

»Geister der Erde und des Holzes, des Steins und der Jade, wir ersuchen euch: Segnet uns! Reinigt diesen Ort, wo wir in eurem Namen kämpfen, und vertreibt die bösen Geister!« Sie tröpfelten das Öl auf den Schnee und die Steine.

Die Stadt der Hungrigen Nacht reagierte auf diese Kriegserklärung. Vom Turm aus erschallte ein furchtbares Horn. Vor Ärger und spirituellem Schmerz verzog Barako das Gesicht bei diesem Geräusch. Im Boden bildeten sich Risse, wo das Öl ihn berührt hatte. Und das Licht an der Turmspitze glühte jetzt, wie vor Zorn, blutrot auf.

»Reinigt diesen Ort, wo wir in eurem Namen kämpfen, und vertreibt die bösen Geister«, wiederholten Ochiba und Barako. Sie verteilten noch mehr vom heiligen Öl. Das Horn erklang erneut im Turm und die Erde bebte.

Barako wusste, dass sie die Verderbnis der Schattenlande nicht entfernen konnten. So einfach war es nicht. Die Stadt der Hungrigen Nacht war durch und durch verdorben und sie waren bloß zwei Sterbliche. Aber sie hatten ihr eine Wunde zugefügt. Und die Stadt regte sich, war empört.

Sie brach ihr Schweigen, hallte wider vom Geräusch schwerer Schritte, dem Klirren von Rüstungen, dem Klappern von Knochen. Plötzlich waren Stimmen zu hören, raue, schnarrende Stimmen, die Kehlen entstammten, die am eigenen verrottenden Fleisch erstickten.

»Zum Tor«, befahl Ochiba. »Aber wir gehen nicht hindurch. Wir verteidigen es. Soll doch der Feind zu uns kommen, damit wir ihn vernichten können.« Selbst wenn es weit offen stand, war das Tor gerade einmal etwa fünf Meter breit. Das Stadttor war ein ausgezeichneter Engpass. Er würde die Feinde ebenso gut drinnen halten wie sie draußen.

Die Kompanie bildete einen Bogen vor dem Tor und hielt Klingen und Streithämmer bereit. Barako und Ochiba nahmen die äußeren Positionen ein, die jeweils dem Tor am nächsten waren. Barako stand am linken Pfosten. Auf Ochibas Zeichen hin hob sie ein letztes Mal die Phiole mit dem geweihten Öl. »Treibt die bösen Geister aus! Fort mit euch, Dämonen!«, skandierten sie und salbten die offen stehenden Torflügel.

Noch einmal erklang das Horn. Es schien sogar noch lauter, länger und unheilverkündender als zuvor. Die herannahenden Feinde stießen Wutgeheul aus. Nach dem Klang der Stiefel zu urteilen, rannten sie jetzt.

Barako hob ihren Streithammer. *Jetzt bekommen wir euch endlich zu Gesicht.*

Der Feind erreichte sie.

Sie sah ihn.

Sie wünschte sich, sie hätte es nicht.

Kapitel Elf

Barako kannte die Feinde, die da auf sie zukamen. Vor einigen Tagen waren diese Wesen noch ihre Freunde gewesen und sie hatte sich darauf vorbereitet, mit ihnen zusammen zur Stadt der Hungrigen Nacht zu marschieren. Sie hatte vorgehabt, an ihrer Seite zu kämpfen. Und jetzt griffen die Samurai, die mit Haru aufgebrochen waren, sie an, um sie zu vernichten.

Die Samurai, oder das, was von ihnen übrig war.

Ihre Rüstungen waren zerstört, zerbrochen unter den Schlägen, die sie getötet hatten. Keiner von ihnen hatte sich einfach geschlagen gegeben. Sie mussten tapfer gekämpft haben. Dennoch tröstete dieser Gedanke Barako nicht, denn diese Heldentode hatten nur noch hungrigere Geistwesen erschaffen. Die Samurai waren Zombies mit totenbleicher, grauer Haut und offenen Wunden, an denen die Hautlappen beim Laufen schlackerten. Ihre Körper waren blutleer. Die Gesichter waren welk und faltig, als ob sie Jahrzehnte älter geworden wären, als es Sterblichen normalerweise zustand. Die Verwesung zeichnete sich bereits deutlich ab. Die Zeit mochte hier in der Stadt der Hungrigen Nacht bedeutungslos sein, der Verfall war es nicht. Die Krieger, die höchstens seit wenigen Tagen tot waren, sahen aus, als wären sie bereits seit ewigen Zeiten in der Stadt gefangen.

Das Schlimmste war, dass Barako sie erkannte, jedes einzelne schrumpelige, verwesende Gesicht. Sie hätte jedes der Monster, die auf das Tor zuliefen, beim Namen nennen können, wusste, welche Eigenschaften die Männer und Frauen, die sie einst gewesen waren, gehabt hatten. Sie kannte den Klang ihres Lachens, wusste, wie sie sich im Kampf hielten, wie hingebungsvoll und ehrenhaft sie waren.

Aber all ihr Wissen war hinfällig. Jetzt blieben nur noch diese Spottbilder dessen, was diese Sterblichen einst gewesen waren.

Zumindest wünschte sie, dass sonst nichts mehr übrig war. Sie wollte einfach hoffen, dass ihre Seelen es geschafft hatten, ins Jenseits überzutreten und nicht auf alle Ewigkeit an diesem Ort verdammt waren.

Aber was sie hoffte, spielte hier und jetzt keine Rolle. Es kam nur auf ihren Streithammer an.

Die Waffe war alt. Barako hatte sie von ihrer Mutter erhalten, die ihn wiederum von ihrer Großmutter hatte, und so ging es schon seit Generationen. Sie war mit feierlichen Riten geweiht worden, wann immer sie von der Mutter an die Tochter weitergereicht worden war. In den Schattenlanden hatte sie Barako schon oft das Leben gerettet. Die Waffe wurde von allen unreinen Wesen gefürchtet.

Weniger als dreißig Zombiesamurai stürmten aus den Schatten, um das Tor anzugreifen. Mehr als doppelt so viele lebende Krieger warteten auf sie. Aber die Zombies waren nicht allein gekommen. Hinter ihnen lief eine Horde Skelette, die Monster, die sie getötet und in Kreaturen der Schattenlande verwandelt hatten. Auch Harus Samurai würden irgendwann werden wie sie. An den Skeletten befand sich fast kein Fleisch mehr. Vereinzelt hingen ledrige Hautfetzen oder Muskelfasern von den Knochen. Reste der Rüstungen klebten daran. Einige der Skelette trugen Helme, anderen hingen Brustpanzer an einem einzelnen Riemen über der Schulter und schwangen beim Laufen hin und her. Manche trugen noch einen Stiefel, wiederum andere sogar zwei. Allen war gerade genug geblieben, dass man erkennen konnte, was sie einst gewesen waren. Sie waren nur noch Knochen, aber sie waren einmal Samurai gewesen und sie hassten alle, die noch welche waren.

Die Zombies stürmten zum Tor. Barako trat vor die Öffnung und schwang ihren Hammer. An der Spitze der Zombies war Hino, ein guter Krieger, den Barako mochte und dem sie vertraute. Sie selbst hatte ihn ausgebildet und Ochiba hatte ihn Haru zugewiesen, damit der beste und weiseste Samurai unter ihm diente, um seiner Torheit Einhalt zu gebieten und ihm seine Stärke zu leihen. Einen Augenblick lang sah Barako in das verzerrte Gesicht ihres Freundes und wusste, dass es kein Zufall war, dass Hino die Armee der Untoten anführte. Was auch immer über die Stadt der Hungrigen Nacht regierte, hatte diese Wahl getroffen, in dem Wissen, welchen Effekt es haben würde.

Aber es machte keinen Unterschied, wer dieser Zombie war. Barako kannte sich mit solchen Monstern aus. Wenn sie ihnen schon keinen Frieden schenken konnte, dann wenigstens Vernichtung.

Sie trat vor, holte aus und schmetterte ihren Hammer auf Hinos Schädel. Der Kopf platzte in einer Wolke aus Knochenfragmenten und vertrockneter Hirnmasse. Barako nutzte den Schwung ihres Schlags, um sich einen halben Schritt zurücktragen zu lassen. Dann trat sie wieder vor und schwang diesmal in die andere Richtung. Sie traf einen anderen Zombie in die Seite. Die Wucht ihres Schlags stieß ihn gegen seinen Nebenmann und beide gingen in einem Haufen knochiger Gliedmaßen zu Boden.

Ochiba hatte sich im gleichen Moment wie Barako in die Schlacht gestürzt. Sie schlängelte sich durch die Zombies hindurch und hieb mit ihrem Katana zu. Dabei hielt sie keinen Moment inne. Es war alles eine flüssige Bewegung, eine gewundene Spirale, die in die Zombies einstach und sich wieder zurückzog, vor und zurück. Dabei traf sie immer die ungeschützten Stellen. Ihre Klinge schnitt in Hälse, enthauptete die Gegner oder schlitzte ihnen die Brust auf. Ochibas Schwert war genauso wertvoll und geweiht wie Barakos Hammer. Das unreine Fleisch kokelte bei der Berührung des gesegneten Stahls. Und Ochiba kämpfte mit derselben grimmigen Entschlossenheit. Auch sie schlug, ohne zu zögern, auf das ein, was einst ihre Freunde gewesen waren.

Barako war der Donner. Ochiba war der Blitz. Zusammen waren sie der Sturm. Ihr Angriff war ebenso präzise wie erbarmungslos. Der Ansturm der Horrorgestalten geriet ins Stocken.

Aber das Tor stand nun weit offen. Andere Zombies schoben sich nach vorn und standen der Front aus Samurai gegenüber. Die sechzig Krieger drangen in geordnetem Zorn auf den Feind ein. Sie rächten ihre Kameraden, indem sie ihre Körper zerstörten. Nicht alle Waffen waren geheiligte Familienerbstücke, aber Junji hatte jedes Schwert und jeden Hammer gesegnet und alle Krieger riefen ihre Ahnen um Schutz an, während sie sich auf die Zombies stürzten.

Im Turm ertönte noch einmal das Horn, das Seele und Erde erbeben ließ.

»Hört Ihr, wie wütend er ist?«, schrie Ochiba. »Wie frustriert?«

»Der Feind ist uns in die Falle getappt!«, rief Barako ihren Kämpfern zu. »Treibt sie in die Enge und lasst niemanden vorbei! Wir sind im Vorteil!« Sie parierte einen Schwerthieb mit einem Aufwärtsschwinger, schlug dem Zombie das Katana aus der Hand und schmetterte ihm dann den Hammer auf den Kopf. Der Schlag trieb dem Monster den Schädel zwischen die Schulterblätter und zertrümmerte ihm das Rückgrat. Der

Zombie fiel, zuckte noch einmal im Schnee und blieb dann liegen.

Sie konnten die Untoten am Tor aufhalten. Die Stadt der Hungrigen Nacht hatte versucht, sie hineinzulocken, aber sie hatten sie stattdessen herauskommen lassen. Jetzt hatten sie den Feind in eine Lage gebracht, in der Überzahl keine Rolle spielte. Sie konnten das Tor beinahe unendlich lange halten.

Das reichte aber nicht.

»Siehst du ihn?«, rief Ochiba Barako zu, während sie dem Schlag eines Zombies auswich. Die Toten waren ungeschickt. Von ihren Fähigkeiten als Lebende war nicht mehr viel zu merken und selbst dann wäre Ochiba zu schnell für sie gewesen. Sie duckte sich unter dem ausgestreckten Arm des Zombies, schwang ihr Schwert nach oben und hieb ihn entzwei.

»Er ist nicht hier«, antwortete Barako. Sie hatten bereits den größten Teil von Harus Truppe besiegt, aber von ihm selbst war keine Spur zu sehen. Jetzt ging es gegen die Flut an Skeletten, die das Tor erreicht hatte. »Und Ishiko habe ich auch nicht gesehen.«

Zwei Skelettkrieger bedrängten sie von beiden Seiten. Ihre Kiefer standen offen und atemlose Schreie klangen ihr in den Ohren. Sie brummte angeekelt. Mit zwei Schlägen zertrümmerte sie dem einen den Brustkorb und pulverisierte den Schädel des anderen.

»Dann müssen wir sie suchen.« Ochiba wirbelte und schwang ihr Schwert. Sie war ein tödlicher Schemen. Hinter ihr brachen die in Stücke geschlagenen Schreckgestalten zusammen.

»Zum Turm?«, fragte Barako.

»Zum Turm, und zwar schnell. Daizu, Goemon, Nahomi!«, rief Ochiba. »Mit Barako und mir. Ihr anderen verteidigt das Tor.«

Die drei Samurai, die sie beim Namen genannt hatte, traten vor. Sie waren schnell. Sie stammten aus Ochibas Truppe und kämpften auf ähnliche Weise wie sie.

»Jetzt!«, befahl Ochiba.

Barako rannte vor, stieß Skelette mit den Schultern zur Seite, rammte sie mit ihrer Rüstung und ließ den Hammer kreisen. So schlug sie eine Bresche in die Horde. Ochiba und die drei Samurai stürmten ihr voran und schnitten sich den Weg frei, wobei sie Dutzende Skelette zerhackten. Barako bildete die Nachhut.

Zur gleichen Zeit griff der Rest der Kompanie das Tor an, als ob sie jetzt die Stadt einnehmen wollten. Die Monster reagierten auf die Bedrohung und verteidigten das Tor, wobei sie sich auf die größere Anzahl Feinde konzentrierten. Dieser Fehler ermöglichte es der kleinen Gruppe, durchzubrechen und auf die Straßen zu laufen. Binnen weniger Augenblicke erhob sich ein Klagelaut. Die Toten schrien nach ihrer entkommenen Beute. Aber sie hatten das Rennen bereits verloren.

Die fünf Samurai tauchten ins Dunkle ein. Ochiba sprintete voran und die anderen hielten Schritt. Dabei behielt sie stets den großen Turm im Blick, dessen nun wieder giftgrünes Licht sie ärgerlich anfunkelte. An jeder Kreuzung wählte Ochiba ihren Weg, ohne zu zögern, und Barako traute ihren Instinkten. Sie wussten zwar nicht, wo lang, aber sie durften nicht stehen bleiben. Wenn sie schnell genug waren, hatten die Streitkräfte der Stadt vielleicht nicht genug Zeit, einen Hinterhalt vorzubereiten.

Sie nutzten kleinere Türme als Wegweiser, Orientierungspunkte auf dem Weg zur Mitte dieser finsteren Ruine. Um sie herum war der Weg gesäumt von Strukturen, die wie Felseruptionen aussahen. Sie warfen Schatten tief wie Ozeane. Darin erklang das Klappern von Knochen und der anklagende Schrei der Toten, bevor die Skelette aus der Dunkelheit in das leichenblasse Licht des Mondes traten.

Ochibas Risikobereitschaft zahlte sich aus. Es war nur eine geringe Anzahl untoter Samurai und die Gruppe konnte sie beiseitefegen, ohne auch nur langsamer zu werden. Ochiba hielt sich so viel sie konnte im Licht auf. Es war kein tröstliches, Sicherheit verheißendes Licht, dachte Barako. Es war ein Licht des Verhängnisses und der Verzweiflung. Aber es sorgte für ausgeglichene Verhältnisse. Hier konnten die Krieger aus Morgenröte erkennen, was sie zu töten versuchte.

Sie kamen dem Turm immer näher. Das schreckliche Horn dröhnte noch einmal. Es rief die Schreckgestalten zum Kampf. Aber Barako meinte, dass es auch ein Wutschrei war. Jeder Hornstoß durchdrang sie bis ins Mark, doch sie lief weiter. *Euer Gebrüll drückt nur eure Machtlosigkeit aus. Ihr könnt uns nicht aufhalten.*

Die Straßen waren gewunden, verdreht, ineinander verschlungen. Sie waren völlig verworren und führten in völlig unerklärlichen Wegen im Kreis. Immer und immer wieder stellten die Samurai fest, dass sie sich plötzlich von ihrem Ziel wegbewegten. Aber Ochiba zögerte nie. Sie rannten und rannten und trotz der Rückschläge kamen sie dem Turm immer näher, so sehr er auch gegen sie wütete.

Schließlich kamen sie vor seinen Mauern an, während das Horn ein weiteres Mal erklang.

Vom Turm aus verteilten sich die Schneewehen in der Stadt. Der Mond beschien das riesige Gebäude, von dessen Spitze das grüne Licht grell erstrahlte. In diesem toten weißen und grünen Licht entstand der Schnee. Er hing von den Giebeln wie lange, ausgefranste Vorhänge und fiel vom Turm herab, um sich über der Stadt auszubreiten. Von hier aus erreichte der unnatürliche Schnee jeden Winkel.

Der Turm war ebenso massiv wie hoch. Die Giebel waren zerklüftet und grotesk, wie die Klauen von Reptilien. Sie waren beinahe so breit wie Flügel, als könnte der Turm jeden Moment in die Luft aufsteigen und seinen Schatten über ein neues Land werfen. Er wirkte, als wäre er nicht gebaut, sondern von unten durch die Erde getrieben worden und hätte die Oberfläche wie Hautlappen beiseitegeschoben. Aus der Ferne hatte er dunkel gewirkt, aber aus der Nähe war er blass und unheilvoll wie etwas Totes. Barako sah, dass er aus dem gleichen Material bestand wie der Anhänger, und ihr schauderte bei dem Gedanken, dass sie es einmal für weiße Jade gehalten hatten.

Der Eingang zum Turm hatte keine Türflügel und er stand weit offen. Der Rand war mit spitzen Nadeln besetzt wie das Maul eines Raubfischs. Innen wechselten sich tiefe Schatten mit flackernden Strahlen des kränklich grünen Lichts ab. Das Innere des Turms pulsierte, als wäre es lebendig, ein hungriges, hasserfülltes Herz.

Der Weg zum Eingang stieg leicht an und bestand aus Geröll. Versperrt wurde er von einer großen Truppe Skelettkrieger. Anders als ihre Kameraden, die zum Stadttor gestürmt waren, trugen diese größtenteils intakte Rüstungen. Außerdem waren sie größer. Als ihre Gruppe näher kam, sah Barako, warum. Sie bestanden aus mehr als einem Körper. Sie hatten drei oder vier Arme, manche trugen zwei Köpfe. Beinknochen und Rückgrat mehrerer Personen waren zusammengesetzt worden, um Riesen zu erschaffen. In jeder Hand hielten sie ein schartiges, rostiges Schwert. Eines von ihnen musste Hachi die grausamen Wunden gerissen haben.

Voller Entschlossenheit verwandelte Barako ihren Schrecken in Wut. *Ich bin euer Ende, ihr Monster!*

An der Spitze ihrer Feinde stand Ishiko. Sie war ein Zombie und auch wenn sie nicht in eine Riesin verwandelt worden war, unterschied sie sich doch von Harus anderen gefallenen Kameraden. Das giftige Licht umgab sie. Ihr faltiges, vertrocknetes Gesicht war zu einer Fratze der Wut verzehrt. Sie bebte vor Wut darüber, verraten worden zu sein. Sie war in einer aussichtslosen Mission umgekommen und jetzt wollte sie alle anderen mit sich in den Abgrund reißen.

Noch mehr als das Dröhnen des Horns traf Ishikos Gesicht Barako mitten ins Herz. In diesem Zorn, diesem Schmerz lag noch eine Spur dessen, was die Samurai einst gewesen war. Vor ihr stand mehr als nur eine Leiche, der keine Ruhe vergönnt war. Es war ein Schatten von Ishiko. Sie war eine der respektabelsten Kriegerinnen gewesen, die Barako je gekannt hatte. Ihr schauderte, wenn sie jetzt dieses Zerrbild von ihr betrachtete. Diese Kreatur verströmte reinen Hass. Sie sehnte sich nach Zerstörung mit derselben absoluten Hingabe, mit der sie einst ihre Pflicht erfüllt hatte. Dies war ihre neue Pflicht. Ishiko öffnete den Mund und heulte auf, ein grausames, heiseres Echo der Stimme ihrer geliebten Kameradin. Alles, woran Ishiko geglaubt hatte, war ihr genommen worden. Nur konnte sie ihren Ärger nicht gegen das richten, was ihr alles geraubt hatte. Stattdessen versuchte sie, allen anderen ihren Glauben zu nehmen, so wie auch ihr das Böse die vermeintliche Wahrheit offenbart hatte.

Nach dem letzten Hornstoß hörte Barako aus dem Inneren des Turms einen Schrei. Die Stimme war im Vergleich so schwach, beinahe mitleiderregend. Sie hatte keine Kraft. Schon hundert Meter weiter wäre sie unhörbar gewesen, der darin liegende Schrecken, die Angst und der Schmerz wären im Hunger der Stadt untergegangen. Sie war klein und menschlich. Sie war sterblich.

Sie gehörte Haru.

Die Skelette stimmten in Ishikos Heulen ein und griffen an. Sie bildeten einen Wall zwischen den Samurai und dem Turm. Die Truppe und die Monster trafen aufeinander. An diesem Feind kamen sie nicht so einfach vorbei.

Ishiko rannte zunächst auf Ochiba los. Im letzten Moment täuschte der Zombie nach links an. Ihre Geschwindigkeit und Wendigkeit erinnerten auf unheimliche Weise an die lebende Kriegerin. Sie umrundete die Truppe und griff Barako von der Seite an.

Eines der riesigen Skelette stand plötzlich vor Ochiba, die schon darauf vorbereitet war, gegen Ishiko zu kämpfen. Vier Arme mit vier Schwertern bedrängten den Hauptmann von beiden Seiten.

Barako wirbelte herum und mit dem Schaft ihres Hammers blockte sie Ishikos Angriff ab. Es war ein mächtiger Schlag. Grünes Licht flammte auf. Die Macht, die dem Zombie innewohnte, loderte auf. In ihren Augen glühte der Funken dieser schrecklichen Wahrheit. Sie heulte noch einmal, wich Barakos nächstem Schwung aus und griff sie dann mit dem Katana an. Barako drehte sich so, dass das Schwert an ihrer Schulterplatte abprallte, und schlug dann erneut zu. Ishiko sprang zurück, aber der Hammer streifte ihre Schulter mit solcher Wucht, dass sie sich um die eigene Achse drehte.

Ochiba sprang zur Seite und duckte sich unter den Schwertern hinweg. Das Skelett nutzte seine vier Waffen, um ihre Gegenangriffe abzuwehren. Es war nicht so schnell wie Ochiba, aber schnell genug und durch seine Masse konnte es ihre Hiebe leicht wegstecken. Es schien fest entschlossen, sie nicht vorbeizulassen.

Wieder schrie Haru.

Die anderen Skelette kämpften gegen Daizu, Goemon und Nahomi. Wenn die Monster schrien, meinte Barako, ein Echo des Horns aus dem Turm zu hören. Sie waren seine Wächter und verteidigten ihn, wie sie selbst Morgenröte verteidigen würde.

Nahomi lockte ein zweiköpfiges Monster aus der Angriffsreihe. Unbeholfen stolperte es vorwärts und sie schmetterte ihm ihren Hammer gegen den Ellbogen, sodass der Arm zersplitterte. Goemon nutzte die Gelegenheit. Er hatte gerade einen der anderen Riesen zurückgetrieben, stürzte vor und schlug mit dem Katana nach einem der Hälse. In diesem Moment zuckte die Kreatur zusammen und der Schlag ging fehl. Die Klinge landete zwischen den beiden Köpfen. Einer der Schädel fuhr herum und schloss den Kiefer um das Schwert. Goemon konnte es befreien, aber der Moment, den er dafür brauchte, reichte seinem vorigen Gegner, um wieder in den Kampf einzugreifen. In seinen drei Armen schwang er ein riesiges, zweihändiges Zanbato-Schwert. Die schwere, gekrümmte Schneide drang in Goemons Rücken ein und durchtrennte sein Rückgrat. Nahomi warf sich gegen das doppelköpfige Geschöpf, stieß einen Wutschrei aus und zerschmetterte ihm beide Schädel mit zwei schnellen, strafenden Hieben ihres Hammers.

Ishiko zischte, sprintete um Barako herum und lief auf Nahomi zu. Barako sprang hinterher. In ihrer schweren Rüstung war sie langsamer als Ochiba. Aber wenn sie wollte, konnte sie sehr schnell sein. Der Schlag ihres Hammers war nicht so gut gezielt, da sie rannte, aber sie traf den Zombie an den Beinen. Ishiko rollte sich herum und schrie vor Wut, ein Laut schlimmer als der Todesschrei eines getroffenen Tieres. Dann wandte sie sich wieder gegen Barako, während Nahomi von dem getroffenen Riesen heruntersprang und mit einem anderen die Waffen kreuzte.

Barako blockte den Wirbel aus Schwerthieben ab und zog sich zurück, um Zeit zu gewinnen. Dabei warf sie einen Blick zu Ochiba hinüber.

Der Hauptmann täuschte einen Angriff vor, trat zur Seite, als das Skelett ihn abzuwehren versuchte, und stieß ihr Katana in eine Öffnung in der Rüstung des Monsters, direkt über dem Knie. Sie drehte das Schwert, zog es in einer schwungvollen Bewegung wieder heraus und schlug ihm so das Bein unterm Körper weg. Im Fallen versuchte es schreiend, sie mit sich zu reißen, aber sie wich mit Leichtigkeit aus.

Ochiba war jetzt über ihrem Feind. Nichts verstellte ihr mehr den Weg in den Turm.

Haru schrie noch einmal.

Ochibas und Barakos Blicke trafen sich.

Der Augenblick war undenkbar kurz, ein so winziger Bruchteil einer Zeiteinheit, dass er kaum wahrzunehmen war. Im Vergleich dazu war ein Herzschlag eine ganze Ewigkeit. Ohne Ablenkung, ohne in ihrem Kampf gegen Ishiko innezuhalten, sah Barako über das Schlachtfeld hinweg zu Ochiba. Dieser winzige Bruchteil war nicht einmal ein Funke in der Nacht.

Und doch wog er tonnenschwer und zog Barako nach unten. Er war so gewaltig, dass er Berge zusammenbrechen lassen konnte. Wie sollte sie ihn da schultern? Das Schwere daran waren die Dinge, die nicht sein würden. Worte, Gesten, Geständnisse, Berührungen. Hoffnungen, Gelächter und Träume davon, was hätte sein können. Alles, was sie nicht getan hatte, kam in diesem Augenblick zusammen, und einen Augenblick später war es bereits zu spät dafür.

Dieser Blick und sein Gewicht waren unerträglich. Barako hätte nach Luft schnappen wollen. Sie hätte schreien wollen. Aber die Zeit reichte dafür nicht aus. Es war keine Zeit für irgendetwas, außer dem, was ohnehin schon passierte.

Gerade genug Zeit für eine Entscheidung.

Ochiba würde allein den Turm betreten.

Nein, hätte Barako geschrien, wenn der Moment lang genug gewesen wäre. *Das darfst du nicht. Wir dürfen uns nicht trennen. Geh nicht allein dort hinein. Bitte. Bitte, geh nicht hinein!*

Aber in Wahrheit hätte sie das ohnehin nicht gerufen. So oft schon, in so vielen Schlachten, hatten Ochibas Kampfeslust und ihre eigene Vorsicht sich ausgeglichen. Diesmal allerdings suchten sie gar nicht nach einem Ausgleich.

Zeit, eine Entscheidung zu treffen? Nein, das stimmte nicht. Denn es gab gar keine Entscheidung. Das Schicksal hatte bestimmt, was zu tun war. Haru war im Turm. Ochiba hatte als Einzige die Möglichkeit, zu ihm zu gelangen. Es hatte nichts mit Leichtsinn zu tun, dass sie sich jetzt von Barako abwandte und auf den Eingang zurannte. Nur die Pflicht rief. Die Ehre gebot es.

Und in diesem winzigen Bruchteil eines Augenblicks, bevor Ochiba sich umdrehte, während Barako noch voller Schrecken zu ihr hinübersah und wusste, was passieren würde, verfluchte Barako die Tyrannei dieser Pflicht.

In der Zukunft, wenn sie sich im Dunkeln schlaflos herumwälzte, würde Barako über diesen Fluch nachdenken und feststellen, dass sie den Zorn verstand, der in dem Wesen brannte, das einst Ishiko gewesen war und es auf eine furchtbare Weise immer noch war.

Das Skelett, dem Ochiba das Bein abgeschlagen hatte, versuchte, ihr nachzukriechen. In seinen atemlosen Schreien lag ein neuer Schmerz, als wäre es sich seiner Pflicht ebenso bewusst und fühlte, dass es darin versagt hatte. Ochiba sprintete den Hügel hoch und verschwand im grün-schwarzen Wirrwarr hinter der Schwelle. Der Eingang bebte, die Stacheln zuckten kurz nach innen, dann war alles still. Er schloss sich nicht.

Barako fauchte. Sie wandte all ihren Zorn gegen Ishiko. Ihretwegen war sie hier festgesetzt, obwohl sie doch an Ochibas Seite sein sollte. Sie hatte keine Ahnung, was in dem Turm passierte. Die Angst, Ochiba zum letzten Mal gesehen zu haben, trieb sie an. Ihre Hiebe kamen mit immer größerer Geschwindigkeit und gewaltigerer Macht. Jetzt drängte sie den Zombie in die Defensive. Barako schlug mit dem Hammer wieder und wieder und wieder zu. Der Schrecken und die Trauer darüber, was aus Ishiko geworden war, war vergessen. Ochibas Abwesenheit war das Allerschlimmste. Ohne sie war alles andere auch nicht vorhanden. Barako wollte nichts weiter, als diese Kreaturen der Schattenlande zu Staub zu schmettern, um die Pflicht zu erfüllen, *ihre* Pflicht, über deren genaue Definition sie und sie allein entschied, und die bestand darin, an Ochibas Seite zu sein.

Der Ishiko-Zombie war ihr im Weg, also musste er zerstört werden.

Haru schrie.

Und Ochiba brüllte.

Kapitel Zwölf

Barako hatte sie noch nie so schreien hören. Im Kampf war Ochiba für gewöhnlich so still wie ihr Katana. Sie rief Befehle, aber im Zweikampf mit einem Feind war sie absolut konzentriert. Da blieb kein Platz für überflüssige Ausrufe.

Sie so schreien zu hören ... Diese Mischung aus Schmerz und Trotz ...

Und der Ausdruck auf dem Gesicht des Zombies änderte sich. Das Ding, das einst Ishiko gewesen war, verzog die Lippen. Das Knurren verwandelte sich in die toten Überreste eines Lächelns.

Barako schrie ihrerseits. Sie sah rot. Die Stadt der Hungrigen Nacht verschwand aus ihrem Blickfeld. Sie sah nichts mehr als diesen Kampf. Jetzt zählte nur noch, den Feind auseinanderzunehmen, der sie davon abhielt, Ochiba zu Hilfe zu eilen. Als sie diesmal auf den Zombie zustürmte, den Zombie, der es gewagt hatte, über Ochibas und ihren Schmerz zu spotten, kannte sie kein Halten mehr. Konnte ein totes Wesen Unsicherheit verspüren? Oder Angst? Barako würde dafür sorgen, dass dieses es tat. Sie überragte Ishiko um einiges. Ihr gut gepanzerter Körper war eine dunkle, gnadenlose Kampfmaschine. Sie schwang den Hammer mit der Kraft der Verzweiflung und Wut. Der Schlag hätte Berge zertrümmert. Er zerschmetterte Ishikos Schwert. Und er schlug das Gesicht des Zombies ein, löschte den Hass und Spott aus, grub ein tiefes Loch in den Schädel.

Sobald der Zombie gefallen war, gab sich Barako ganz dem Kampfgetümmel hin. Dabei blieb sie stets bei der Sache. Sie wurde nicht leichtsinnig. Das war sie nie. Aber sie verlor alles aus den Augen, was sich nicht darum drehte, ihre Gegner im Kampf fertigzumachen. Die Anwesenheit der anderen Samurai nahm sie kaum noch wahr. Sie waren flackernde, kämpfende Schemen am Rande ihrer Wahrnehmung, wie die Figuren in einem Schattenspiel. Sie kümmerten sie nicht, außer wenn ihr Pfad im Kampf den ihren kreuzte, und dann wurden sie Teil ihres Arsenals, ein Faktor, den sie nutzte, um einen Zweikampf für sich zu entscheiden.

Sogar ihre Wahrnehmung des Feindes wurde schemenhaft. Die riesigen Skelette verloren an Substanz. Sie waren abstrakte Konstrukte, Kräfte, mit denen sie sich maß, Faktoren, die ihrem Streben nach Zerstörung im Weg waren.

Und diese Kräfte konnten ihr nicht standhalten.

Sie wurde eins mit ihrem Hammer. Sie war selbst eine Waffe, nichts anderes. Geschwindigkeit, gepaart mit Aggression. Wieder und wieder und wieder schlug sie zu. Irgendwo in der Ferne schrien unheilige Kreaturen sie an. Und irgendwo anders, noch weiter weg, gingen die Monster zu Boden. Ihre Knochen prallten gegen die Steine, an einem fernen Ort, wo ewige Nacht herrschte und der Schnee klirrte wie Glas. Barako kümmerte dieser Ort nicht. Ihr war egal, ob sie gewann oder verlor. Auch der Kampfesruhm kümmerte sie nicht. Nur eines war ihr wichtig. Und das Einzige, was ihr blieb, um es zu erreichen, war Gewalt.

Barako kam erst wieder zu sich, als sie den Hammer schwang und er ins Leere ging. Es war nichts mehr übrig, was er hätte treffen können. Sie blinzelte. Um sie herum lagen zersplitterte Knochen. Sie atmete schwer. Die rechte Seite tat ihr weh und etwas Warmes lief ihr die Hüfte hinab.

Sie sah sich um. Ihre Bewegungen waren ruckartig und zu schnell. Sie musste sich erst noch daran gewöhnen, dass der Kampf beendet war. Nahomi und Daizu lebten noch, aber sie waren verwundet. Daizu hatte seinen Helm verloren und die rechte Seite seines Kopfes war schwer verletzt. Ein Teil seines Ohres hing nur noch an einem Hautfetzen. Nahomi stand vornübergebeugt, als fiele es ihr schwer, aufrecht zu bleiben, und als wäre Laufen eine noch größere Herausforderung.

Barako drehte sich zum Turm um. Harus Schreie hatten aufgehört und auch von Ochiba war kein weiterer Laut zu hören. Die Schwärze und das ekelerregende grüne Licht pulsierten und blitzten immer noch. Barako hatte den Eindruck, dass der chaotische Tanz, der Kampf zwischen Licht und Schatten intensiver geworden war.

Sie rannte zum Turm hin. Dabei konnte sie das schreckliche Gefühl nicht unterdrücken, dass sie viel, viel zu spät kam.

Das Horn erklang. Dieser Hornstoß war mächtig, viel lauter als alle vorherigen. Die gezackten Felsformationen um den Turm herum sprangen auf und zerfielen. Riesige weiße Steinbrocken stürzten zur Erde wie Knochentrümmer. Ihre Bruchstücke zerplatzten auf dem Pflaster und verspritzten scharfe Steinsplitter. Der Lärm des Horns traf Barako wie ein körperlicher Schlag. Es war, als wäre sie in eine Mauer gerannt. Sie stolperte, fiel auf die Knie und rang röchelnd um Atem. Blut floss ihr aus Nase und Ohren.

Das Horn dröhnte und dröhnte und übertönte das Krachen der herabstürzenden Felsen. Die Erde bebte wie das Fell einer Trommel. Risse bildeten sich im Untergrund. Auf ihren Hammer gestützt wie auf einen Stock kämpfte sich Barako auf die Füße. Sie schaffte es, einen Schritt nach vorn zu machen, gegen den Lärm anzugehen, der die Stadt der Hungrigen

Nacht wie der Hammer eines Gottes traf. Sonst hörte sie nichts. Es fiel ihr leicht zu glauben, dass sie nie wieder etwas anderes hören würde.

Dann schwieg das Horn. Das Beben endete. Der Druck auf Barakos Ohren ließ nach.

Ochiba kam aus dem Turm heraus, mit Haru. Sein Arm lag über ihrer Schulter. Sie stützte ihn, aber nur mit Mühe. Haru torkelte wie ein Betrunkener. Er schien nicht zu wissen, wie man seine Beine bewegt. Sie waren wie Gummi, seine Schritte wackelig und unsicher. Der Kopf hing ihm auf der Brust und schwankte bedenklich von einer Seite zur anderen.

Barako merkte, dass sie wieder rennen konnte, und lief los, ohne den Blick von Ochiba zu nehmen. Während sie näher kam, wandelte sich ihre anfängliche unbändige Freude in Sorge und dann in Schrecken. Ochibas Gesicht war blutüberströmt. Sie trug eine Rüstung aus lackiertem Bambus statt der Plattenrüstung, die Barako bevorzugte. Der Lederrahmen verlieh ihr größere Bewegungsfreiheit. Jetzt war ein großer Teil davon mitsamt der Kaiu-geschmiedeten Stahlplatten, die daran befestigt gewesen waren, abgerissen worden. Ihre Arme waren der Kälte schutzlos ausgesetzt. Ochibas Haut war schwarz und verbrannt. So sehr war sie von Blut, viel zu dunklem Blut, bedeckt, dass Barako nicht sagen konnte, wo sie verletzt war. Sie hatte das ungute Gefühl, dass ihre Freundin überall verwundet war.

Barako erreichte Ochiba und breitete die Arme aus, um zu helfen. Der Hauptmann öffnete den Mund und versuchte zu sprechen. Es gelang ihr nicht. Ihr Atem ging rasselnd und ein blutiges Rinnsal lief ihr über die Unterlippe.

»Du hast es geschafft«, flüsterte Barako.

Ochiba rollte mit den Augen und sah Haru an. Barako folgte ihrem Blick. Haru hatte geschrien. Sie wusste nicht, was für schreckliche Dinge er erlebt haben musste. Aber sie konnte keine Verletzung erkennen. Das Blut, das an ihm klebte, war Ochibas. In diesem Moment hasste Barako ihn mit einer Heftigkeit, die sie selbst überraschte.

Du Dreckskerl! Du solltest sie stützen!

Ochiba fiel. Barako fing sie auf. Haru, seiner Stütze beraubt, wankte, blieb aber stehen. Er hob den Kopf und sah sich um. Sein Gesichtsausdruck wirkte stumpf und leer.

»Hauptmann«, flüsterte Barako. Das war nicht das Wort, das sie gern gebraucht hätte. Es war dasjenige, das sie sagen konnte, hier, im Krieg, in Anwesenheit von Kriegern, die unter ihrem Befehl standen, und einem Trottel, den sie zurück zu seiner Mutter schaffen musste. Also sagte sie dieses Wort und versuchte, all ihre Gefühle hineinzulegen. Den ansteigenden Sturm aus Trauer und Wut hielt sie zurück und konzentrierte sich auf das Notwendige. Sie musste herausfinden, wie sie Ochiba helfen konnte. Das Blut war überall und es floss weiter. Es waren zu viele Wunden, um alle Blutungen zu stillen.

Ochiba ergriff ihren Unterarm. Ihr Griff war erschreckend schwach. Sie schüttelte den Kopf. »Raus«, brachte sie hervor. »Bring uns hier raus.«

Ohne Ochiba loszulassen, drehte Barako sich zum reglos dastehenden Haru um. »Könnt Ihr gehen?«

Er blinzelte sie verständnislos an.

»*Könnt. Ihr. Gehen?*«, fuhr sie ihn an.

Er wich erschrocken einen Schritt zurück.

»Ihr könnt gehen«, entschied Barako. Ochiba konnte es nicht. Ihre letzte Kraft hatte sie aufgebracht, als sie Haru aus dem Turm geholt und gegen das, was auch immer darin lauerte, gekämpft hatte.

Daizu und Nahomi kamen zu ihnen. Nahomi war nicht in der Lage, zu helfen. Sie konnte sich selbst kaum auf den Beinen halten. Barako nickte Daizu zu. Sie hoben Ochiba auf und legten sich jeder einen ihrer Arme über die Schultern.

»Wir werden lange brauchen«, sagte Barako.

Daizu nickte verständnisvoll. »Falls Ihr kämpfen müsst, kann ich sie halten.«

Ochiba sagte nichts. Sie hatte die Augen geschlossen.

»Geht voran«, wies Barako Haru an. Als er nicht reagierte, schob sie ihn mit dem Stiel ihres Hammers vorwärts. »Los jetzt!«

Er stolperte voraus. Er war nicht in der Verfassung, zu rennen. Das machte Barako nichts aus. Hauptsache, er bewegte sich. Da Nahomi und Ochiba verletzt waren, hätte sich ohnehin keiner von ihnen schneller bewegen können.

Sie machten sich auf den langen Rückweg.

»Kennt Ihr den Weg?«, fragte Nahomi.

Barako nickte. »Ja.« Es war Ochibas Aufgabe gewesen, den Hinweg zu finden, und ihre, sich den Rückweg zu merken. Sie hatte sich jede Kreuzung, die Ochiba genommen hatte, genau gemerkt. Und sie konnte die Nebentürme sehen, Wegweiser auf dem Weg zum Tor.

Zuvor war Geschwindigkeit ihre Waffe gewesen. Die hatten sie jetzt verloren.

»Wenn uns jetzt eine Übermacht angreift ...«, murmelte Daizu.

»Dann kämpfen wir gegen diese Übermacht«, antwortete Barako, obwohl sie seine Furcht insgeheim teilte. Wenn sich ihnen so etwas wie die Turmwache jetzt in den Weg stellte, blieb ihnen nichts anderes übrig, als zu versuchen, tapfer zu sterben.

Sie stapften durch den fallenden, stechenden Schnee zurück. Barako folgte Ochibas Beispiel und hielt sich, soweit möglich, in der Mitte der Straße, im Mondlicht, fern von den Schneewehen. Nahomi kämpfte sich neben Haru vorwärts. Selbst unter Schmerzen konnte sie ihn noch davon abhalten, vom Weg abzukommen. Er schlurfte neben ihnen her wie eine

Marionette, als müsste er immer noch lernen, wie man seine Beine richtig benutzt. Ochiba versuchte zu gehen, aber sie war kaum bei Bewusstsein.

Sie gingen an der Stelle vorbei, wo sie zum ersten Mal angegriffen worden waren. Knochensplitter der gefallenen Skelette lagen über die Straße verteilt, wie um den Weg aus der Stadt der Hungrigen Nacht hinaus zu weisen. Gelegentlich hörte Barako tief in den Schatten das Klappern von Knochen. Sie legte eine Hand auf den Hammer, aber kein Skelett zeigte sich.

Hinter ihnen erklang noch einmal das große Horn des Turms. Weitere Gebäude entlang des Weges fielen zusammen und verfehlten die Samurai nur knapp. Falls das Horn zum Kampf rief, dann gab es diesmal keine Reaktion. Barako gestattete sich einen Hoffnungsschimmer, eine gewisse Erleichterung. Doch dann bemerkte sie auf einer besonders schmalen Straße, wo der Streifen Mondlicht keine zwei Meter breit war, wie falsch sie lag. Etwas hatte auf den Hornstoß reagiert.

Die Schneewehen hatten reagiert. Sie waren Barako schon auf ihrem eiligen Hinweg zum Turm suspekt gewesen. Sie waren offenbar nicht nur geeignet, die untoten Krieger der Stadt zu verbergen. Bis jetzt hatten sie geheim gehalten, wie nah verwandt sie mit den gewundenen, wirbelnden Mustern auf allen Oberflächen der Stadt waren. Jetzt aber zeigten sie ihr wahres Gesicht. Durch sie hungerte die Stadt. Durch sie ernährte sie sich. Sie gehörten zum Wesen der Nacht, waren ihr weißer Schleier und ihr Appetit.

Die Schneewehen bewegten sich. Sie führten ein Eigenleben, wellten und krümmten sich an den Rändern. Sie schlängelten sich vorwärts und Barako sah, dass sie eine Struktur besaßen, die Schnee nicht haben sollte. Ja, sie waren kalt und weiß, aber sie schienen das Licht zu meiden. Während sie auf dem dünnen Pfad aus Mondlicht wandelte, fast am Rand des kalten Lichts, fühlte sie sich, als ginge sie am Ufer eines bleichen, giftigen Meeres entlang. Noch war kaum Wellengang, es herrschte Ebbe. Aber die Flut würde bald kommen und sie würde gewaltig sein, wie ein Sturm, und die Geister, die sie barg, auf sie loslassen.

»Bleibt im Licht«, warnte Barako die anderen. »Berührt die Schneewehen nicht.«

Bei diesen Worten zuckte Haru zusammen. Allmählich reagierte er auf seine Umgebung und schien zu begreifen, was man zu ihm sagte. Einen Moment lang starrte er die Schatten an, dann schlurfte er ganz in die Mitte der Straße.

Ochiba murmelte undeutlich, sodass Barako sie nicht verstehen konnte. »Ich bringe uns hier raus«, versprach sie ihrem Hauptmann. »Ich gebe dir mein Wort, ich bringe uns hier raus.« *Ich lasse dich nicht um eines Trottels willen sterben.*

Sie erreichten eine weitere Kreuzung, dann noch eine und noch eine. Der Pfad wand und schlängelte sich wie zuvor. Barako war sich sicher, dass sie die richtigen Abzweigungen nahm. Nicht ganz so sicher war sie, dass die Straßen sich in der Zwischenzeit nicht geändert hatten. Der Weg, den ihr Trupp auf dem Rückweg vom Turm nahm, schien verändert. Sie folgten Kurven, die sich zu Spiralen verengten und nirgendwo hinführten. Statt der unveränderlichen Straße, die sie vor weniger als einer Stunde entlanggerannt waren, sahen sie jetzt viele unterschiedliche Variationen desselben Themas. Die Zeit hatte hier keine Bedeutung. Vielleicht galt dasselbe für den Raum.

Dennoch kamen sie ihrem Ziel näher. Sie hatten bereits einen der Nebentürme passiert. Einen weiteren mussten sie noch hinter sich lassen, dann hatten sie das Tor erreicht.

Nahomi vor ihr blieb stehen. »Seid Ihr sicher, dass wir hier entlanggekommen sind?«

»Bin ich.«

»Es fühlt sich anders an.«

»Vielleicht ist es das.«

»Aber dann ...«

»Das spielt keine Rolle«, erklärte Barako. »Verändert oder nicht, die Straßen können uns nicht aufhalten. Wir kommen dem Tor immer näher. Nur das zählt. Alles andere an diesem verfluchten Ort besteht aus Lügen.«

Nahomi nickte. In gekrümmter Haltung ging sie weiter. Zu beiden Seiten rasselten die Knochen in den Schatten. Rostiges Metall schabte über Stein. Der Feind blieb im Dunkeln und die Dunkelheit zitterte erwartungsvoll.

Weiter und weiter fiel der Schnee in leichten, sanften, flauschigen und schneidenden Flocken. Wo er Ochibas bloße Haut berührte, fügte er ihr winzige Schnitte zu und förderte weitere Blutstropfen zutage.

Die Gruppe erreichte ohne Angriff den zweiten Nebenturm. Die ganze Zeit wurden die Schatten tiefer und gewannen mehr und mehr an Substanz.

»Ich glaube, wir sind bald da«, sagte Daizu.

»Es ist nicht mehr weit«, antwortete Barako zurückhaltend. Die Wachtürme am Tor waren über die verzerrten Gebäude hinweg zu erkennen. Jetzt, da das Ziel fast in Reichweite lag, wurde sie nur umso vorsichtiger. Hoffnung, das wusste sie, war ein zweischneidiges Schwert. Die Stadt wollte, dass sie glaubten, sie könnten entkommen. Ihre Niederlage würde sie dann nur umso tiefer treffen.

Die Falle zeigte sich an der nächsten Straßenkreuzung. Hier waren die Wände der Ruinen zu hoch und standen an allen Seiten zu eng beieinander. Das Mondlicht konnte die Kreuzung nicht bescheinen. Es gab einige Lichtflecken an den Seiten und ein paar Dutzend Meter die Straße hinunter, die sie entlangmussten, wurde es wieder heller. »Wartet«, sagte Barako.

Die Samurai blieben im Licht stehen, wenige Meter vor den drohenden Schatten, und atmeten durch. Haru wirkte schon sehr viel aufmerksamer. Immer wieder sah er zurück zum grünen Licht des Hauptturms und verzog das Gesicht. »Im Schnee sind Geister«, sagte er. Es waren seine ersten Worte, seit sie den Turm verlassen hatten. Barako vermutete, dass er vor allem aus Scham bisher geschwiegen hatte.

»Ich weiß«, sagte sie.

»Wie können wir sie bekämpfen?«, fragte Nahomi.

»Das können wir nicht. Noch nicht. Unsere einzige Chance liegt im Rückzug«, erklärte Barako.

»Wir können auch nicht rennen«, wandte Daizu ein.

»Das müssen wir aber.«

»Und wie ...?«, begann Daizu.

»Selbst wenn wir nicht rennen können, müssen wir uns so schnell wie möglich bewegen. Wer nicht gehen kann, krabbelt. Egal was passiert, wir bleiben in Bewegung. Uns bleibt keine andere Möglichkeit, außer hier zu stehen und zu warten. Ich lasse mich nicht aufhalten. Ich werde Hauptmann Ochiba zur Burg der Morgenröte bringen.« *Und ihren Erben. Obwohl ich ihn, wenn es nach mir ginge, lieber vom Bergpass in die Tiefe stoßen würde.*

Nahomi grinste mit schmerzverzerrtem Gesicht. »Rennen, gehen, krabbeln. Verstehe. Das ist so einfach, Leutnant, das verstehe sogar ich.«

»Bereit?«, fragte Barako an Daizu gewandt.

Er nickte.

»Bereit, Hauptmann?«

Ochiba antwortete nicht, aber ihre Hand, die in Barakos lag, zuckte.

»Los«, flüsterte Barako.

Sie stürmten durch die Schneewehen. Barako fühlte sofort ihre Beschaffenheit. Statt durch Schnee zu laufen, war es so, als planschte man durch eine Pfütze, die zu Teer wurde.

Weißer Teer, der sich bewegte, dessen Strömungen sich in Spiralen drehten.

Spiralen, die sich in klammernde Hände verwandelten.

Die Geister griffen nach Barakos Stiefeln, hielten sie bei jedem Schritt fest, machten sie langsamer. Ochibas Füße schleiften durch den Schnee und die körperlosen Hände griffen nach ihren Stiefeln, dann nach ihren Knöcheln und schließlich nach ihren Beinen. Daizu fauchte. Er bewegte sich ruckartig, weil er sich immer wieder freikämpfen musste.

Barako spürte, wie sich ein Ausläufer um ihr Schienbein legte wie ein Seil. Aus dem Seil wuchsen Zähne und der Geist biss sie ins Bein.

Ochiba stöhnte, aber sie wachte nicht auf. Etwas versuchte, sie in die Tiefe zu reißen und Daizus und Barakos Griff zu entwinden. Barako griff fester zu und schwang mit der anderen Hand ihren Hammer hart nach unten. Der Kopf der Waffe traf auf eine Substanz, die sich wie fauliges Fleisch anfühlte, und prallte dann auf den Stein. Der Geist ließ ihr Bein frei. Sie konnte sich wieder bewegen und Daizu auch.

Sie hatten erst wenige Meter zurückgelegt, gerade einmal die halbe Strecke zum Licht.

Nahomi vor ihnen schrie auf und fiel auf die Knie. Geisterhafte Ausläufer umschwärmten sie. Wenige Augenblicke später konnte Barako sie nur noch erkennen, weil sie sich wehrte. Haru war noch ein paar Schritte weiter vorn und hatte fast die trügerische Sicherheit des Mondlichts erreicht. Als Nahomi schrie, sah er sich um.

Er zögerte.

Barakos Hass auf ihn flammte höher als je zuvor. Sie fühlte sich, als würde sie bald selbst ein gleißendes Licht aussenden.

Haru drehte sich um und eilte zu Nahomi. Als er noch einmal zögerte, erinnerte Barako sich an die Dunkelheit im

Inneren des Turms. Haru wusste wahrscheinlich mehr als alle anderen darüber, was die Geister einem antun konnten.

Trotzdem. Er hat gezögert.

Haru griff ins Innere des Schneehaufens, lehnte sich zurück und zog Nahomi hoch. Er hielt sie unter den Armen. Er musste stärker ziehen und stolperte nach hinten. Die Geister wollten sie nicht freigeben und bedeckten immer noch ihre untere Körperhälfte.

Plötzlich keuchte Nahomi vor Schreck und Schmerz. Die Gestalten in der Schneewehe zogen so stark, dass Haru wieder nach vorn gezogen wurde. Etwas knirschte, riss und krachte. Nahomi bäumte sich wild auf wie unter Krämpfen. Dann sprudelte ihr Blut aus dem Mund und sie wurde still. Haru stolperte nach hinten und verlor beinahe das Gleichgewicht, als die Schneewehe wieder hinabfiel.

Die Geister zogen Nahomis Unterleib mit sich in den Schnee und begannen zu fressen.

Haru erschauderte. Er ließ den halben Leichnam, den er immer noch hielt, fallen und stürmte zum Tor. Bevor er sich umdrehte, sah Barako, dass sein Gesicht vor Schreck und Scham verzerrt war.

Ist mir egal, dass du es versucht hast. Ist mir egal, was du erleiden musstest. Für mich zählt nur, dass du gezögert hast.

Sie schlug noch einmal mit dem Hammer zu und stemmte sich vorwärts. Daizu zog mit und sie trugen Ochiba schneller. Um die Stelle, wo Nahomi gefallen war, machten sie einen Bogen. Die Geister dort brodelten, wie berauscht von ihrem Festmahl. Geisterhafte Schemen im Schnee griffen immer noch nach den Samurai und schnappten nach ihren Füßen. Zähne schabten über die Platten an Barakos Stiefeln. Noch einmal schlug sie mit dem gesegneten Hammer zu und die Geister zogen sich zurück und gaben sich mit ihrer Beute zufrieden.

Dann hatten sie das Mondlicht erreicht und der Weg war frei.

Haru sah zu Boden und schaffte es nicht, Barakos Blick zu begegnen. »Ich habe es versucht«, murmelte er.

»Aber Ihr habt versagt.«

»Ich …«

»Geht jetzt. Lauft. Jeder Samurai, der in dieser Stadt stirbt, erhöht Eure Blutschuld. Mir liegt nichts daran, Euch irgendetwas zu ersparen, aber um all der edlen Bushi willen, die für Euch Leib und Seele riskiert haben, möchte ich nicht, dass diese Schuld noch größer wird. Und jetzt *geht.*«

Haru gehorchte.

Sie gingen weiter, schlurften viel zu langsam den Weg zurück, den sie kurz zuvor noch gesprintet waren.

»Ich höre sie«, flüsterte Daizu atemlos und voller Hoffnung, echter Hoffnung.

»Ich auch«, antwortete Barako. Die Geräusche der Schlacht am Tor waren deutlich zu vernehmen. Sie hörte Waffen aufeinanderprallen, Krieger brüllen, Skelette heulen.

Sie bogen noch einmal um eine Kurve und endlich kam das Tor in Sicht. Die Kompanie hatte die Stellung gehalten und die Zahl der Untoten merklich dezimiert.

Vielleicht hatten die Streitkräfte der Stadt ihre Grenzen, dachte Barako. Vielleicht hatte sie sich zu gut verborgen gehalten und nur wenige hatten sie entdeckt und dafür bezahlen müssen. Vielleicht gab es doch eine Möglichkeit, diese Bedrohung zu besiegen.

Aber diese Schlacht musste an einem anderen Tag ausgefochten werden. Sie musste mit einem Teilsieg nach Morgenröte zurückkehren. Ochiba war nicht in der Lage, ihre Pflicht zu erfüllen. Barako würde das retten, was von ihrer Kompanie noch übrig war. Sie würde Akemis nutzlosen Sohn retten.

Und sie würde Ochiba retten.

Dabei wäre sie nicht so leichtsinnig, den Gegner zu unterschätzen. Die Zahl der Skelettsamurai mochte begrenzt sein, die der Schatten war es nicht.

Wieder erklang das Horn über der Stadt, genau in dem Augenblick, als Barako den Hammer hob und hoffte, dass jemand aus ihrer Kompanie sie sah, bevor die Skelettkrieger es taten. Falls die Macht, die sich im Turm verbarg, vorgehabt hatte, ihre Krieger noch mehr anzutreiben, damit sie die Kakeguchi ein für alle Mal auslöschten, ging dieser Plan nicht auf. Der Hornstoß veranlasste die Sterblichen, zum Turm zu sehen, und einige von ihnen bemerkten Barako.

Gemäß ihren Befehlen hatte die Kompanie bislang nur die Angriffe der Untoten abgewehrt, das Tor gehalten und selbst die Stadt nicht betreten. Sobald sie ihren zurückkehrenden Rettungstrupp sahen, stürmten die Samurai gegen die Monster an. Die beiden Seiten waren jetzt nahezu ausgeglichen und der plötzliche Angriff trieb die Skelette zurück.

»Vorwärts«, sagte Barako. Daizu und sie zogen Ochiba noch schneller vorwärts. Die Füße des Hauptmanns schleiften über den Boden. Sie war jetzt völlig bewusstlos, die beiden mussten sie tragen und ihr Atem ging gurgelnd und rasselnd. »Vorwärts«, sagte Barako noch einmal, »vorwärts.« Sie sprach mit sich selbst, wiederholte das Wort lautlos immer wieder, trieb sich selbst an, ein wenig schneller zu laufen, ein wenig weiter, noch ein kleines bisschen.

Bring es zu Ende. Geh durch das Tor und beende das Ganze.

Haru hatte seine Waffen verloren. Während er die letzten Meter zum Tor lief, schnappte er sich die Waffe eines gefallenen Zombies.

Die Samurai von Morgenröte durchbrachen die Linie der Zombies und überbrückten die Distanz zu ihren Leuten. Die Toten heulten auf und versuchten, den Kriegern den Weg abzuschneiden. Aber immer mehr der Samurai kamen durch das Tor, postierten sich an der Seite und hielten die Zombies zurück.

»Vorwärts, vorwärts, vorwärts«, flüsterte Barako. Nach wenigen Schritten war sie von ihren Samurai umringt. Einen Augenblick später wurde Ochiba von ihren Schultern gehoben. Beinahe hätte sie sich dagegen gewehrt, aus Sorge, dass sie Ochiba nie wieder sehen würde, als könnte Barako, indem sie sie hielt, verhindern, dass sie von ihr ging. Aber sie ließ los, gestattete anderen, die Last zu tragen. Es schmerzte sie, von ihr getrennt zu sein, aber so war sie wieder in der Lage, zu kämpfen, mehr ihrer Feinde zu zerschmettern, mehr von diesem verdorbenen Abschaum, der in der Stadt brodelte, dieser Stadt, die Ochiba in die Knie gezwungen hatte.

Dennoch hielt sie ihre Kampfeslust im Zaum. Sie kämpfte nur zu einem Zweck, und zwar, ihre Leute wieder durch das Tor zu bringen.

Und es gelang ihr.

Sie führte sie durch und blieb dann am Tor zurück, um Schädel und Gliedmaßen zu zertrümmern, bis die Torflügel sich schlossen.

»Wird sie das aufhalten?«, fragte Daizu.

»Wir müssen es hoffen.« Es gab auf der Außenseite keine Möglichkeit, die Torflügel zu verriegeln. Sie sah keinen Grund, warum die Toten sie nicht einfach wieder aufstoßen sollten. Doch die Schreckgestalten rannten nur bis zur Schwelle der Stadt und hielten dann an. Sie streckten ihre Hände aus, obwohl nicht einmal ihre Finger durch die Gitter kamen. Sie kreischten. Sie tobten.

Aber sie verfolgten sie nicht.

»Der Kampf ist hier zu Ende«, rief Barako ihren Kriegern zu. »Wagt es nicht, jetzt zu stürzen. Keiner von euch.« Die Krieger hörten auf ihre Warnung und überquerten den schmalen Kamm vorsichtig. Sie widerstanden der Versuchung, zu fliehen.

»Wir haben ihnen einen schweren Schlag zugefügt«, rief Barako. »Der Sieg ist unser.«

Sie glaubte ihre Worte selbst nicht. Erst als sie noch einmal das Horn der Stadt der Hungrigen Nacht hörte. Und obwohl der Klang schrecklich war, obwohl sogar die Berge vor Furcht zitterten, obwohl es erneut ihre Seele erschütterte, so wie jedes Mal, hörte sie etwas Neues. Sie hörte, worum sie gebetet hatte.

Sie hörte einen Anklang von Ärger und Frust.

Von Niederlage.

Kapitel Dreizehn

Die Schiebetür glitt zur Seite und Akemi betrat Ochibas Zimmer. Wie Barako übernachtete Ochiba oft in der Kaserne, hatte aber auch ein eigenes Gemach im Hauptteil der Burg. Hier fand sie Ruhe, um zu genesen. Barako saß neben Ochibas Schlafmatte. Seit sie im Morgengrauen zurückgekehrt waren, hatte sie sich nicht von dort wegbewegt, um über den bewusstlosen, dick verbundenen Hauptmann zu wachen. Jetzt sah sie auf und öffnete den Mund, um den Eindringling zu vertreiben. Als sie jedoch die Daimyo erkannte, erhob sie sich, machte eine Verbeugung und ließ sich wieder neben Ochibas Kopf nieder.

Akemi ließ sich am Fuß der Matte langsam mithilfe ihres Stocks auf die Knie sinken. Die einzige Laterne im Raum warf ein gedämpftes, bernsteinfarbenes Licht auf die spärliche Einrichtung. Laute Geräusche schienen unangebracht zu sein, also sprach Akemi leise. »Wie geht es ihr?«

»Ihr seht ja.« Barakos Hand schwebte über Ochibas Schulter, berührte sie aber nicht.

»Wird sie durchkommen?«

»Kann sein.« Barako war so kurz angebunden, dass es fast beleidigend war, aber sie war erschöpft und etwas von ihrem Hass auf Haru färbte auf die Daimyo ab, sodass sie schnell mit ihr die Geduld verlor. Sie rief sich ihre Pflichten in Erinnerung und wurde etwas freundlicher. »Sie hat viele Verletzungen erlitten und es ist schwer zu sagen, wie tief sie sind. Wir müssen abwarten.«

»Sind sie nur körperlicher Natur oder auch darüber hinaus?«

»Junji hat sie untersucht, ist aber noch nicht sicher. Wir müssen abwarten, bis die körperlichen Wunden verheilt sind, um herauszufinden, ob es auch andere gibt.« Der Rest der Überlebenden hatte die Riten der Reinigung durchlaufen und sich einer kompletten Untersuchung unterzogen. Alle waren als unverdorben eingestuft worden. Sogar Haru. Darüber war Barako ebenso überrascht wie erleichtert.

»Ihr habt ihr soeben ein Gedicht vorgetragen, als ich Euch unterbrochen habe«, sagte Akemi. »Es kam mir vertraut vor.«

»›Das Klagelied des Höflings‹.« Die Verse waren schön und melancholisch. Es war ein Lied über eine Liebe, die durch die Familien und die strengen Regeln des kaiserlichen Hofes unmöglich gemacht wurde.

»Ach ja. Das hätte ich gleich erkennen sollen.«

»Es ist ihr Lieblingsgedicht. Seit vielen Jahren schon kennt sie es auswendig und hat es so oft vorgetragen, dass ich es inzwischen auch kann.«

Akemi lächelte. »Das überrascht mich nicht.«

Barako spürte, wie ihre Wangen brannten.

»Es tut mir leid, was Ochiba durchmacht«, sagte Akemi ernst. »Alles, was passiert ist. Das wird ein Nachspiel haben.«

Barako antwortete nicht.

Als Akemi wieder sprach, sah sie ihr direkt in die Augen. »Danke, dass Ihr meinen Sohn gerettet habt.«

»Ochiba hat ihn gerettet.«

»Dann danke, dass Ihr ihn zu mir zurückgebracht habt. Ihr habt ihn sicher aus der Stadt der Hungrigen Nacht herausgeholt.«

»Es war meine Pflicht«, erklärte Barako und fragte dann, ebenfalls aus Pflichtgefühl: »Wie geht es Haru?«

»Er hat nicht viel gesagt, seit Ihr zurückgehrt seid. Und er lässt sich auch kaum blicken.« Akemi verzog das Gesicht. »In Bezug auf meinen Sohn mache ich mir nichts vor, Leutnant Barako. Und ich weiß, Ihr ebenfalls nicht. Allerdings hoffe ich, dass Ihr wisst, dass auch er die Schwere und Bedeutung seiner Pflicht ebenso fühlt wie Ihr oder Ochiba. Er schweigt aus Scham, daran habe ich keinen Zweifel.«

»Ich verstehe, Herrin Akemi.« *Ich verstehe, aber ich verzeihe ihm nicht. Ihr braucht mir nicht zu sagen, wie sehr er um seinen Ruf besorgt ist. Ochiba liegt nur hier, weil er so um seinen Ruf besorgt ist.* »Hat Haru erzählt, was ihm im Turm widerfahren ist?« Barako hatte auf dem langen Marsch zurück nach Morgenröte vielleicht ein Dutzend Worte mit Haru gewechselt. Ochiba war nicht mehr aufgewacht, seit sie sich vom Stadttor zurückgezogen hatten. Aus vielen Gründen.

»Er erinnert sich nicht«, antwortete Akemi.

Barako runzelte die Stirn. »Das ist besorgniserregend.«

»Ihr denkt vielleicht, dass ihm das nur zu gelegen kommt«, sagte Akemi. »Ich an Eurer Stelle würde es. Aber auch wenn wir beide wissen, dass er auf dem Schlachtfeld nicht besonders gut ist, habt Ihr je erlebt, dass er lügt?«

»Nein«, gab Barako zu. »Zumindest nicht mir gegenüber. Aber ich war keiner der Samurai, die ihm gehorcht haben, als er sie aufgefordert hat, mit ihm zusammen vorzeitig in die Stadt der Hungrigen Nacht aufzubrechen. Ich habe nicht gehört, was er zu Ishiko gesagt hat.« *Sie war die Ehrlichste von uns allen. Das ist kein posthumes Lob, sondern schlicht die Wahrheit.* »Niemand, der mit ihm aufgebrochen ist, lebt noch. So kann auch niemand bezeugen, was er gesagt hat.« Es fühlte sich grausam an, das zu sagen, aber auch notwendig.

»Ich weiß.« Akemi seufzte. »Ich weiß. Dennoch glaube ich ihm. Falscher Stolz hat ihn auf Irrwege geführt, aber ich glaube, dass der Verlust ihn dazu bringt, jetzt ehrlich zu sein. Und er wird zur Rechenschaft gezogen, Leutnant. Er wird zur Rechenschaft gezogen.«

Auch der letzte Ärger, den Barako gegenüber Akemi verspürt hatte, verflog. Er wurde von Mitgefühl abgelöst, und gleichzeitig von neuen Sorgen um die Zukunft. Welche Hoffnung hatte Akemi jetzt noch, dass Morgenröte in der Hand der Kakeguchi bleiben könnte? Barako konnte sich kein mögliches Szenario ausmalen, in dem Haru seinen Anspruch in irgendeiner Form aufrechterhalten könnte. Selbst wenn seine Strafe für den Ungehorsam und die Katastrophe, die er verschuldet hatte, nur in einer Zurechtweisung bestehen sollte, hatte er jegliche moralische Autorität verloren. Sollte er zum Daimyo ernannt werden, würde kein Samurai in Morgenröte mehr ruhig schlafen können. Sie alle würden nur darauf warten, dass ihr Anführer sie in den sicheren Tod führte. Nein, er würde niemals Daimyo werden. Die Burg würde an Doreni übergehen. Akemi würde sich natürlich dagegen wehren. Vielleicht adoptierte sie einen weiteren Erben, aber dennoch wäre Dorenis Anspruch gestärkt. Akemi würde alles in ihrer Macht Stehende tun, um die Burg in der Hand der Kakeguchi zu halten, und Barako würde ihr nach Kräften helfen, aber der Ausgang schien bereits vorherbestimmt.

»Wenn Haru sich nicht erinnern kann, was passiert ist«, sagte Akemi, »müssen wir wohl darauf warten, dass Ochiba aufwacht und es uns erzählt.«

»Falls sie aufwacht.«

»Ja. Falls sie aufwacht.«

»Und falls nicht, was dann?« Der Gedanke war so schrecklich, dass Barako sich wieder in ihren Zorn flüchtete, um nicht über Ochibas Tod nachdenken zu müssen.

»Um dieses Problem kümmern wir uns erst, wenn es besteht.«

»Es geht hier um mehr als nur darum, Beweise für oder gegen Haru zu sammeln.«

»Selbstverständlich.« Akemi schien sich durch Barakos Direktheit in keiner Weise angegriffen zu fühlen. Sie sprach immer noch in leisem, sanftem Tonfall, als wollte sie Ochibas Ruhe nicht stören. »Wir müssen wissen, wogegen wir kämpfen. Dazu müssen wir herausfinden, was sich im Inneren des Turms befindet.«

»Ich werde dorthin zurückkehren«, erklärte Barako. »Ich werde zurückkehren und die Bedrohung beenden.«

»Jetzt klingt Ihr beinahe wie mein Sohn.«

»Ich würde es nicht auf seine Weise machen.«

»Nein.« Akemi lächelte traurig. »Davon bin ich überzeugt. Aber vorerst kehrt niemand dorthin zurück. Denn derzeit liegt die Verteidigung der Burg der Morgenröte in Eurer Hand.«

Barako dachte darüber nach. Sie war so auf Ochibas Verfassung konzentriert gewesen, dass sie gar nicht bedacht hatte, was das für sie und die Burg bedeutete. Ihr war, als würde sie in einem Sumpf aus Erschöpfung und Grauen versinken. »Ich bin kein Hauptmann«, sagte sie. »Und ich will auch kein Hauptmann sein, solange sie lebt.«

»Natürlich.« Akemi nickte.

»Wird Doreni das akzeptieren?«

»Das wird er müssen.« Akemi stand auf. »Noch ist das hier eine Burg der Kakeguchi.«

•

Die Stimmung in der Haupthalle war zu ernst für eine Siegesfeier. Dennoch musste man den Erfolg der Mission anerkennen. Obwohl der Winter gekommen war und die Lager nicht so gut gefüllt waren wie erhofft, hatten die Soldaten in den Kasernen eine zusätzliche Ration Reis und Fisch erhalten.

Auch in der Halle wurde reichlich Reis serviert und Teller mit geröstetem Fasan wurden auf Tabletts herausgetragen und den Samurai auf niedrigen, einzelnen Tischen gereicht.

Akemi saß an einem Ende des zentralen Podests vor ihrem Tischchen, Haru zu ihrer Rechten. Barako saß ihm gegenüber zur Linken der Daimyo. Junji am anderen Ende war so in Gedanken versunken, als wäre er gar nicht richtig anwesend. Doreni saß neben Barako und daneben wiederum seine Frau Rekai. Ihnen gegenüber, neben Haru, waren ihre beiden Kinder. Sie waren jünger als Haru, erst vor Kurzem volljährig geworden. Der Älteste, Chuai, war ein Bushi, der seine Ausbildung zum Krieger gerade erst abgeschlossen hatte. Soweit Barako gesehen hatte, war er vielversprechend, aber er war noch nie wirklich auf die Probe gestellt worden. Seine Schwester Mioko war eine Hofdame. Obwohl sie zwei Jahre jünger war, zeigte sie bereits die mühelose Eleganz einer deutlich älteren Frau. Sie beide besaßen die scharfen Züge ihres Vaters, die durch die drahtige Anmut ihrer Mutter abgemildert wurden.

Barako betrachtete die beiden Hiruma neben dem stillen, finster dreinblickenden Kakeguchi. *Doreni hat mit seinem Nachwuchs mehr Glück als Akemi.* Sie konnte jetzt schon die künftigen Machtverhältnisse erahnen. Chuai würde Morgenröte erben. Mioko würde dafür sorgen, dass er die Burg behielt. Doreni und Rekai hatten sie gut erzogen. Nicht dass Akemi das nicht auch versucht hätte. Ihre Erziehung hatte lediglich nicht gefruchtet. Haru hatte einfach kein Talent. Diese beiden schon.

»Hat sich Hauptmann Ochibas Gesundheitszustand gebessert?«, fragte Doreni an Barako gewandt.

»Noch gibt es keine Veränderung.«

»Es tut mir leid, das zu hören. Ich hoffe, dass wir hier sie bald wieder in unserer Mitte begrüßen können.« Er klang aufrichtig und ungewöhnlich mitfühlend. Vielleicht sprach aus ihm die Großzügigkeit eines Siegers.

»Wir alle beten zu den Ahnen um baldige Genesung«, sagte Rekai ebenso aufrichtig.

Barako sah, dass sie ihrem Ehemann einen Blick zuwarf und fragte sich, wie viele Anweisungen sie Doreni wohl darüber erteilt hatte, wie er sich benehmen sollte.

Doreni goss sich noch etwas Sake ein. »Herrin Akemi hat mich darüber informiert, dass Ihr an Ochibas Stelle das Kommando übernehmen werdet.«

»Das stimmt.« Barako hielt ihre Stimme bewusst ausdruckslos.

»Freut mich«, sagte Doreni. »So sollte es auch sein.« Er sah sie direkt an und sein strenges Gesicht war ruhig und offen. Sie sah kein Zeichen, dass er sich grämte.

»Mich freut es ebenfalls, dass es diesbezüglich keinen Anlass zum Streit zwischen uns geben wird«, erwiderte Barako.

»Keinesfalls«, bestätigte Doreni. »Es ist kein Geheimnis, dass ich mit unserer Daimyo nicht immer einer Meinung bin. Ich werde niemals verschweigen, was ich für richtig halte.« Er sah Akemi an. »Aber ich hoffe, ich war nie respektlos.«

»Das wart Ihr nicht«, bestätigte Akemi.

»Gut.« Er wandte sich wieder an Barako: »Wir sehen uns einer gefährlichen Situation gegenüber.«

Welche Situation? Die Stadt der Hungrigen Nacht oder die politischen Umstände in Morgenröte? »Dem stimme ich zu«, sagte sie, immer noch ausdruckslos.

»Wir müssen zusammenarbeiten. Alles andere wäre dumm und verantwortungslos.«

Es beeindruckte Barako, dass er bei diesen Worten nicht einmal in Harus Richtung schielte.

Ihr habt immer noch nicht gesagt, welche Situation Ihr meint. Dann begriff Barako, dass er es bewusst doppeldeutig formuliert hatte. Er meinte beides. Ihm war es ernst damit, der Bedrohung durch die Stadt der Hungrigen Nacht mit allen notwendigen Mitteln zu begegnen. Außerdem hatte er ihr erklärt, dass er diese Bedrohung nicht für seine politische Zwecke nutzen würde. Dennoch tat er es, denn er bezog sich auch auf die Zukunft von Morgenröte. Er wollte ihr sagen, dass er jetzt mit ihr zusammenarbeiten würde und hoffte, dass sie später mit ihm zusammenarbeiten würde. Er wünschte sich Einigkeit, aber insbesondere Einigkeit zu seinen Bedingungen. Er wollte sie auf seiner Seite.

»Wir müssen alle an einem Strang ziehen, um die Burg jetzt und in Zukunft zu bewahren«, mischte sich Chuai ein.

Mioko legte ihm eine Hand auf den Arm. »Das musst du Leutnant Barako sicher nicht erklären«, mahnte sie, um ihn zum Schweigen zu bringen. Anders als Haru es getan hätte, nickte der junge Mann Barako lediglich entschuldigend zu und aß weiter.

»Wir alle sind uns bewusst, wie wichtig Einigkeit ist«, erklärte Akemi kühl. »Jetzt und in Zukunft. Denn wenn wir uns jetzt nicht um die Gegenwart kümmern, gibt es keine Zukunft.«

»Ihr sprecht weise Worte«, sagte Rekai. »Wir werden Euch stets folgen, Herrin Akemi.«

Doreni sah immer noch Barako an.

»Dann sollten wir darüber sprechen, was jetzt zu tun ist.« Sie wollte das Gespräch auf die Stadt der Hungrigen Nacht beschränken. Falls Doreni dachte, dass sie hier und jetzt einer zukünftigen Allianz mit ihm zustimmen und ihre Daimyo auf diese Weise beleidigen würde, war er sogar noch arroganter, als sie gedacht hatte.

Aber vielleicht meint er es gar nicht so. Vielleicht möchte er nur, dass ich über das nachdenke, was unweigerlich kommen wird, und mir sagen, dass ich auch künftig in Morgenröte einen Platz habe.

Vorausgesetzt, ich weiß, wo mein Platz ist.

Doch das spielt keine Rolle. Nichts davon ist wichtig, wenn Morgenröte untergeht.

»Der Turm ist der Schlüssel«, fuhr Barako fort. »Von dort aus verteilen sich die Schatten überall in der Stadt. Das Horn scheint dabei Befehle zu geben. Er ist das Herz der Stadt. Ich weiß nicht, ob wir schon gesiegt haben, wenn wir ihn einnehmen, aber ich bin sicher, dass wir nicht siegen können, wenn wir nicht das bezwingen, was sich darin verbirgt.«

»Ich verstehe«, sagte Doreni. »Also erst müssen wir wissen, was darin lauert.«

Haru regte sich. Er sah auf, als hätte er gerade erst festgestellt, wo er sich befand, und warf Barako und Doreni finstere Blicke zu. »Wenn ich Euch sagen könnte, was sich im Turm befindet, hätte ich das längst getan«, erklärte er. »Ich sage es nicht noch einmal.«

»Das braucht Ihr auch gar nicht«, entgegnete Doreni freundlich. »Niemand zweifelt an der Wahrhaftigkeit Eurer Worte. Eure Ehrlichkeit steht nicht infrage.« Er fügte kein *Vorerst* hinzu. Das brauchte er nicht.

Harus Miene wurde noch finsterer. Barako fand, dass er aussah, als wäre er zwischen Ärger und Schuldgefühlen gefangen. Wenn es irgendwie möglich gewesen wäre, aus Dorenis Worten eine Beleidigung herauszulesen, wäre er explodiert. Aber er war ein Samurai, der sein Schwert verloren hatte. Diese Schmach allein wertete ihn in aller Augen ab, aber sie war auch symbolisch für die Tragweite seines Versagens. Er war wirklich nicht in der Position, sich über andere zu erheben.

Das Schweigen in der großen Halle trieb Haru in die Enge. Er konnte Doreni nicht der Lüge bezichtigen, ohne gleichzeitig allen anderen stillschweigendes Einverständnis vorzuwerfen. Stattdessen hatte Doreni mit seinen beruhigenden Worten

Harus Zorn ad absurdum geführt. Peinlich berührt errötete Haru. Er hatte sich lächerlich gemacht und er wusste es.

Barako betrachtete Harus Zwiespalt der Gefühle mit wenig Interesse und ohne Mitgefühl. Er ließ die Schultern hängen, senkte den Kopf und aß weiter. Dabei widmete er sich dem Reis mit einer Konzentration, die ihn wohl von der Anwesenheit der anderen ablenken sollte.

Barako sah wieder zu Doreni. »Möglicherweise finden wir nur heraus, was im Turm ist, indem wir hineingehen. Vielleicht erinnert Ochiba sich auch nicht.« Sie weigerte sich, zu sagen: *Vielleicht wacht sie nie wieder auf.* »Aber wir können den Turm erreichen. Wir haben es einmal getan, wir schaffen es wieder.«

»Was schlagt Ihr vor?«

»Wir werden mindestens so viele Samurai brauchen, wie wir ursprünglich mitnehmen wollten. Eine volle Kompanie.«

Haru stach mit den Stäbchen auf seine Schüssel ein.

»Dazu müssten wir mehr Krieger von der Verteidigung der Burg abziehen, als uns lieb wäre«, stellte Doreni fest.

»Ja, das müssten wir.« Barako sah zu Akemi.

»Möglicherweise müssen wir dieses Risiko eingehen«, sagte die Daimyo nach einigen Augenblicken. »Sprecht weiter.«

»Mindestens die Hälfte der Kompanie hält das Tor«, fuhr Barako fort. »Abhängig davon, auf wie viel Widerstand wir direkt zu Beginn stoßen. Ich hoffe aber, dass wir bereits beim ersten Mal die Zahl der feindlichen Krieger deutlich reduziert haben. Den Rest der Kompanie teilen wir in Gruppen ein, die durchbrechen und sich auf den Weg zum Turm machen. Dabei kommt es auf Geschwindigkeit an. Wenn wir schnell genug sind und uns an die vom Licht beschienenen Wege halten, sollten wir es schaffen, unser Ziel zu erreichen.«

Zum ersten Mal, seit das Bankett begonnen hatte, meldete sich Junji zu Wort. »Ihr setzt ganz schön viel voraus, Leutnant

Barako. Habt Ihr den Feind tatsächlich geschwächt? Was, wenn Euer Sieg nur eine Finte war? Vielleicht will die Stadt der Hungrigen Nacht ja, dass Ihr mit noch mehr Kriegern zurückkehrt, damit sie sie mit den Streitkräften vernichten kann, die sie bislang vor Euch verborgen hat. Dann wäre Morgenröte ihnen hilflos ausgeliefert.«

»Wenn die Skelettsamurai das Tor nicht durchqueren konnten«, überlegte Doreni, »ist es dann nicht möglich, dass nichts die Stadt verlassen kann?«

»Vielleicht«, antwortete Junji. »Oder vielleicht möchte man, dass wir an eine solche Schwäche glauben und uns in Sicherheit wiegen.«

»Möglich wäre es«, sagte Barako. »Und es kann auch sein, dass die Stadt aufsteht und auf uns zuläuft, wenn wir angreifen. Sollen wir also hierbleiben und auf das Beste hoffen?«

»Das passt nicht zum Krabben-Klan«, widersprach Akemi.

»Nein, tut es nicht«, stimmte Junji ihr zu. »Ich will damit auch nicht vorschlagen, die Gefahren zu ignorieren. Im Gegenteil, ich möchte sie noch einmal betonen. Was diese Stadt angeht, dürfen wir nichts glauben. Alles, was Ihr dort gesehen habt, könnte Täuschung über Täuschung gewesen sein.«

»Was empfehlt Ihr also?«, fragte Barako.

»Ich kann nur empfehlen, vorsichtig zu sein. Für mehr fehlt mir das Wissen.«

Frustriert biss Barako die Zähne zusammen. Dorenis Augen verengten sich zu Schlitzen. Diesmal war sie ganz seiner Meinung. Junjis Zuflucht in die Neutralität wurde langsam undurchdringlich. Jetzt gab er nicht einmal mehr seine Überlegungen preis, wenn das bedeutete, dass andere nach seinen Worten handeln könnten. *Er wird immer schlimmer. Liegt das auch an der Stadt der Hungrigen Nacht? Hat er so viel Furcht vor dieser Stadt? Er war ja nicht einmal dort. Versteht er nicht, dass er die Situation noch instabiler macht?* Sie konnte nicht glauben, dass Junji sich aus Feigheit so verhielt. Sie hatte ihn bereits auf dem Schlachtfeld gesehen, wenn die Pflicht es verlangte.

Jetzt reichte es ihr mit seinen ausweichenden Antworten. Sie versuchte, ihn festzunageln. »Junji, wollt Ihr uns nicht sagen, was Euch Sorge bereitet? Ist es etwas, das wir noch nicht wissen?«

Er schwieg so lange, dass Barako schon dachte, er würde gar nicht antworten. Er starrte auf den Tisch vor sich, als könne er durch Tischplatte und Fußboden hindurch bis zum Fuß der Berge selbst sehen. Schließlich hob er den Blick. »Es stimmt, ich bin besorgt. Ich habe bisher nichts gesagt, weil ich selbst nicht sicher war, worin meine Sorge eigentlich besteht.« Er atmete tief ein. »Vielleicht ist es notwendig, dass ich meine Regel, nichts zu sagen, solange ich mir nicht sicher bin, diesmal breche. Also gut. Also gut. Ich bin besorgt, weil mir der Boden unter den Füßen weggezogen wird und sich in Luft auflöst. Je mehr ich versuche, über die Stadt herauszufinden, desto weniger weiß ich. Was Ihr dort gesehen und bekämpft habt, Leutnant Barako, könnte das wahre Gesicht dieser Stadt sein. Doch seit Ihr zurückgekehrt seid, plagt mich eine düstere Vorahnung, die ebenso vage wie hartnäckig ist. Etwas stimmt nicht, doch ich kann nicht sagen, was.«

»Ich kann Euch sagen, was nicht stimmt«, rief Chuai. »Wir haben dreißig Bushi und möglicherweise den Hauptmann verloren.«

»Sei still!«, fuhr Doreni ihn an. »Bitte verzeiht, Junji. Mein Sohn ist noch ein Schüler, der erst noch Weisheit erlangen muss.«

»Das bin ich auch«, erklärte Junji. »Wir alle sind es. Und er hat recht. Unsere Verluste schmerzen mich tief. Aber da ist noch etwas anderes. Ich weiß nicht, was. Deshalb verstört es mich umso mehr.«

Er hat Angst, dachte Barako. *Dann sollten wir alle Angst haben. Was kommt da auf uns zu?* Sie wandte sich noch einmal an Akemi: »Die Entscheidung liegt bei Euch, Daimyo. Ich respektiere Junjis Warnung. Aber ich weiß nicht, wie wir uns daran halten sollten. Meiner Meinung nach ist es unsere beste Chance, auf der Basis dessen zu planen, was wir gesehen haben.«

»So sehe ich es auch«, sagte Doreni.

»Ich ebenfalls«, erklärte Akemi. »Gerade jetzt haben wir die Gelegenheit, anzugreifen. Der Himmel ist klar. Diese Chance dürfen wir nicht vertun. Leutnant Barako, Ihr seid gerade erst zurückgekehrt. Trotzdem möchte ich Euch bitten, morgen früh die Kompanie anzuführen.«

Haru sah auf. Seine Augen waren vor Schmerz geweitet. Er schien kurz davor, seine Mutter darum anzubetteln, ihn auf diese Mission zu schicken und ihm die Chance zu geben, seine Fehler wiedergutzumachen. Aber er schwieg.

Ihm ist wohl klar, dachte Barako, *wie absolut inakzeptabel eine solche Bitte wäre. Oder vielleicht hat er auch einfach Angst. Vielleicht ist das, woran er sich nicht erinnert, sogar für seinen verletzten Stolz zu ungeheuerlich.*

Haru sank in sich zusammen und beugte sich wieder über seinen Tisch.

»Selbstverständlich bringe ich uns zurück zur Stadt der Hungrigen Nacht«, erklärte Barako.

»Ich frage mich …«, begann Doreni.

Der Klang eines schrecklichen Horns schnitt ihm das Wort ab.

Haru keuchte auf. Barakos Faust schloss sich instinktiv so fest um ihre Stäbchen, dass sie brachen. Junji sprang auf die Füße, kalkweiß im Gesicht. Sein Gesicht war qualvoll verzerrt. Er sah aus wie ein Mann, dessen Seele man einen heftigen Schlag verpasst hatte.

Teller und Schüsseln klapperten auf den Tischen, Boden und Wände bebten.

»Ist das …?«, krächzte Akemi. Sie konnte den Satz nicht zu Ende bringen und Barako hörte sie kaum.

Das Dröhnen des Horns hielt immer noch an, als wollte es jetzt, da es in der Burg der Morgenröte erklang, nie wieder aufhören.

»Ja«, sagte Barako. »Ja.« Sie sprang auf die Füße und rannte aus der Halle. Doreni und Chuai liefen nur wenige Schritte hinter ihr. Sie stürmte aus der Tür des Hauptgebäudes. Über ihrem Hakama trug sie nur eine Kosode-Robe, die keinen Schutz vor der Kälte bot, aber sie fühlte den Winter nicht. Ihr war bereits kalt, eiskalt bis ins Mark, seit sie die Stimme der Stadt der Hungrigen Nacht vernommen hatte.

Sie rannte zur Außenmauer und stürzte die Treppe zum Wachturm hinauf. Sie konnte nur an das denken, was sie zu Junji gesagt hatte. *Es kann auch sein, dass die Stadt aufsteht und auf uns zuläuft.* Das war nicht möglich. Das konnte einfach nicht möglich sein. Es war sicherlich ganz und gar unmöglich, dass sie jetzt zum Wehrgang hinaussah und die Stadt der Hungrigen Nacht vor den Toren von Morgenröte erblickte.

Aber als sie sich dem Wachturm näherte, hörte sie die Wachen bereits schreien und sie läuteten die Alarmglocken. Auch während sie die Treppe hinaufstieg, schrien sie noch. Und was hörte sie da in ihren Stimmen? War das Verwunderung? Fassungslose, ängstliche Verwunderung?

Ja, war es.

Und es war schrecklich anzuhören.

Sie stolperte auf die Turmspitze und sah nach Norden. Es wurde langsam dunkel und entlang der Mauer brannten die Fackeln im Zwielicht.

Keine laufende Stadt kam den Bergpass hinauf.

Doreni und Chuai traten zu ihr. Der junge Mann schnappte nach Luft, denn was sie da sahen, war schlimm genug.

Das Horn erklang noch einmal und ein Unwetter fegte über die Nordseite heran. Es hatte den Himmel und die Berge verschluckt und wälzte sich auf Morgenröte zu. Dabei schob es Wind vor sich her, der binnen Sekunden von einer kühlen Brise zu einem rasenden Sturm heranwuchs und immer noch stärker wurde. Er traf Barako und warf sie und die Wachen vom Geländer zurück. Sie stöhnte auf, als sie gegen die Wand hinter sich geschleudert wurde.

Das Dröhnen des Horns verstummte. Das Heulen des Windes, das stattdessen erklang, war wie das Toben der Verdammten, als bliese der Wind direkt aus dem Jigoku.

Dann kamen die Wolken. Tief hängend, dick und hasserfüllt rollten sie über das Land und brodelten vor Schnee und Zorn. Sie brandeten gegen Morgenröte und brachten die Nacht mit sich, eine von Eis durchzogene, sternenlose Nacht, ohne Hoffnung, ohne Gnade.

Die Belagerung hatte begonnen.

Kapitel Vierzehn

Die Stunde des Hahns wurde vom Unwetter beherrscht. Barako und allen anderen kam es so vor, als würde es nie wieder irgendetwas anderes geben als dieses Unwetter. Es hatte die Welt endgültig verschlungen.

Barako und Doreni gingen wieder zur Treppe des Wachturms und stiegen hinab. Dann begaben sie sich auf den langen Weg zu ihren Quartieren, um sich zu bewaffnen. Selbst im Inneren des Turms erreichte sie der Wind. Er war so stark, dass er durch jede Mauerritze kroch. Mit einem Klagelaut wehte er die Stufen hinab, streifte Barako und berührte sie mit eiskalten Zähnen im Nacken.

»Als Haru neulich nachts zur Stadt aufgebrochen ist, bin ich nicht aufgewacht«, sagte Doreni. »Als damals das Unwetter kam …«

»Da war es nicht so plötzlich«, beantwortete Barako die unausgesprochene Frage. »Schnell, das schon. Aber nicht übernatürlich.«

»Zumindest nicht so, dass wir es gemerkt hätten.«

»Stimmt.«

Und jenes Unwetter war nicht annähernd so heftig gewesen wie dieses. Die ersten heulenden Windstöße hatten alle Fackeln an der Nordwand mit einem Mal ausgeblasen. Die

Laterne im Ostturm war in die Nacht hinausgeweht worden. Die Wachen hatten noch immer Schwierigkeiten, Fackeln zu entzünden und am Brennen zu halten.

Barako und Doreni waren am Fuß der Stufen angekommen, öffneten die Tür und starrten hinaus in ein schwarzes Nichts, durchzogen von feinen Silberstreifen.

»Das andere Unwetter war nie so finster«, stellte Doreni fest.

»Der Sturm musste uns nur lange genug hier festhalten, dass Haru die Stadt der Hungrigen Nacht erreichen konnte«, antwortete Barako.

»Ihr glaubt, auch dieses Unwetter war keines natürlichen Ursprungs?«

»Damals habe ich das noch nicht gedacht, aber jetzt fürchte ich, es könnte so gewesen sein. Dies hier jedenfalls versucht, die Mauern niederzureißen. Es will uns vernichten.«

»Und es könnte Erfolg haben«, meinte Doreni. »Wir könnten in dieser Dunkelheit vom Weg abkommen und erfrieren, bevor wir überhaupt das Hauptgebäude erreichen.«

»Wir haben keine Wahl«, antwortete Barako.

»Nein, wohl nicht. Ahnen, wacht über uns und führt uns auf unserem Weg«, betete Doreni.

Sie rannten los. Barako vertraute auf ihren Orientierungssinn. Sie wusste, wo der Eingang vom Turm aus lag. Sie brauchte nur in einer geraden Linie zu laufen.

Und genau das denkt jedes Opfer eines Schneesturms.

Sie hatte sich von der Wache eine Laterne geschnappt, die sie vor sich hielt, als sie aus dem Turm trat. Die Laterne erhellte nicht mehr als ein paar Schritte vor ihr. Sie konnte nur hoffen, dass das reichen würde, um einer geraden Linie folgen zu können.

Der Wind fegte mit solcher Macht durch den Burghof, als hätte er die Mauern bereits niedergerissen. Barako stemmte sich dagegen. Die Kälte schnitt ihr in Wangen und Stirn. Ihre Ohren brannten. Eis bildete sich an ihren Wimpern. Wenn sie einatmete, drang die Kälte in ihre Lungen ein und stahl ihr sogar die innere Wärme.

Doreni und sie stolperten vorwärts. Vor jedem Schritt drehte Barako sich um, um sich zu vergewissern, dass sie noch geradeaus lief. Aber sie konnte immer nur einen einzelnen Schritt hinter sich sehen und dazu den undeutlichen Schemen Dorenis. Er war nicht mehr als ein sich bewegender Schatten, obwohl er vielleicht einen Meter entfernt war.

Die Dunkelheit umgab sie, brüllte sie an, warf sie von einer Seite auf die andere. Sie wollte sie verloren und erfroren und tot sehen. Sie verschlang Raum und Zeit. Barako fühlte sich, als könnte sie für immer durch das Nichts laufen. Der Schnee peitschte ihr ins Gesicht wie ein Schauer von Nadeln. Immer wieder zwang er sie, die Augen zu schließen. Sie musste anhalten und sich die Lider mit den Fingern wieder öffnen.

Ihr ganzer Körper war taub und ihre Hände waren steif und ungeschickt, als sie zu ihrer Überraschung und Erleichterung eine gemauerte Wand erreichte. Sie konnte so wenig sehen, dass sie nicht sagen konnte, wo sie waren.

»Ist das das Hauptgebäude?«, fragte Doreni.

»Keine Ahnung.«

Sie tasteten sich an der Wand entlang und als sie eine Tür erreichten, merkte Barako, wie sehr sie trotz all ihrer Bemühungen vom Weg abgekommen waren.

»Das sind die Quartiere der Kaufleute«, stellte sie fest und stieß die Tür auf.

Vom Wind verfolgt eilten sie hinein und schlossen die Tür hinter sich. Laternen warfen helles Licht auf die versammelten Menschen. Die Kaufleute hatten sich in zwei große Gruppen gespalten. Eine drängte sich in angstvoller Faszination an den Fenstern, die andere kauerte sich in der Mitte der Halle zusammen. Ein Stimmengewirr aus gemurmelten Gebeten und Schluchzern empfing Barako. Chen löste sich aus der Gruppe in der Mitte und eilte zu den beiden Bushi.

»Rettet uns, Gebieter!«, flehte er.

Doreni schob ihn von sich. »Was winselt Ihr da? Die Burg ist nicht gefallen. Seht Ihr irgendwelche Angreifer?«

»Aber das Unwetter ...«

Barako klopfte sich den Schnee von der Kleidung und rieb sich die Hände, um die Blutzirkulation wieder in Gang zu bringen. Sie konnte mehr Verständnis für die Kaufleute aufbringen als Doreni, aber sie hatten nicht die Zeit, sich um sie und ihre Ängste zu kümmern. »Die Burg ist gut geschützt. Wir haben Vorräte. Wenn Ihr denkt, dass wir ein Unwetter nicht überstehen können, beleidigt Ihr uns.«

Chen trat zurück und senkte beschämt den Kopf. »Bitte, bitte, verzeiht mir. Ich wollte Euch nicht ...«

»Nein, natürlich wolltet Ihr das nicht«, schnitt Doreni ihm barsch das Wort ab. Dann überließen Barako und er die Kaufleute ihren Ängsten und Klagen.

Die beiden Leutnants eilten den Korridor hinunter, der an den Quartieren der Kaufleute vorbeiführte. Am anderen Ende befand sich ein Lagerhaus und von dessen Außentür war es nicht weit zu einem der Dienstboteneingänge des Haupthauses. Sogar diese Tür, so nah sie auch war, war in dem Unwetter nicht zu sehen, aber Barako konnte das Gebäude als Schemen ausmachen. Dieses Mal konnten sie sich nicht verlaufen.

Doreni und sie eilten wieder in die Eiseskälte hinaus und hinüber zum Hauptgebäude. Sie fanden den Eingang einigermaßen schnell und liefen zu ihren Quartieren im Obergeschoss.

»Wie lange haben wir für den Weg gebraucht?«, wollte Doreni wissen.

Barako schüttelte den Kopf. Sie wusste es nicht. »Zu lange.« Da war sie sich sicher. »Wir gehen als Erstes zu den

Kasernen. Alle Bushi, ohne Ausnahme, müssen an die Mauern. Ihr befehligt die Verteidigung der Südseite.«

»Ihr glaubt, das Unwetter ist nur der Beginn?«

»Ja. Könnte es eine bessere Deckung für einen Angriff geben?«

»Ihr habt recht. Und die Seiten?« Gewöhnlich stand während einer Belagerung ein Offizier an jeder Seite der Burg. Aber Ochiba war bewusstlos. »Können wir Haru vertrauen? Ist er in der Verfassung, zu kämpfen?«

Barako dachte kurz nach. In dieser Dunkelheit, finsterer als die finsterste Nacht, würde es schwierig werden, sich entlang der Mauern zu verständigen. Der Wind war so laut, dass er jeden Befehl in die Schneewehen davontragen würde. Laternensignale wären höchstens ein paar Dutzend Meter weit zu sehen. Die Verteidigung der Mauern, selbst derjenigen, die von einem Offizier befehligt wurden, hing von den Taten der einzelnen Samurai ab, die auf die Bedrohungen in ihrer unmittelbaren Nähe reagierten. Sie mussten auf die Ausbildung und Talente ihrer Krieger vertrauen. Und das tat Barako. Sie alle waren Samurai des Krabben-Klans. Von Geburt an waren ihre Leben von dem einen, übermächtigen Gedanken beherrscht, Rokugan gegen die Schattenlande zu verteidigen.

»Wir werden Boten brauchen, die Nachrichten weitergeben«, sagte sie.

»Vermutlich«, stimmte Doreni zu. »In Wahrheit werden wir jedoch voneinander abgeschnitten sein.«

»Ja, das werden wir.«

»Und Haru?«

»Er ist noch schwach und kann uns auf den Zinnen nicht viel helfen. Er soll sich im Inneren der Burg nützlich machen.« *Falls er überhaupt einen Nutzen haben kann.*

»Er kann die Daimyo verteidigen, oder eher sie ihn.«

Barako zuckte mit den Schultern. Insgeheim gab sie Doreni recht, aber Haru war derzeit immer noch der Erbe von Morgenröte. Sie würde ihn nicht vor einem Hiruma schlechtreden. Nicht vor seinem Prozess.

Sie ließ Doreni stehen, legte ihre Rüstung an und bewaffnete sich. Dann ging sie zu den Kasernen hinüber, um ihre Befehle zu erteilen. Anschließend begab sie sich wieder zur Nordwand, diesmal mit ihrem gesamten Trupp. Die Krieger hatten genug Laternen dabei, dass sie das Tor auch in dem Unwetter fanden, und sie stiegen die Stufen zum Ostturm hinauf, bis sie den Durchgang zur Mauer erreichten. Sie führte ihre Kompanie auf den Wehrgang und befahl, die Verteidigungsanlagen gegen Belagerungen vorzubereiten. Dann befahl sie ihren Samurai, so weit auszuschwärmen, wie sie konnten, ohne den Kontakt zum Nebenmann zu verlieren.

»Vorsicht vor der Dunkelheit«, warnte sie. »Sie wird versuchen, den Angriff des Feindes zu verbergen.«

Daizu stand neben ihr. Unter seinem Helm blitzte der blutverschmierte Verband um sein verwundetes Ohr hervor. Mit einem Arm schirmte er seine Augen ab. Der Schnee prasselte gegen seinen Kampfhandschuh. »Ich fürchte, wir sehen erst etwas, wenn es uns schon erreicht hat.«

»Wahrscheinlich. Aber auch wenn der Feind für uns unsichtbar bleibt, wir stellen uns ihm. Wir lassen uns nicht überraschen.«

»Könnte dieser Sturm schon der Angriff sein? Wenn er niemals endet, wäre das schlimm genug. Was, wenn die Zeit angehalten wurde wie in der Stadt der Hungrigen Nacht?«

Dann sind wir verloren. Dieser schreckliche Gedanke war ihr auch schon gekommen. Wenn das gerade geschah, dann gab es keine Hoffnung mehr. Die Menschen von Morgenröte würden verhungern. Die Stadt der Hungrigen Nacht hätte nichts weiter zu tun, als sie unter der Kälte und dem Schnee und der Dunkelheit zu begraben. »Ich glaube nicht, dass uns das bevorsteht.« Sie musste ihren eigenen Worten glauben, wenn sie nicht verzweifeln wollte. »Morgenröte hat bereits zwei Unwetter überstanden. Beide haben wieder aufgehört.«

»Sind sie beide von der Stadt der Hungrigen Nacht gesandt worden?«

»Der Zeitpunkt, besonders des zweiten, passt zu gut, um Zufall zu sein. Und jetzt das hier. Vielleicht wächst der Einfluss, den die Stadt außerhalb ihrer Mauern haben kann. Möglicherweise haben wir sie stärker gemacht. Aber wenn sie unendliche Macht hätte, wären wir bereits tot. Wir hätten unsere Flucht aus der Stadt nicht überlebt. Die Stadt der Hungrigen Nacht hat Grenzen. Dieses Unwetter wird enden. Das Gefährliche daran ist also die Gelegenheit, die es dem Feind bietet. Es wird einen Angriff geben, Daizu, und zwar bald.«

Die Wache zog sich quälend langsam dahin. Barako fühlte sich tatsächlich, als hätte die zeitlose Ewigkeit, die in der Stadt der Hungrigen Nacht herrschte, auch Morgenröte befallen. Sie musste den Befehl erteilen und langsam entlang des Wehrgangs weitergeben lassen, dass die Soldaten schichtweise Schutz suchen sollten. Sie würde ihre Samurai nicht erfrieren lassen, während sie darauf warteten, dass der Feind sich blicken ließ. Auch sich selbst zwang sie gelegentlich, hineinzugehen und sich am Feuer des Wachhäuschens aufzuwärmen. In die zornige, weiß wirbelnde Dunkelheit hinauszustarren war ebenso hypnotisch wie betäubend. Alles Mögliche konnte sie erkennen in den wilden Mustern des Schnees. Und bei der elenden Kälte fiel es schwer, wachsam zu bleiben. Ihr Pflichtgefühl hielt sie aufrecht. Pflichtgefühl gegenüber der Daimyo und der Burg.

Und gegenüber Ochiba. Barako würde dafür sorgen, dass ihr nichts passierte.

Sie verlor jegliches Zeitgefühl. Die Nacht war hereingebrochen, soviel wusste sie. Aber sie wusste nicht, wie spät es war. Wahrscheinlich noch nicht Morgen. Doch solange das Unwetter tobte, waren Tag und Nacht bedeutungslos. Alles lag in Dunkelheit.

Kurz nachdem sie sich zum zweiten Mal aufgewärmt hatte, hörte sie etwas. Es war kaum zu vernehmen und sie war sich nicht einmal sicher, ob sie es sich nicht eingebildet hatte. Das Heulen des Windes schwoll an und ließ nach, aber es hörte nie ganz auf und es unterdrückte alle anderen Geräusche. Dennoch meinte sie, aus nördlicher Richtung etwas zu hören, das der Sturm zu ihr herüberwehte.

Barako griff sich eine Laterne, hielt sie hoch und schwenkte sie, um allen, die es sehen konnten, ein Zeichen zu geben, dass etwas nicht stimmte. Sie versuchte, jenseits des Wehrgangs etwas zu erkennen, und spähte angestrengt in die Schwärze hinaus, die sich wie ein Leichentuch über alles gelegt hatte.

Das Geräusch wurde deutlicher. Sie hatte es sich nicht eingebildet. Es klang wie brechendes Eis. Der Rhythmus erinnerte sie an das Knochengeklapper in der Stadt der Hungrigen Nacht.

Sie lehnte sich über die Zinnen. Den Boden unter sich konnte sie schon nicht mehr erkennen.

»Ich brauche eine Fackel!«, rief sie.

Eine Wache entzündete eine von dem Stapel, den sie im Schutz der Wände zusammengetragen hatten. Es war ihnen nicht gelungen, irgendwelche Fackeln in diesem Sturm länger als ein paar Minuten am Brennen zu halten, also hielten sie sie in Reserve. Daizu nahm die Fackel und brachte sie Barako.

»Werft sie dort hinunter«, sagte sie und zeigte auf den Boden.

Daizu schleuderte die Fackel über die Zinnen. Sie drehte sich in der Luft und landete im Schnee. Die Flammen flackerten wild, als würden sie bald erlöschen. Sie hielten lange genug, dass Barako den Ursprung des Geräuschs erkennen konnte.

Am Fuß der Mauer bewegte sich etwas in den fast zwei Meter tiefen Schneewehen. Der Schnee waberte und brach auf. Pulverschnee stob in die Höhe. Knochenhände durchstießen die Oberfläche, streiften über den Schnee und hievten mit einiger Anstrengung ganze Körper heraus.

Als befände sich dort unten ein weißer Friedhof, auf dem ein Fluch lag, gebar der Boden Skelette aus Schnee.

Barako befahl, mehr Fackeln hinunterwerfen zu lassen, da die erste kaum noch glomm.

In ihrem Bemühen, als Erste auf den Beinen und an der Mauer zu sein, krochen die Skelette übereinander hinweg. Sie heulten wie ihre Gegenstücke in der Stadt der Hungrigen Nacht, aber es gab einen Unterschied zwischen den Schreien. Diese klangen sogar noch weniger menschlich. Stattdessen lag etwas vom Heulen des Windes darin. Auch wenn die Geister der Verdammten in diesen Gestalten wohnen mochten, ihre Körper bestanden aus Schnee, geformt vom Sturm.

»Möge Herr Hida uns beschützen«, flüsterte Daizu.

»Er verleiht uns Stärke«, sagte Barako. Hass und Entschlossenheit ließen gar keinen Platz für Angst. »Für Schutz sind wir zuständig.« Sie erhob die Stimme. »Der Feind ist hier! Weitergeben! Weitergeben!«

Mit Eisklingen in den Händen stürmten die Skelette auf die Mauern ein. Sie hielten sich daran fest, klebten regelrecht daran. Sie begannen den Aufstieg. Eis formte sich um ihre Hände und Füße, fror sie an der Mauer fest und zerbarst dann, wenn sie den Arm oder das Bein bewegten. So viele von ihnen stiegen aus der Nacht empor. Darum hatte Barako ihre Bewegungen hören können. Eine Armee wurde geboren.

Barako dachte an die endlosen Schneeflächen jenseits der Burgmauern. Diese Armee könnte unendlich groß werden.

Dann werden wir sie für immer bekämpfen, wenn es sein muss.

Ihre Rufe wurden rechts und links aufgegriffen und die Warnung von Samurai zu Samurai weitergetragen. Die Bushi an den äußeren Enden ihrer Kompanie rannten zu den anderen Mauern und verbreiteten die Meldung weiter.

Barako hob ihren Hammer und wartete auf das erste der Schneeskelette. Sie fragte sich, ob an den anderen Mauern der Angriff bereits begonnen hatte. Dieser Feind konnte sich an allen Seiten der Burg bilden und überall gleichzeitig angreifen.

Überall …?

Entlang der Mauern wurden Fackeln und Laternen gezündet, die den Aufstieg der Skelette beleuchteten. Die Ungeheuer waren unnachgiebig, aber auch langsam, wie eine Kletterpflanze. Einige Augenblicke blieben ihr noch.

Barako rannte zur anderen Seite der Mauer und ließ auch in den Burghof einige Fackeln werfen. Der Boden dort war unberührt, ein regloses graues Feld im flackernden Licht. Nichts brach auf, nichts bewegte sich. Nichts erhob sich, um die Bewohner der Burg abzuschlachten.

Daizu war mitgekommen, um nachzusehen. Auf seinem Gesicht zeichnete sich dieselbe Erleichterung ab, die sie fühlte, trotz der Armee von Schreckgestalten, die die Mauern heraufkrochen. »Sie haben ihre Grenzen«, sagte er.

»Und was Grenzen kennt, ist nicht unbesiegbar«, erklärte Barako.

»Aber warum fungieren unsere Mauern wie eine Barriere? Warum werden wir nicht ebenso von innen angegriffen wie von außen?«

»Diese Burg ist von Generationen von Bewohnern gesegnet worden. Der Boden ist durch unseren Schrein geweiht.« Barako drehte sich wieder zur Außenseite um. »Oder vielleicht hat es andere Gründe. Wichtig ist nur, dass die

Verderbtheit sich noch nicht ins Innere von Morgenröte ausgebreitet hat.«

Die ersten Skelette hatten die Oberkante der Zinnen erreicht. Barako schwang den Hammer und traf den ersten Kletterer am Kopf, als er sich gerade auf die Mauer hinaufziehen wollte. Der Schlag pulverisierte das Ungeheuer. Es löste sich auf und Pulverschnee wurde in die Dunkelheit geweht.

»Sie sind schwach und zerbrechlich!«, rief Barako. »Wenn ihr sie trefft, verschwinden sie!«

Sie konnte nur wenige Meter weit in jede Richtung sehen, aber sie hörte die Rufe von weiter weg und das Waffengeklirr. Skelette heulten auf und wurden reihenweise zerschlagen. Barako bewegte sich vor und zurück und zerschmetterte jede Kreatur, die den Zinnen zu nah kam. Mit jedem Treffer verschwand ein Skelett. Einige von ihnen zerplatzten so nah an ihrem Ziel, dass Barako plötzlich durch Schneewolken rennen musste. Einige Minuten lang hoffte sie schon, dass sie den Feind davon abhalten könnten, ihre Verteidigung zu durchbrechen. Aber das Aufbrechen des Schnees war weiterhin zu hören. Die Armee der Untoten formierte sich weiter. Die Kreaturen stapften in Richtung Mauer und begannen ihren Aufstieg. Es waren zu viele und sie hatten nicht genügend Samurai, um jede Lücke auf den Wehrgängen zu schließen.

Die Skelette erreichten die Oberkante der Mauer.

Das erste wurde besiegt, sobald es angekommen war. Doch weitere folgten. Der Nachschub von unten war stetig wie die aufsteigende Flut. Und obwohl sie zerbrechlich waren, waren sie gefährlich. Zu Barakos Rechter schlug Tanako ihr Katana durch ein Skelett, das über die Zinnen kletterte. Die Schneewolke nahm Tanako für einen Moment die Sicht und so drehte sie sich nicht rechtzeitig um, als ein weiteres Ungeheuer sie von hinten anfiel. Sein eisiges Beil traf sie im Nacken und sie fiel zu Boden, der Kopf halb abgeschlagen. Aus der Wunde schoss Blut in einer dunklen Fontäne, die beinahe augenblicklich zu Eis gefror.

Sekunden später vernichtete Barako das zweite Skelett, indem sie ihre Waffe in einem weiten Bogen schwang und sich dann umdrehte, um ein drittes Ungeheuer in der Brust zu treffen, das sie zu überraschen versuchte. Sie schaltete zwei weitere aus, die noch an der Mauer kletterten, dann eilte sie Daizu zu Hilfe, der nun einige Meter der Mauer mehr zu sichern hatte. Ihre Gedanken konzentrierten sich darauf, jeweils für den nächsten Herzschlag das zu tun, was der Kampf erforderte.

Die Belagerung erreichte eine Pattsituation. Die Samurai wehrten die Skelette ab, aber es kamen immer weitere. Ihr Heulen klang wie Hohn. Längst konnte man sie sie nicht mehr zählen. Sie wurden nicht müde. Die Verteidiger schon. Und mit jedem gefallenen Samurai wurde die Verteidigung ausgedünnt und der Kampf verzweifelter.

Dann trafen die Boten von den anderen Mauern ein. Die Skelette griffen Morgenröte von allen vier Seiten an.

»Zumindest können wir die Stellung halten.« Daizu zerschmetterte einen weiteren Schädel und sprang zurück, um nicht von der eiskalten Explosion aus Schnee getroffen zu werden.

»Die Stellung zu halten reicht nicht.« Barako sprang hin und her und schlug ohne Unterlass mit ihrem Hammer zu. Sie mussten mehr tun, als die Ungeheuer nur zu zerschlagen. Sie mussten sie früher aufhalten. Falls möglich, mussten sie sie davon abhalten, sich überhaupt erst zu formen.

Ihr Hass auf die Skelette brannte so heiß in ihr, ihr war, als müsste allein das schon ausreichen, sie aus dieser Entfernung zu schmelzen.

Aber wenn sie die Skelette noch etwas aufhalten könnten, bis ihr Gegenangriff stand ...

»Die Kessel sind bereit, Leutnant!«, rief Umsau.

Es hatte länger gedauert, als ihr lieb war, die Kessel zu erhitzen. Es war schwer gewesen, die Feuer darunter zu entzünden, und noch schwerer, sie nicht wieder ausgehen zu lassen. Entsprechend hatte es lange gedauert, zu lange, bis das Wasser kochte. Aber jetzt waren sie bereit.

Kapitel Fünfzehn

»Kessel los!«, schrie Barako. Auch dieser Befehl wurde entlang der Mauer weitergegeben.

Die Verteidiger zogen an schweren Hebeln und die Kessel, die auf eisernen Rahmen standen, kippten. Kaskaden aus kochendem Wasser ergossen sich über die Mauern. Die Skelette, die von den Wassermassen getroffen wurden, verschwanden, explodierten in Schneematsch und Dampf. Wo die siedenden Wasserfälle auf den Schnee trafen, schmolzen sie ihn. Dichter, undurchdringlicher Nebel stieg die Mauer empor.

»Füllt sie wieder auf!«, befahl Barako. »Mehr Wasser! Und hängt die Kessel tiefer!« Nicht zum ersten Mal wünschte sie sich, es gäbe einen Shugenja in Morgenröte.

Die Pause, die die Kessel ihnen bescherten, war nur von kurzer Dauer. Überall kletterten die Skelette weiter. Aber wo das Wasser den Boden getroffen hatte, entstanden keine neuen, zumindest für den Moment.

Grenzen, dachte Barako. Es ging letztendlich immer um Grenzen. Falls die Macht, die sie angriff, wirklich neue Skelette erschaffen konnte, solange Schnee lag, dann war Morgenröte verloren. Sie musste also daran glauben, dass sie Grenzen hatte.

Barako verdoppelte ihre Anstrengungen. Sie bewegte sich zwischen den Kesseln und konzentrierte ihre Angriffe auf die

Skelette, die versuchten, diese zu erreichen. Ohne Pause zertrümmerte sie die Geschöpfe, bis das Wasser wieder kochte. Dieses Mal würde es nicht so lange dauern, bis die Kessel wieder bereit waren. Die Feuerstellen, die in die Rahmen eingearbeitet waren, glühten bereits, das Feuer brannte gut und das Metall war so heiß, dass der Schnee, den sie hineinschaufelten, augenblicklich schmolz. Wo die Kessel standen, war der Wehrgang von Dampf eingehüllt.

Bis das Wasser wieder bereit war, erreichten mehr Skelette die Oberkante der Mauer. Einige weitere Verteidiger ließen ihr Leben. Die Linie der Verteidiger wurde mehr und mehr ausgedünnt. Barakos Arme brannten schon von der Anstrengung, unablässig zuzuschlagen. Ihr Helm schützte sie ein wenig vor der Kälte, aber ihre Nase und Wangen waren taub und schmerzten. Ihre Haut erfror. Ihre Arme und Beine hingegen waren warm.

Die Schlacht hielt sie warm.

Das Wasser kochte und das Wasser fiel, eine Salbung des Vergessens für die Skelette.

Und so ging es immer weiter. Barako kämpfte mit einer mechanischen Präzision, die so kalt war wie der Schneesturm. Sie hastete von Skelett zu Skelett, immer zur drängendsten Bedrohung. Inzwischen musste sie die Befehle kaum noch aussprechen. Jeder Samurai, der mit ihr kämpfte, wusste, was zu tun war. Der Ablauf der Schlacht war klar. Die Front halten und die Kessel schützen, bis sie wieder ausgegossen werden konnten. Und wieder und wieder und wieder.

Barako konnte kaum noch einen Gedanken fassen, der über die nächsten Sekunden, die Vernichtung des nächsten Feindes hinausging. Ein Teil ihres Bewusstseins löste sich von ihrem Körper und dem Kampf ums Überleben. Er schwebte über den Mauern, staunte über den sich stets wiederholenden Kreislauf und fragte sich, ob er je enden würde. Und er fragte sich, ob

Daizu nicht doch recht gehabt hatte. Vielleicht war das erste Opfer des Unwetters doch die Zeit gewesen und Morgenröte war in einen unendlichen Kampf verwickelt. So wie der Schnee stets über der Stadt der Hungrigen Nacht fiel, ohne dass die Schneewehen größer wurden oder der Himmel sich aufklarte, war vielleicht auch Morgenröte dazu verdammt, für immer belagert zu werden, niemals erobert, aber auch niemals siegreich.

Nein. Das darfst du nicht glauben. Du musst glauben, dass wir gewinnen können. Du musst überzeugt sein, dass wir es können.

Wieder einmal ergossen die Kessel ihre kochende Vernichtung. Barako stand lange genug an einer freien Stelle der Mauer, dass sie eine weitere Fackel hinunterwerfen konnte. Sie wartete, bis der dichteste Dampf sich verzogen hatte. *Herr Hida, gib, dass unsere Stärke ausreicht. Sieh gütig auf uns herab, die wir in deinem Namen kämpfen.*

Der Wind blies den Dampf davon und bevor die Fackel erlosch, sah sie, worum sie gebetet hatte. Ein Teil des Schnees, der an die Mauer geweht worden war, war geschmolzen und der bloße Fels darunter war zu sehen. Hier entstanden keine neuen Skelette, die hinaufklettern konnten. Und auch dem Schnee dahinter entstiegen keine Untoten. Wo die Schneewehen an der Wand lagen, brachten sie Skelette hervor. Aber hier, unter ihr, nicht mehr.

Grenzen! Ihr habt Grenzen!

Sie verstand nicht, welche Mächte ihr diese Chance auf den Sieg verschafften. Ihr war völlig schleierhaft, warum der Schnee die Burgmauer berühren musste, damit Skelette sich daraus erheben und angreifen konnten. Gab es da irgendeine Verbindung, die den Feind sowohl heraufbeschwor als auch zu seiner Beute führte? Es würde Junjis Aufgabe sein, das herauszufinden, falls Morgenröte diese düstere Belagerung überstand. Barako brauchte den Grund nicht zu kennen. Sie brauchte nur einen Pfad, der zum Sieg führte.

»Schmelzt den Schnee am Fuß der Mauer!«, befahl sie. »Verschafft uns einen Streifen von bloßem Fels um die gesamte Burg herum. Sendet einen Boten an Doreni und teilt es ihm mit. Schmelzt den Schnee und wir beenden diesen Angriff.«

Sie wandte sich nach links und blockte schnell einen weiteren Angriff der Skelette ab. Jetzt kämpfte sie mit neuer Energie. Ein Ende war in Sicht. Sie konnten siegen.

Der Kampf dauerte lange. Der Streifen Fels, den jeder Kessel auf einen Streich freischmelzen konnte, war vielleicht ein, zwei Meter breit. Aber mit jedem neuen Versuch schränkten sie die Bereiche ein, in denen neue Skelette aufsteigen konnten. Barako koordinierte die Bewegungen der Kessel so, dass sie den schnellsten Fortschritt erzielten. Sie ließ jedes Paar etwa zwanzig Fuß voneinander entfernt beginnen und bewegte sie dann aufeinander zu, womit sie die Skelette in diesem Bereich in einem immer eingeschränkteren Teil der Mauer zusammendrängte, sodass die Verteidiger sie leicht abwehren konnten. Der Fortschritt schien zunächst so langsam, dass das Ganze einem schnell sinnlos vorkommen konnte.

Doch der Krabben-Klan kannte die quälende Endlosigkeit des Kampfes nur zu gut. Das ganze Leben war ein Kampf. Ihre Existenz war bestimmt von der ewigen Bedrohung der Schattenlande. Eine Aussicht auf den Sieg reichte ihnen völlig. Wie weit dieser Sieg noch entfernt war, spielte keine Rolle.

Stück für Stück rückte der Sieg näher. Barako und ihre Samurai kämpften über die Grenze der Erschöpfung hinaus, bis sie fast eine Art Trance erreichten. Sie kämpften, bis sie einfach nicht mehr kämpfen konnten, und dann kämpften sie weiter, denn es war ihre Pflicht und die Alternative war die Vernichtung. Die Skelette heulten und diesmal lachte Barako sie aus.

»Hört sie Euch an«, sagte sie zu Daizu, der auf ihrem Weg entlang der Mauer immer direkt hinter ihr gefochten hatte. »Sie kreischen, weil sie wissen, dass sie verloren haben. Wir können sie zurücktreiben, bis kein Nachschub mehr kommt. Sogar der Wind weiß, dass er verloren hat.«

Das Pfeifen des Sturms war von Frustration erfüllt. Die Kakeguchi hatten ihn besiegt.

Daizu grinste. Kurz schwankte er vor Erschöpfung, dann hechtete er an Barako vorbei und stieß sein Schwert durch den Hals eines Skeletts, das eben auf die Zinnen gesprungen war und mit erhobenem Eisbeil den Trupp um einen der Kessel angreifen wollte. In der Explosion aus Schnee schlug Daizu noch einmal zu und zerstörte ein anderes Ungeheuer, das seinem Kameraden gefolgt war. Die zweite Schneewolke nahm Barako für einen Moment die Sicht auf Daizu. Sie erschlug ein Skelett an der Mauer unter sich und ging dann Daizu suchen.

Langsam und wankend trat er aus dem Schneegestöber hervor. Seine Arme hingen schlaff herab. Die Spitze einer Eisklinge ragte aus seiner Brust. Er war von hinten erstochen worden. Sein Katana fiel zu Boden. Er runzelte die Stirn, verwirrt über den Schmerz und die Tatsache, dass ihm sein Körper nicht mehr gehorchte. Dann sah er an sich hinab. Blut lief ihm aus dem Mund. Schließlich kippte er zur Seite, über die Zinnen und die Mauer hinab. Für einen Augenblick ließ der Wind nach, wie um sie zu verhöhnen, und ermöglichte es Barako, das Krachen zu hören, als sein Körper auf dem Boden aufschlug.

Das Schneeskelett, das Daizu getötet hatte, bückte sich und hob seine Waffe auf. Es hielt sich seine Beute vor die leeren Augenhöhlen und betrachtete sie. Als es sich zu Barako umdrehte, stockte sein Heulen, als ob es zu einem Lachen würde. Barako griff an. Ihr Schlag zerschmetterte den Arm, der Daizus Schwert hielt. Das Gelächter verstummte und sie war von einem weiteren Nebel aus Schnee umgeben.

Sie hielt inne. Zum ersten Mal, seit die Belagerung begonnen hatte, befand sich in ihrer unmittelbaren Reichweite kein Feind, den sie angreifen konnte. Verwirrt blinzelte sie, weil es nichts mehr für sie zu töten gab. Die Kessel gossen noch einmal ihr kochendes Wasser aus und versiegelten diesen Bereich der Mauer. Hier zumindest gab es nur noch den Schneesturm. Der Wind heulte und der Schnee warf sich wütend gegen die Mauer und gegen Barako. Aber es war ein ohnmächtiger Zorn. Es gab keine Schneeungeheuer mehr, die ihn ausführen könnten. Nicht hier.

Wenige Stunden später gab es nirgendwo mehr welche.

Kapitel Sechzehn

Das Unwetter wütete weiter und es war unmöglich, den Felsstreifen überall freizuhalten. Der Schnee deckte ihn wieder zu. Aber die Skelette kehrten nicht zurück, zumindest vorerst nicht. Barako gab die Anweisungen, die Kessel bereit und das Wasser kochend zu halten, um für einen neuen Angriff gerüstet zu sein.

»Es tut mir leid, dass Eure Wache noch nicht vorbei ist«, sagte sie zu den Kriegern, die sie für die erste Schicht nach der Schlacht eingeteilt hatte. »Ihr werdet so bald wie möglich abgelöst werden. Wir alle werden nur wenig Ruhe finden, solange das Unwetter anhält.«

»Dies ist die erste Wache nach dem Sieg«, antwortete eine der Samurai, Sakimi. »Das erleichtert uns diese Bürde.«

Barako legte der Bushi einen Kampfhandschuh auf die Schulter. »Ihr erfüllt mich mit Stolz, Schwester. Wohlgesprochen.«

Sie führte den Rest der Kompanie zurück ins Gebäude. Das Unwetter war so heftig und finster wie zuvor, aber eine Reihe von Laternen war zwischen dem Tor und dem Eingang aufgestellt worden und leuchtete ihnen den Weg. Während die Soldaten zu den Kasernen abbogen und hofften, zumindest etwas Schlaf zu finden, stapfte Barako zur Haupthalle. Dort kam sie kurz vor Doreni an. Er trug den Helm unter dem Arm und ging langsam. Vor Erschöpfung war sein Gesicht fahl. Doch als er Barako sah, lächelte er.

»Eine gute Schlacht«, sagte er.

»Ich weiß nicht, ob ich es so bezeichnen würde.« Sie freute sich, ihn zu sehen, ein ganz neues Gefühl. Vermutlich würde es nicht lange anhalten.

»Jede Schlacht, die mit einem Sieg endet, ist für mich gut.«

Barako dachte an Daizu und die anderen Samurai, die sie hatte sterben sehen. »Ich wünschte, ich könnte es ebenso sehen.«

»Es ist der einzige Weg, den ich kenne, um die Verzweiflung einzudämmen.«

Sie nickte und öffnete die Tür zur Haupthalle. Akemi war allein.

»Wenn Ihr nicht auf der Mauer seid, dann bringt Ihr gute Neuigkeiten, hoffe ich«, begrüßte sie die Daimyo.

»Morgenröte ist sicher, vorerst«, sagte Barako.

»Obwohl dieses unnatürliche Unwetter immer noch anhält.«

»Ja, das tut es.«

»Und kein Ende in Sicht«, ergänzte Doreni.

»Also ist die Belagerung noch nicht vorbei«, schloss Akemi. »Uns ist höchstens eine Pause vergönnt.«

»So sieht es aus«, sagte Barako. »Ich fürchte, es endet erst, wenn die Macht, die die Stadt der Hungrigen Nacht regiert, besiegt ist.«

»Schlagt Ihr vor, durch dieses Wetter dort hinzumarschieren?«

»Nein, das wäre unmöglich. Vorhin haben Leutnant Doreni und ich uns bereits auf dem Weg vom Tor zum Hauptgebäude verlaufen. Solange diese Dunkelheit anhält, müssen wir hierbleiben.« *Hattet Ihr gehofft, ich würde vorschlagen aufzubrechen und so die Dummheit Eures Sohnes zu wiederholen? Ihr solltet mich besser kennen.* Die Daimyo musste das Gefühl haben, dass ihr die Herrschaft über Morgenröte entglitt, wenn der Gedanke, dass Barako so leichtsinnig sein könnte, ihr auch nur einen Augenblick lang gekommen war.

»Also tun wir gar nichts?«, fragte Akemi.

»Auch mich schmerzt es, untätig zu sein«, sagte Doreni. »Aber Leutnant Barako hat recht. Uns bleibt nichts anderes übrig, als im Schutz von Morgenröte zu bleiben.«

»Bis die Burg fällt?«

»Es besteht Hoffnung, dass es nicht dazu kommen wird«, erklärte Barako.

»Eine solche Hoffnung würde ich sehr begrüßen.«

»Das Böse, das uns belagert, ist sehr mächtig. Es ist jedoch nicht allmächtig. Die Zahl der Skelettkrieger schien zunächst kein Ende zu nehmen. Doch sie war schließlich begrenzt. Ebenso denke ich nicht, dass dieses Unwetter für immer anhalten kann. Das Wesen, das es verursacht, wird sich ausruhen müssen. Sogar in der Stadt der Hungrigen Nacht selbst waren seine Fähigkeiten begrenzt. Wenn wir hier ausharren und die Mauern verteidigen, wird der Feind sich irgendwann zurückziehen müssen. Das Unwetter wird enden und dann sind wir dran, sie zu belagern.«

»Offensichtlich haben wir keine andere Wahl, als genau das zu tun«, stellte Akemi fest. »So sehr ich mir auch wünschte, dass die Dinge anders lägen.«

»Das ist nicht der richtige Moment, voreilig zu handeln«, mahnte Barako.

»Das ist es wohl nie«, antwortete Akemi mit trauriger Stimme.

»Wo ist Haru?«, wollte Doreni wissen.

»Er ruht sich aus. Er war noch zu schwach, um mit mir zusammen die gesamte Belagerung auszuharren.«

»Und Chuai? Ich habe ihn angewiesen, Euch nicht allein zu lassen.«

Bewacht den Wächter, dachte Barako. Sie hatte keinen Zweifel, dass er Chuai befohlen hatte, Haru im Auge zu behalten.

»Ich habe ihn weggeschickt«, erwiderte Akemi. »Ich wollte allein sein.«

»Bei allem Respekt«, sagte Barako, »aber war das klug?«

»Wenn ich angegriffen worden wäre, dann wäre die Lage ohnehin sehr viel ernster gewesen, als dass ein oder zwei Leibwächter damit hätten fertig werden können.«

Wie um Akemis Antwort Lügen zu strafen, durchschnitt ein spitzer Schrei die Haupthalle. Er war lang gezogen und hallte voller Schmerz und Schrecken von den Wänden der Burg wider. Die Stimme war so schmerzverzerrt, dass Barako sie nicht erkannte. Der Schrei hielt lange an, die Anspannung war größer als das Bedürfnis des Opfers, Atem zu holen. Er endete in einem gurgelnden Stöhnen. Die letzten Momente hatten einen schrecklichen, feuchten Unterton.

»Bei der Stärke des Herrn Hida«, keuchte Akemi, »was war das?«

»Ich glaube, es kam von oben«, stellte Barako fest. *Es war nicht Ochibas Stimme. Oh, Ihr Ahnen, lasst es nicht Ochibas Stimme gewesen sein.*

Alle drei verließen die Halle. Akemi eilte hinter Barako her, wobei ihr Stock mit jedem Schritt scharf auf dem Boden klackerte. Doreni bildete das Schlusslicht. Sie nahmen die Treppe hinter der Haupthalle. Die Gänge waren voller verängstigter Bediensteter und Barako schickte sie zurück an ihre Posten.

Im Obergeschoss sah sie zuerst in Ochibas Zimmer nach, das der Treppe am nächsten lang. Der Hauptmann war unversehrt und nach wie vor bewusstlos. *Danke, Herr Hida.* Die nächste Tür führte zur Bibliothek. Barako trat ein und sah Junji neben dem Eingang stehen. Er wirkte wie ein Mann, der das Schlimmste befürchtet hatte und wusste, dass es eingetreten war.

»Wisst Ihr, wer so geschrien hat?«, fragte sie.

Er schüttelte den Kopf.

»War es hier in der Nähe?«, wollte Doreni wissen.

»Über uns.«

»Seid Ihr sicher?«

»Nein«, antwortete Junji. »Der Schrei schien von überall zu kommen. Aber ich glaube nicht, dass das Opfer in der Nähe war.«

»Es war so laut«, murmelte Akemi erschrocken. »So voller Schmerz ...«

Junji kam mit ihnen, als sie zur nächsten Schiebetür weitergingen. Doreni schwieg, aber Barako spürte, wie seine Anspannung stieg. Das Quartier, das seine Familie und er bewohnten, lag hinter dieser Tür.

Barako ließ ihm den Vortritt. Er klopfte erst an die Tür seines Gemachs und rief leise nach seiner Frau. Kurz darauf zog Rekai die Tür auf. Sie war blass und hatte die Augen weit aufgerissen. »Was war das?«, fragte sie ängstlich.

»Wir wissen es noch nicht«, antwortete Doreni ihr. »Bleib hier. Ich bin gleich zurück.«

Das nächste Zimmer gehörte Mioko und auch sie war in Sicherheit. Und dann kamen sie zu Chuais Raum.

Auf Dorenis Klopfen kam keine Antwort. Der Blick, den er Barako zuwarf, bevor er die Tür aufschob, war voller Sorge. Das Zimmer war leer.

»Vielleicht ist er auf der Mauer«, sagte Barako. *Aber da ist er nicht. Du weißt, dass er da nicht ist. Denn das wäre eine zu glückliche Fügung.*

»Seine Pflicht war, die Daimyo zu schützen«, beharrte Doreni. »Er hätte hier auf neue Befehle gewartet, nachdem sie ihn weggeschickt hat.«

Barako wollte gerade vorschlagen, dass Chuai auf seinem Weg hierher vielleicht aufgehalten worden war, aber sie schluckte die Worte hinunter. Solche Versicherungen waren leer und halfen niemandem.

Sie stiegen zur nächsten Etage hinauf.

»Ich wüsste nicht, was er hier zu suchen hätte«, sagte Doreni.

»Dann ist er vielleicht auch nicht hier«, entgegnete Barako und verfluchte sich sogleich selbst dafür. *Das heißt doch nichts. Falls dieser Schrei von Chuai gekommen ist, dann heißt es gar nichts, dass er sich nicht auf dieser Etage aufhalten sollte.*

Die Räume hier waren dunkler. Nur wenige Laternen brannten. Irgendwo stand ein Fenster offen und ließ den Wind in die Burg. Er heulte vor sich hin, ließ Fensterläden klappern und blies Schnee über den Fußboden. Die Tür zu Akemis Gemächern stand offen, das Zimmer war dunkel und kalt. Junji entzündete eine Laterne und trat ein. Raureif versilberte die Möbel. Es war niemand hier.

Der Wind streifte und umschwärmte sie, stahl Barako das letzte bisschen Wärme. Von Vorahnungen getrieben ging sie den Gang entlang, der an den Gemächern der Daimyo vorbei zum Schrein in der südwestlichen Ecke der zweiten Etage führte. Sie hielt den Hammer fest umklammert, obwohl sie insgeheim sicher war, dass sie ihre Waffe nicht brauchen würde. Es gab hier keinen Kampf. Dort, wo sie hingingen, war alles bereits vorbei.

Sie roch das Blut schon, bevor sie es sah.

Chuais Körper lehnte an der Wand neben dem Eingang zum Schrein. Daneben stand eine Statue des Herrn Hida.

Chuais Gesicht hing wie ein zerrissener Handschuh über dem Kopf des Kami.

Kapitel Siebzehn

Eine gesamte Kompanie teilte sich in Trupps auf und durchsuchte jeden Winkel der Burg der Morgenröte. Barako befehligte die Jagd und erlaubte Doreni, sich so weit einzubringen, wie er selbst es wünschte. Ihr war es wichtig, dass er sah, dass sie das gesamte Schloss durchkämmen ließ, dass sie Chuais Ermordung genauso ernst nahm, wie sie es getan hätte, wenn Haru oder Akemi das Opfer gewesen wären. Sie befürchtete, dass die Einheit, die während der Schlacht auf den Mauern geschmiedet worden war, wieder zerbrechen könnte, mit schlimmen Folgen.

Sie begannen die Suche im obersten Geschoss der Burg und arbeiteten sich nach unten durch. Alle Bewohner der Burg wurden während der Jagd auf den Schuldigen im Erdgeschoss festgehalten. Nachdem die einzelnen Etagen durchsucht worden waren, wurden Wachen an jeder Treppe postiert, um zu verhindern, dass etwas oder jemand in die Bereiche flüchtete, die bereits durchsucht worden waren. Dann nahm die Kompanie sich das Erdgeschoss vor, die Kasernen und Quartiere der Handelsleute. Die Trupps durchsuchten Lagerhäuser und Ställe. Sie bildeten eine Kette, jeder Krieger mit einer Laterne in der Hand, und durchstreiften den Hof.

Mach es richtig, ermahnte Barako sich. *Halt die Burg der Morgenröte zusammen.*

Sie vergaßen nichts und ließen nichts aus.

Und doch fanden sie nichts.

Es bereitete Barako ein ungutes Gefühl, dass sie darüber nicht im Geringsten überrascht war. Sie musste sich vor Fatalismus hüten.

Sie beobachtete Doreni genau. Sein Schmerz und seine Wut waren gefährlich. Die Familie war noch wie gelähmt vom Schock und konnte den Trauerprozess noch nicht beginnen. Die Leiche war noch nicht von ihrem Fundort vor dem Schrein weggebracht worden. Sie musste dortbleiben, bis Junji seine Untersuchung beendet und die ersten Reinigungsrituale durchgeführt hatte.

Sobald die Suche beendet war, ging Doreni zu seiner Frau und Tochter. Schon bald würde er verlangen, dass man ihm den Körper seines Sohnes übergab. Barako ging eilig in den zweiten Stock, um vorher mit Junji zu sprechen.

Der Mönch kniete vor der Tür zum Schrein und hielt ein kleines Jadestäbchen in der Hand. Als Barako näher kam, stand er auf.

»Ist es vollbracht?«, fragte sie.

»So viel ich hier ausrichten konnte. Die Familie kann sich jetzt auf die Einäscherung vorbereiten.«

»Gut.« Es war nur eine kleine Erleichterung, aber wenigstens musste sie Doreni nicht um Aufschub bitten. »Und was habt Ihr hier gefunden?«

»Nichts, was Euch überraschen würde, fürchte ich.«

»Also ist der Mörder kein Sterblicher.«

»Nein.« Er deutete kurz auf das schlaff herabhängende Gesicht. »Nicht nur dass das keine Klinge gewesen ist.« Er wandte sich zu dem Körper, der immer noch aufrecht stand, als wäre der Schmerz über seinen Tod so groß gewesen, dass er keine Ruhe fand. Die Brustplatte von Chuais Rüstung war in der Mitte durchschlagen worden. »Seht euch das an.« Junji schob eine Hälfte der Tunika zur Seite und zeigte ihr die Wunde in der Brust. Wie es aussah, hatte ein einziger Schlag Rüstung, Haut, Muskeln und Knochen durchtrennt.

Barako presste die Zähne aufeinander. So große Kraft. Was Chuai getötet hatte, musste riesig sein. Wie konnte es sich verstecken?

Darauf gab es eine Antwort. Barako wollte von Junji hören, dass sie sich irrte.

»Auf dem Boden lag Schnee«, sagte sie. Jetzt nicht mehr. Das Fenster war wieder geschlossen und dieser Teil der Burg wärmte sich langsam wieder auf. »Aber das sieht nicht aus wie das Werk eines der Schneeskelette, gegen die wir gekämpft haben. Sie hatten Klingen aus Eis. Tödlich, aber zerbrechlich.«

»Ich glaube nicht, dass ihm das mit einer Klinge zugefügt worden ist. Seht, wie breit die Wunde ist. Das war eine Klaue. Eine große.«

Barako sah den gehäuteten Schädel und dann wieder das abgetrennte Gesicht an. »Aber diese Verstümmelung wurde mit einigem Geschick ausgeführt.« Sie sagte nicht *elegant*, aber das Wort kam ihr in den Sinn, fauchte sie an.

»Allerdings.« Junji bleiches Gesicht ließ ahnen, dass er ebenfalls versuchte, dieses Wort zu vermeiden.

»Also war es ein Oni«, stellte Barako fest.

»Genau.«

Ein Oni. Ein Dämon aus der Hölle des Jigoku. Wie sie es sich gedacht hatte, auch wenn sie gehofft hatte, falschzuliegen. Schon einmal hatte sie gegen einen Oni gekämpft. Einer von ihnen hatte den Angriff auf die Zimmermannsmauer angeführt, bei dem Harus Vater sein Leben verloren hatte. Gegen dieses Monster zu kämpfen war schrecklich gewesen, und das war auf der großen Mauer gewesen, die ausdrücklich dazu gebaut worden war, solche bösen Wesen fernzuhalten.

Ein Oni auf dieser Seite der Mauer, im Inneren der Burg ... Diese Art Angriff bedeutete Übles. Wenn sie zu viel darüber nachdachte, würde es sie lähmen. »Wie ist ein Oni hierhergekommen? Wie ist er aus dem Jigoku entkommen? Die Schwärende Grube ist weit entfernt. Und die Mauer ist nicht gefallen.«

»Er muss über die Stadt der Hungrigen Nacht einen Weg gefunden haben.«

»Das ist mir klar.«

»Ich weiß«, sagte Junji. »Ihr vermeidet es, Harus Namen auszusprechen, nicht wahr?«

Was wollt Ihr damit sagen? Dass er den Oni hierhergebracht hat? Aus Versehen? Oder mit Absicht? Ist er selbst der Oni?

»Nein, ich will seinen Namen nicht aussprechen«, bestätigte Barako. »Aber ich muss es.« Ansonsten würde Doreni es tun. Wenn sie zu dem Schluss gelangt war, dass dieser Mord durch einen Oni begangen worden war, würde Doreni auch darauf kommen.

»Haru verhält sich merkwürdig, seit er dem Turm in der Stadt der Hungrigen Nacht entkommen ist«, stellte Junji fest.

»Diese Verhaltensänderung ist nicht überraschend. Er verhält sich so, wie man es erwarten würde nach dem, was er durchgemacht hat.« Es gefiel ihr nicht, Haru zu verteidigen. Sie war immer noch genauso wütend auf ihn wie in dem Moment, als sie Ochiba aus dem Turm hatte wanken sehen. In Wahrheit verteidigte sie gerade Akemi und mit ihr die Familie Kakeguchi.

»Was *hat* er denn durchgemacht?«, fragte Junji. »Wir wissen es nicht. Es ist möglich, dass er dem Oni einen Weg geebnet hat, ohne es selbst zu wissen.«

Barako erinnerte sich an Harus ungeschickte Bewegungen, als er aus dem Turm herausgekommen war. Den torkelnden Gang, als wüsste er nicht, wie man die Beine bewegt. Das mochte nichts zu bedeuten haben oder auch alles. »Möglich wäre es«, gab sie zu und beschloss dann, diese schlimmste aller Möglichkeiten auszusprechen. »Ihr haltet es für möglich, dass er den Oni heraufbeschworen hat, ob mit Absicht oder nicht, und dass er mit dem Unwetter zur Burg der Morgenröte gekommen ist.«

»Genau das befürchte ich. Dass wir nicht wissen, was in diesem Turm passiert ist, lässt mich nicht los. Wenn nur Ochiba wach wäre.«

»Ich bete jede Stunde darum, dass sie erwacht.«

Junji lächelte verständnisvoll. »Natürlich tut Ihr das.«

»Ein Oni.« Schon der Klang des Wortes war Barako zuwider. »Und wir können ihn nicht finden.«

»Trotzdem bin ich sicher, er ist noch hier. Es gibt so viele Verstecke. Und er hat mit seinem Werk gerade erst begonnen.«

»Das befürchte ich ebenfalls. Und wenn er auch dieses Unwetter heraufbeschworen hat …«

»Ja, dann muss er große Macht haben.« Junji sah wieder zur Leiche hinüber. »Die Macht, zu täuschen, und die Macht, anzugreifen. Wir sollten mit der Daimyo sprechen. Sie wartet in der Haupthalle.«

»Ja.« Barako dachte einen Moment lang nach. »Kommt Ihr mit mir? Falls Doreni in seinem Quartier ist, möchte ich zuerst mit ihm sprechen.«

»Er hat das Recht, es zu erfahren«, sagte Junji vorsichtig. »Es war sein Sohn. Und die Familie muss wissen, dass sie den Leichnam mitnehmen kann. Aber warum wollt Ihr mit ihm noch vor der Daimyo sprechen?«

»Wir kommen auf dem Weg zur Haupthalle an seinen Gemächern vorbei.«

»Das beantwortet meine Frage nicht.«

»Es soll ein Zeichen meines Respekts sein.«

»Immer noch keine Antwort.«

»Ich glaube, je mehr er sich in dieser schrecklichen Zeit respektiert fühlt, desto besser ist es für die gesamte Burg der Morgenröte. Reicht Euch das als Antwort?« *Wenn ich hier gezwungen bin, die Politikerin zu spielen, dann zum Teil deshalb, weil Ihr unbedingt so verdammt neutral bleiben wollt!*

Junji neigte den Kopf. »Jetzt verstehe ich. Vielen Dank.«

Sie stiegen aus dem zweiten Stock hinab und fanden Doreni in seinem Gemach. Auf ihr Klopfen hin öffnete er die Tür und füllte den gesamten Türrahmen aus. Hinter ihm waren Rekai und Mioko zu sehen, zwei gebeugte, trauernde Gestalten am anderen Ende des Raums.

»Ich habe meine Aufgabe beendet«, sagte Junji. »Ihr könnt mit den Beerdigungsriten für Chuai beginnen.«

Doreni rief vier seiner Diener einen kurzen Befehl zu und sie machten sich an die Arbeit. Als sie gegangen waren, trat Doreni aus dem Raum und schob die Tür zu. »Wolltet Ihr mir noch etwas sagen?«, fragte er.

»Es gibt etwas, worüber wir mit Herrin Akemi reden müssen«, erwiderte Barako. »Und das Ihr zuerst wissen solltet.«

Doreni nickte knapp und ging dann mit ihnen zusammen zur Treppe. Barako wusste jetzt schon, wie das Gespräch verlaufen würde. Trotz Dorenis politischer Ambitionen hatte es zwischen ihnen nach der Schlacht auf den Zinnen die Anfänge eines echten Bundes gegeben. Jetzt war er verschwunden, als hätte es ihn nie gegeben.

»Hiruma Chuai wurde von einem Oni getötet«, sagte Junji leise.

Doreni brummte. Er schien nicht überrascht. »Und wo ist er jetzt?«

»Er versteckt sich«, antwortete Barako. »Ihr selbst wart dabei. Wir haben ihn gesucht, konnten ihn jedoch nicht finden.«

»Das ist bedauerlich.« Sein Ton ließ die Worte wie eine Beleidigung klingen.

»Aber wir müssen davon ausgehen, dass der Oni immer noch hier ist, und wir müssen auf der Hut sein. Der Angriff der Schneeskelette war nur eine Ablenkung. Die eigentliche Belagerung der Burg der Morgenröte beginnt jetzt.« Während sie langsam die Treppe hinabging, betete Barako ohne echte Hoffnung, dass sie Doreni in dieser Sache auf ihre Seite ziehen konnte. »Versteht Ihr, Leutnant? Wir müssen zusammenhalten.«

Doreni schnaubte. »Ich verstehe sehr gut. Ich verstehe, dass Ihr im Interesse Eurer Familie handelt.«

»Ich befürchte, Ihr missversteht mich.«

»Ihr seid diejenige, die nicht versteht. Darum bittet Ihr mich also? Ihr bittet mich, dass ich ohne irgendwelche Einwände in alles einwillige, was Akemi und Ihr beschließt. Ihr begreift gar nichts. Ihr habt keinen Sohn verloren.«

»Auch ich habe in diesem Kampf Verluste erlitten.« Sie wollte Dorenis Schmerz nicht kleinreden, aber sie wollte verhindern, dass er in selbstsüchtige Trauer versank. Er war immer noch ein Leutnant der Wache der Burg der Morgenröte.

In dem Blick, den Doreni ihr zuwarf, lag unendliche Verachtung. »Ich werde das Andenken an meinen Sohn nicht entehren, indem ich untätig bleibe.«

»Darum würde ich auch niemals bitten. Ich bitte Euch nur, darüber nachzudenken, welches Ziel die bösen Mächte haben, die hier am Werk sind. Der Oni ist darauf aus, Verwirrung und Misstrauen zu säen. Und das könnte er nicht besser erreichen als durch das, was er bereits getan hat.«

Barako wusste sofort, dass sie das Falsche gesagt hatte.

»Ihr sprecht von der Ermordung meines Sohnes, als wäre es ein Spielzug im Go.«

»Verzeiht, ich habe mich ungeschickt ausgedrückt. Damit wollte ich Euch nicht zu nahetreten. Mir liegt nur die Sicherheit der Burg der Morgenröte und all ihrer Bewohner am Herzen. Ich weiß, Ihr seid ein ehrenvoller Samurai und …«

Doreni unterbrach sie: »Spielt nicht mit meinen Gefühlen. Versucht nicht, mich auf diese Weise zu beeinflussen. Wagt es nicht.«

Tue ich auch nicht. Ihr wollt nur nicht zuhören, nicht begreifen. Barako schluckte jegliche Antwort hinunter. In diesem Moment war es besser, nichts zu sagen. Doreni würde alles, was sie sagen könnte, gegen sie auslegen. Sie würde es im Rat erneut versuchen, aber sie hegte keine großen Hoffnungen. Diese Schlacht hatte sie verloren. Sie hatte Sorge, dass Doreni möglicherweise glaubte, er hätte sie gewonnen. Das hatte er nicht. Dieser Sieg ging an den Oni.

Sie drehte sich hilfesuchend zu Junji um. Doch der hing wieder seinen eigenen Gedanken nach. Er hatte entweder gar nicht zugehört oder gab es zumindest vor.

In der Haupthalle nahm Akemi die Neuigkeit sehr ernst auf. »Wir haben sehr gründlich gesucht«, sagte sie, nachdem Junji geendet hatte. »Wo kann er sich verstecken?«

»Ich habe keine Ahnung, Herrin Akemi«, erwiderte Junji. »Oni sind gerissen. Wir haben überall nachgesehen, aber es gibt Orte, an denen sogar ein menschlicher Mörder sich noch verstecken könnte. Der Oni könnte in den Wänden oder dem Dach sein oder an einem anderen Ort, den wir uns nicht vorstellen können. Wir kennen nicht einmal seine Gestalt.«

Doreni zuckte zusammen und sah Junji scharf an.

»Er bleibt vermutlich ständig in Bewegung«, fuhr Junji fort. »Wir sind vielleicht auf der Suche, doch wir dürfen nicht vergessen, dass wir nicht die Jäger sind. Wir sind die Beute.«

Barako beobachtete Doreni und bereitete sich innerlich schon auf seine nächsten Worte vor. Sie ahnte, was er dachte. Derselbe Gedanke quälte auch sie. Am liebsten wollte sie ihn gar nicht in Erwägung ziehen, der Daimyo zuliebe, aber sie wusste, dass sie keine Wahl hatte.

»Wir kennen nicht einmal seine Gestalt«, wiederholte Doreni. »Können wir dann sicher sein, dass jeder in der Burg der ist, der er zu sein vorgibt?«

Da. Die Worte waren ausgesprochen. Bald würden weitere Worte folgen und den Gedanken ans Licht zerren. Barako hatte gehofft, Dorenis Zorn zu beschwichtigen, bevor es zu diesem Moment kam. Das war ihr nicht gelungen. Wenn zu diesem Zorn noch seine Ambition hinzukam, dann würde alles viel schlimmer werden, als es bereits war.

Doreni sprach weiter: »Das Schweigen dieses Rats spricht Bände.«

»Wir drei waren zusammen, als Chuai getötet wurde«, sagte Barako.

»Und alle anderen?«

»Ich war allein«, gab Junji zu.

»Wie viele andere in der Burg auch«, meinte Akemi. »Wer gerade nicht darum gekämpft hat, die Belagerung abzuwehren, hat sich in sein Quartier zurückgezogen.«

»Manche waren in Gruppen zusammen«, stellte Barako fest. »Die Händler zum Beispiel. Und viele der Samurai, die zu den Kasernen zurückgegangen sind. Und diejenigen, die noch auf der Mauer Wache hielten.«

Akemi schloss kurz die Augen. In den letzten Tagen schien sie um Jahre gealtert zu sein. Beim Anblick von Akemis Erschöpfung fühlte Barako, wie eigene Erschöpfung sie zu übermannen drohte. Die Daimyo war zwar nicht am Kampf beteiligt gewesen, aber jede einzelne Nachwirkung der Entdeckung der Stadt der Hungrigen Nacht hatte sie wie ein Schlag getroffen.

Die Daimyo öffnete die Augen und setzte sich gerade auf. »Also ist alles verworren«, erklärte sie. »Es wird uns viel Mühe kosten, herauszufinden, wer wen gesehen hat und wem wir vertrauen können. Der Oni könnte beinahe jeden von uns ersetzt haben.«

»Stimmt das?«, fragte Doreni an Junji gewandt.

»Von manchen Oni weiß man, dass sie Menschen imitieren können«, sagte der Mönch diplomatisch. »Sie sind gerissen. Aber sie sind keine Sterblichen. Ihre Imitationen sind nicht vollkommen. Sie machen Fehler.«

Barakos Mund wurde trocken. *Die Art, wie Haru zunächst gelaufen ist. Die Qualen, die er erlitten hat, könnten das erklären. Aber vielleicht sollte man gar keine Erklärung für seinen ungeschickten Gang suchen? Was, wenn es der Gang eines Wesens war, das nicht an eine menschliche Gestalt gewöhnt war?*

»Dann gibt es vielleicht einen schnelleren Weg, den Feind zu finden«, folgerte Doreni. »Gibt es unter uns jemanden, der sich ungewöhnlich verhalten hat?«

Das war natürlich eine Suggestivfrage. Barako war überzeugt, dass Doreni die Antwort bereits wusste.

Genau wie ich.

Sie schwieg. Sie würde die Burg der Morgenröte keiner Gefahr aussetzen, aber sie wollte auch Akemi nicht verletzen. Und sie war sich nicht sicher. Ganz und gar nicht sicher.

»Niemand antwortet?«, sagte Doreni. »Stellt Ihr den Familienstolz vor den Schutz der Burg und die Pflicht des Klans?«

Akemi funkelte ihn an. »Sprecht offen, da Ihr das ja ganz offensichtlich wünscht.« Ihre Worte hingen eisig im Raum.

»Das muss ich wohl. Es gibt einen in der Burg, den wir nicht außer Acht lassen *dürfen.* Haru ist mit den Mächten der Schattenlande in Kontakt gekommen. Niemand weiß, in welchem Ausmaß. Und niemand weiß, von welcher *Art* dieser Kontakt war.«

Eine von uns schon, dachte Barako. *Aber sie kann es uns nicht sagen.*

»Ihr habt Eure Ansicht deutlich gemacht, Leutnant«, erwiderte Akemi.

Doreni fuhr fort, als hätte sie nichts gesagt: »Und er ist nicht mehr derselbe, seit er zu uns zurückgekehrt ist, nicht wahr?« Er wartete. Niemand sprach. Diejenigen, die sich wünschten, Doreni zu widersprechen, konnten es nicht. Die Anspannung im Raum stieg.

»Haru hat sich verändert«, sprach Doreni unbarmherzig weiter. »Er spricht kaum noch mit jemandem. Vielleicht will er Fehler vermeiden, die ihn überführen könnten?«

»Ihr irrt Euch«, erklärte Akemi.

»Es tut mir leid, Daimyo. Falls Ihr Euren Sohn in der Stadt der Hungrigen Nacht verloren habt, dann teilen wir denselben Schmerz.«

»Das tun wir nicht, denn Ihr irrt Euch«, beharrte die Daimyo. »Ich trauere mit Euch, Hiruma Doreni, und werde erst ruhen, wenn Euer Verlust gerächt ist. Wo immer der Oni sich versteckt, er wird gefunden werden. Als wer auch immer er sich tarnt, wir werden ihn entlarven. Aber ich sage Euch: So wahr ich atme, mein Sohn ist mein Sohn.« Sie wandte sich an Junji: »Ihr sagt, die Imitation des Oni ist unvollkommen.« Sie klang beinahe flehend.

»Das ist sie.«

»Bitte. Da habt Ihr Euren Beweis«, sagte Akemi zu Doreni. »Glaubt Ihr, ich kenne meinen eigenen Sohn nicht? Ich würde nicht augenblicklich merken, wenn eine Fälschung seinen Platz einnimmt?« Sie sah zu Barako und Junji und bat sie stumm um Unterstützung.

Barako sagte nichts. Sie konnte es nicht. Ihre Zweifel konnte sie nicht abschütteln. Immer wieder tauchte diese ungelenke Gestalt vor ihren Augen auf, die mit leeren Augen umherblickte und sich wie eine Marionette bewegte. Sie war sich nicht sicher. Sie wollte sich von Akemi überzeugen lassen, aber sie war sich nicht sicher.

»Ihr seht Euren Sohn, weil der Gedanke, ihn nie wiederzusehen, nicht zu ertragen wäre.« Dorenis Stimme war schmerzerstickt.

Akemi schüttelte den Kopf.

»Die Oni kennen uns«, sagte Junji. »Auch unsere Schwachstellen. Sie zeigen uns, was wir sehen wollen.«

»Er ist Haru«, beharrte Akemi. »Ich weiß es. Und ich dulde nicht, dass jemand etwas anderes behauptet.«

»Ihr habt einen Verdacht«, meinte Barako an Doreni gewandt. *Genau wie ich. Und wäre es nicht typisch für Haru, eine noch größere Katastrophe verursacht zu haben, als wir dachten?* »Einen Beweis habt Ihr nicht.«

»Den werde ich bekommen.«

»Ihr vergesst Euch, Leutnant«, fuhr Akemi ihn an. »Nicht Ihr seid der Daimyo der Burg der Morgenröte, sondern ich. Ihr werdet um Euer selbst willen respektiert und für die Leistungen, die Ihr im Namen Eurer Familie errungen habt. Aufgrund Eurer Trauer sind Eure Worte entschuldigt. Aber ich verlange Gehorsam.«

Er sah sie finster an. Sie begegnete seinem Blick. Keiner blinzelte. Die Anspannung im Saal wuchs, surrte wie ein unter Spannung stehender Draht. Während dieser wenigen Momente des Schweigens schwollen die politischen Strömungen auf der Burg der Morgenröte zu gefährlichen Stromschnellen an.

Doreni beendete die Konfrontation mit einer flüchtigen, steifen und oberflächlichen Verbeugung, eine minimale Geste der Höflichkeit, die nichts preisgab.

»Niemand sollte ohne einen Beweis gegen jemand anderen vorgehen«, sagte Barako. »Sonst überlassen wir dem Oni den Sieg.«

Zu ihrer Überraschung bezog Junji ausnahmsweise Position. »Das ist wahr«, stimmte er zu.

»Was sollen wir also tun?«, fragte Akemi. »Selbst wenn nichts von dem, was wir gerade besprochen haben, diesen Raum verlässt, wird es Gerüchte geben. Wenn der Feind nicht gefunden wird, werden Verdächtigungen laut werden, egal wie sehr wir uns bemühen, das zu vermeiden.«

»Dann müssen wir uns dem Unvermeidlichen stellen«, erklärte Barako. »Wir setzen die Suche fort. Und wir lassen alle Etagen durch Patrouillen überwachen, Tag und Nacht.«

»Tag«, bemerkte Akemi bitter. »Was heißt schon Tag? Gibt es den noch? Weiß jemand, wie spät es ist?«

»Es ist die Stunde der Schlange, Herrin Akemi«, sagte Junji. »Es ist Tag.«

Barako war fast ebenso überrascht, zu erfahren, dass Tag war, wie darüber, dass es Junji gelungen war, sich sein Zeitgefühl zu bewahren. »Zusätzlich zu den Patrouillen«, bestimmte sie, »müssen wir eine besondere Sicherheitsvorkehrung treffen. Von uns vieren abgesehen darf niemand innerhalb der Burg allein sein. Unter keinen Umständen.«

•

Barako nickte Sakimi grüßend zu. Die Samurai, die nach der Schlacht auf der Mauer die erste Wache übernommen hatte, bewachte nun die Tür zu Ochibas Zimmer.

»Habt Ihr noch gar nicht geruht?«, fragte Barako.

»Doch, Leutnant, das habe ich, vielen Dank. Nach der Suche habe ich einige Stunden geschlafen.«

Barako kämpfte eine Welle der Benommenheit nieder. Schon wieder hatte sie ihr Zeitgefühl verloren. Seit der Ratssitzung waren mehr Stunden vergangen, als sie gedacht hatte. Die andauernde Dunkelheit verwirrte sie und sie konnte sich nicht mehr erinnern, wann sie selbst zuletzt geschlafen hatte. Aber sie würde schlafen müssen, und zwar bald. Es war nur so, dass es immer wieder etwas anderes zu tun gab. Ein Feind lief in der Burg frei herum und sie konnte den Gedanken nicht ertragen, ihre Wachschicht jemand anderem aufzubürden. Jemand musste Doreni im Auge behalten. Und jemand musste Akemi helfen.

Sie musste einfach akzeptieren, dass dieser jemand, zumindest vorübergehend, nicht sie sein konnte. Andernfalls wäre sie bald nicht mehr in der Verfassung, irgendjemandem zu helfen.

Sakimi schob die Tür auf, ließ Barako ein und schloss sie hinter ihr wieder. Barako ließ sich an ihrem gewohnten Platz am Kopfende von Ochibas Schlafmatte nieder.

»Kannst du mich hören?«, fragte sie.

Ochiba rührte sich nicht. Atmete sie leichter als zuvor? Barako hoffte es. Der Atem ging immer noch angestrengt und langsam. Die Pausen zwischen Einatmen und Ausatmen waren so lang, dass Barako unwillkürlich selbst den Atem anhielt aus Sorge, dass die Stille niemals enden würde.

»Ich hoffe, du kannst mich hören«, flüsterte Barako. »Du sollst wissen, was passiert ist. Dann kannst du, wenn du aufwachst, erneut das Kommando übernehmen. Die Burg der Morgenröte braucht dich.«

Sie senkte den Kopf und starrte auf ihre Hände hinab. »Ich brauche dich«, sagte sie so leise, dass sie es selbst kaum hörte. »Ich bitte dich nicht, deinen Eid zu brechen. So etwas würde ich nie verlangen. Aber ich brauche dich. Ich brauche dich an meiner Seite. Ich bin erschöpft. Diese Bürde ist so schwer. Ich weiß nicht, ob irgendeine meiner Entscheidungen richtig war. Ich fürchte, ich habe Doreni zu einer größeren Bedrohung für Akemi gemacht, als ich eigentlich das Gegenteil erreichen wollte. Ich habe genug, Ochiba. Ich will dir wieder folgen können.«

Sie seufzte und lehnte sich mit dem Rücken an die Wand. Ihr Körper schmerzte von all den Folgen des letzten Kampfes, die sie aus Zeitmangel noch nicht hatte versorgen können. Ihre Gliedmaßen waren voller blauer Flecke und vor Erschöpfung ganz schwer. »Also gut, ich habe mir mein Gejammer von der Seele geredet. Ich fürchte, diesmal habe ich nicht die Kraft, ›Des

Höflings Klage‹ vorzutragen. Also erzähle ich dir noch mehr von dem, was gerade vorgeht, in Ordnung? Ich glaube, du würdest es erfahren wollen. Also, ich schätze, es ist wieder Nacht, auch wenn das keinen großen Unterschied macht. Die Schneeskelette haben noch einmal angegriffen, so vor zwei Stunden, schätze ich. Aber es war nur ein kleiner Angriff, den wir leicht abwehren konnten. Nicht allzu viele Feinde. Das ist doch ein gutes Zeichen, meinst du nicht? Ich hoffe es jedenfalls.«

Sie hörte Ochiba eine Weile lang beim Atmen zu. An die Pausen hatte sie sich inzwischen gewöhnt. Zumindest war der Rhythmus regelmäßig. Auch das war ein gutes Zeichen. Sie hielt daran fest. Darin lag das Versprechen, dass Ochiba sich erholen würde. »Komm zurück«, murmelte Barako. »Komm schnell zurück.« Sie passte ihren Atemrhythmus an Ochibas an. Am liebsten wäre sie für immer an diesem tröstlichen Ort geblieben.

»Ochiba, ein Oni läuft in der Burg herum«, sagte sie. »Aber ich lasse dich nicht allein. Es gibt immer eine Wache.« Lieber hätte sie gleich zwei Wachen an der Tür postiert, aber solange sie die Wache auf der Mauer halten und die Korridore patrouillieren mussten, konnte sie keinen weiteren Verteidiger der Burg der Morgenröte entbehren. Barakos Instinkt befahl ihr, Ochiba so gut sie konnte zu schützen. Aber sie wusste auch, was Ochiba gesagt hätte, wenn sie hier Ressourcen verschwendete. Also hatte sie einige Wachen im Schichtwechsel eingeteilt, ausgewählt aus denjenigen Samurai, die mit ihr zusammen auf der Mauer gewesen und dortgeblieben waren, als sie nach der Schlacht zum Hauptgebäude zurückgekehrt war. Sie war so sicher, wie es unter den gegebenen Umständen möglich war, dass keiner von ihnen der Oni war.

»Ich habe Patrouillen eingeteilt und Doreni ebenfalls. Die Paare der Kakeguchi und der Hiruma sind getrennt unterwegs. Das halte ich für keine gute Idee. Es wird die Einigkeit innerhalb der Burg nicht gerade fördern. Vielleicht glaubt er derzeit nicht unbedingt an Einigkeit und das kann ich ihm nicht mal verübeln, aber wir brauchen sie, mehr denn je.« Sie trommelte mit den Fingern auf den Boden, während sie an die Kluft dachte, die sich zwischen den Familien auf der Burg der Morgenröte auftat.

»Ich habe Schwierigkeiten mit meinem Zeitgefühl. Jede Stunde ist wie die andere. Es fühlt sich zu sehr an wie die Stadt der Hungrigen Nacht. Ich befürchte, dass wir die Zeit komplett aus den Augen verlieren könnten. Derzeit ist sie gekennzeichnet von verschiedenen Schichten anstatt durch Tag und Nacht, und das hilft nicht besonders. Zu viele Leute in zu vielen Schichten. Es gibt keinen Zusammenhalt, keinen übergeordneten Rhythmus. Ich weiß nicht, was passiert, wenn die Unterteilung durch die verschiedenen Schichten durcheinandergerät. Zumindest tun wir etwas. Aber es reicht nicht, Hauptmann. Es reicht nicht und ich weiß nicht, was ich sonst noch tun soll. Wir sind auf einen Angriff vorbereitet, aber der Angriff findet längst statt.«

Sie wurde unterbrochen von lauten Stimmen im Korridor vor Ochibas Gemach. Barako erhob sich mühsam und schob die Tür auf. Sakimi stritt sich mit zwei Bushi der Hiruma, Nisobu und Tsuru.

»Was wollt Ihr?«, fragte Barako unwirsch.

»Sie bestehen darauf, Hauptmann Ochibas Räumlichkeiten zu durchsuchen«, informierte sie Sakimi. »Ich habe ihnen gesagt, dass das bereits geschehen ist, unter meiner Verantwortung.«

»Ihr seid aber keine Hiruma«, sagte Tsuru. »Es war nicht der Erbe Eures Leutnants, der getötet wurde.«

»Wir unterstehen Hiruma Doreni«, fügte Nisobu hinzu. »Wenn er uns befiehlt, in jedem Raum nachzusehen, dann tun wir das auch.«

»Schon gut, schon gut.« Barako hatte das alles so satt. Müde trat sie beiseite und deutete auf den Raum. »Da. Geht und seht nach. Zufrieden?«

Die zwei Wachen merkten wohl, wie ärgerlich sie war und wie nah sie daran gewesen waren, die Kommandantin der Burg der Morgenröte anzuschreien. Sie schoben sich an ihr vorbei, warfen einen Blick ins Zimmer und zogen sich wieder zurück. Dann wandten sie sich zum Gehen.

»Nein«, hielt Barako sie auf. »Halt. Wartet einen Moment.«

Die Samurai der Hiruma sahen sie überrascht an.

»Sakimi, geht mit ihnen«, befahl Barako.

Alle drei Bushi öffneten den Mund, um zu widersprechen, schlossen ihn aber wieder, als ihnen klar wurde, wie unschicklich das gewesen wäre.

»Ihr werdet die Suche gemeinsam beenden«, sagte Barako. »Dann sind beide Familien zufriedengestellt. Habe ich recht?«

»Ja, Leutnant Barako«, bestätigte Nisobu, »aber ...«

»Wir haben alle dasselbe Ziel. Und wir alle gehören dem Krabben-Klan an. Oder nicht?«

»Natürlich«, gab Tsuru zögernd zu.

»Gut. Auf der Mauer haben wir Seite an Seite gekämpft, und wir haben gut gekämpft. Jetzt ist es sogar noch entscheidender, dass wir an einem Strang ziehen.« Dorenis Verdächtigungen breiteten sich aus wie ein Virus. Sie musste tun, was sie konnte, um dem gegenzusteuern. »Geht«, forderte sie Sakimi auf. »Ich bleibe bei Hauptmann Ochiba.«

Sie sah den drei Samurai nach, die den Korridor hinuntergingen. Sie gehorchten widerwillig, aber sie gehorchten. Für den Augenblick hatte sie gewonnen und derzeit hatte sie nur die Kraft, von einem Augenblick zum nächsten zu denken.

Barako schloss die Tür wieder und sank neben Ochiba zusammen. »Soll ich dir sagen, wovor ich Angst habe? Ich habe

Angst, dass der Oni, selbst wenn er die Burg der Morgenröte für immer verlassen hat, schon gewonnen hat.« Die Worte fühlten sich wie ein Todesurteil an. Sie hätte sie zu niemand anders sagen können. Aber zu Ochiba musste sie sie sagen. Wenn sie das Schlimmste aussprach, verlieh ihr das vielleicht die Stärke, dagegen anzukämpfen.

Sie starrte an die Wand gegenüber und bewegte die Augen mechanisch von einem Viereck zum nächsten. Seit Tagen schon hatte sie nicht geschlafen. Ihr Körper fühlte sich wie ein mit Blei gefüllter Sack an, den sie herumschleppte.

Sie sollte schlafen.

Aber sie bezweifelte, dass sie es konnte.

•

Für den Rest ihrer Suche im ersten Obergeschoss sprachen sie nicht miteinander. Sakimi hielt sich einen Schritt hinter den beiden Wachen der Hiruma. Finster starrte sie ihre Rücken an, während die beiden sich nicht einmal nach ihr umdrehten. Solange sie die Räume durchsuchten, schoben sie allerdings alle Feindseligkeiten beiseite. Hinter jeder Tür konnte der Tod lauern.

Diese Etage war ruhig. Noch zwei Etagen, dann konnten die Samurai zum Erdgeschoss zurückkehren, sich von der nächsten Schicht ablösen lassen und waren von der Gesellschaft des jeweils anderen erlöst.

Sie kamen an eine Abzweigung. Links ging es weiter zu den Quartieren der Bediensteten. Rechts führte der Korridor am Audienzsaal vorbei zu einer Treppe. Die Laternen in beiden Gängen waren erloschen. Der Korridor lag im Dunkeln.

»Als wir vorhin hier vorbeigekommen sind, brannte noch Licht«, sagte Tsuru. Alle zogen ihre Waffen.

Schnee wurde mit leisem Knistern gegen die geschlossenen Fensterläden der gegenüberliegenden Wand geworfen. Die Augen der Burg waren nachtschwarz.

Sakimi versuchte, das andere Ende des Korridors zu erkennen, doch es lag zu tief im Dunkeln. Die Lichter der Laternen an der Abzweigung reichten nur wenige Meter weit.

Links von ihnen ertönte das Geräusch berstender Fensterläden. Mit plötzlicher Wucht blies der Wind durch den Gang. Er warf die nächstgelegene Laterne um und das Licht erlosch. Die Samurai standen in beinahe völliger Finsternis.

Im linken Gang bewegte sich etwas. Die Schatten verschoben sich und eine blasse Gestalt schien über den Korridor zu dem unsichtbaren zerbrochenen Fenster zu huschen.

»Da!«, rief Tsuru. »Er versucht zu entkommen!« Nisobu und er rannten in den dunklen Gang.

Im selben Moment rief Haru im rechten Korridor um Hilfe.

»Wartet!«, rief Sakimi den anderen beiden zu.

Entweder ignorierten sie sie oder sie hörten sie nicht mehr. Der Wind heulte hier im Korridor mit beinahe der gleichen Stärke wie draußen.

Haru rief noch einmal. Er klang verzweifelt und schwach. Ein Wunder, dass sie ihn überhaupt hörte.

Was macht er hier?, fragte sich Sakimi. Seit seiner Rückkehr hatte er sein Quartier nur selten verlassen. Sie zögerte, dann wandte sie sich nach rechts. Haru war der Erbe der Burg der Morgenröte. Und er brauchte *jetzt* ihre Hilfe. Der Oni würde längst verschwunden sein, wenn Nisobu und Tsuru das Fenster erreichten.

Sie stürmte in die Dunkelheit, wurde aber beinahe augenblicklich wieder langsamer. Sie kannte diesen Gang gut, war schon als Kind unzählige Male hier entlanggerannt. Aber die Schatten waren gefährlich und Haru hatte geklungen, als würde er angegriffen. Direkt vor der Treppe gab es einen Seiteneingang zum Audienzsaal. Vielleicht brannte im Saal noch Licht. Wenn sie die Tür fand und öffnete, sah sie vielleicht, was vor sich ging.

Haru schrie auf. Diesmal ein reiner Schmerzensschrei ohne Worte. Sakimi näherte sich, das gezogene Katana in der linken Hand, während die rechte über die Wand fuhr und nach der Tür suchte.

Aus dem Schrei wurde ein Stöhnen.

»Leutnant Haru«, rief Sakimi, »ich bin hier!«

Sie fand die Tür zum Audienzsaal und riss sie auf, bereit für einen Angriff. Der große Raum war leer. Im Schein seiner Laternen konnte sie bis zum Ende des Korridors und dem Fuß der Treppe sehen.

Niemand war in Sicht.

»Leutnant Haru?«, wiederholte sie.

Stille. Es gab keine Anzeichen, dass jemand hier gewesen war. Weder auf dem Boden noch den Wänden war Blut zu sehen. Sie stand allein in einem leeren Korridor.

Sakimi wandte sich um und sah zurück zum anderen Ende des Gangs. Dort gab es nur Dunkelheit. Der Wind blies ihr heftig ins Gesicht. Sein Pfeifen klang hohl wie ein Grab. »Tsuru!«, schrie sie. »Nisobu!«

Wieder erhielt sie keine Antwort.

Sie glaubte, noch einmal den bleichen Umriss zu erkennen. Er bewegte sich fließend und war sehr groß, nur für einen Augenblick sichtbar. Sie könnte es sich genauso gut eingebildet haben.

Sakimi eilte in den Audienzsaal, griff sich eine Laterne und rannte in Richtung der Quartiere der Bediensteten. Das Licht, das sie umgab, fühlte sich an wie ein Schild. Es verbannte die Finsternis, während sie lief, und die Schatten, in denen sich Dinge verbergen konnten.

Noch einmal rief sie nach den Samurai der Hiruma. Immer noch erhielt sie keine Antwort, aber kurz bevor sie die Abzweigung erneut erreichte, hörte sie vom anderen Ende her Geräusche. Ein Knistern und ein schnelles Trommeln, als ob eiserne Finger auf Holz klopften. Das Flattern einer Fahne im Wind.

Das Knistern stoppte, ebenso das Klopfen. Aber das Flattern hörte sie weiter.

Sie ging jetzt ganz langsam. Den bleichen Schemen sah sie nicht mehr. Aber nach einigen weiteren Metern sah sie tatsächlich etwas flattern. Sie ging noch ein wenig näher heran und das Licht enthüllte alles.

Entsetzt riss sie die Augen auf.

Die Samurai waren gehäutet worden. Ihre Haut war zu langen Bahnen geschnitten und über das zerbrochene Fenster gehängt worden wie ein makabres Windspiel. Die Knochen ihrer Arme waren zu Spitzen zerbrochen und mit ihnen war die Haut über dem Fensterrahmen an die Wand genagelt worden.

Mehr Knochen waren in der Mitte des Raums verteilt. Sie waren in einer Spirale angeordnet, die sich zu bewegen schien. In ihrem Zentrum befanden sich die blutigen Schädel, von denen das Gewebe so sauber geschabt worden war, dass die Knochen im Licht von Sakimis Laterne leuchteten. Ihre Kiefer waren ineinander verkeilt, als wollten sie einander verschlingen. Die Toten bekämpften sich, während die Spirale sich drehte und drehte und sie immer tiefer ins Verderben zog …

Kapitel Achtzehn

Barako riss die Augen auf. Sie sprang auf die Füße, den Hammer in der Hand und kampfbereit. Erst jetzt nahm sie die Geräusche, die sie geweckt hatten, wirklich wahr. In der Nähe wurden Rufe laut, Stimmen voller Wut und Angst. Aber kein Waffengeklirr. Niemand kämpfte. Sie nahm sich einen Moment, um sich den letzten Schlaf aus den Augen zu reiben. Ihr Nacken war steif und ihr Rücken schmerzte, weil sie in der Rüstung geschlafen hatte. Sie hatte nicht lange geruht, aber es musste reichen. Sie wurde gebraucht. Zumindest hatte sie ein wenig Kraft sammeln können.

Sie kniete sich kurz neben Ochiba, um sicherzustellen, dass ihre Freundin nach wie vor normal atmete. Dann verließ sie den Raum.

Die Luft im Korridor war kühl. Eine Brise wehte ihr ins Gesicht und wuchs zu einem heftigen Windstoß heran, während sie den Gang entlangrannte.

Vor den Quartieren der Bediensteten herrschte Chaos. Der Wind fegte durch ein zerbrochenes Fenster ins Gebäude. Die Bediensteten standen kreischend vor dem schrecklichen Anblick, der sich ihnen im Korridor bot. Auch mindestens ein Dutzend Samurai, Hiruma wie Kakeguchi, hatten sich versammelt. Einige schrien die Diener an, still zu sein, der Rest schrie einander an. Inmitten des Trubels stand still Doreni und ignorierte die gewaltigen Gefühlsausbrüche um ihn herum. Barako kämpfte sich durch, bis sie neben Doreni stand und das Gemetzel erblickte. Vor Verzweiflung fühlte sie sich wie betäubt. In der Anordnung der Knochen entdeckte sie dasselbe Muster, das sich auch in der Stadt der Hungrigen Nacht überall fand. Es hier zu sehen fühlte sich an, als hätte sich die Krankheit ausgebreitet.

Sie warf einen Seitenblick auf Doreni, dessen Gesichtsausdruck finster war. Zwar starrte er die Schädel an, aber sein Blick war leer. Er sah etwas ganz anderes, etwas, das ihn völlig einnahm. Barako trat beiseite und überließ ihn seinen dunklen Gedanken. Wenn sie die Initiative ergriff und diesen Wahnsinn unter Kontrolle brachte, konnte sie den völligen Zusammenbruch vielleicht noch verhindern.

Sie entdeckte Sakimi, die nicht weit von der Menge entfernt an einer Wand lehnte. Als die Samurai Barako näher kommen sah, richtete sie sich sofort auf.

»Habt Ihr gesehen, was passiert ist?«, fragte Barako.

»Nein«, antwortete Sakimi. »Ich habe Leutnant Haru um Hilfe rufen hören.« Sie deutete auf das andere Ende des Korridors. »Aber er war nicht da. Als ich zurückkam, waren Tsuru und Nisobu bereits tot.« Sie blickte immer noch in Richtung Treppe. »Dort drüben ist ein weiteres Fenster kaputt. Das war noch nicht so, als ich dort nach Haru gesucht habe.«

Barako rannte zu dem anderen Fenster hinüber. Auf dem Boden lagen Holzsplitter. Der Fensterladen war von außen eingedrückt worden.

Der Oni hat die Fensterläden am anderen Ende zerstört, dachte sie. *Aber diese hier erst später.* »Seid Ihr sicher, dass Harus Stimme aus dem Inneren der Burg gekommen ist?«, fragte sie Sakimi.

»Nein«, gab diese zu. »Aber es kam aus dieser Richtung.«

Barako versuchte, sich die Bewegungen der Kreatur vorzustellen. Erst zeigte sie sich in der Nähe der Quartiere der Bediensteten, dann sprang sie aus dem Fenster und kletterte übers Dach zum anderen Ende des Gangs, wo sie Harus Stimme nachahmte, um Sakimi wegzulocken. Dann musste sie zurückgegangen sein, um Tsuru und Nisobu zu töten.

»Doreni!« Ihr Ruf drang durch das Stimmengewirr und riss den Leutnant der Hiruma aus seiner Trance. Mit blitzenden Augen stürmte er den Gang entlang auf sie zu. Sie zeigte auf das Fenster. »Das Dach! Der Oni war auf dem Dach!« Damit hatte sie sein Interesse geweckt und ihn zumindest vorerst von seinem Zorn abgelenkt. »Besorgt uns Seile«, forderte sie Sakimi auf. »Seile und Haken.«

Die Samurai eilte davon.

Er hätte zu Sakimi zurückkommen können, dachte Barako. *Warum hat er das nicht getan? Warum hat er sie leben lassen?*

Weil er wusste, wie viel Zwietracht er säen konnte, indem er nur Hiruma tötet.

Doreni stieß mit der Fußspitze gegen die Holzsplitter. »Und jetzt ist er wieder in der Burg.« Er war wieder ganz präsent.

»Wenn er sie nicht an anderer Stelle wieder verlassen hat. Wir haben überall nach ihm gesucht. Überall *in* der Burg.« Das Dach war ein nahezu perfektes Versteck. Dort draußen konnte man nichts erkennen außer Dunkelheit und Schnee.

Als Sakimi mit den Seilen zurückkehrte, band Barako eines davon an einen Enterhaken. Sie musste ihn mehrmals werfen, bevor der Haken sich an einem Dachvorsprung verfing und in etwas Festerem als Schnee stecken blieb. Vorsichtig zog sie an dem Seil. Es wirkte sicher und sie kletterte als Erste hinaus. In der undurchdringlichen Finsternis baumelnd kletterte sie so schnell sie konnte hinauf und zog sich hoch auf die steile Dachschräge des ersten Obergeschosses. Die Schräge reichte bis zur Wand der zweiten Etage, die sie dank der Laternen, die durch die Fenster schienen, gerade noch ausmachen konnte. Ihr Dach war nicht auszumachen. Barako war dankbar für den tiefen Schnee. Weil ihre Füße darin einsanken, konnte sie hier stehen und wurde nicht vom Wind hinuntergeworfen.

Doreni folgte als Nächster und dahinter zwei seiner Samurai mit Laternen.

»Seht«, sagte Barako.

Im Licht der Laternen sahen sie die Spuren im Schnee. Sie führten von dem anderen Fenster zu dieser Position und dann weiter um das Dach herum.

»Ihr hattet recht«, sagte Doreni. »Auf diese Weise lauert er uns auf. Aber was bringt uns das? Wir können hier oben keine Wachen postieren.«

»Stimmt, das können wir nicht.« Es war zu kalt, zu sehr Wind und Wetter ausgesetzt und es gab hier zu viele Verstecke für den Oni. Wenn sie hier Krieger hinaufschickte, schickte sie sie in den sicheren Tod. »Wir sollten die Fenster verbarrikadieren. Wir können versuchen, die möglichen Ein- und Ausgänge zu beschränken. Und wir können Teile der Burg komplett abriegeln.«

»Das wird nicht ausreichen.«

»Ich weiß.« Sie sah in die Dunkelheit hinauf. »Er könnte gerade jetzt auf dem Burgturm stehen. *Und uns beobachten. Und wir können nicht einmal die höchste Stelle unseres eigenen Zuhauses erkennen.*

»Oder er ist gerade im Inneren der Burg und lacht über uns«, sagte Doreni. »Selbst wenn nicht, ihn hier zu stellen wäre dumm.«

Das stimmte. Aber sie hatten etwas herausgefunden. Und indem sie Doreni mit nach draußen genommen hatte, hatte sie zumindest für einen Moment den Streit auf dem Korridor beigelegt. Dennoch war sie unzufrieden. Die Spuren des Oni waren zu offensichtlich, fast als hätte er gehofft, sie aufs Dach zu locken.

Warum hinterlässt er diese Spuren? Was will er uns zeigen?

Barako nahm eine der Laternen und drehte sich langsam um. Sie sah noch eine weitere Spur, die vom Rand des Dachs wegführte. Sie folgte ihr die Schräge hinauf zur Wand des zweiten Obergeschosses. Als sie nah genug heran war, dass der Lichtschein darauf fiel, sah sie das Muster. Es war eine weitere Spirale, mit Blut gemalt. Riesig war sie und glänzte dunkel und feucht im Laternenlicht. Das Blut sollte längst eingefroren sein. Aber das war es nicht. Es floss, strömte die Windungen der Spirale entlang, die in den Augen schmerzten, und zog Barakos Blick in immer engeren Kreisen zur Mitte, einer Mitte, die sich tiefer und tiefer zu bohren schien. Nicht in die Wand, sondern ins Gefüge allen Seins. Sie führte in einen bodenlosen Abgrund. Die Windungen der Spirale erstreckten sich über die Wand hinaus in den Schnee darunter. Auch hier floss das Blut und die Strömung zog den Blick, und mit ihm die Seele, in die verfluchte Spirale hinein.

Die Dunkelheit in ihrer Mitte wollte verschlingen. Das hier, dachte Barako, war der Hunger der Nacht. Alles in jener verfluchten Stadt war hierfür erschaffen worden. Die Spirale zog alles, was sie erfasste, ins Maul der Nacht und der Hunger konnte nie gestillt werden.

Sie will uns. Unsere Seelen. Alles von uns.

Allein hier zu stehen, so nah an der Spirale, kam ihr gefährlich vor.

Doreni trat zu ihr und starrte auf das sich windende, lockende Blut. »Genau wie bei den Knochen.«

»Das Zeichen der Stadt der Hungrigen Nacht«, erklärte Barako. »Der Oni hat sein Territorium markiert. Deswegen ist er hier. Er ist gekommen, um die Burg der Morgenröte zu einem Teil der Hungrigen Nacht zu machen.«

Doreni fluchte und machte einen Schritt auf das Blut auf dem Dach zu. Er trat Schnee darauf und versuchte, diesen Teil des Zeichens darunter zu vergraben. Der Schnee verdampfte, sobald er auf das Blut traf. Das Zeichen ließ sich nicht verbergen.

»Der Makel wird nur stärker werden, solange wir den Oni nicht loswerden«, sagte Barako.

Mit einem Fauchen wandte Doreni sich von dem Zeichen ab und stieg das Dach hinab zum Seil. Er ging schnell und entschlossen. Barako eilte ihm nach, aber er bewegte sich geradezu leichtsinnig schnell und erreichte das Seil weit vor ihr. Bis sie wieder im Inneren der Burg war, hatte er schon getan, was er vorgehabt hatte. Ein Wachtrupp der Hiruma mit Doreni an der Spitze hatte Sakimi umzingelt. Die Samurai der Kakeguchi schoben sich unentschlossen vor. Sie waren erzürnt, wie ihre Schwester behandelt wurde, aber Dorenis Autorität hielt sie zurück.

Barako näherte sich langsam. »Was tut Ihr da?«

»Bushi Sakimi ist die einzige Überlebende des jüngsten Angriffs. Ich sorge für ihre Sicherheit.« Dorenis Augen waren kalt und voller Angriffslust.

»Eine weise Vorsichtsmaßnahme.« Barako überlegte, wie ihr nächster Zug aussehen sollte. *Welches Spiel spielen wir hier eigentlich?* »Ich werde mich um sie kümmern. Ihr braucht in einem solchen Moment nicht auch noch diese Verantwortung zu übernehmen.«

»Sie bleibt unter meinem Schutz«, erklärte Doreni.

Barako machte einen einzelnen Schritt auf ihn zu und sah auf Doreni hinab. Sie ließ die Stille wirken, bevor sie wieder sprach. Dabei nutzte sie ihre Größe und ihre reine körperliche Präsenz. Die anderen Hiruma wurden nervös, sah sie, als sie sie derart überragte. Doreni blinzelte nicht einmal.

»Es wäre viel besser für alle Beteiligten, wenn sie mit mir kommt«, sagte Barako ruhig.

Doreni antwortete nicht. Seine rechte Hand lag an seinem Gürtel und er bewegte sie ein wenig. Es hätte eine unbedeutende Geste sein können, eine unbewusste Bewegung. Aber seine Hand lag nun ein winziges bisschen näher an seinem Katana. Auch die Krieger um ihn herum rührten sich. Sie legten nicht die Hand auf die Waffen, aber sie waren bereit.

Alles im Korridor war still. Die Samurai der Kakeguchi und der Hiruma sahen einander an und ihre Feindseligkeit bedurfte nur eines einzigen Wortes von einem der beiden Leutnants, um in Gewalt auszuarten. Niemand sprach Drohungen aus. Das war nicht nötig. Sie durchzogen die Stille wie Blitze.

Barako fixierte Doreni mit ihrem Blick. Sie bekämpften einander wortlos, reglos. Mit jedem Moment, der so verging, rückte die Möglichkeit eines offenen Kampfes näher. Wenn dieser Krieg nicht durch dieses Kräftemessen entschieden werden konnte, würden Stahl und Blut ihn entscheiden.

Zwing mich nicht, es zu tun, Doreni. Das will der Oni doch nur.

Barako fragte sich, was sie hier gerade tat. Spielte nicht auch sie das Spiel des Oni mit? Aber sie konnte auch nicht eine ihrer Samurai einfach im Stich lassen.

Sie fühlte, wie der Kampf zwischen ihr und Doreni hin- und herging. Beide sahen, vor welchem Abgrund sie standen und wie leicht es wäre, hineinzufallen, und beide dachten: *Warum, warum, warum?* Es war so unnötig. Wenn der andere das doch nur begreifen könnte, wenn er nur erkennen könnte, was hier auf dem Spiel stand und dass es einfach nicht die Zeit war, sich von seinen Gefühlen überwältigen zu lassen.

Doreni sprach als Erster. »Zwei meiner Samurai sind tot. Die Kakeguchi lebt. Alle Opfer des Oni waren Hiruma.« Jede Silbe war von einer Mischung aus Misstrauen und Ärger durchzogen. Er sprach leise und ausdruckslos, als müsste er sich zur Ruhe zwingen. Jede seiner Aussagen enthielt eine nur hauchdünn verhohlene Drohung.

Barako musste ein Lächeln unterdrücken. Ohne es zu merken, hatte Doreni ihr in die Hände gespielt. Er hatte seinen Kummer ausgesprochen. Sie wusste jetzt, welche Gestalt das Schlachtfeld hatte, wie die Kräfte verteilt waren und wie sie ihm entgegentreten musste. Zumindest in dieser Runde. Er hatte ihr die Gelegenheit gegeben, so zu tun, als gebe sie ihm nach. Diesen Kampf wollte sie nicht kämpfen. Sie interessierte sich nur dafür, den Oni zu bekämpfen. Es war ihr zuwider, dass die politischen Machtkämpfe von Morgenröte in diesen Konflikt verwickelt worden waren und sie kaum etwas tun konnte, um diese beiden Bereiche voneinander zu trennen.

»Ich verstehe«, sagte sie. »Und ich glaube, Ihr habt recht. Der Oni greift nicht zufällig an. Könnt Ihr Euch eine bessere Möglichkeit vorstellen, uns gegeneinander aufzubringen, als zu Anfang nur Hiruma zu töten?« Sie machte nach dieser Frage nur eine kurze Pause, um Doreni keine Zeit zu geben, zu antworten, und fuhr dann fort, als hätte er ihr zugestimmt. »Den Schutz, den Ihr uns anbietet, nehmen wir dankbar an. Jetzt sollten wir gemeinsam mit Sakimi sprechen. An einem ruhigen Ort.« *Weit weg von einem Mob, der sonst außer Kontrolle geraten könnte.*

Während sie sprach, hielt sie die ganze Zeit Dorenis Blick. Seine Augen verengten sich leicht, da ihre Worte ihn in die Enge trieben. Sie war nun die Stimme der Vernunft. Er würde seiner Sache keinen Gefallen tun, indem er uneinsichtig wirkte. Auf der Burg der Morgenröte gab es zweimal so viele Kakeguchi wie Hiruma. So groß seine Trauer oder Wut auch sein mochten, Doreni war sich sicher dieser Zahlen bewusst. Er war zu ambitioniert, um sie nicht zu kennen.

»Gut.« Doreni gab sich Mühe, seine Autorität beizubehalten und vorzugeben, dass das, was Barako vorgeschlagen hatte, ohnehin seinen Forderungen entsprach. »Lasst uns gehen und dieses ... Gespräch führen.« Sein Zögern ließ das

Wort *Verhör* im Raum stehen, ein kleinlicher Sieg für ihn, aber er nahm, was er kriegen konnte. »Meine Wachen werden mitkommen.«

Barako nickte Sakimi zu. Schweigend folgte sie, während Barako voranging zu ihrem eigenen Gemach in der südöstlichsten Ecke dieser Etage, genau am dem Tatort gegenüberliegenden Ende.

Sie waren gerade erst losgegangen, als Barako Junji entdeckte, der still in einiger Entfernung in einer Abzweigung stand. Er verbeugte sich vor Doreni, als dieser ihn erreicht hatte.

»Leutnant Doreni«, sagte Junji, »ich habe tiefsten Respekt vor Euch, Eurer Familie und den Samurai der Hiruma. Ich weiß, dass Ihr die Notwendigkeit einseht, die Riten der Reinigung durchzuführen. Und ich hoffe, Ihr versteht ebenfalls, dass jede Erkenntnis, so klein sie auch sein mag, entscheidend dafür sein könnte, den Oni zu besiegen. Ich hoffe, Ihr habt nichts dagegen, dass ich die Überreste der ehrenvoll Gefallenen untersuche.«

Doreni funkelte ihn an. Dann blieb er stehen und rief einem der Hiruma-Krieger an der Abzweigung zu: »Lasst den Mönch tun, was er tun muss.«

»Ich danke Euch«, sagte Junji. »Ich werde dafür sorgen, dass die Leichname weggebracht und für die Einäscherung vorbereitet werden.«

Doreni brummte.

Findet etwas, beschwor Barako Junji im Geiste, während sie weiterging. *Irgendetwas. Wir verlieren diese Schlacht.*

Kapitel Neunzehn

Barako brachte sie in ihr Quartier und bot Sakimi an, sich auf die Tatami-Matten zu setzen, während sie sich hinter ihren Schreibtisch kniete. Er war der einzige Besitz abgesehen von ihrer Rüstung und ihren Waffen, auf den sie stolz war. Er war dunkel und der Lack war durch den ständigen Gebrauch zerkratzt.

Barako sah zu Doreni hoch und bat auch ihn, sich zu setzen.

»Wartet draußen«, wies er die Wachen an. Dann schob er hinter ihnen die Tür zu und kniete sich ebenfalls hin.

Gut. Wir sind so ruhig, wie es die Situation erlaubt. Was Sakimi zu sagen hatte, würde die Dinge nicht einfacher machen. Zumindest hatte Barako dafür gesorgt, dass Doreni es hörte, während er gerade nicht von Angehörigen seiner Familie umzingelt war.

»Erzählt Leutnant Doreni, was Ihr mir erzählt habt«, forderte Barako Sakimi auf. »Erklärt ihm, warum Ihr nicht bei den Bushi der Hiruma wart, als sie angegriffen haben.«

Sakimi sah sie unsicher an.

»Lasst nichts aus«, ergänzte Barako. »Das ist sehr wichtig.« Und das war es auch. Früher oder später würde Doreni herausfinden, was Sakimi ans andere Ende des Gangs gelockt hatte. Da war es besser, er erfuhr es direkt von ihnen. So sah er, dass sie ihm alles mitteilen und nichts vor ihm verbergen wollten.

»Haru«, sagte Doreni, als Sakimi ihren Bericht beendet hatte. »Ihr habt uns für nichts und wieder nichts auf dem Dach herumklettern lassen, wenn Ihr längst den Beweis hattet, dass Haru der Oni ist?«

Barako zögerte ihre Antwort ein wenig hinaus. »Können wir uns zunächst einmal darauf einigen, dass Bushi Sakimi durchaus in der Lage ist, sich selbst zu verteidigen?«

Nach kurzem Überlegen nickte Doreni knapp.

»Wir beide danken Euch für Eure Hilfe«, sagte Barako an Doreni gewandt. »Ihr dürft auf Euren Posten zurückkehren.«

Sie wartete, bis Sakimi die Tür hinter sich geschlossen hatte, und fragte dann: »Was für einen Beweis? Sakimi hat Harus Stimme gehört, aber Haru war nicht da. Warum sollten wir davon ausgehen, dass er es war?«

»Irgendjemand war da.«

»Irgend*etwas*«, verbesserte sie ihn. »Sicher. Aber warum sollte es Haru gewesen sein? Ist das nicht eher ein Hinweis darauf, dass er unschuldig ist? Wenn der Oni seine Gestalt angenommen hat, warum es dann so offensichtlich machen? Warum seine Identität preisgeben? Wäre es für den Oni nicht weitaus nützlicher, Harus Stimme nachzuahmen, um Zwietracht zu säen? Und tappen wir ihm nicht genau in diese Falle?«

»Und wenn es Haru ist«, konterte Doreni, »könnte er sich darauf verlassen, dass wir genau das denken, und so sein Ziel ebenfalls erreichen.«

Darauf wusste Barako spontan keine Antwort.

»Haru ist in der Stadt der Hungrigen Nacht verschwunden«, fuhr Doreni fort. »Niemand hat gesehen, was passiert ist. Er war tagelang weg, bevor Ihr und Ochiba am Turm angekommen seid. Warum sollten wir davon ausgehen, dass es sich bei dem, der herausgekommen ist, um ihn handelt?« Gnadenlos wandte Doreni Barakos eigene Logik gegen sie. Der Kummer und Zorn hatten seinen Verstand nicht so sehr getrübt, wie sie angenommen hatte. »Ihr habt sehr wenig Grund zu der Annahme, dass Haru der ist, der er vorgibt zu sein.«

»Ihr habt ebenso wenig Grund, vom Gegenteil auszugehen.«

Er schüttelte den Kopf. »Ihr wisst es besser, Leutnant Barako. Da bin ich sicher. Aber Eure Loyalität gegenüber Daimyo Akemi hält Euch davon ab, die Dinge so zu sehen, wie sie sind. Diese Loyalität ehrt Euch. Aber sie führt Euch in die Irre. Ihr glaubt nicht, dass Haru der Oni ist, weil Ihr es nicht glauben wollt.« Er erhöhte den Druck. »Nein, das stimmt nicht ganz. Ich glaube, Ihr begreift mehr, als Ihr zugeben wollt. Ihr glaubt tatsächlich, dass er der Oni ist, wollt es Euch aber nicht eingestehen.«

Barako starrte ihn an und staunte, wie groß seine Ambitionen waren, dass er ihnen sogar jetzt noch nachging. Seine Trauer um seinen Sohn war echt. Auch sein Zorn über den Tod seiner Krieger war echt. Und doch hatte er die Gelegenheit erkannt, die diese Morde ihm verschafften, und er ergriff sie. Er versuchte, sie zu einer Verbündeten zu machen, wie er es bereits beim Bankett versucht hatte, bevor das Unwetter gekommen war.

Und bin ich besser? Versuche ich nicht ebenfalls, ihn zu einem Verbündeten zu machen?

Aber nur, weil ich versuche, diese Art von Machtspielchen zu unterbinden, dachte sie.

Doch sogar ihr selbst kam diese Rechtfertigung fadenscheinig vor. Eine Welle des Ekels überkam sie, vor sich selbst, vor Doreni, vor allen Intrigen der Sterblichen, die den Mächten der Schattenlande in die Hände spielten.

»Ihr gebt vor, meine Gedanken zu kennen«, sagte sie. *Wenn ich sie nicht einmal selbst durchschaue.* »Damit geht Ihr zu weit.«

»Ich bin bereit, noch weiter zu gehen. Harus Prozess wurde verschoben, weil Ochiba nicht für oder gegen ihn aussagen kann. Aber es darf keinen weiteren Aufschub geben. Dafür werde ich sorgen, egal zu welchem Preis.«

So weit ist es also schon gekommen. Zu offenem Widerstand. Barako dankte dem Schicksal, dass dieses Gespräch unter vier Augen stattfand. »Ihr wollt ihn jetzt für seine Dummheit zur Verantwortung ziehen? Haben wir mit unserer Zeit nicht Besseres zu tun?«

»Nein, nicht für seine Dummheit. Wir wissen bereits, dass Haru verantwortlich ist. Ich klage dieses Wesen des Mordes an. Ich beschuldige ihn, ein Oni zu sein.«

»Habt Ihr eine Ahnung, was Ihr da vorhabt?«

»Allerdings.«

»Ihr habt die Absicht, die Burg in einen politischen Krieg zu stürzen?«

Zum ersten Mal wirkte er peinlich berührt. »Nein.«

»Dann hört auf meine Warnung. Auch Ihr habt der Daimyo Loyalität geschworen. Vergesst das nicht. Bringt keine Schande über Euch und Chaos über die Burg der Morgenröte.« Sie hob eine Hand, um seine Antwort abzuwehren. »Eure Fragen müssen beantwortet werden. Das *müssen* sie, unser Überleben hängt davon ab. Aber überlegt, was passieren wird, wenn Ihr es zu weit treibt. Was passiert, wenn es so aussieht, als würdet Ihr Haru angreifen, um Eure politischen Ziele zu verfolgen, und Ihr unrecht habt? Lasst mich mit Akemi sprechen. Wir gehen gemeinsam zu ihr, aber *lasst mich sprechen.*«

»Wir gehen gemeinsam.« Mehr wollte er ihr nicht zugestehen.

Sie nickte.

Sie verließen ihr Gemach und gingen hinauf in die zweite Etage. Die Räume der Daimyo nahmen den größten Teil davon ein. Vier Wachen der Kakeguchi waren vor der Tür postiert.

»Ist die Daimyo wach?«, fragte Barako. »Hat sie gehört, was unten passiert ist?«

»Sie wurde benachrichtigt«, antwortete einer von ihnen. »Und sie hat uns angewiesen, Euch sofort zu ihr zu lassen.«

Sie nahm Doreni beiseite. »Ihr *werdet* mit ihr sprechen«, sagte sie leise. »Darauf habt Ihr mein Wort. Ich bitte Euch nur, mich zuerst sprechen zu lassen.«

»Ihr verlangt einen gewaltigen Vertrauensvorschuss, den ich Euch nicht gewähren kann.«

»Es bringt Euch nichts, hineinzustürmen und Forderungen zu stellen. Was könnte *ich* wohl sagen, das sie gegen Euch aufbringen könnte, wenn Ihr selbst hier seid, um ihrem Sohn und Erben vorzuwerfen, ein Oni zu sein?«

Nach einem kurzen Moment des Nachdenkens bedachte er sie wieder mit diesem knappen, widerwilligen Nicken, als wäre jedes Zugeständnis, egal wie vernünftig, eine unerträgliche Verletzung seines Stolzes, eine Anhäufung von Schulden, die er irgendwann eintreiben würde.

Barako ging zurück zu den Wachen, die ihr die Tür öffneten, und trat allein ein. Die flackernden Lampen warfen dunkle Schatten auf die detailreich bemalten Paravents, die den Raum teilten. Die Daimyo saß auf einem niedrigen Kissen neben einer in den Boden eingelassenen Feuerstelle, die mit einer Holzplatte abgedeckt war. Eine dicke Decke hielt sie warm, trotzdem schien sie zu frieren, sie wirkte alt und gebeugt. Ohne aufzusehen, sagte sie: »Ich weiß schon, dass Ihr mir noch mehr schlechte Neuigkeiten bringt.«

»Allerdings.« Barako stellte sich vor sie an die Feuerstelle. »Doreni wartet draußen. Er besteht darauf, dass wir Haru verhören, und ich befürchte, er hat recht.« Ihr Tonfall war sanft, aber entschlossen.

»Nein.« Akemi schüttelte den Kopf mit solcher Vehemenz, dass ihr ganzer Körper erbebte.

»Dadurch könnten wir ihn vielleicht von dem Verdacht freisprechen.«

»Nein. Er ist mein Sohn. Eines Tages wird er der Daimyo der Burg der Morgenröte sein. Er ist kein Oni und ich werde ihn keinem politisch motivierten Verdacht aussetzen.« In Akemis Stimme lag kaum noch Autorität. Sie klang schwach und trotzig.

»Doreni ist von seinen Ambitionen getrieben«, stimmte Barako zu. »Aber er hat *seinen* Sohn verloren. Zwei weitere Hiruma sind tot. Es steht ihm zu, Rechenschaft zu verlangen.«

»Nicht von meinem Sohn.«

Verlier nicht die Beherrschung, ermahnte sich Barako. *Vielleicht bist du die Einzige, die das noch kann.* »Ihr wisst, wie treu ich Euch ergeben bin, Herrin Akemi. Ich würde für Euch kämpfen bis zum Tod. Jetzt spreche ich aus Liebe zu Euch, Eurer Familie und der Burg der Morgenröte. Wenn Ihr Doreni seine Bitte abschlagt, wird die Kluft zwischen den Gruppen nur noch tiefer werden. Wir spielen dem Oni in die Hände.«

»Haru ist Haru«, beharrte Akemi. »Er hat diese Hiruma nicht getötet. Er war die ganze Zeit bei mir.«

Barako sah sich um. »Wo ist er?«

»Er schläft.« Sie deutete auf eine geschlossene Schiebetür. »Er ist immer noch sehr schwach.«

»Und wo wart Ihr?« Es war ihr höchst unangenehm, ihre Daimyo so auszufragen.

»Hier.« Akemi schien zu erschöpft, um zu protestieren.

»Und habt Ihr zwischendurch geschlafen?«

Akemi antwortete nicht.

Barako seufzte. »Dann könnt Ihr nicht wissen, ob er die ganze Zeit hier war.«

Akemi richtete sich auf dem Sitzkissen auf. »Das *war* er!«, schrie sie.

»Wir müssen sicher sein.«

»Wie? Wie wollt Ihr sicher sein? Ersticht Doreni ihn und wenn er stirbt, wissen wir, dass er unschuldig war?

Barako sagte nichts.

»Ich will ihn nicht schützen. Er wird für das Desaster in der Stadt der Hungrigen Nacht zur Verantwortung gezogen werden. Habe ich nicht gesagt, dass er sich dafür rechtfertigen muss?«

»Und zwar jetzt«, sagte Barako leise.

Akemi sank in sich zusammen. »Er *ist* mein Sohn.« Sie war kaum noch zu hören.

Barako kniete sich neben sie und ergriff ihre Hände. Die Hände der Daimyo waren kalt und trocken wie Pergament. Sie zitterten. »Und wenn nicht?«

Vor Barakos Augen alterte Akemi um weitere zehn Jahre. Unter Mühen erhob sie sich. »Ich wecke ihn«, sagte sie. »Holt Doreni. Soll er sich doch austoben.«

Das Verhör fand in Akemis Gemach statt. Akemi selbst saß an der Seite auf einem niedrigen Sessel. Nicht ein einziges Mal nahm sie den Blick von ihrem Sohn. Haru blieb stehen. Er war blass, seine Haut schweißnass. Mit schlecht gespieltem Trotz stand er Doreni gegenüber.

»Also dann«, sagte Haru. »Fragt mich, was Ihr wollt.«

»Nein«, entschied Doreni nach einer Weile des Schweigens, ohne eine Miene zu verziehen. »Wo Eure Tarnung so überzeugend ist, werden es Eure Antworten auch sein.«

»Was soll das Ganze hier dann?«, fragte Akemi ungeduldig.

»Er muss unter Beobachtung gestellt werden«, erklärte Doreni so unnachgiebig und kalt, als gehöre ihm die Burg bereits.

»Ihr wollt meinen Sohn einsperren?«

»Ja.«

»Das erlaube ich nicht!« Ein Funke von Akemis innerem Feuer loderte auf.

»So können wir die Sache ein für alle Mal beenden.« Barako hasste sich selbst dafür, das zu sagen. *Es ist der einzige Weg. Wir müssen es tun, um die Burg der Morgenröte zu retten.* »Wenn der Oni noch einmal zuschlägt, während Haru ...«, sie zwang sich, es auszusprechen, »eingesperrt ist, dann ist seine Unschuld bewiesen.«

Aus weit aufgerissenen Augen sah Haru sie an. »Ihr verdächtigt mich doch nicht, oder?«

»Wir müssen sicher sein«, antwortete sie. *Und das bin ich nicht.* Der leidende Tonfall klang auf jeden Fall nach Haru, aber das reichte nicht.

»Glaubt Ihr, dass ich der Oni bin?«, fragte er.

»Ich weiß nur, dass Eure Mutter, Leutnant Doreni und ich es nicht sind.« *Ich weiß nicht mehr, was ich denken soll. Je mehr du wie Haru wirkst, desto mehr fürchte ich die Fähigkeit des Oni, andere zu imitieren.*

Haru verzog gequält das Gesicht und ließ die Schultern hängen. »Sperrt mich ein. Wenn das notwendig ist, dann soll es so sein.«

»*Nein!*«, schrie Akemi. »Ich verbiete es.«

»Es wird getan, was getan werden muss«, sagte Doreni.

»Ich habe es verboten. Damit ist die Sache beendet.«

»Dann zwingt Ihr mich, zum Wohle der Burg meinen Treueschwur zu brechen.«

»Wollt Ihr mir drohen?« Akemi erhob sich.

Der Funke hatte eine Stichflamme entfacht. *Sie begreift, was Dorenis Forderung für Folgen hat,* dachte Barako. *Sie betrachtet die Langzeitfolgen und wird wieder eine politische Spielerin, wie es sich für eine Daimyo gehört.* Harus Position war bereits wackelig genug. Ihn tatsächlich einzusperren würde die schlimmsten Verdächtigungen, die über ihn kursierten, nur bestätigen. Sein Anspruch auf die Burg der Morgenröte würde sich in Nichts auflösen.

Da hatte sie recht, dachte Barako traurig. Aber es spielte keine Rolle. Der Oni hatte Harus Zukunft zerstört. Das war nicht mehr zu ändern.

Nur weigerte sich Akemi, das zu akzeptieren.

»Wenn Ihr Euch bereits so sehr vergessen habt«, sagte die Daimyo gerade zu Doreni, »dann vergesst nicht, dass ihr Hiruma auf dieser Burg in der Minderheit seid.«

»Zurzeit schon«, entgegnete Doreni ruhig, sich seines Sieges gewiss. »Doch wenn Ihr Euch jetzt weigert, werden alle erfahren, dass Ihr möglicherweise den Oni geschützt habt. Wenn Ihr Euch weigert und er tötet erneut, was glaubt Ihr, wie es dann um Eure Autorität steht?«

Akemi sank in sich zusammen. Sie setzte sich und vergrub das Gesicht in den Händen.

»Vielleicht«, ging Barako dazwischen, bevor Worte fielen, die man nicht mehr zurücknehmen konnte, »gibt es ja die Möglichkeit, einen Kompromiss zu schließen?«

Sieh mich an, Ochiba. Sieh, wie ich die Klippen der Diplomatie zu umschiffen versuche. Lachst du schon?

»Inwiefern ein Kompromiss?« Doreni war skeptisch.

»Es ist nicht notwendig, Haru in Ketten aus diesen Räumen fortzubringen.«

»Das hatte ich auch nicht vorgeschlagen.«

»Ihn für alle sichtbar von Wachen fortbringen zu lassen läuft auf dasselbe hinaus. Vielleicht können wir ein wenig flexibel sein in der Frage, *wo* Leutnant Haru bewacht wird?«

Bei diesem, wenn auch kleinen, Hoffnungsschimmer hob Akemi den Kopf. Haru reagierte gar nicht. Er starrte völlig apathisch auf den Boden.

»Was schwebt Euch vor?«, fragte Doreni.

»Ich dachte daran, dass er in diesem Quartier bleiben könnte.«

»Mit all den Fenstern?«

Barako schüttelte den Kopf. »Ich denke an den Schrein. Er hat keine Fenster und nur eine Tür. Eine sehr stabile Tür. Wenn man ihn gut bewacht, ist er ein ebenso sicheres Gefängnis wie jeder andere Raum der Burg.« Sie hatte das Wort *Gefängnis* Doreni zuliebe gewählt, damit er dem Plan zustimmte.

Er wirkte nachdenklich. »Der Schrein ...«, wiederholte er.

»Falls er der Oni ist«, sagte Barako, »ist das kein angenehmer Ort für ihn.« Sie versuchte nicht mehr, sich selbst einzureden, dass sie mit ihren Argumenten nur Doreni überzeugen wollte. Zu ihrer Bestürzung stellte sie fest, dass sie völlig an das glaubte, was sie sagte. Sie *mussten* über Haru Gewissheit erlangen, so oder so, und ihn im Schrein einzusperren, so glaubte sie, würde den Oni schwächen, falls er denn der Oni war.

Haru schwieg immer noch und bewegte sich nicht. Er schien an seinem Schicksal nicht im Geringsten interessiert.

Das Gewicht des Hammers, der auf Barakos Rücken geschnallt war, gab ihr plötzlich Sicherheit. Sie war froh, ihn griffbereit zu haben. Je weiter weg Haru schien, desto leichter fiel es ihr, sich vorzustellen, dass sie die Waffe zu einem tödlichen Schlag schwingen musste. Bis die Morde begonnen hatten, hatte sie für Haru nur Ärger wegen seiner dummen Aktion übrig gehabt, und wegen des Schadens, den er damit verursacht hatte. Jetzt war sie nicht mehr sicher, ob sie von ihm überhaupt noch als Haru dachte.

»Also gut«, sagte Akemi, in ihrer Niederlage dankbar, dass ihrem Sohn die größte Erniedrigung erspart bleiben würde. »Dann eben der Schrein.«

Doreni machte einen Schritt auf Haru zu. Das riss diesen aus seinen Gedanken. Er entzog seinen Arm Dorenis Griff. »Ich kenne den Weg selbst«, murmelte er. Er richtete sich gerade auf und schien sich zu sammeln, um würdevoll zum Schrein zu schreiten. Dann sank er wieder zusammen und schien zu schrumpfen. Das war nicht der Erbe der Burg der Morgenröte, der da den Saal verließ, dicht gefolgt von Doreni. Es war ein Gefangener.

Nachdem Haru im Schrein des Herrn Hida eingeschlossen worden war und je drei Wachen der Hiruma und der Kakeguchi postiert worden waren, um die verrammelte Tür zu bewachen, verließen Barako und Doreni Akemis Gemächer. Barako fühlte, wie der Blick der Daimyo sich ihr in den Nacken bohrte. Es spielte keine Rolle, dass sie das Richtige getan hatte oder dass sie Haru vor einer schlimmeren Erniedrigung bewahrt hatte. Akemi betrachtete die Rolle, die Barako dabei gespielt hatte, Haru einzusperren, als Verrat. Barako fragte sich, ob Akemi ihr jemals wieder vertrauen würde.

Vor der Wohnung der Daimyo begann Barako: »Falls Haru nicht der Oni ist ...«

»Ja«, pflichtete Doreni ihr bei. »Wir müssen weitere Vorsichtsmaßnahmen treffen.«

Jetzt, da er seinen politischen Sieg errungen hatte, holten Erschöpfung und Trauer ihn ein. Plötzlich sah er mitgenommen aus, wie eine Statue, die von Wind und Regen abgetragen worden war.

»Jedes Fenster ist ein Schwachpunkt in unserer Verteidigung«, sagte Barako. »Wir können ihn nicht davon abhalten, nach Belieben ein und aus zu gehen. Also müssen wir stark sein. Volle Truppenstärke. Keine Patrouillen mit weniger als fünf Bushi.«

»Haben wir dafür genug Krieger?«

»Dafür müssen wir einfach sorgen. Wenn die Schichten dafür doppelt so lang werden müssen, dann ist es eben so.« Noch während sie das sagte, wusste sie, dass eine solche Anstrengung nicht ewig aufrechterhalten werden konnte.

»Es wird auf der Burg der Morgenröte nicht viel Schlaf geben.«

Das weiß ich. Oh, und wie ich das weiß. »Beten wir zu den Kami, dass der Schlaf zurückkehren wird.«

Kapitel Zwanzig

Aber sie musste schlafen. Egal wie viel Barako ihren Samurai abverlangte, sie brauchte Schlaf. Die wenigen Minuten, die sie sich in Ochibas Gemach erlaubt hatte, waren nicht genug gewesen. Solange die Sonne nicht schien, wurde der Tag von den Schichten der Wache bestimmt und ein ganzer Zyklus war ohne einen Angriff vergangen. Das war ein Sieg. Die Einäscherungszeremonie für die Toten fand im Schrein im Erdgeschoss statt, der allen Kami geweiht war, und sie wurde nicht gestört. Auch das war ein Sieg. Doreni schien zufrieden mit dem, was er erreicht hatte, und gestattete sich, offiziell um seinen Sohn zu trauern.

Dass er zumindest vorerst nichts weiter versuchte, um Akemis Position zu schwächen, war in Barakos Augen ein weiterer Sieg.

Sie nahm gerade, was sie kriegen konnte, so wenig es auch erschien, und war dankbar dafür.

Und auch wenn es ihr nach wie vor schwerfiel, die Verantwortung des Kommandos abzugeben, selbst für ein paar Stunden, war sie auch dankbar dafür, dass es ihr gelungen war, sich etwas Zeit zum Schlafen zu nehmen. So konnte es nicht weitergehen. Doreni war für den Augenblick zufriedengestellt, weil Haru bewacht wurde. Er hatte schon zuvor geruht und so konnte sie die Verteidigung der Burg an ihn übergeben. Immer wieder gab es Angriffe der Schneeskelette, aber sie kamen nur gelegentlich und konnten leicht abgewehrt werden. Die Patrouillen waren gut organisiert.

Doch all das hatte sie schon einmal gedacht. Als sie neben Ochiba gesessen hatte, hatte sie das Gefühl gehabt, dass die Verteidigung stand, so gut es eben möglich war, und dass es für eine Weile nichts mehr für sie zu tun gab. Sie hatte sich geirrt.

War es diesmal anders? Fühlte sie so etwas wie Sicherheit, jetzt, da Haru weggesperrt war? War sie so sehr davon überzeugt, dass er der Oni war?

Nein, das bin ich nicht. Ich glaube nicht, dass er es ist. Ich bin nur nicht vollkommen sicher, dass er es nicht ist.

Warum glaubte sie dann, dass sie jetzt schlafen könnte? Wenn Haru nicht der Oni war, dann lief das Monster frei herum und umkreiste die Burg unerreichbar und unsichtbar, bis es zu spät war. Die Patrouillen konnten nicht überall sein. Und ein ganzer Trupp war möglicherweise nicht stark genug, das Ungeheuer zu besiegen. Also warum sollte sie schlafen?

Weil ich es muss. Ich bin am Ende.

In ihrem Gemach legte Barako sich auf ihre Schlafmatte. Binnen Sekunden war sie eingeschlafen.

Kein panischer Lärm weckte sie. Sie erwachte irgendwann von selbst und wusste, dass sie mehrere Stunden geschlafen hatte, denn sie fühlte sich tatsächlich ausgeruht. Die Erschöpfung würde erst vollständig von ihr abfallen, wenn dieser Krieg zu Ende war, aber sie war bereit, erneut den Kampf aufzunehmen.

Während sie aufstand, wurde sie allmählich nervös. Sie legte die Rüstung an und nahm ihren Hammer. Aufmerksam lauschte sie den Geräuschen der Burg, während sie sich eilig fertig machte. Sie war überzeugt, dass sie sich direkt in einen

Kampf stürzen musste. Aber der Korridor war ruhig. Nicht weit entfernt hörte sie das Fußgetrappel einer Patrouille, die erst vor Kurzem an ihrer Tür vorbeigekommen sein musste. Sie hörte das Gemurmel und Geraschel des alltäglichen Lebens auf der Burg, wie das Rauschen von Blut in den Adern des Gebäudes, ein Zeichen von Gesundheit. Immer noch heulte der Wind um die Mauern. Aber als sie aus ihren Räumen trat, wurde sie von keiner Brise umweht. Zumindest auf dieser Etage war kein Fenster zerbrochen.

Trotzdem wuchs ihre Nervosität, ohne Grund und ohne Anlass.

Den Hammer in der Hand ging sie leise los auf ihre ganz eigene Patrouille. Es war die Stunde des Affen, spät am Nachmittag – eine bedeutungslose Zeiteinteilung in einer Welt der ewigen Nacht. Aber die Leute verhielten sich immer noch so, als wäre der Tag wichtig, als böte er eine Art Sicherheit, die die Nachtstunden ihnen nicht geben konnten.

Jetzt empfand sie eine solche Sicherheit nicht. Die Zuversicht, die sie hatte schlafen lassen, war verschwunden. Etwas bahnte sich an. Die Vorahnung lag in der Luft und zog sich um Barakos Schädel zusammen. Ihr Puls hämmerte.

Und dann war das Hämmern außerhalb ihres Körpers, außerhalb der Burg, wurde zum Dröhnen und Knirschen von gewaltigen Schlägen, die Holz und Mörtel zertrümmerten. Der Aufprall ließ Wände und Böden erbeben. Es war schwer zu sagen, woher die Schläge kamen. Barako rannte den Gang hinunter und versuchte, die Quelle ausfindig zu machen. Sie schien irgendwo in dieser Etage zu liegen, aber die Schläge dröhnten weit und breit und vermischten sich mit dem Heulen des Windes. Zweimal knirschte es noch, mehr Holz splitterte. Barako glaubte, einen Schrei zu hören, aber er war so schnell vorbei, dass es auch der Wind hätte sein können. Schließlich hörten die Schläge auf.

Barako blieb stehen und lauschte. Die Patrouille, die sie zuvor gehört hatte, bog um die Ecke. Die erschrockenen Gesichter der Samurai spiegelten wider, wie sie sich fühlte. Sie waren in der Nähe des Eingangs zur Bibliothek und Junji kam heraus. Er hatte den verwirrten Gesichtsausdruck von jemandem, den man aus dem Schlaf gerissen hatte. Seit die beiden Samurai der Hiruma getötet worden waren, hatte Barako ihn kaum zu Gesicht bekommen. Junji war in seine Schriftrollen vertieft gewesen und hatte eine Möglichkeit gesucht, den Oni zu bekämpfen. Als sie ihm erzählt hatte, dass sie Haru eingesperrt hatten, hatte er lediglich kurz genickt und sich dann wieder seinen Schriftrollen gewidmet. Irgendwann musste er vor Erschöpfung eingeschlafen sein, aber jetzt war er hellwach.

»Was war das?«, fragte er.

Barako schüttelte den Kopf. Sie lauschte noch und wartete darauf, dass das Dröhnen wieder einsetzte. Und das tat es. Jetzt war es weiter entfernt. Ein anderer Teil der Burg wurde angegriffen.

»Ich glaube, das ist über uns«, sagte eine der Wachen.

Die zweite Etage. Wo sich die Gemächer der Daimyo befanden. Wo Haru war.

Barako sprintete zur Treppe und das Adrenalin verlieh ihr trotz der schweren Rüstung die nötige Geschwindigkeit. Der Trupp und Junji folgten auf dem Fuße. Sie flog geradezu die Treppe hinauf. Die Geräusche der Schläge und des splitternden Holzes wurden lauter.

Die Schiebetür zu den Räumen der Daimyo stand weit offen. Von drinnen kam Geschrei. Mit zum Schlag erhobenem Hammer stürmte Barako hinein. Die Wachen, die draußen postiert gewesen waren, versuchten gemeinsam mit denen, die Haru bewacht hatten, die Tür aufzubrechen. Etwas hatte sich in der schweren Schiebetür verklemmt. Akemi kniete vor ihnen und schrie ihnen mit vor Angst heiserer Stimme zu, sich zu beeilen. Die Schläge und das Splittern kamen aus dem Inneren des Schreins, genau wie Harus Hilfeschreie.

Barako warf sich mit der Schulter gegen die Tür. Das Holz knackte, aber die Tür gab kaum einen Zentimeter nach. Die Wachen traten zurück, um ihr mehr Raum zu geben. Sie war als Einzige mit einem Hammer bewaffnet. Wieder und wieder schwang sie ihn und zertrümmerte das lackierte Holz. Nach einigen Treffern stellte sie fest, dass der obere Teil der Tür offenbar leichter zu durchbrechen war, als würde etwas sehr Schweres den unteren Teil blockieren.

Das Krachen hinter der Tür verstummte. Das Unwetter heulte im Inneren des Schreins. Dann schrie auch Haru auf. Vom Mut der Verzweifelten war in seiner Stimme nichts zu hören. Schließlich war er ruhig und nur noch der Sturm war hinter der Tür zu hören.

Barako schlug auf die Tür ein, bis das Holz nachgab. Als sie es einmal geschafft hatte, wurde das Loch schnell größer und war schließlich groß genug, dass sie hindurchklettern konnte. Sie verstaute den Hammer wieder auf dem Rücken, griff nach der unteren Kante des Lochs und zog sich hindurch.

Der Schrein war ein quadratischer Raum von etwa zehn Metern Kantenlänge. Haru hatte sich in einer Ecke zusammengekauert. Der Schrein war total zerstört. Altar und Idole waren von herabfallenden Holzbalken zerschmettert worden. In der Burgmauer war ein fast drei Meter breites Loch, das bis zur Decke des Raums reichte. Ein Brocken aus Mörtel und Holz war gegen den unteren Teil der Zugangstür des Schreins gefallen, hatte sie in ihrem Rahmen verkeilt und hielt sie geschlossen. Alle Heiligkeit war aus dem Schrein gewichen. Er war nur noch ein Trümmerhaufen.

Mit schreckensbleichem Gesicht starrte Haru auf das Loch in der Wand und das, was sich dort im Wind drehte.

Die Leiche von Hiruma Mioko baumelte dort. Eine Hand war von langen Holzsplittern aufgespießt und in den oberen Rand des Lochs geklemmt worden. Barako hatte Schwierigkeiten, Dorenis Tochter zu erkennen. Ihre Haut war runzelig und ihr Körper hing so schlaff herab, dass es aussah, als würde er schmelzen. Einige lange, schreckliche Sekunden lang starrte Barako sie nur verständnislos an. Alles verschwamm vor ihren Augen, als wäre sie wieder in der Stadt der Hungrigen Nacht mit ihrer Architektur, die sich dem Blick entzog.

Und dann begriff sie. Sie sah, was der Oni Mioko angetan hatte. Er hatte sie gehäutet, so wie den Kopf ihres Bruders oder die zwei Wachen, aber mit einem Unterschied. Ihr hatte er die Haut ab- und dann wieder aufgezogen.

Verkehrtherum.

Das Haar an Miokos Hinterkopf ragte aus den leeren Augenhöhlen ihres Gesichts.

Herr Hida, wach über uns. Herr Hida, verleih mir Kraft. Herr Hida, verlass uns nicht!

Barako liefen Schauer über den Rücken. Ein eisiges Loch öffnete sich in ihrer Brust, als hätte der Anblick alle Emotionen aus ihr vertrieben.

Sie sah Haru an und hielt sich vorerst von ihm fern. Er war von Staub und Splittern bedeckt und zitterte im kalten Wind, der hereinwehte. Allerdings schien er unverletzt. Offenbar spürte er ihren Blick, denn er riss den seinen von der Leiche los und sah sie an. In seinem Gesicht lag ein Flehen um Hilfe, um Trost, um Vergebung. Um irgendetwas.

Aber sie hatte ihm nichts zu geben. Nicht in diesem Augenblick. Und vielleicht auch nie. Sie wusste nicht einmal, ob sie ihm den Schmerz, den sie sah, abkaufen konnte.

Barako nahm den Hammer von ihrem Rücken. Wachsam, stets bereit, ihm den Schädel einzuschlagen, wandte sie sich von Haru ab und näherte sich dem Loch in der Wand. Sie betrachtete die zersplitterten Kanten und sah, wo Holz und Mörtel mit mächtigen Hieben eingeschlagen worden waren.

Und sie sah, wo die Mauer *nach außen* eingeschlagen war.

Kapitel Einundzwanzig

»*Liefert ihn aus! Er muss sterben! Ich bringe ihn um!*« Dorenis Wutschreie erfüllten die Gemächer der Daimyo. »*Wo ist sie? Wo ist meine Tochter? Hat er sie? Lasst mich durch!*«

Es gab ein kurzes Handgemenge. Einige Wachen versuchten, Doreni zurückzuhalten. Sie hatten durch das Loch in der Tür geblickt und gesehen, was dahinter war. Sie wussten, was passieren würde, wenn Doreni es sah.

Barako stürzte zu den Überresten der Tür. *Haltet ihn fern.* Es war zu spät. Doreni hatte die Wachen beiseitegeschoben und sie wagten nicht, mehr zu tun, um ihn aufzuhalten. Er stand an dem Loch, das Barako geschlagen hatte, und sah an ihr vorbei auf die Leiche, die im Wind schwang.

Er erstarrte. Ein leiser, animalischer Laut entrang sich seiner Kehle.

Barako machte ihm Platz und trat zurück, bis sie etwa in der Mitte des Schreins stand, zwischen der Tür und dem zusammengekauerten Haru.

Doreni zwängte sich durch das Loch in der Tür. Seine Bewegungen waren ungeschickt. Er war von zu vielen Schrecken gebeutelt. Im Schrein stolperte er vorwärts und fiel vor dem Loch in der Wand auf die Knie. Sein Mund öffnete sich weit in einem stummen Schrei, der zu groß war, um sich Gehör zu verschaffen. Er hatte sich seiner bemächtigt und würde ihn nie mehr loslassen. Er hatte ihm den Frieden genommen, seine Freude aufgezehrt.

Der Schmerz hatte Doreni ergriffen. Barako konnte beinahe seinen Griff unter Dorenis Haut sehen. Ein solcher Schmerz war wie eine Faust, die Lungen und Herz zusammenquetschte. Und dann öffnete der Schmerz seine Klauen und drückte den Brustkorb nach außen, bis die Knochen splitterten. Er verwandelte den Atem in Stein, den man nicht mehr ausatmen konnte. Der Schmerz wand sich und badete in dem Zorn, den er hervorrief.

Barako verlagerte ihr Gewicht und hielt sich bereit. Ein solch großer Schmerz brachte auch den Tod. Tod für sein Opfer und diejenigen, die ihm zu nah kamen.

Doreni streckte eine Hand aus. Seine Finger streiften Miokos Fuß. Der Wind entzog Doreni ihren Körper wieder, dann wehte er ihn zu ihm zurück. Ihr Fuß prallte gegen seinen Finger und die lose flatternde Haut warf Falten. Doreni riss die Hand zurück, als hätte ihn etwas gestochen.

Er kämpfte sich hoch. Sein Mund war jetzt geschlossen, die zusammengebissenen Zähne gefletscht. Sein Atem ging in langen, zischenden Zügen.

Das Unwetter umwehte ihn mit Schnee, der ihn in spöttischen Flocken umtanzte.

»Rekai.« Barako versuchte, den gefährlichen Strudel aus Schmerz zu durchbrechen, der Doreni zu verschlingen drohte. Er wurde nur noch von Instinkten geleitet, wie ein Tier. Sie musste zu dem vernünftig denkenden Menschen durchdringen. »Wo ist Rekai?«

Doreni brummte und atmete tief ein. Es rasselte wie ein Steinschauer.

»Ist Rekai in Sicherheit?«

Ein erneutes Brummen. Doreni richtete sich auf und begann zu sprechen. Die Worte waren an den Leichnam seiner Tochter gerichtet. »Ich bin in unsere Wohnung gegangen und habe dich gesucht. In der Wand war ein Loch, so wie dieses hier. Du warst nicht dort, nur deine Mutter. Sie war in unserem Quartier.«

»Ihr solltet zu ihr gehen«, sagte Barako. »Ihr braucht einander.«

Langsam drehte Doreni sich um. »Sie war überall im Raum verteilt«, sagte er mit furchtbar unbewegter Stimme.

Barako fühlte, wie ihr alles Blut aus dem Gesicht wich.

Doreni umklammerte das Heft seines Schwertes mit beiden Händen. »Steh auf«, sagte er zu Haru.

Der bewegte sich nicht und sagte kein Wort.

»Nehmt die Waffe runter, Leutnant Doreni«, befahl Barako.

Doreni beachtete sie nicht. »Steh auf«, wiederholte er. »Lass deine Tarnung fallen. Zeig dein wahres Gesicht oder ich werde dich in dieser traurigen Gestalt niedermetzeln.«

Haru schauderte. »Ich habe sie nicht ...«, murmelte er, sonst nichts.

Doreni wandte sich vom zertrümmerten Teil des Schreins ab und näherte sich Haru. Barako verstellte ihm den Weg.

»Lasst mich durch.«

Die Wachen auf der anderen Seite der Tür machten eine Bewegung auf den Schrein zu, aber ein Blick von Doreni ließ sie innehalten.

»Verlasst diesen Ort«, forderte Barako ihn auf. »Geht. Lasst uns tun, was getan werden muss. Wir werden Euch Eure Tochter für die Einäscherung zurückgeben.«

»Was getan werden muss«, wiederholte Doreni bitter. »Hättet ihr getan, was getan werden muss, hätte ich noch eine Familie.«

»Zum letzten Mal ...«

Doreni ließ sie nicht ausreden. Er stürzte vor und schlug mit der Klinge nach ihrem Hals.

Es war eine Finte, um sie zu warnen, und sie konnte ihr leicht ausweichen. Mit diesem ersten Angriff hatte er nicht versucht, sie zu töten. Also gehorchte ein Teil von ihm immer noch der Vernunft. Aber als sie auch seinem nächsten Schlag auswich, warf er alle Zurückhaltung ab. Er bedrängte sie mit ebenso kraftvollen wie schnellen Hieben. Er war ein gefürchteter Kämpfer und hielt sich nicht zurück. Im Gegensatz zu ihr, denn sie wollte ihn nicht töten. Sie kämpfte defensiv, wich seinen Schlägen aus und nutzte ihre Größe und Kraft sowie die schwere Rüstung zu ihrem Vorteil. Sie bildete eine lebende Wand zwischen Doreni und Haru. Von Kummer und Wut überwältigt griff Doreni wie wild an. Seinen Schlägen fehlte es an Präzision und Disziplin. Die wenigen, denen Barako nicht ausweichen konnte, prallten an ihrer Rüstung ab.

Während sie um Harus Leben kämpfte, fühlte Barako seine Gegenwart hinter sich wie eine Bedrohung, um die sie sich derzeit nicht kümmern konnte. Sie kämpfte mit der Erwartung, verraten zu werden, und war die ganze Zeit vorbereitet auf die niederschmetternde Erkenntnis, ihr Leben gegeben zu haben, um einen Oni zu schützen.

Aber sie wusste es nun einmal nicht. Also musste sie Doreni aufhalten.

In seinem Frust schrie Doreni etwas Unzusammenhängendes. Die Trauer hatte ihn gebrochen. Seine Klinge blitzte auf und traf auf ihren Hammer, wieder und wieder. Langsam bewegte Barako sich nach vorn und manövrierte Doreni in eine andere Ecke des Schreins. Sie begegnete seiner Wildheit mit Geduld und dem festen Willen, keinen Schritt zurückzuweichen. Schon bald hatte sie ihn in Richtung Tür gedrängt, wo er auf dem Geröll keinen sicheren Stand hatte. Hier hielt sie ihn in Schach. Er wandte mehr Energie auf als sie und würde zuerst müde werden.

Und so war es auch. Seine Hiebe wurden schließlich mehr Ausdruck seines Frusts als tatsächliche Angriffe. Sie brauchte kaum noch etwas zu tun, um ihnen auszuweichen.

»Überlasst ihn mir!«, flehte Doreni fast schluchzend. »Warum schützt Ihr ihn? Er ist der Oni!«

»Das kann ich nicht wissen«, sagte Barako ruhig. »Und Ihr ebenso wenig.«

»Oh, Ihr seid ein Narr!«

»Er wurde ebenfalls angegriffen.«

»Und warum ist er dann nicht tot?«

Sie wusste es nicht.

Doreni gab den Kampf auf. Vornübergebeugt schnappte er nach Luft. Er wandte sich von ihr ab und sein Blick fiel auf den aufgebrochenen Putz am Loch in der Wand. »Von innen zerschlagen!« Er zeigte darauf. »Das Loch wurde von innen geschlagen! Welchen Beweis wollt Ihr denn noch?«

»Ich habe noch nicht mit ihm sprechen können.«

»Sag es uns!«, schrie Doreni Haru an. »Was ist hier los? *Warum wurde diese Wand von innen aufgebrochen?*«

Endlich rührte sich Haru. Er blieb in seine Ecke gekauert, zitterte vor Kälte und hatte die Arme um die Knie geschlungen. »Er hat die Wand eingeschlagen«, sagte er. »Der Oni hat sie eingeschlagen und ist hereingekommen. Dann hat er sie noch weiter aufgebrochen, hat gegen die Wand geschlagen und das Holz in die Nacht hinausgeschleudert. Er ... er hat das getan.« Haru deutete auf Mioko, ohne sie anzusehen. »Dann ist er verschwunden.«

»Habt Ihr gesehen, wie er aussah?«, fragte Barako.

»Die Laternen waren alle zerschlagen ...«

»Was habt Ihr gesehen?«, beharrte sie.

Haru nahm einen tiefen, rasselnden Atemzug. »Nichts. Die Laterne ging zu Bruch, als die Wand aufgebrochen wurde. Es war alles dunkel. Ich konnte eine riesige Gestalt im Loch in der Wand erahnen. Mehr nicht.«

»Warum lebst du noch?«, fauchte Doreni ihn an. »*Warum?*«

»Ich weiß es nicht.«

»Der Oni reißt die Wand zu deinem Gefängnis ein und macht dir die *Leiche meiner Tochter* zum Geschenk, dann verschwindet er, ohne dich auch nur anzurühren, und du sagst mir nur, du weißt nicht, warum?«

Haru schüttelte den Kopf. »Ich weiß es nicht ... Wirklich nicht ...«

Barako trat auf ihn zu und hielt sich bereit, Doreni abzuwehren, falls er noch einmal angreifen sollte. »Sagt mir, was im Turm in der Stadt der Hungrigen Nacht passiert ist.«

»Ich erinnere mich nicht.«

Sie hockte sich vor ihn hin und blockierte alles Licht aus dem Korridor, sodass sie selbst zu einem riesigen, drohenden, stählernen Schemen wurde. »*Was ist passiert?*«, knurrte sie.

»*Ich weiß es nicht!*«

Es brachte nichts. Sie richtete sich wieder auf. War er Haru oder nicht? Sie wusste es immer noch nicht. Aber bis sie sich sicher sein konnte, war es ihre Pflicht, ihn zu schützen.

»Ich will Gerechtigkeit«, sagte Doreni. »Sein Leben gehört mir.«

»Wartet!«, rief Barako.

Doreni hörte nicht auf sie. Er kletterte bereits wieder durch die Tür. »Sein *Leben*!«, wiederholte er und stürmte aus dem Quartier der Daimyo.

Barako räumte genug von dem Geröll weg, um die Schiebetür zu öffnen, und ließ die Wachen herein. »Legt Leutnant Haru in Ketten und bringt ihn ins Gefängnis.« Das Verlies lag im Keller der Burg. Dort bildete das Fundament der Burg die Wände, die Haru umgaben. Falls der Oni zu ihm wollte oder er selbst der Oni war, müsste er durch Eisengitter und Steinmauern brechen. Aber es war nicht Schutz vor dem Oni, den Haru brauchte oder den Barako hätte bieten können. Ihn einzusperren war der einzige Weg, sein Leben vor seinen Mitmenschen zu retten, falls es überhaupt noch ein Leben gab, das es wert war, gerettet zu werden.

Sie verließ den Schrein. Sobald Haru hinausgeführt worden war, schlüpfte Junji hinein, um die Leiche zu untersuchen. Akemi vertrat den Wachen den Weg. Sie blieben verunsichert stehen und sahen Barako hilfesuchend an.

»Nein«, sagte die Daimyo. »Nein. Das nicht.«

»Wir haben keine Wahl, Herrin Akemi«, sagte Barako. »Nicht mehr.«

»Wenn wir ihn hier in einem anderen Zimmer unterbringen ...« Akemi klammerte sich an Wunschträume.

»Der Oni hat das unmöglich gemacht.« *Ob Haru nun der Oni ist oder nicht.* »Alle müssen sehen, dass er ins Gefängnis gesperrt wird. Ich bezweifle, dass das Doreni jetzt noch reichen wird, aber ich muss es zumindest versuchen.« Zu den Wachen sagte sie: »Nehmt ihn mit.«

Sie gehorchten und gingen um Akemi herum. Allein und hilflos stand sie da.

Barako hasste sich selbst. Trotzdem ließ sie die Daimyo stehen und ging zu Junji, der soeben von der Leiche zurücktrat. »Habt Ihr irgendetwas gefunden?«, fragte sie. »Hier oder in der Bibliothek? Ihr sucht schon seit einer ganzen Weile. Habt Ihr *irgendetwas* gefunden, das uns helfen kann?«

»Noch nicht.«

Junji hatte einen Sekundenbruchteil gezögert mit seiner Antwort. *Er weiß etwas.* Barako hakte nach: »Seid Ihr sicher? Selbst die geringste Ahnung ist besser als nichts.«

»Noch nicht, nein.«

»Nun gut. Solange Euch klar ist, dass aus *noch nicht* schon bald *niemals* werden könnte.«

Akemi hatte sich wieder unter die dicke Decke neben der Feuerstelle zurückgezogen, als Barako aus dem Schrein kam.

Sie hätte sie einfach dort lassen können. Es wäre barmherzig gewesen.

Den Luxus der Barmherzigkeit können wir uns nicht mehr leisten.

Barako zwang sich, zu Akemi hinüberzugehen. Sie musste sich zu etwas zwingen, das sie wirklich nicht gern tat. Sie musste die Daimyo dazu bringen, etwas für sie sehr Schmerzliches zu tun. »Herrin Akemi, Ihr müsst zu den Bewohnern der Burg der Morgenröte sprechen.«

»Was?«

Barako hatte bisher nicht gewusst, dass ein Wort ausgezehrt klingen konnte.

»Ihr müsst zu so vielen Samurai sprechen, wie wir im Audienzsaal versammeln können, und ihnen erklären, was Ihr tun werdet.«

»Und was werde ich tun?«

»Ihr lasst Haru ins Verlies sperren und Ihr unternehmt alles in Eurer Macht Stehende, um herauszufinden, ob er der Oni ist. Ihr stellt das Wohl der Burg der Morgenröte vor Eure eigene Familie, wie es Eure Pflicht als Daimyo ist.«

»Wollt Ihr mir vorschreiben, was meine Pflicht ist?«

»Nein. Ich sage Euch, was Ihr tun müsst, wenn Ihr die Burg retten wollt und wenn Ihr auch nur die geringste Hoffnung darauf bewahren wollt, Harus Leben zu verschonen.« Sie war nicht weit davon entfernt, der Daimyo Befehle zu erteilen. Diese ganze Situation war falsch.

Akemi schüttelte den Kopf. »Warum sollte ich auf Euch hören?«

»Ich verstehe, dass Ihr das nicht wollt. Ich wünschte, es gäbe eine Alternative für Euch. Doch die gibt es nicht.«

»Doch, die gibt es. Ich weigere mich. Ihr habt meinen Sohn gefangen genommen, nicht ich.«

»Es sollte den Anschein haben, dass der Befehl von Euch kam.«

Noch einmal schüttelte Akemi den Kopf. Sie beugte sich vor und sah Barako nicht an. Der Angriff auf den Schrein hatte sie gebrochen. Der Angriff und vielleicht die Tatsache, dass auch sie selbst jetzt Zweifel an Haru hegte, sich das aber nicht eingestehen konnte.

Barako würde sie nicht überzeugen können. Nicht auf diese Weise.

Je länger sie hierblieb, desto länger hatte Doreni anderswo auf der Burg freie Hand.

Was hat er vor?

Er sagte, er würde Haru das Leben nehmen.

Was muss er tun, um das zu bewerkstelligen?

Das, wozu der Oni ihn immer mehr und mehr treibt.

Barako überließ Akemi ihrem Rückzug in die Hoffnungslosigkeit und rannte die Treppen ins Erdgeschoss hinunter. Als sie den Tumult in der Haupthalle vernahm, sank ihr der Mut. Sie wusste schon, was sie erwartete, bevor sie über die Schwelle trat.

Kapitel Zweiundzwanzig

Die Halle war voll. So viele Samurai der Hiruma und Kakeguchi waren hier versammelt, dass Barako sich einen Moment lang fragte, ob überhaupt noch welche auf den Mauern postiert waren. Aber nein, zumindest in dieser Hinsicht hatte sie keine Zweifel am Mut der Bushi und ihrer Hingabe, die Burg weiterhin vor dem einen Feind zu schützen, den sie bisher hatten draußen halten können.

Doreni stolzierte zur Mitte der Halle, drehte sich um und ließ seine Rufe in alle Richtungen erschallen, um jeden Einzelnen der anwesenden Samurai zu ermahnen. Er hatte seine Soldaten um sich versammelt, richtete sich aber ausdrücklich an die Kakeguchi.

Jetzt ist es also so weit. Er hat den Schritt zur offenen Rebellion vollzogen. Er begreift nicht, was der Oni mit ihm gemacht hat. All seine Voraussicht hat er zunichte gemacht. Doreni hätte nur warten müssen. Haru hatte sich vollständig selbst sabotiert. Die Burg hätte Doreni gehört. Hiermit zerstört er sich und seinen Ruf.

Sie fragte sich, was der Oni mit ihr machte. Zu was für einem Menschen sie wurde.

»Hört mich an, Samurai der Familie Kakeguchi«, rief Doreni. »Ich sage Euch, dass Ihr von Euren Treueeiden befreit seid. Durch ihre Handlungen hat sich die Daimyo ihrer unwürdig erwiesen. Sie schützt den Oni und weigert sich, ihn zu vernichten. Sie sieht nicht ein, dass dieses Ding nicht ihr Sohn ist. Kakeguchi Haru starb in der Stadt der Hungrigen Nacht. Das Ding, das zurückgekehrt ist, ist etwas anderes. Bislang hat es nur Hiruma getötet. Aber wenn wir tot sind, was dann? Glaubt Ihr, Ihr wärt nicht die nächsten? Der Oni spielt Eure Integrität gegen Euch aus. Er glaubt, dass Ihr zu Herrin Akemi steht und zu dem, den Ihr für Leutnant Haru haltet, weil Eure Pflicht das von Euch verlangt. Das nutzt er gegen Euch, so lange, bis Ihr alle tot seid.«

Barako hob die Stimme und ließ ihr Donnergrollen gegen sein Wutgeheul anrollen. »Und was, Hiruma Doreni, sollten diese rechtschaffenen Bushi Eurer Meinung nach tun?«

Er wirbelte herum und hielt überrumpelt in seiner Raserei inne. Er hatte sie nicht hereinkommen sehen.

Noch vor einem Tag hätte ich ihn nicht so überraschen können. Er sieht nicht weiter als seine eigene Nasenspitze.

»Sie sollten das tun, was tatsächlich richtig ist«, erklärte Doreni.

»Mit anderen Worten, Euch folgen? Sollen sie gegen ihre Daimyo rebellieren, weil das Opfer des Oni, dem die Trauer den Verstand verwirrt hat, es von ihnen verlangt?«

»Nein, nein, nein.« Doreni lachte bitter und zeigte auf sie. »Ihr habt den rechten Pfad verlassen. Hiruma und Kakeguchi, wir gehören alle dem Krabben-Klan an und wir können uns nicht immer den Luxus leisten, dem Bushido zu folgen. Wir sind dazu berufen, das Reich gegen die Schattenlande zu verteidigen. Dafür müssen wir tun, was immer notwendig ist, um die Mauer zu halten.«

»Ganz genau.« Barako sprach jetzt leiser. *Lass Doreni als den Durchgedrehten dastehen. Sei die Stimme der Ruhe und Vernunft.* »Und wir müssen uns gegen diejenigen zur Wehr setzen, die ihre Ambitionen in den Deckmantel der Notwendigkeit kleiden.«

Dorenis Augen weiteten sich. Vor Zorn fehlten ihm die Worte. »Ihr beschuldigt mich …?«, krächzte er. »Meine Familie …?«

Barako ging nicht darauf ein, sondern wandte sich an die Anwesenden: »Herrin Akemi, Daimyo der Burg der Morgenröte, *Eure* Daimyo, wird im Audienzsaal zu Euch allen sprechen. Sie erwartet Euch in fünf Minuten.«

Sie spielte auf Risiko.

Aber sie spielte gegen eine sichere Niederlage. Wenn es ihr nicht gelang, Akemi zu überzeugen, in den Audienzsaal zu kommen, war die Situation der Daimyo nicht schlechter als zuvor. Aber möglicherweise konnte sie das hier als Motivation nutzen. Wenn es irgendwie möglich war, würde Barako die Daimyo retten, selbst wenn diese bereits aufgegeben hatte.

Sie rannte wieder nach oben. In der Zeit, die sie brauchte, um in den zweiten Stock zu gelangen, dachte sie darüber nach, dass der Oni jetzt zuschlagen könnte, während so viele Bewohner der Burg mit den politischen Wirrungen beschäftigt waren. Und wenn er zuschlug, wäre all dies sinnlos.

Aber das wäre gar nicht in seinem Sinne. Seine Angriffe dienen nur dazu, dass wir uns gegenseitig zerfleischen. Die Schlacht auf der Mauer hat uns nur deshalb geeint, damit der Oni uns zeigen kann, wie schnell dieses Bündnis wieder zerbricht.

Akemi hockte noch genauso da, wie Barako sie verlassen hatte. Barako stellte sich direkt vor sie, so nah, dass sie ihr gesamtes Blickfeld ausfüllte. »Doreni mobilisiert gegen Euch. Er hat dazu aufgerufen, Euch zu stürzen.«

»Das wagt er nicht.«

»Es gibt nichts mehr, was er nicht wagen würde. Er hat alles verloren außer seinen Ambitionen. Und jetzt treibt ihn auch noch sein Rachedurst an. Gerade ist er in der Haupthalle und schwingt Reden gegen Euch.«

»Und warum kümmert Euch das?«

»Ihr seid meine Daimyo.«

»Und doch habt Ihr mir meinen Sohn genommen und damit die einzige Chance auf ein Vermächtnis.«

»Euer Sohn ist vielleicht bereits in der Stadt der Hungrigen Nacht gefallen. Ich versuche zu verhindern, dass Euer Vermächtnis der Untergang der Burg der Morgenröte sein wird.«

Akemi wandte den Kopf. Barako trat zur Seite, um in ihrem Sichtfeld zu bleiben. *Seht nicht einfach weg.*

»In wenigen Augenblicken«, sagte sie, »werden die Bushi der Familien Kakeguchi und Hiruma die Treppen zum Audienzsaal hinaufsteigen. Ich habe ihnen gesagt, dass Ihr sie dort erwartet.«

»Dann werden sie enttäuscht sein.«

»Also habt Ihr aufgegeben?« Ihre Daimyo so gebrochen zu sehen versetzte Barakos Herzen einen Stich.

Akemi antwortete nicht.

»Mein ganzes Leben als Kriegerin habe ich Euch gewidmet. Ich habe für Euch gekämpft und war bereit, für Euch zu sterben. Ich kann nicht akzeptieren, dass all das umsonst gewesen sein soll. Ich kann nicht akzeptieren, dass die Daimyo, an die ich glaube, nur eine Lüge war. Doreni hat sich in seinem Kummer selbst vergessen. Tut Ihr das auch? Seid Ihr so schwach?«

»Geh weg.«

»Wenn ich jetzt gehe, verliert Ihr damit auch Eure letzte Hoffnung, die Kontrolle zu behalten. Wenn ich den Audienzsaal allein betrete, wird Doreni der Daimyo von Morgenröte. Ich könnte es nicht mehr verhindern. Und ich *sollte* es auch nicht verhindern. Dann hätte er es verdient. Ihr hättet Euch unseres Respekts als unwürdig erwiesen.«

Diese Worte zeigten endlich Wirkung. Akemi sah ihr in die Augen. »So habt Ihr noch nie mit mir gesprochen.«

»Dazu hatte ich auch noch nie Grund. Ich tue es, um Euch und Eure Familie zu retten. Dies ist Euer Kampf. Betretet das Schlachtfeld und verteidigt die Burg gegen den Belagerer. Kämpft oder ergebt Euch. Und wenn Haru Euer Sohn ist, wird er mit Sicherheit sterben.«

Akemi kam wieder zu sich. Es war, als hätte sie sich in einen dichten Nebel gehüllt und Barako hätte ihn endlich vertrieben. Gealtert und in tiefster Seele verletzt, wie sie war, sah Akemi der Daimyo doch ähnlicher als zuvor, als sie sich jetzt erhob. »Und wie soll ich kämpfen?«

»Ihr kennt das politische Schlachtfeld besser als ich. Das ist nicht mein Fachgebiet.«

»Ich brauche Euren Rat, Barako.«

»Verteidigt Haru nicht. Niemand kann ihm trauen. Zeigt, dass Ihr das versteht. Denn ich glaube, das tut Ihr und das bereitet Euch solchen Kummer.«

Akemi bedachte sie mit einem Blick, in dem sich Entschlossenheit, Verzweiflung und Hass mischten. Dann schritt sie davon, mit steifen Schritten zuerst, dann immer kraftvoller. Ihr Gehstock wurde von einer Stütze zu einem Amtsabzeichen, als sie den Raum verließ und auf die Treppe zum ersten Stock zuging.

Barako sah ihr nach. *Das verzeiht Ihr mir nie, oder?*

Aber auch den Luxus, traurig zu sein, konnte sie sich nicht leisten. Also schob sie die Sorge, was Akemi jetzt von ihr dachte, beiseite und folgte der Daimyo nach draußen.

Der Audienzsaal war kleiner als die Haupthalle und deshalb noch voller. Akemi und Barako traten durch die hintere Tür ein. Barako bezog neben dem Eingang Position, während Akemi sich auf das kleine Podest an der Ostseite des Saals kniete. Die Samurai, die gekommen waren, um sie zu hören, knieten ebenfalls, von der Bühne aus nach Rangfolge geordnet. Doreni war ganz vorn.

Die bemalten Wandschirme zeigten ein Bild der Berge im Frühling. Rosa Blüten schwebten auf einer zarten Brise. Der Saal war ein Ort der Ruhe und der Würde. Die Förmlichkeit des Audienzsaals allein hatte bereits den Effekt, auf den Barako gehofft hatte. Doreni musste hier stillhalten und konnte nicht auf und ab gehen. Wenn Akemi allein auf dem Podest war, verlieh das ihrer Autorität eine räumliche und physische Präsenz. Es wäre schwieriger, davon zu reden, sie zu stürzen, wenn sie demjenigen von ihrer erhöhten Position aus ins Gesicht sah, während ihre stärkste Wächterin in voller Plattenrüstung im Hintergrund stand.

»Ich habe die Anklagen gehört, die gegen meinen Sohn erhoben werden«, sagte Akemi ohne Umschweife. »Die Beweise gegen ihn halte ich nicht für stichhaltig. Ich glaube nicht, dass er der Oni ist. Aber meine oberste Pflicht gilt der Burg der Morgenröte. Bevor ich mein eigen Fleisch und Blut schütze, muss ich alles in meiner Macht Stehende gegen die bösen Mächte der Schattenlande unternehmen.« Während sie sprach, wurde ihre Stimme fester. »Also habe ich den Befehl gegeben, Kakeguchi Haru im Verlies einzusperren, bis wir beweisen können, dass es sich tatsächlich um Kakeguchi Haru handelt. Wenn er es nicht ist, wird dieses Ding sofort vernichtet.«

Barako unterdrückte ein erleichtertes Seufzen. Das war die Akemi, die sie kannte, die Akemi, die schwierige Entscheidungen treffen und ihnen dabei ins Gesicht sehen konnte.

Doreni machte eine finstere Miene. »Das reicht nicht.«

»Was verlangt Ihr mehr, *Leutnant* Doreni?« Demonstrativ verwendete Akemi die höfliche Anrede, die er ihr verweigert hatte.

»Diese Gefangennahme ist eine Farce. Ein Versuch, das Gesicht zu wahren, wenn es dafür längst zu spät ist. Das hätte bereits gestern geschehen müssen.«

»Ihr selbst habt unserem gestrigen Plan zugestimmt.«

»Er entsprach nicht meinen Wünschen. Es war falsch, einen Kompromiss einzugehen. Bei einem solchen Feind darf es keine Kompromisse geben. Wir haben den tragischen Fehler begangen, unsere persönlichen Belange über die Erfordernisse dieses Kampfes zu stellen.«

»Haben wir das?«, fragte Akemi.

»*Ihr* habt das getan!« Dorenis Stimme dröhnte und er zeigte mit anklagendem Finger auf die Daimyo. »Ihr wart mehr damit beschäftigt, Eure Herrschaft über die Burg der Morgenröte zu sichern, als mit der Verteidigung der Burg!«

Lasst euch nicht darauf ein, flehte Barako stumm.

»Ich habe nicht den Tod meiner Familie als Mittel benutzt, meine Ambitionen voranzutreiben«, sagte Akemi.

Barako verzog das Gesicht.

»Ihr wagt es, mir ihren Tod derart unter die Nase zu reiben?«, explodierte Doreni. Er beugte sich vor und hielt sich nur mit Mühe zurück, auf die Füße zu springen. Diejenigen seiner Samurai, die ihm am nächsten waren, legten die Hände auf die Waffen. »Meine Tochter hängt immer noch vor dem verwüsteten Schrein *Eurer* Gemächer. Von Euch lasse ich mich nicht über Pflichtgefühl belehren.«

So wie die Hiruma vom Zorn ihres Familienoberhaupts mitgerissen wurden, kam auch in die Samurai der Kakeguchi Bewegung. Die Luft im Audienzsaal surrte wie eine angeschlagene Biwa-Saite. Die ruhige Schönheit der Wandschirme wirkte jetzt wie bittere Ironie.

»Ich habe genug von Eurem eigennützigen, heuchlerischen und rechthaberischen Gebaren«, mahnte Akemi.

Nein, nein, nein, nein, dachte Barako.

Anders als Doreni blieb Akemi völlig reglos. Sie schien stiller und stiller zu werden, mehr Statue als lebendig, ihr Kimono um ein Steinbild drapiert, das reine Autorität verkörperte.

Hinter dieser unbeweglichen Ruhe nahm Barako die gleiche Wut und Verzweiflung wahr, die sie noch vor wenigen Minuten in ein Häufchen Elend verwandelt hatten. Akemi war hier, weil Barako ihr gesagt hatte, dass sie nur so Haru retten konnte. Aber indem sie jetzt derart austeilte, besiegelte sie das Schicksal dessen, was sie doch eigentlich retten wollte.

»Ich habe getan, was notwendig ist«, fuhr Akemi fort. »Und mehr als das. Jetzt erinnere ich Hiruma Doreni an seinen Eid, und alle anderen Hiruma mit ihm.«

Ärgerliches Gemurmel machte sich breit. Es spielte keine Rolle mehr, ob Doreni gerade erst offen gefordert hatte, sie zu stürzen. Akemi hatte sie beleidigt. Sie hatte ihre Integrität unmittelbar infrage gestellt.

»Wer seinen eigenen Schwur gebrochen hat, hat nicht das Recht, über andere zu urteilen«, fauchte Doreni.

»Diese Anschuldigung nehmt Ihr zurück.«

»Ich werde die Wahrheit nicht zurücknehmen. Ihr schützt den Oni. Damit seid Ihr nicht dazu geeignet, uns anzuführen. Zeigt mir, dass ich unrecht habe. Liefert mir den Mörder meiner Familie aus. Sorgt dafür, dass dieses Monster hingerichtet wird.«

»Niemals.«

»Also sitzen wir nur da und warten, dass der Oni uns alle tötet?«

Der Audienzsaal war nur ein falsches Wort davon entfernt, in eine Schlägerei auszubrechen. Es wäre ein Blutbad und Barako war nicht sicher, ob alle Kakeguchi auf Akemis Seite kämpfen würden. Einige von ihnen schienen überzeugt von Dorenis Argumenten. Sie waren bereit, zu glauben, dass die Daimyo, ob sie dafür nun gute Gründe hatte oder nicht, ihre Pflichten vernachlässigte und den Feind in der Burg schützte.

Barako konnte vor sich sehen, wie es weitergehen würde. Sie sah das Blut an den Wänden des Audienzsaals und dann das Blut in der Zelle, in der Haru gefangen gehalten wurde. Sie sah, wie die Burg der Morgenröte von Chaos regiert wurde. Das Zeichen des Oni auf dem Dach würde dann anzeigen, wem die Burg wirklich gehörte. Sie würde fallen und zu einem Außenposten der Stadt der Hungrigen Nacht werden.

Die Schattenlande hätten dann diesseits der Zimmermannsmauer Fuß gefasst, nicht nur in einer versteckten Senke in den Bergen, sondern in einer Burg, die die Straße zur Burg Hida kontrollierte.

Sie sah, wie die Zukunft in Finsternis versank. In ihrem Inneren glaubte sie unmenschliches Gelächter zu hören.

Vielleicht war die Tragödie, die vor ihrem geistigen Auge Gestalt annahm, das Werk dieser Spirale aus Blut, die die Burg und alles darin besudelte. Oder vielleicht war es lediglich menschliche Schwäche, dieser unfehlbare Instinkt, angesichts einer Katastrophe alles unendlich viel schlimmer zu machen.

Die Ursache spielte keine Rolle, nur das Ergebnis. Sie war anscheinend die Einzige, die begriff, was geschah, und sie wusste nicht, wie sie es aufhalten sollte.

Da entdeckte sie Junji. Er kniete in einer der vorderen Reihen an der Wand. Ein Reigen aus gemalten Blüten erhob sich über ihm, als hätte er in ihrer stillen Gelassenheit Zuflucht gesucht. Über die Köpfe der anderen hinweg sah er sie an. Sein Gesicht war bleich, die Augen voller Schmerz.

Auch er begreift, was hier passiert.

In der Verzweiflung nicht allein zu sein war ein kleiner Trost.

Dann sah sie genauer hin und bemerkte, dass in seinem Ausdruck mehr als Schrecken lag. Er empfand Schuld.

Er weiß, wie man es aufhalten kann.

»Für Eidbrecher wird es keine Gnade geben«, verkündete Akemi.

»So ist es«, stimmte Doreni zu. »Keine Gnade!« Er stand auf.

»Wartet!«, schrie Barako. »Junji! Ihr habt etwas herausgefunden! Ihr wisst, wie man den Oni aufhalten kann!«

Stille senkte sich über den Audienzsaal. Alle Samurai drehten sich zu dem Mönch um. In seinem Gesicht zeichnete sich schmerzlich ab, wie schwer es ihm fiel, eine Entscheidung zu treffen.

»Das tut Ihr doch!«, flehte Barako ihn an. »Ihr wisst es!« *Kein »Noch nicht« mehr. Handelt. Bezieht Stellung. Jetzt oder nie.* »Ihr müsst es uns sagen!«

»Es gibt eine Möglichkeit«, gab Junji zu. Sein Raunen war leise und voller Trauer. Die Unentschlossenheit machte einem noch größeren Schmerz Platz.

Barako fragte sich, was ihm so großen Kummer bereitete, aber sie konnte ihm damit gerade nicht helfen.

Doreni ließ sich nicht besänftigen. »Noch ein Aufschub.« Er sah seine Chance, die Herrschaft über die Burg an sich zu reißen, vergehen. »Noch ein unnützer Aufschub, um eine unwürdige Anführerin zu unterstützen.«

»Hat einer von Euch je erlebt, dass Junji einem politischen Drängen nachgibt?«, fragte Barako.

Diese Worte hatten Gewicht. Niemand hatte das. Nicht einmal Doreni konnte das von sich behaupten.

»Es gibt einen Preis«, sagte Junji.

»Es gibt immer einen Preis«, wandte Barako ein.

Er sah sich im Audienzsaal um und Barako wusste, dass Junji sah, was sie gesehen hatte. Er sah die unvermeidliche Zerstörung, wenn er jetzt nicht handelte.

Der Mönch nickte. »Also gut.«

»Das wird ebenfalls scheitern«, beharrte Doreni.

»Lasst es uns versuchen«, beschwor ihn Barako. »Seit dieser Kampf begonnen hat, sucht Junji schon nach einer Möglichkeit, den Oni zu bekämpfen. Er weiß besser als jeder andere, was wir tun müssen.«

»Und was, wenn es bedeutet, dass wir Haru töten müssen?«

»Bedeutet es das?«, wollte Barako von Junji wissen.

»Nein«, antwortete der Mönch, dann fügte er hinzu: »Nicht unbedingt.«

Triumph blitzte in Dorenis Augen auf.

»Wartet«, mahnte Barako noch einmal, bevor er etwas sagen konnte. »Wartet. Gebt uns diese Chance, diese eine, letzte Chance. Ihr könnt nicht wollen, dass Haru stirbt, wenn er unschuldig ist.« Ein Teil von ihr wünschte Haru den Tod für das Unheil, das er angerichtet hatte. Aber sie würde diesen Wunsch niemals in die Tat umsetzen. »Ihr seid ein *Ehrenmann*, Leutnant Doreni. Erinnert Euch an alles, was das beinhaltet. Lasst Junji es versuchen.«

»Und wenn er scheitert?«

Auf diese Frage folgte neuerliches Schweigen. Es gab nur eine Antwort, die Barako geben konnte, nur eine Antwort, die Doreni zufriedenstellen und die Tragödie noch aufhalten konnte.

Es gibt einen Preis, hatte Junji gesagt. Ja, es gab einen Preis, hier und jetzt, für die Worte, die sie sagen musste. Sie fragte sich, ob sie bereit war, ihn zu zahlen.

Das war sie nicht.

Aber sie hatte keine Wahl.

»Wenn dieser Versuch scheitert, dann könnt Ihr mit Haru tun, was Ihr für richtig haltet.«

»*Was?*«, schrie Akemi.

Barako trat von der Rückseite des Audienzsaals nach vorn, an allen vorbei zum Rand des Podiums. Dort blieb sie stehen, eine Gestalt in nietenbesetztem schwarzem Stahl, die die Autorität der dort knienden Gestalt untermauerte. »Ich schwöre bei allen verehrten Ahnen, dass ich nur in der Absicht handle, die Burg der Morgenröte zu bewahren.« Niemand widersprach. Sie hatte einen Ruf und er hatte Gewicht.

Er hatte so viel Gewicht, dass Akemi aufschrie, als hätte man sie erstochen, denn auch sie wusste, wie viel Barakos Wort wert war. »Ich schwöre, dass ich mein Versprechen gegenüber Hiruma Doreni halten werde«, betonte Barako. »Wenn Junji und ich den Oni nicht finden und töten können, werde ich dem Leutnant Kakeguchi Haru ausliefern.«

Nur Akemis Stöhnen brach das Schweigen, das hierauf folgte. Junji erhob sich und ging auf die Tür am anderen Ende des Audienzsaals zu. Doreni sah ihm nach, dann drehte er sich zu Barako um und nickte, vorerst zufriedengestellt.

Barako sagte nichts mehr. Sie drehte sich um und marschierte über das Podium zur Tür. Als sie auf den Korridor hinaustrat, zahlte sie den Preis für ihre Worte, wie sie befürchtet hatte.

»Verräterin!«, kreischte Akemi hinter ihr her. »*Verräterin!*«

Kapitel Dreiundzwanzig

An der Schwelle zur Bibliothek hielt Barako inne. Sie sah, wie Junji langsam im Raum umherging. Er lief am Tisch entlang, strich mit den Fingerspitzen über die Schriftrollen und lächelte über das zarte Rascheln des Papiers. Bei einigen blieb er stehen, nahm sie auf und las einige Absätze, wobei er die Lippen lautlos bewegte und sich an der geschwungenen Kalligrafie und der Form der Worte erfreute.

Er trat vom Tisch zurück und durchschritt den Raum, betrachtete die Regale und fuhr mit den Händen darüber wie ein Liebhaber, der sich von seiner Geliebten verabschiedet. Nachdem er den Rundgang beendet hatte, ging er wieder zur Mitte des Raums zurück, stellte sich neben den Tisch und drehte sich langsam um die eigene Achse. Er betrachtete den ganzen Raum mit seiner hohen Decke und den Reihen über Reihen von Wissen, Poesie und Kunst. Dann schloss er die Augen. Der Friede, der ihn in diesem Augenblick überkam, versetzte Barako einen Stich ins Herz.

Ich habe ihn dazu gebracht, den Preis zu zahlen, ohne zu wissen, wie hoch er ist.

Sie hatte Angst vor dem, was sie gleich erfahren würde.

Junji nahm einen tiefen Atemzug, der nur ganz leicht zittrig klang. »Vielen Dank, dass Ihr mir diese Zeit gelassen habt,

Leutnant Barako. Das bedeutet mir sehr viel.« Er öffnete die Augen und lächelte sie traurig an, während sie eintrat.

»Ihr braucht mir nicht zu danken«, widersprach Barako.

»Oh doch. Ich schulde Euch sogar meinen tiefsten Dank.«

»Wofür?«

»Dass Ihr mich an meine Pflicht erinnert habt.«

»Versuche ich das nicht schon, seit wir uns kennen?«

Er lachte. Aber statt dass Barako sich besser fühlte, zog sich bei seiner Heiterkeit ihr Herz nur noch mehr zusammen. »Dieses Mal ist es anders.«

»Die Umstände sind anders. Das verstehe ich.«

»Nein, das glaube ich nicht.« Noch einmal berührte er die Schriftrollen, ordnete sie anders an, als wären sie die Ornamente eines Zen-Gartens. »Ihr müsst wissen, dass es nicht die Feigheit war, der Ihr mich so oft bezichtigt habt, die mich all die Jahre daran gehindert hat, Stellung zu beziehen.«

»Ihr müsst Euch nicht erklären.« Barako stellte sich zu ihm an den Tisch.

»Doch, muss ich. Es ist wichtig.«

»Gut, ich höre.«

»Vielen Dank.« Er atmete noch einmal tief ein. »Es gibt einen Grund, weshalb ich mich aus der Politik innerhalb der Burg herausgehalten habe. Ich finde, es ist ein guter Grund, oder zumindest *war* er das, zu Anfang. Ich bin ein Kakeguchi, aber vor allem gehören wir alle dem Krabben-Klan an. Unsere oberste Loyalität gilt der Verteidigung von Rokugan. Stimmt Ihr mir zu?«

»Das wisst Ihr doch.«

»Dann könnt Ihr nachvollziehen, wie ich die Sache sehe. Die interne Politik der Burg der Morgenröte spielt keine Rolle, solange sie verteidigt wird. Akemi oder Doreni, Kakeguchi oder Hiruma, was ändert es schon, wer die Burg befehligt, solange es ein verantwortungsvoller Befehlshaber ist und die

Burg der Morgenröte geschützt ist und ihre Funktion erfüllen kann?«

»Ich verstehe«, sagte Barako.

»Ihr findet, das ist die Haltung eines Opportunisten.«

»Es ist eine Haltung, die mich in der Vergangenheit oft frustriert hat. Aber nach dem, was ich während der letzten Stunde gesagt und getan habe, wie könnte ich Euch verurteilen?« Ein ungutes Gefühl stieg in ihr auf, während sie sich fragte, worauf Junji hinauswollte.

»Ihr seid auf dieser Burg die Einzige, auf deren Urteil ich etwas gebe«, erklärte Junji. »Deswegen ist es so wichtig, dass Ihr versteht, was ich für richtig gehalten habe und inwiefern ich mich geirrt habe. Ich glaubte, dass ich der Burg der Morgenröte am besten dienen kann, indem ich neutral bleibe. Ich dachte, zumindest einer von uns sollte über solchen *kleinlichen Streitereien* stehen, was die Führung der Burg angeht.« Er legte den Kopf schief und sein Lächeln verzog sich zu einem selbstironischen Grinsen. »Kleinliche Streitereien. So habe ich damals gedacht.«

»Kein Wunder, dass meine Bitten auf taube Ohren gestoßen sind.«

Junji nickte. »Ich habe mich vom Stolz verleiten lassen. Keinem von uns gelingt es, dem Kodex des Bushido perfekt zu folgen. Ich habe so viel Wert auf Rechtschaffenheit gelegt, dass mir die Empathie fehlte, über meine Überzeugungen hinauszusehen. Ich war besessen davon, eine neutrale Position zu wahren. Es erschien mir eine Tugend, wegzusehen, wenn ich gebeten wurde, zu meiner Sippe zu halten. Nun. Die Zeit der Abrechnung ist gekommen, wie es nur recht und billig ist. Aber ich wollte, dass Ihr wisst, dass ich meinen Fehler erkannt habe, und dafür bin ich Euch dankbar.« Er schwieg einen Moment. »Ich frage mich … Ich frage mich, ob Ihr vielleicht meine Rettung seid.«

Barako wusste nicht, wie sie mit seinem flehentlichen Blick umgehen sollte. »Bitte macht mich nicht zu mehr, als ich bin.«

»Nein, Ihr habt recht. Natürlich nicht. Es war nicht meine Absicht, Euch eine noch größere Bürde aufzuladen. Ganz im Gegenteil. Glaubt Ihr mir, dass ich Euch dankbar bin?« Seine Augen funkelten, als er das fragte.

»Das tue ich.«

»Gut. Gut.« Der kleine Mönch streckte den Arm nach oben, um die Hand auf ihre Schulter zu legen. »Vergesst das bitte nicht. Denkt an diesen Moment. Denkt an meine Dankbarkeit.«

»Das werde ich ganz gewiss, denn langsam werdet Ihr mir unheimlich.«

Diesmal klang sein Lachen hohl. »Ja, das werde ich wohl.«

»Was ist los?«, fragte Barako. *Welchen Preis habe ich Euch gebeten zu zahlen?* »Was werden wir tun, um gegen den Oni vorzugehen? Warum müsst Ihr mir all dies erzählen?«

»Kommt mit.«

Junji führte sie zu der Ecke der Bibliothek, die am weitesten von der Tür entfernt war. Dort kniete er sich vor das unterste Brett eines Regals und zog die Rollen auf der linken Seite heraus. Hier gab es keine Laternen und die Ecke war schlecht beleuchtet. Barako konnte kaum erkennen, was Junji tat. Sie kauerte sich neben ihn und starrte in den Schatten unter dem Regalbrett. Als Junji seine Hand hineinschob, bemerkte sie, dass das Regal an dieser Stelle nicht so tief war wie die anderen. Hier war ein Geheimfach eingelassen.

Junji drückte gegen die Rückwand. Etwas klickte und ein Holzbrett glitt zur Seite. Junji holte ein kleines Kästchen aus dunklem Eichenholz aus dem Fach, stellte es auf den Boden zwischen ihnen und starrte es an. »Wir müssen eine Entscheidung treffen über dieses Kästchen und das, was es enthält.«

»Was ist denn darin?«

»Schriftrollen aus der Finsternis. Verfluchte Schriftrollen. Ich habe sie nur einmal im Leben angesehen und nur wenige Fragmente gelesen. Bis jetzt.«

»Wovon handeln sie?«, flüsterte Barako, als könnte der Inhalt des Kästchens sie hören. Die Schatten in der Bibliothek wirkten dunkler, mächtiger.

»Darin steht verbotenes Wissen. Die Weisheit des Jigoku. Die Riten, die darin beschrieben sind, werden nur von den Maho-Tsukai ausgeführt.«

Barako schreckte vor dem Kästchen zurück, erschrocken, dass sich ein solches Ding auf der Burg der Morgenröte befand. »Warum habt Ihr das?«, zischte sie. In ihrer Vorstellung sah sie korrupte Magier, die Oni beschworen, um ihnen zu Diensten zu sein.

»Viele Jahre lang habe ich vergessen, dass ich sie überhaupt habe. Warum ich sie behalten habe? Sie schienen mir zu wichtig, um sie zu zerstören. Möglicherweise hat auch das Schicksal es mir zugeflüstert. Weil ich diese Schriftrollen nicht zerstört habe, haben wir sie jetzt, da wir sie brauchen.«

Vor Schreck wurde Barako plötzlich der Mund trocken. Was dachte Junji sich dabei? War die Gefahr, die die Burg bedrohte, nicht bereits groß genug? »Ihr würdet es doch nicht wagen, das Wissen aus diesen Schriftrollen anzuwenden?«

»Natürlich nicht«, bestätigte Junji. »Bis auf eine Sache. In den letzten Tagen habe ich darin gelesen, aus Verzweiflung, weil ich nicht mehr weiterwusste. Und vor ein paar Stunden habe ich eine Lösung gefunden. Aber es ist eine schreckliche Lösung. Ich wollte nicht einmal darüber nachdenken. Bis Ihr mir begreiflich gemacht habt, dass ich es tun muss.«

»Nein.« Barako schüttelte den Kopf. »Um so etwas würde ich Euch niemals bitten.«

»Das habt Ihr auch nicht. Aber Ihr habt mich an meine Pflicht erinnert. Wenn wir die Burg der Morgenröte retten wollen, müssen wir den Oni finden. Tun wir es nicht, wird er weiter morden, bis er uns dazu gebracht hat, uns gegenseitig umzubringen.«

»Davon ist er nicht mehr weit entfernt«, murmelte Barako.

»Dann werden wir ihn finden.«

»Und wie?«

»Wir bringen ihn dazu, zu uns zu kommen.« Junji deutete auf das Kästchen. »Es gibt eine Möglichkeit, den Oni zu rufen.«

»Ihr wollt versuchen, ihn heraufzubeschwören?«

»Nein. Er ist ja schon da. Ich bin kein Shugenja und ich werde nicht mit der Macht der Elemente hantieren. Es gibt eine andere Möglichkeit.« Sein Gesicht lag jetzt im Schatten.

»Und wie?« Barako war nicht sicher, ob sie die Antwort hören wollte.

»Indem man ihm die Treue schwört.«

Barakos Herz setzte einen Schlag aus und vor Grauen blieb ihr die Luft weg. Sie brauchte zwei Versuche, bevor sie wieder sprechen konnte. »So einfach kann es nicht sein.« Sie blinzelte, als ihr bewusst wurde, wie grauenhaft ihre Worte waren. Nichts hieran war einfach. Ein ungeheurer Abgrund hatte sich vor ihnen aufgetan. Sie standen an seinem Rand und Junji bereitete sich darauf vor, zu springen. »Der Oni würde wissen, dass Ihr lügt.«

»Das würde er«, bestätigte Junji. »Deshalb darf ich nicht lügen.«

Barako starrte ihn an. Es verschlug ihr endgültig die Sprache.

»Ich muss es durchziehen. Ich muss den Ritus der Gefolgschaft vollziehen.« Sein Atem ging keuchend und er musste sich mit einer Hand am Regal festklammern, um sich aufrecht zu halten. »Ich muss mich selbst korrumpieren«, flüsterte er.

Barako war wie erstarrt. Jetzt begriff sie. Sie begriff, was sie im Audienzsaal von ihm verlangt hatte. *Es gibt einen Preis,* hatte Junji gesagt und sie hatte geantwortet: *Es gibt immer einen Preis.* Was für eine aalglatte, oberflächliche Antwort, nachdem sie einen Mann gerade dazu aufgefordert hatte, seine Seele zu verpfänden.

»Das kann ich nicht von Euch verlangen«, sagte sie. »Vorhin habe ich das nicht gewusst. Das dürft Ihr nicht! Es ist zu viel.«

»Nein«, widersprach er. »Genau das muss ich tun. Nur so kann ich die Burg retten, von der ich mir all die Jahre eingeredet habe, ihr zu dienen, indem ich mich über die Belange ihres täglichen Lebens erhoben habe.«

»Ihr habt gesagt, ich wäre vielleicht Eure Rettung. Aber das wäre Eure Verdammnis.«

»Mit Eurer Hilfe könnte ich möglicherweise zweimal gerettet werden. Wie viele von uns können einen solchen Segen für sich beanspruchen?«

»Mit meiner Hilfe?«

»Meine erste Rettung war meine Rückkehr zu meinen Pflichten. Die zweite kommt später, wenn der Oni besiegt ist.«

Barako konnte nicht glauben, dass sie auch nur in Erwägung zog, Junjis Plan zuzustimmen. Es war, als würde jemand anders sie die nächsten Worte sprechen lassen. »Ich werde so viel von dieser Last teilen, wie ich kann. Ich werde diesen Weg mit Euch gehen.«

Immer noch konnte sie sein Gesicht nicht sehen, aber das Geräusch, das er machte, klang wie ein dankbarer Schluchzer. »Eins müsst Ihr mir versprechen.«

»Was Ihr wollt.«

»Schwört es.«

»Mache ich«, versprach Barako.

»Schwört, dass Ihr Euch nicht selbst korrumpieren werdet. Was wir tun müssen, wird Euch gefährlich nah an diese Grenze heranbringen, aber Ihr dürft sie nicht überschreiten.

Die Burg der Morgenröte braucht Euch. Ohne Euch sind wir alle verloren. Also schwört es. Schwört, dass Ihr der Korruption widerstehen werdet.«

»Ich schwöre es.«

Junji seufzte und sackte vor Erleichterung in sich zusammen. Er lächelte sogar, wie sie jetzt erkennen konnte. Dann beugte er sich zu dem Kästchen vor. Ein Schalter klickte und er öffnete den Deckel, nahm eine Schriftrolle heraus, schloss das Kästchen wieder und versteckte es in seinem Geheimfach.

Barako musste ihm aufhelfen. Er hielt die Schriftrolle wie einen Skorpion. Mit einem Schaudern verbarg er sie in seiner Robe. »Lasst uns anfangen.«

•

Als Erstes brachte Junji sie in die Gemächer der Daimyo. Akemi war nicht hier. Vermutlich hatte man sie zum Schlafen woanders hingebracht. Der Flur war kalt, weil der Wind durch die zerschlagene Tür des Schreins hereinwehte. Zwei Wachen, ein Kakeguchi und ein Hiruma, waren dort postiert.

»Ich muss die Leiche noch einmal untersuchen«, teilte Junji ihnen mit. »Und ich werde auch die Reinigungsriten durchführen. Ihr könnt gehen und Leutnant Doreni informieren, dass er die Beisetzung vorbereiten kann. Kehrt in einigen Minuten zurück, um Mioko zu ihrer Familie zu bringen.«

Sobald die Wachen gegangen waren, betraten Barako und er den Schrein.

Der Leichnam schwang an seinem Arm im Wind hin und her wie ein Pendel aus Fleisch und Blut.

»Lasst mich das tun«, bot Barako an.

Junji nickte. Sie war froh, dass er sich nicht bei ihr bedankte. Das, was sie gleich tun würde, verdiente keinen Dank.

Während Junji einen kleinen Porzellanbehälter herausholte, nahm Barako ihr Messer und näherte sich dem Leichnam.

Sie schnitt eine Locke und einen Finger ab. Die falschherum angebrachte Haut hing von den Knochen wie eine lose Socke.

Dann nahm sie den Körper ab. Junji führte den Ritus der Reinigung durch und sie warteten, bis die Wachen wiederkamen, um ihn mitzunehmen.

»Geht zurück zur Bibliothek«, forderte Barako Junji auf. »Bereitet alles vor. Ich denke, der nächste Schritt klappt besser, wenn ich allein gehe.«

Sie machte sich auf den Weg zu den Kasernen, wo die Samurai der Hiruma untergebracht waren. Sie wusste nicht, ob sie hoffen sollte, Doreni dort anzutreffen oder nicht. Nach dem, was sie gerade getan hatte und wegen der Aufgabe, für die sie hier war, war er derzeit die letzte Person, die sie sehen wollte. Aber er war auch die eine Person, die ihr diese Aufgabe leichter machen konnte.

Er war dort und ging zwischen kleinen Gruppen von Samurai hindurch. Weniger als die Hälfte seiner Krieger waren anwesend, der Rest war entweder auf der Außenmauer oder patrouillierte die Burg. Doreni mochte überzeugt sein, dass Haru der Oni war, aber er hatte seine Krieger nicht vom Dienst abgezogen. Auf sachlicher Ebene stritt er die Möglichkeit nicht ab, dass er sich irren könnte.

Barako blieb im Eingang stehen und wartete, dass Doreni ihre Anwesenheit bemerkte. Sobald er sie sah, ließ er die Bushi, mit denen er sprach, stehen und ging allein auf sie zu. »Was wollt Ihr? Ist es erledigt?«

»Nein, wir sind noch bei den Vorbereitungen.«

»Hat Junji Euch gesagt, was er vorhat?«

Sie nickte. Als er sie erwartungsvoll ansah, sagte sie: »Wenn wir Erfolg haben, werdet Ihr es wissen. Wenn wir scheitern, ebenfalls.«

»Ihr wollt mir also nicht erzählen, was passieren wird.«

»Dafür solltet Ihr dankbar sein.«

Er deutete ihren Gesichtsausdruck richtig und verfolgte die Sache nicht weiter. »Warum seid ihr hier?«, fragte er stattdessen.

»Sind Tsuru und Nisobu bereits eingeäschert worden?«

»Nein, wir müssen noch alles vorbereiten.«

»Wo sind sie?«

Doreni deutete auf das andere Ende der Kaserne, wo ein großer Sichtschutz eine Ecke des Flurs abtrennte.

»Ich muss sie mir ansehen«, erklärte Barako.

Doreni runzelte die Stirn und zuckte dann mit den Schultern. »Meinetwegen.« Er ging voran.

»Allein.«

Doreni erstarrte in der Bewegung. »Warum?«, fragte er langsam.

»Es wäre besser.«

»Das ist keine Antwort.«

»Ihr solltet es besser als Antwort akzeptieren.«

Doreni regte sich nicht.

»Falls ich, nachdem Junji getan hat, was er vorhat, noch am Leben bin, werde ich Euch alles sagen, was Ihr wissen wollt. Es wäre besser, wenn Ihr mich nie danach fragt, aber ich würde es Euch sagen. Bis dahin hört bitte auf mich. Bringt Eure Krieger zum Schrein des Kami. Bereitet den Scheiterhaufen vor. Dann kommt und holt Eure Toten. Bis dahin bin ich wieder weg. Und schon bald werdet Ihr erfahren, ob alles vergeblich war oder nicht.«

Doreni betrachtete sie eine ganze Weile lang. Immer wieder öffnete er den Mund, um etwas zu sagen, und überlegte es sich dann anders. Die Augen hatte er misstrauisch zusammengekniffen.

Er ahnt etwas. Gut. Wenn er ahnt, was wir vorhaben, wird ihm klar sein, dass er es gar nicht so genau wissen will.

Endlich ging Doreni zurück zu seinen Kriegern. Barako lehnte sich gegen eine Wand, während Doreni seine Samurai versammelte und die Kaserne verließ. Dann schlüpfte sie hinter den Sichtschutz.

Dort standen zwei Särge. Sie nahm die Deckel ab und sah auf die wirre Masse aus Fleisch und Knochen hinunter. In jedem Sarg lag kaum mehr als eine Erinnerung an einen Menschen. Es sah aus wie Schlachtabfälle.

Tu, was du tun musst. Denk nicht darüber nach.

Barako nahm die beiden Schädel. Sie sammelte sich, beugte sich vor und suchte in der Haut, bis sie Haare fand, die noch an der Kopfhaut hingen. Diese Kopfhaut schnitt sie von der restlichen Haut los, wobei sie den Toten Entschuldigungen zumurmelte. Dann schob sie die Sargdeckel zurück und brachte ihre blasphemische Beute zu Junji. Er nahm sie ebenso schweren Herzens entgegen, wie sie sie beschafft hatte. Schließlich wurde es Zeit für die letzten Vorbereitungen.

Barako ging hinunter in den Keller zu Harus Zelle. Zehn Bushi bewachten ihn. Sie wies sie an, sich außer Hörweite zu begeben. Sie wollte allein mit Haru sprechen.

Durch das kleine, vergitterte Fenster in der Tür blickte sie in die Zelle hinein. Der Erbe der Burg der Morgenröte wirkte immer noch so gebrochen wie im Schrein. Er saß gegen die Mauer gelehnt, der Kopf war auf die Brust gesunken und die Arme hatte er um die Knie geschlungen.

»Ich möchte Euch sprechen, Kakeguchi Haru«, sagte Barako.

Es kostete ihn sichtlich Mühe, den Kopf zu heben. Seine Augen waren glanzlos und das Gesicht aschfahl. Er wirkte wie jemand, der auch die allerletzte, verzweifelte Hoffnung fahren gelassen hat. »Warum nennt Ihr mich so?«, fragte er. »Ihr glaubt doch, dass das nicht mein Name ist.«

»Ich weiß nicht, ob er es ist oder nicht.« Sie achtete bewusst auf eine neutrale Körperhaltung und Stimmlage. Falls sie doch zu Haru sprach, wollte sie ihm keine falschen Hoffnungen machen. Und falls sie mit dem Oni sprach, wollte sie nicht preisgeben, was sie fühlte.

Als ob ich selbst wüsste, was ich fühle.

»Warum seid Ihr hier?« Obwohl Haru keine Hoffnung mehr empfinden konnte, fühlte er immer noch Schmerz. In seinem Blick lag die Pein eines gebrochenen Herzens.

»Ich bin hier, um Euch zu sagen, dass die Wahrheit bald ans Licht kommt. Schon bald werden wir wissen, wer oder was Ihr seid.«

»Verstehe.« Er zeigte keinerlei Interesse. »Hofft Ihr, den Oni verhöhnen zu können?«

»Falls Ihr das seid, dann ja. Falls Ihr der Oni seid, dann schwöre ich, Euch zu vernichten.« Sie sagte das ganz ohne Emotionen, als mache sie eine schlichte Feststellung.

»Und falls nicht?«

»Vielleicht überlebe ich die nächsten Stunden nicht. Für den Fall, dass ich es nicht schaffe, möchte ich Euch vorher etwas mitteilen.«

Jetzt hatte sie sein Interesse geweckt. »Was denn?« Er stemmte sich vom Boden hoch und stand auf.

Etwas von ihrer Wut schimmerte in ihrer Stimme durch. Sie war so stark, dass sie sie nicht ganz im Zaum halten konnte. »Ich will sichergehen, dass Ihr begreift, was Euer Streben nach Ruhm angerichtet hat. Nur weil Ihr so besorgt über Eure Stellung in der Burg wart, haben wir bisher schon mehr als eine halbe Kompanie verloren. Leutnant Dorenis gesamte Familie wurde ermordet. Und Hauptmann Ochiba liegt immer noch in einem Schlaf, aus dem sie vielleicht nie mehr erwacht. All das wisst Ihr schon. Aber ich wollte Euch an die Leben erinnern, die Euer Stolz gekostet hat. Und diese Kosten war es nicht wert. Falls Ihr Haru seid und wir alle dieses Unwetter überleben, dann sollt Ihr eines wissen: Ich werde Euch niemals verzeihen. Selbst wenn Ihr Daimyo werden solltet, werde ich Euch nicht verzeihen. Ich werde immer der Burg der Morgenröte dienen. Aber ich werde Euch niemals verzeihen.«

Haru presste sich ganz flach gegen die Wand. »Es tut mir so leid.«

»Ist mir egal.«

Sie ließ den Gefangenen allein. Ob Oni oder Mensch, sie hoffte, dass er litt.

Als Nächstes ging Barako zur Kaserne der Kakeguchi. Sie versammelte Sakimi und neun weitere Samurai und ließ sie Seile und Enterhaken mitnehmen. Zusammen gingen sie in den ersten Stock. Junji war bereit und wartete neben dem kaputten Fenster an der Treppe.

»Junji und ich stellen dem Oni eine Falle«, erklärte Barako den Bushi. »Ihr wartet hier. Falls wir erfolgreich sind, werdet Ihr das sofort merken. Dann klettert aufs Dach und helft mir, den Oni zu vernichten.« Barako hatte darüber nachgedacht, mehr als zwei Trupps mitzunehmen, aber für mehr wäre auf dem steilen Schrägdach ohnehin kein Platz gewesen.

»Sollten wir nicht mit Euch auf dem Dach warten?«, fragte Sakimi.

»Nein.« Sie würde bei Junji bleiben und das Ritual sehen, das er dort durchführte, aber sie wollte nicht, dass sich noch jemand der freiwilligen Korrumpierung des Mönchs aussetzte. »Wir werden weiteren Bedrohungen ausgesetzt sein, bevor der Oni erscheint. Es bringt nichts, wenn mehr Leute als notwendig dieses Risiko eingehen. Habt Ihr Eure Befehle verstanden?«

Sie bestätigten. Die Samurai öffneten die inzwischen reparierten Fensterläden sowie die des nächsten Fensters. Dann warfen sie die Enterhaken mit dem Seil aus.

Alles war bereit. Es gab keinen Grund, das Ganze noch weiter aufzuschieben.

Barako und Junji kletterten hinaus aufs Dach in den bedrohlich heulenden Sturm. Sie zogen drei Laternen hinauf, die ihnen die wartenden Samurai reichten. Diese Laternen stellten sie so auf, dass der ganze Weg von der Dachkante bis zu der glänzenden Spirale an der Wand beleuchtet war. Dann gingen sie zu dem Mal.

Aus den Falten seiner Robe zog Junji einen Jadedolch, den er Barako reichte. »Ich war zu stolz«, sagte er dabei. »Ich war stolz, als ich hätte bescheiden sein sollen. Aber auf dieses Werk bin ich stolz, und zwar zu Recht, denn es ist ein gutes Werk. Das letzte gute Werk, das ich je vollbringen werde, der letzte heilige Akt, bevor ich mich der Verdammnis übergebe.«

Barako nahm den Dolch. Der Griff war aus aufwendig geschnitztem Elfenbein, aber die Klinge war einfach gehalten. Die Form war klar und elegant, ein krasser Gegensatz zu der verzerrten Spirale an der Wand.

»Ich habe keine Nachkommen«, sagte Junji. »Meine Ahnen entstammen einer kleinen Blutlinie innerhalb der Familie Kakeguchi. Dies ist von Generation zu Generation weitergegeben worden, genau wie das Kästchen mit den verbotenen Schriften. Es ist wichtig, etwas Verfluchtes mit etwas Gesegnetem auszugleichen. Und dieser Dolch wurde gesegnet, wieder und wieder, von jedem seiner Besitzer. Die Schriftrollen sind das Verdorbenste, was ich kenne, und dies das Heiligste. Ihr seid meine Hoffnung auf Rettung, die Hoffnung, den Oni zu zerstören. Mit diesem Dolch könnt Ihr meine Hoffnungen vielleicht erfüllen.«

Der Dolch war perfekt ausbalanciert, doch sein spirituelles Gewicht war größer als das jeder anderen Waffe, die Barako je in der Hand gehalten hatte. Auch ihr Hammer war ein geheiligtes Relikt und die Wesen der Schattenlande fielen unter seinen Schlägen. Aber dieser Dolch war aus Jade, geschnitzt aus dem Material, das die körperliche Form der Oni zerstörte.

Sowohl auf materieller als auch auf spiritueller Ebene war er gesegnet.

»Im Namen von allem, wofür dieser Dolch steht«, sagte Barako, »und im Namen der Ehre, die Ihr mir damit erweist, werde ich Eure Hoffnungen erfüllen. Meine Hand wird Euch retten. Meine Hand wird den Oni töten.«

»Danke«, antwortete Junji. »Vielen Dank.«

Seine Dankbarkeit beschämte sie. Wie könnte sie je dem Opfer gerecht werden, das er gleich erbringen würde? Wie könnte sie sich seines Beispiels würdig erweisen?

Junji schloss die Augen. »Herr Hida, vergib mir für das, was ich gleich tue. Große Kami, vergebt mir für das, was ich sagen werde.«

Dann öffnete er die Augen wieder und sein Gesicht nahm einen entschlossenen Ausdruck an. Er kniete sich vor das Symbol des Oni, direkt neben das Blut, das durch den Schnee floss, öffnete den Beutel, den er bei sich trug, und holte die für das Ritual notwendigen Requisiten heraus. Den Finger, das Haar, die Kopfhaut und die Haut gab er in einen Mörser und zerrieb sie mit einem Stößel. Dreimal hielt er inne, um darauf zu spucken. Dann nahm er ein Messer und zog es über seine Handfläche. Die Hand zu einer Faust geballt, tröpfelte er das Blut über die zerriebenen Teile der Opfer des Oni.

»Hiermit werde ich eins mit den Verdammten«, intonierte er.

Er holte die Schädel aus dem Beutel und legte sie auf das Blut in den Schnee, einen an jede Seite der äußersten Linie der Spirale. »Dies sind die Zeugen eurer Macht.«

Er nahm die Schale auf und stellte sich hin. Ein pfeifender Windstoß ließ ihn schwanken. »Barako«, hakte er noch einmal nach, »Ihr werdet meine Rettung sein. Schwört es.«

Sie wollte ihm sagen, dass er aufhören sollte. Wie konnte sie so etwas zulassen? Wie konnte sie zulassen, dass er sich selbst verdammte? Aber sie hatten keine Wahl, also antwortete sie: »Ich schwöre.«

»Dann soll es geschehen.« Er ging seitwärts, bis er nur wenige Zentimeter von der Wand entfernt stand, in der Mitte der Spirale, und hob die Schale. »Dies sind eure Toten«, rief er aus, »die ihr für immer zu euch gerufen habt. Ich bin unter ihnen, bin einer von ihnen und gehöre auf ewig euch!« Er nahm etwas aus der Schale und aß es. Beim Schlucken würgte er. »Ich schwöre den Kami ab und knie nieder vor Fu Leng und den Mächten des Jigoku. Ich umarme dein Zeichen, großer Oni, mit meinem Körper und meiner Seele.« Er stellte die Schale hin, streckte die Arme aus und presste sich gegen das Zeichen an der Wand. Das Blut der Spirale floss über seinen Körper und machte ihn zum Teil des Musters. »Komm zu mir!«, rief Junji unter Qualen.

Rechts von dem Symbol stoben Schnee und Holz nach oben, als eine ungeheure Kraft ein Loch durchs Dach stieß. Barako hob schlagbereit ihren Hammer. *Diesmal haben wir dich. Diesmal haben wir dir eine Falle gestellt.*

Der Oni schoss aus dem Loch, machte einen eleganten Sprung hoch in die Luft und landete neben Junji. Immer noch in seiner menschlichen Form ergriff er Junji bei den Schultern. Dann sah er Barako und hielt inne. Er ließ Junji los, der keuchend zusammenbrach, wandte sich Barako zu und lächelte sie an.

Nein. Oh nein. Oh nein, nein, nein, nein, nein.

Das konnte nicht wahr sein. Es durfte nicht wahr sein.

Der Oni lächelte sie an.

Ochiba lächelte sie an.

Ochiba lächelte und ihr Hals wurde länger.

Kapitel Vierundzwanzig

»*Zeit, das Spiel zu beenden.*« Die Stimme des Oni war ein Chor. Er sprach mit Ochibas Stimme, der Stimme des Windes, dem Knacken von Knochen. Es klang trocken und zischend und vertraut. Das Altbekannte, Geliebte verdreht und verflochten mit dem Unheimlichen, dem Übernatürlichen, dem Widerwärtigen. Es war der Klang, nach dem Barako sich so gesehnt hatte, und der Klang von allem, was die menschliche Seele mit Grauen erfüllte. Der Honig der Liebe und der Odem des Verrats. Jede Silbe versetzte Barako einen derart schmerzhaften Schlag, dass der Tod eine Erlösung gewesen wäre.

Aber der Oni hatte nicht vor, sie zu erlösen. Er war zu seinem eigenen Vergnügen hier und um den Ruhm seines finsteren Meisters zu mehren. Er war hier, um Beute zu machen. Während er sprach, verwandelte er sich weiter und die emotionale Pein, die er Barako damit zufügte, saß so tief, traf sie so präzise, als würden allein diese Worte und dieser Anblick ausreichen, um sie zu zerreißen wie Tsuru und Nisobu.

Selbst als der Oni die menschliche Form ablegte und zum Ungeheuer wurde, als der Schädel breiter und länger wurde, konnte Barako in ihm noch Ochiba erkennen. Ihr Lächeln verzerrte sich zu einer schrecklichen Grimasse. Die Zähne glänzten im Licht der Laternen, strahlend weiß und verstörend menschlich, nur waren es viel zu viele. Der Hals wurde länger und länger, bis er fünf Meter lang war. Der Kopf fuhr vor und zurück, auf und ab, als wolle er sich über ihre Dummheit lustig machen.

Auch der Körper wurde breiter, die Arme länger und dicker und an den Händen wuchsen Klauen, die lang und breit waren wie Schlachtermesser. Aus der Brust des Ungeheuers entsprangen zwei weitere Arme, dünner und feingliedriger. Die Finger dieser Arme waren länger, mit vielen Gelenken, und die Klauen dünn und scharf. Die großen Arme waren die Waffen eines Schlachters, die kleineren hatten die Eleganz eines Foltermeisters. Die großen waren zum Festhalten und Töten gedacht, die kleineren führten die kunstvollen Handgriffe durch, wie das Opfer zu häuten und auseinanderzunehmen.

Die Haut des Ungeheuers war bleich und glänzte feucht. Sie wirkte hauchdünn wie eine Blüte im Mondlicht und riss auf wie die einer Leiche, die unter dem Druck der vielen Maden fast platzt.

»Die Burg gehört beinahe mir«, sagte der Oni. *»Sogar euer Mönch hat sich mir ergeben. Ich brauche meine Tarnung nicht mehr. Nicht wenn die Offenbarung mir so viel Nahrung bescheren kann.«* Der Kopf, der Ochiba so ähnlich war, legte sich schräg und betrachtete Barako. Ochibas Haut, schlaff und mit Schleim überzogen, rutschte zur Seite. *»Vielleicht nehme ich dein Gesicht. Soll ich? Ich brauche es nicht lange, aber du wirst nicht mehr leben, um es zurückzubekommen. Ich würde es nur so lange benutzen, bis ich den Rest der Burg dazu gebracht habe, sich gegenseitig abzuschlachten. Das sollte nicht weiter schwierig sein.«* Mit einem seiner dicken Arme schlug er nach Barako. Sie duckte sich ohne Schwierigkeiten darunter hinweg und sprang dann in die andere Richtung, gerade rechtzeitig, um mit dem Hammer nach dem anderen Arm zu schlagen, der

sie ergreifen wollte. Der Oni zog den Arm zurück, bevor der Hammer treffen konnte. Er tanzte zur Seite, deutete eine ironische Verbeugung an und lachte ein Lachen, das nach Ochiba klang und nach wimmelnden Würmern.

Unkei, einer von Barakos Samurai, erschien an der Dachkante. Noch bevor er darüber klettern konnte, stürzte sich der Oni mit einem einzigen Satz auf ihn. Er enthauptete ihn mit einem Hieb seiner riesigen Krallen und ließ die Leiche in den Burghof fallen.

Dann kam der Oni zurück zu Barako, wobei er vor hämischer Freude fast tanzte. *»Ich spreche nur mit dir.«*

»Bleibt zurück!«, schrie Barako und hoffte, dass ihre Stimme über das Unwetter hinweg zu den anderen Samurai durchdrang, die versuchten, ihren vorherigen Befehl zu befolgen. »Bleibt vom Dach fern!«

Mit angehaltenem Atem betrachtete sie die Dachkante, die im Licht der Laternen gerade noch zu erkennen war, und wartete auf ein neuerliches Gemetzel. Aber sie mussten sie gehört haben. Niemand anders versuchte hinaufzuklettern.

»Sehr gut«, sagte der Oni. *»Ich möchte dieses Festmahl ohne Unterbrechung genießen.«*

Er und Barako umkreisten einander und suchten nach einem Angriffspunkt. Junji stand immer noch dort, wo der Oni ihn zurückgelassen hatte, in das Symbol an der Wand gepresst.

»Samurai gegen Samurai aufzuhetzen macht Spaß«, meinte der Oni. *»Ich genieße den Anblick, wie meine Feinde einander vernichten. Aber es ist zu leicht. Andere Zeitvertreibe sind so viel besser, ihr Geschmack so viel köstlicher. Wie der Geschmack deines Schmerzes.«*

Er stieß mit den Klauen nach ihr, spielerisch, ohne sie wirklich treffen zu wollen. Sein Angriff lag in seinen Worten, in seiner Anwesenheit und in Ochibas verzerrtem Gesicht. Er wollte nicht, dass sie zu schnell starb, sondern ihren Schmerz genüsslich auskosten. Sie sollte weinen, schreien, wüten, aber diesen Gefallen hatte sie dem Oni noch nicht getan.

Doch der Oni machte sich keine Sorgen. Ochibas Zunge, fast einen halben Meter lang, leckte über Ochibas lang gezogene Lippen und ließ sie feucht und vor Fäulnis glänzend zurück.

Barako sprang vor und versuchte, das Ungeheuer zu überraschen und eine Lücke in seiner Deckung zu finden, um mit aller Macht zuschlagen zu können. Wenn er ihren Schmerz fühlen wollte, würde sie ihm das hundertfach zurückzahlen. Doch der Oni wehrte sie mit Leichtigkeit, fast beiläufig, ab.

Sie erkannte die schnellen, geschmeidigen Bewegungen. Jahr um Jahr war es ihr eine Freude gewesen, sie auf dem Schlachtfeld und im Dojo zu studieren. Mühsam unterdrückte sie ein Aufstöhnen. Es steckte zu viel von Ochiba in dieser Schreckgestalt, zu viel von dem, was sie liebte.

»Soll ich dir sagen, was du denkst?«, fragte der Oni. *»Du denkst an all die Dinge, die du Ochiba nie gesagt hast und ihr nun auch niemals mehr sagen kannst. An all das, von dem du dir wünschst, du hättest es gesagt, aber jetzt ist es zu spät.«* Er atmete tief ein, öffnete den Mund und stieß einen lauten Seufzer der Ekstase aus. *»AHHHHHHHHH!«* Die vom Schneesturm durchzogene Dunkelheit füllte sich mit einem Duft nach Frühlingsblumen und verlassenen Schlachthäusern. *»Reue. Köstliche, köstliche Reue. Wie oft schon habe ich ihren Nektar getrunken und doch kann ich gar nicht genug davon bekommen. Der Ehrenkodex der Samurai ist so vorzüglich darin, euch dazu zu bringen, euch selbst zu quälen, es muss einfach ein Opfer sein, das ihr mir freiwillig darbringt. Denn warum sonst solltet ihr euch so verlässlich selbst Schmerzen zufügen, um mir zu gefallen? Es gibt so vieles, was du Ochiba hättest sagen sollen. Alles, was du ihr hättest sagen müssen, weil du sie liebst,*

und doch hast du dir selbst eingeredet, dass du es niemals sagen darfst, weil du sie liebst. Sie hat sich so danach gesehnt, es zu hören, aber geschworen, es zurückzuweisen! Herrlich! Herrlich! Und jetzt die Reue! Warum bereust du es, wenn du dir geschworen hast, es nie zu sagen? Du hast deinen Eid doch eingehalten! Aber da ist sie, die Reue! Reue! Reue!«

Noch einmal griff Barako den Oni an, wobei sie darum kämpfen musste, auf der Schrägen und im tiefen Schnee nicht fehlzutreten. Sie schwang schnell und kräftig, ließ ein wohlgeordnetes Trommelfeuer aus Schlägen auf die Kreatur los. Dabei biss sie die Zähne fest aufeinander und unterdrückte die Wutschreie, die trotzigen Worte, die zu sehr nach Leugnen geklungen hätten, nach Lügen.

Das Schlimmste an dem, was der Oni sagte, war, dass alles der Wahrheit entsprach. Sie musste diese Wahrheit aus ihrem Herzen verdrängen, sonst würde sie zugrunde gerichtet.

Mit seinen schweren Armen wehrte der Oni ihre Schläge ab, konterte aber nicht. Er wollte sie nur von sich fernhalten, bis er seinen Angriff auf ihre Seele beendet hatte.

»Reue«, sagte der Oni noch einmal. Der lange Hals ließ den Kopf wenige Meter über Barako baumeln, gerade so hoch, dass sie ihn nicht erreichen konnte. Ochibas Gesicht schnupperte genüsslich, dann zuckte es wieder zurück. *»Reue und Scham! Scham und Schuldgefühle! Du fragst dich, wie es sein kann, dass du nichts bemerkt hast. Du liebst sie und doch merkst du nicht, dass nicht sie selbst aus der Stadt der Hungrigen Nacht zurückgekehrt ist. So dicht hast du bei mir gesessen, hast mir dein Herz ausgeschüttet. Bei mir hast du Trost gesucht. Hast mir die Worte zuflüstert, die du ihr gern zugeflüstert hättest. Überall hast du nach dem Fehler in der Tarnung gesucht, während die einfachste Tarnung von allen, die Schlafende, direkt vor dir lag. Ich glaube nicht, dass du sie tatsächlich geliebt hast. Das kannst du gar nicht. Deine Liebe war eine Lüge.«*

Jetzt schrie Barako. Sie konnte den Schmerz und die Wut nicht länger zurückhalten. Hätte sie es gekonnt, hätte der Oni ohne Zweifel recht gehabt. Aber es war unmöglich. Ochiba war fort und nur die Liebe, die Barako für sie empfand, blieb zurück. Diese Liebe würde sie bis aufs Äußerste verteidigen. Wie ein Wirbelwind stürmte sie auf den Oni zu und schlug mit einer Macht auf ihn ein, die Steine zerschmettert hätte.

Der Oni fauchte, zum ersten Mal ärgerlich, und schlug zurück. Er parierte Barakos Hieb mit solcher Kraft, dass sie nach hinten geschleudert wurde. Sie fiel und rutschte über den Schnee auf die Dachkante zu. Rasch sprang sie auf die Füße und griff wieder an. Diesmal täuschte sie den Schlag an und als der Oni ihn abwehren wollte, ließ sie sich nach unten fallen. Ihr Schwung ließ sie gegen den Torso des Oni prallen, sodass er stolperte, und sie trieb ihm den Hammer in die Seite.

Der Oni zischte, bewegte sich aber blitzschnell. Barako konnte nicht einmal erkennen, was sie getroffen hatte. Es gab eine verschwommene Bewegung, ein Krachen und einen explodierenden Schmerz und schon flog sie über das Dach und knallte gegen die Wand. Sie rutschte daran hinunter. Ihre Rüstung war gesprungen und Schmerz verzehrte ihren Körper.

Dennoch stürmte sie wieder gegen den Oni an. Er betrachtete sie amüsiert, wich aber zurück. Er war vorsichtiger geworden. Während er sie nach rechts umkreiste, bewegte sie sich nach links, in Richtung des reglosen Junji.

»Du könntest dich für deine Pflichten rächen«, sagte der Oni. *»Schließ dich mir an und verbrenn den Kodex, der dich versklavt hat. Schließ dich mir an und alle Reue findet ein Ende. Das Blut wird sie wegwaschen. Euer Mönch hat es verstanden. Folge seinem Beispiel. Oder möchtest du, dass deine Liebe für Ochiba in Bedeutungslosigkeit endet?«*

»Dein Tod wird eine Bedeutung haben«, zischte Barako.

»Ergreif sie«, befahl der Oni.

Plötzlich kam Bewegung in Junji. Mit einem Ruck sprang er von der Mauer weg, ergriff Barakos Arme und hielt sie hinter ihrem Rücken fest. Durch den plötzlichen Ruck glitt ihr der Hammer aus der rechten Hand und sie hielt den Schaft nur noch unsicher in der linken.

»Ich werde dein Gesicht benutzen«, sagte der Oni. *»Und ich werde es über diesem hier tragen. Dann sind du und Ochiba euch im Tod näher, als ihr es je im Leben wart. Ist das nicht schön?«*

Barako spie dem Oni ihren Hass entgegen. Er trat vor und hatte die großen Arme weit ausgestreckt wie zu einer Umarmung. Die dünnen Arme reckten sich nach vorn und zuckten schon vor Vorfreude, ihr das Gesicht vom Schädel zu schneiden.

Junjis Griff lockerte sich. Sein ganzer Körper zitterte und animalische Laute entwanden sich seiner Kehle.

Barako warf sich nach vorn und nach unten. Mit einem Aufschrei ließ Junji sie los. Er sprang über sie und warf sich auf den Oni. Das Ungeheuer hielt inne und Barako sah seine Überraschung. Es war in ihre Falle getappt. Junji hatte den Treueritus vollzogen und unverzeihliche Akte der Blasphemie begangen. Für den Oni bedeutete das unbedingten Gehorsam. Aber mit dem Schrei einer Seele, die entzweigerissen wurde, griff Junji an. Er hängte sich an den riesigen rechten Arm des Ungeheuers und klammerte sich daran, als ginge es um sein Leben. Der Oni schwankte und verlor das Gleichgewicht.

Junjis Umklammerung und sein Körpergewicht hielten den Arm einen Moment lang still. Mehr Zeit brauchte Barako nicht. Sie zog den Jadedolch aus der Scheide an ihrem Gürtel und erhob sich hinter Junji. Auch mit der Linken konnte sie den Hammer noch präzise genug schwingen, um den Arm des Oni am Gelenk zu treffen. Die geweihte Waffe zertrümmerte den Knochen. Der Oni kreischte auf, sein Unterarm hing schlaff herunter.

Mit der rechten Hand trieb Barako den Jadedolch tief in den Arm, wo ihr Hammer ihn getroffen hatte. Das Fleisch des Oni begann zu schmoren und übelriechender Qualm stieg aus der Wunde auf. Das Material, aus dem der Oni gemacht war, platzte auf. Es barst wie faulendes Holz. Sie riss die Klinge nach unten und der Unterarm des Oni fiel zu Boden.

Er schrie, heulte und taumelte zurück. Der Stumpf seines rechten Armes wedelte wild in der Luft. Das Blut rauchte und brannte. Flammen tanzten um die Wunde und seine ganze Gestalt flackerte wild. Sie schien sich langsam aufzulösen. Als der Oni vor einer Laterne vorbeiging, war sein Umriss undeutlich. Die Wunde in seinem Arm breitete sich über den ganzen Körper aus und nagte an seiner physischen Gestalt.

Noch einmal griff Barako ihn an und der Oni schlug zu. In seinem Schmerz war er gnadenlos und so schnell wie zuvor. Sie flog durch die Luft und kam erst zum Halt, als ihre Beine schon über der Dachkante baumelten. Der Schnee unter ihr glitt weg, als sie versuchte, sich hochzuziehen, und sie rutschte noch weiter hinab.

Der Oni packte Junji und hielt ihn mit seinem verbliebenen linken Arm am Boden fest. Die beiden kleineren Arme rissen Junji die Brust auf und der Oni stieß den Armstumpf in das Blut. Junji kreischte auf und es klang, als wäre er sein eigenes Echo, als hätte seine Stimme sich aufgespalten in zwei gleichzeitige Schreie. Die Gestalt des Oni festigte sich wieder und der abgetrennte Unterarm begann nachzuwachsen.

Plötzlich lagen dort zwei Junjis. Ein heller Lichtschein umgab seinen Körper und löste sich dann davon. Noch hatte das Licht keine Gestalt angenommen, aber Barako wusste mit derselben Sicherheit, mit der sie gewusst hatte, dass der Oni sie mit seinen Wahrheiten angegriffen hatte, dass dieses Licht ebenso sehr Junji war wie sein Körper. Der Körper wurde schemenhaft und an den Rändern wie weichgezeichnet. Und der Oni nährte sich von beidem, um seine Gestalt wiederherzustellen.

Er legte den Kopf in den Nacken und knurrte verzückt.

Junji schrie nach Barako. Zweimal schrie er. Sie hörte seine Stimme, schwach und verzweifelt und sterbend über dem Heulen des Sturms. Und sie hörte seine Seele, ebenso verzweifelt, aber lauter, direkt in ihrem Kopf. »Barako!«, flehte er. »Jetzt! Oh, jetzt! Erlöst mich!«

Der Ausruf war das letzte Aufbäumen eines Mannes, der sich selbst verdammt hatte, um die Burg der Morgenröte zu retten.

Barako grub ihre Arme in den Schnee und zog sich nach vorn. Ihre Stiefel fanden Halt und schon war sie wieder auf den Beinen und stürzte das Dach hinauf. Der Oni und Junji waren nur wenige Meter entfernt. Es fühlte sich an wie Meilen. Der Oni verschlang Junjis Geist und Körper. Mit jedem Schritt, den Barako tat, könnte er seinen Hunger gestillt haben und dann wäre Junji verloren. Und sein Opfer wäre vergebens gewesen, denn auch sie würde fallen. Der Wind, der den Schmerz und den Zorn des Oni widerspiegelte, versuchte, sie von den Füßen zu reißen, aber sie widerstand ihm. Sie rannte und der Oni war noch dabei, Junji zu verschlingen, als sie ihn erreichte und ihm den Dolch ins Herz stieß.

Junji wurde ruhig. Das Licht verschwand. Sein Körper wurde wieder fest und die Umrisse verschmolzen nicht mehr mit denen des Oni. Die Qual in seinem Gesicht wandelte sich in einen Ausdruck des Friedens und für einen winzigen Augenblick, während der Dolch eindrang, lag in seinen Augen Triumph. Dann war er von ihnen gegangen und hatte das, wovon der Oni sich genährt hatte, mit sich genommen.

Noch einmal kreischte der Oni auf, noch lauter als zuvor. Er sprang von Junjis Körper zurück und entkam Barakos

Hammer nur um Haaresbreite. Blut und Flammen entsprangen seinem unvollständigen, deformierten Arm. Das Gesicht, das einst Ochiba gehört hatte, schrie in das Unwetter hinaus, schrie Barako an. Die Eleganz war dem Oni abhandengekommen. Die Schreckgestalt warf sich hin und her und versuchte, dem Schmerz zu entrinnen. Der Arm löste sich auf und Fäulnis breitete sich über die Schulter des Oni und seine Brust aus. Einer der Folterarme verdorrte und wurde dann davongeweht, um in den Schneewehen zu verschwinden. Barako rannte auf den Oni zu und zielte mit dem Dolch auf diesen grotesken, peitschenden Hals. Sie würde es beenden und müsste dieses Ding, das Ochiba in einen Albtraum verwandelt hatte, der sie für immer verfolgen würde, dann nicht mehr sehen.

Der Oni sah sie kommen. Mit einem Schrei, der weit durch die Dunkelheit schallte, sprang er vom Dach und floh, sprang über die Außenmauer und verschwand in den Wirbeln des Unwetters.

Der Wind legte sich.

So klar wie die Hoffnung, aber auch so schmerzlich wie die Wahrheit brach die Sonne durch die Wolken.

Barako ging zu der Spirale an der Wand. Das Blut floss nicht mehr. Was eben noch geglänzt hatte, wurde bereits dunkel und stumpf.

Also haben wir gewonnen. Der Gedanke verschaffte ihr keinerlei Genugtuung. Sie fühlte sich nicht als Sieger.

Als sie die Schale mit ihrem widerlichen Inhalt entdeckte, zerbrach sie eine der Laternen darüber und goss das brennende Öl über die Überreste. Während sie brannten, sammelte sie die Schädel auf. Auch sie würde sie einäschern, sobald sie konnte.

Jetzt war der Wind nicht mehr als eine Brise aus dem Norden und der Schnee fiel sanft. Die Sonne trieb die Wolken auseinander und sie verblassten von schwarz zu grau. Der Tag kehrte zur Burg der Morgenröte zurück und vereinnahmte das Land derart schnell, dass Barako den Wandel mit jedem Atemzug sehen konnte.

Sakimi kletterte aufs Dach. »Leutnant?«

»Helft mir mit Junji«, sagte Barako.

Sie kniete über dem Mönch und schloss seine gerissenen Roben und die zerfetzte Wunde so gut sie konnte, um der Leiche so viel wie möglich von ihrer Würde zu lassen. Den Dolch behielt sie am Gürtel.

Mit Sakimis Hilfe brachte sie Junji wieder ins Innere der Burg. »Bringt ihn zum Schrein des Kami des Landes«, forderte sie die wartenden Samurai auf. »Er braucht die Riten der besonderen Reinigung. Aber er soll mit allen Ehren beigesetzt werden. Junji hat die Burg der Morgenröte gerettet. Das sollen alle wissen. Und teilt ihnen mit, dass der Oni fort ist.« Sie musste sich zusammenreißen, um die nächsten Worte aussprechen zu können. »Lasst alle wissen, dass er die Form von Hauptmann Ochiba angenommen hatte.«

Sakimi nickte. Der Kummer, mit dem sie Barako ansah, saß tief, ebenso das Mitgefühl. »Ja. Wir haben alle die Worte des Oni gehört.«

»Das freut mich.« Zu ihrer Überraschung stellte Barako fest, dass dies der Wahrheit entsprach. »Ich würde nicht wollen, dass etwas, das mir derart wichtig ist, lediglich den Kreaturen des Jigoku bekannt ist.«

Die Samurai trugen Junjis Leichnam weg. Barako lehnte sich gegen eine Wand, stieß sich aber beinahe augenblicklich wieder davon ab. Der bloße Gedanke an Ruhe ließ sie schwach werden. Sie konnte es sich noch nicht leisten, der Erschöpfung nachzugeben. Ihre Aufgabe war noch nicht beendet. Wenn sie sich jetzt fallen ließ, dann glaubte sie nicht, dass sie sich je wieder erheben würde.

Sie ging den Korridor hinab. Als sie auf halbem Wege zur Abzweigung war, kam Doreni um die Ecke gebogen. Einige Schritte voneinander entfernt blieben sie stehen.

»Ihr habt es gehört?«, fragte Barako.

»Das habe ich.«

Schweigend sahen sie einander an und waren für einen Augenblick vereint im Schmerz ihres Verlusts. Es war nicht die Kameradschaft, die Barako sich wünschte. Aber sie brauchte sie.

»Dann ist es vorüber?«, fragte Doreni.

»Nein«, antwortete Barako. »Noch nicht.«

Kapitel Fünfundzwanzig

Barako ging zurück ins Verlies und schickte die Wachen fort. »Haru ist unschuldig. Es ist bewiesen. Leutnant Doreni wird es Euch erklären.«

Sie wartete, bis sie gegangen und sie allein waren, dann ging sie zur Zelle, die Schlüssel in der Hand.

Doreni hatte angeboten, Haru freizulassen. »Er ist nur dort, weil ich darauf bestanden habe.«

Sie hatte abgelehnt. »Ihr und er werdet Euren Frieden miteinander machen müssen. Wie Ihr das tut, ist nicht meine Angelegenheit. Aber auch ich habe ihm Dinge zu sagen. Und sie haben mit Frieden nichts zu tun.«

Ohne ein weiteres Wort hatte Doreni ihr die Schlüssel ausgehändigt.

Jetzt schloss sie die Zellentür auf und warf sie so schwungvoll auf, dass sie gegen die Wand knallte. Haru zuckte zusammen. Er saß noch genauso da wie zu dem Zeitpunkt, als sie ihn zum letzten Mal gesehen hatte, als hätte er sich überhaupt nicht bewegt. Aus einem Abwehrreflex heraus hob er einen Arm und ließ ihn dann langsam wieder sinken, als er sah, wer da in der Tür seines Gefängnisses stand.

»Eure Unschuld wurde bewiesen«, sagte Barako kalt.

Haru erhob sich und die ersten Regungen kehrten in seine Gesichtszüge zurück. Es war, als ob seine Hoffnungen den

Wetterzustand um die Burg der Morgenröte herum widerspiegelten. Der Gedanke gefiel Barako nicht.

»Doreni glaubt nicht mehr, dass ich der Oni bin?«, fragte Haru.

»Er *weiß*, dass Ihr es nicht seid. Wir alle wissen es.«

Von neuer Hoffnung erfüllt hellte sich seine Miene weiter auf. Die Art, wie er sie ansah, ließ sie mit den Zähnen knirschen. Er kam auf die Tür zu und blieb dann stehen, da sie sich nicht von der Stelle bewegte.

»Stimmt etwas nicht?«, wollte er wissen.

»Seid Ihr gar nicht neugierig, woher wir wissen, dass Ihr seid, wer Ihr zu sein behauptet?«

»Doch! Ich hatte angenommen, Ihr würdet es mir sagen. Ist bekannt, wer der Oni ist?«

»Der Oni ist fort. Es war Ochiba.« Sie erhob nicht die Stimme und sprach, wie sie fand, mit bewundernswerter Ruhe.

Haru trat zurück, als hätte sie den Hammer zum Schlag erhoben. »Ochiba ... Ich verstehe nicht.«

Ich verstehe nicht. Vor Ärger zuckte ihr Gesicht. Schwache Worte von einem schwachen Menschen. Worte, hinter denen man sich versteckte. Wenn er nicht verstand, dann konnte er seine Schuld auch nicht fühlen. So ging es nicht. *Ich werde Euch diesen Schild wegziehen. Ihr werdet Euch nicht in diese bequeme Unwissenheit zurückziehen. Nicht mehr.* »Sie ist nie aus dem Turm in der Stadt der Hungrigen Nacht zurückgekehrt.« Bewusst nutzte Barako kurze, einfache Sätze. Sie wollte ihn dazu bringen, es zu begreifen. Diesen einen Ausdruck ihrer Wut gestattete sie sich. Es würde ihr nicht viel Befriedigung bereiten. Aber es wäre zumindest ein wenig Gerechtigkeit. Und sie selbst konnte sich das Ausmaß des Opfers, das Ochiba erbracht hatte, noch einmal vor Augen führen. »Sie ist hineingegangen, um Euch zu retten. Der Oni hat sie getötet und ihre Gestalt angenommen. Dann hat er Euch aus dem Turm gebracht.«

Haru erschauderte. »Das ist furchtbar.«

»Ja, das ist es. Sehr furchtbar. Der Oni hat uns alle getäuscht. Auch mich. Auf dem Heimweg dachte ich, dass ich darum kämpfe, das Leben der Person zu retten, die ich um alles in der Welt liebe. Stattdessen war es bereits zu spät.«

»Könnte Ochiba noch am Leben sein?«

»Nein.« Sie dachte an die Gräuel, die der Oni am Schluss Junji angetan hatte, was er ihm genommen hatte, um seine Gestalt wiederherzustellen. »Ochiba ist tot. Sie ist gestorben, weil der Oni Euch als Köder benutzt hat. Versteht Ihr? Dafür seid Ihr zu gebrauchen. Als Köder. Mit dem, was Ihr getan habt, habt Ihr dem Oni geholfen. Ochiba ist gestorben, weil Ihr ein Narr seid, und ihre Seele wird vom Jikogu verschlungen. Drücke ich mich klar genug aus? Begreift Ihr, was ich Euch sage?«

Haru war der Sohn der Daimyo. Barako sprach mit dem Sohn der Daimyo bewusst auf höchst kränkende Weise. Es bereitete ihr keine Freude, sondern lediglich eine Art unglücklicher Befriedigung. Wenn das, was sie gerade sagte, Folgen haben würde, war ihr das egal. Es zählte nur, dass sie die Lektion abschloss, die sie begonnen hatte, bevor sie zu ihrem Aufeinandertreffen mit dem Oni aufgebrochen war. Haru musste wissen, was er getan hatte.

Falls sie ihn mit ihren Worten beleidigt hatte, zeigte er es nicht. Er verzog nur immer wieder das Gesicht und stolperte rückwärts, als wollte er freiwillig in der Zelle bleiben. Als glaubte er selbst nicht mehr an seine eigene Unschuld.

Gut.

»Ich verstehe«, sagte Haru.

»Und wisst Ihr noch, was ich gesagt habe?«

»Dass Ihr mir nie verzeihen werdet.«

»Und das werde ich nicht. Niemals. Ein Narr mit Blut an den Händen ist ebenso verachtenswert wie ein Mörder. Ihr seid aus dieser Zelle befreit. Aber Eure Strafe fängt gerade erst an.«

»Verstanden«, flüsterte er.

Barako schüttelte Kopf. Ihn nur anzusehen widerte sie an. »Ochiba ist für *dich* gestorben«, zischte sie mit all dem Hass, den dieser Verlust in ihr hervorrief. »Damit ist ihr Opfer *wertlos.*« Haru zuckte zusammen, als hätte sie ihn geschlagen. »Mit diesem Gedanken muss ich jetzt leben. Das wird mir immer durch den Kopf gehen, wenn ich dein *wertloses* Gesicht sehe.«

Das reichte. Sie wäre nie in der Lage, ihre gesamte Wut auszudrücken. Es brachte nichts, es weiter zu versuchen.

Barako ging wieder auf den Korridor vor den Gefängniszellen und machte Haru Platz. »Geht.«

»Barako«, begann er, »wenn ich doch nur ...«

»*Geht!*«

Er hastete aus der Zelle, wandte den Blick von ihr ab und rannte beinahe den Gang entlang. Sie sah ihn an, wie sie eine Made ansehen würde.

Eine Weile blieb sie noch im dämmrigen Verlies, dann ging sie langsam zurück ins Obergeschoss und in ihr Gemach. Ein schwerer Stein lastete auf ihrer Brust. Es war derselbe, der auch Doreni in die Knie gezwungen hatte. Mit jedem Schritt wurde er größer. Seine Kälte und seine schmerzhaften Kanten erfüllten ihr ganzes Bewusstsein. Sie ging an Leuten vorbei, ohne sie wahrzunehmen. Leute, die Dinge zu ihr sagten. Die versuchten, ihr zu *danken.* Sie ignorierte sie. Das Leben kehrte zurück auf die Burg der Morgenröte, das Leben und eine gewisse Normalität, und sie verabscheute es. Es gab sogar Ausdrücke von *Freude.* Wie war das überhaupt möglich? Wie konnte die Welt einfach weitergehen, wenn sie diesen riesigen, kalten Stein in ihrem Herzen trug, diesen schrecklichen, kalten Stein, diesen schweren, drückenden und kalten, kalten, kalten Stein? Das Leben, die Dankbarkeit, die *Freude*, nichts davon war real. Nicht wirklich. Es war alles nur eine dünne Fassade. Mit ihr hatte das nichts zu tun. Es hatte nichts mit der Wahrheit zu tun, denn es gab keinen Platz mehr für Freude in dieser Welt. Da war nur noch Platz für diesen Stein.

Als Barako ihr Gemach endlich erreichte, war der Stein so massiv, dass sie kaum noch laufen konnte. Auf der Schlafmatte sank sie auf die Knie. Sie fiel in sich zusammen, die Augen fest zugekniffen, den Mund geöffnet, und jetzt, hier, war es Zeit für den Stein, herauszukommen.

Zuerst erklang ein leises Stöhnen, dann ein Rasseln, während sie wieder einatmete, und noch einmal das Stöhnen, lauter diesmal, weil der Stein in ihrer Brust sich zu bewegen begann, seine Freiheit verlangte. Er zwang sie, ihrer Trauer Ausdruck zu verleihen, denn wenn sie das nicht tat, würde sie sie umbringen. Das Stöhnen wurde zu einem Grollen, einem Knurren voller Hass auf eine Welt, die ihr Ochiba aus den *dümmsten* und *ungerechtesten* und *nutzlosesten* Gründen genommen hatte, die man sich denken konnte. Aber Barakos größter Hass galt nicht der Welt, nicht einmal Haru.

Er galt ihr selbst. Denn alles, was der Oni gesagt hatte, war wahr gewesen. Seine Worte hatten sie getroffen und ihr Herz blutete, aber sie hatte sich selbst die Wunden nicht eingestanden. Sie hatte sich von Ochibas Gedenken abgewandt, soweit es ihr möglich gewesen war, sonst hätte sie nicht kämpfen können. Auch für diesen Verrat hasste sie sich. Aber es war noch der geringste von ihnen. Er verblasste vor Fragen wie: *Warum habe ich die Tarnung nicht durchschaut? Wie habe ich einen Oni für Ochiba halten können?* Und, am schmerzlichsten von allen: *Warum habe ich Ochiba nie gesagt, wie ich empfinde?* Weil sie das Versprechen respektierte, das Ochiba ihrer Familie gemacht hatte. Ein Versprechen gegenüber Leuten, die über den Verlust ihrer sozialen Stellung enttäuscht gewesen waren. Und wo hatten diese Verpflichtungen Ochiba und sie hingeführt? Wegen ihres Pflichtgefühls und Respekts und des erdrückenden Gewichts ihrer Integrität blieben ihr jetzt nur noch Schmerz und Verlust.

Der nächste Atemzug würde groß werden, denn der Stein wollte nun ganz herauskommen. Und das tat er auch. Er zerriss sie innerlich, zerschmetterte ihr Herz zu Staub, riss ihr die Kehle wund. Und sie heulte auf, verlieh all ihrem Kummer eine Stimme, heulte, als wollte sie die Wände niederreißen, den Himmel zum Einsturz bringen.

Sie heulte, bis ihr die Stimme versagte. Dann rollte sie sich zusammen, enger und immer enger. Ihre Hände waren so fest zu Fäusten geballt, dass ihre Fingernägel blutige Wunden hinterließen, ihre Arme hielten sie so eng umschlungen, dass sie ihre Rüstung zerschmettern und ihr den Brustkorb brechen müssten, und dann noch fester, fester und fester, bis sie schließlich, nachdem sie sich tief in die Dunkelheit hinter ihren Augenlidern zurückgezogen hatte, zu Stein geworden war.

Doch dann.

Dann. In der Dunkelheit, hinter den Wänden aus Stein, in der eisernen Zelle ihrer Trauer vernahm sie eine Antwort auf ihren Schrei.

Barako.

Die Stimme sprach ohne Worte. Es war mehr als eine Stimme. Sie überbrückte eine weite Strecke, überbrückte den Tod. Es war mehr eine Berührung als eine Stimme, aber sie nahm sie als Stimme wahr, weil sie ihr so absolut vertraut war.

»Ochiba«, flüsterte Barako.

Die Stimme hatte auf ihren Schrei geantwortet, weil der Oni nicht nur die Wahrheit gesagt hatte, er hatte eine entscheidende, intime Wahrheit ausgesprochen. Er hatte das Band, das die beiden Frauen miteinander verband, genutzt, um Barakos Seele anzugreifen. Er hatte etwas genutzt, was er nicht gänzlich erfassen konnte.

Denn das Band war nicht gerissen. Es bestand noch. Es überdauerte den Tod. Barako spürte Ochiba, spürte die Verbindung. Sie durchdrang die Nacht, den Fels und sie hörte sie. Und sie hörte den Hilfeschrei.

•

Haru hatte den Kimono gewechselt, sich gewaschen und sein Katana angelegt. Er machte sich Sorgen, dass sein Versuch, angemessen aufzutreten, ihm als Arroganz ausgelegt werden würde. Als der reduzierte, verwundete Rat tagte, wusste er nicht, wo er stehen sollte, wohin er sehen sollte, ob er sprechen sollte oder ob er dort überhaupt etwas zu suchen hatte.

Nein, das stimmte nicht. Es war richtig, dass er hier war. Auch wenn sein Instinkt ihm riet, sich vor Scham zu verkriechen, musste er dem widerstehen. Das Einzige, was Barako ihm nicht vorgeworfen hatte, war Feigheit. Es gab Gesichter, denen er sich stellen musste, nicht zuletzt Barakos. Dem Rat fernzubleiben wäre dem Versuch gleichgekommen, sich seiner Strafe zu entziehen. Möglicherweise war allen außer ihm selbst auch egal, was er tat. Nun gut. Seinen Selbstrespekt hatte er ohnehin so gut wie verloren. Der wenige Respekt, den er einst gehabt hatte, war ihm in der Stadt der Hungrigen Nacht abhandengekommen. Möglicherweise war ihm nichts weiter geblieben als die Fähigkeit, die Konsequenzen seines Tuns zu tragen. In dem Fall würde er sich daran festhalten.

Nicht nur die Zahl der Ratsmitglieder war geschrumpft, seit er zum letzten Mal an einer Sitzung teilgenommen hatte. Ochiba war fort. Junji war fort. Akemi saß in ihrem Sessel, als koste es sie enorme Anstrengung, nicht zusammenzubrechen. Sie war erschreckend gealtert. Dünner sah sie auch aus, die Knochen zeichneten sich unter der Haut ab. Sie wirkte dem Tode näher, als Haru je für möglich gehalten hätte.

Zähl sie ebenfalls zu deinen Opfern.

Und Doreni ebenfalls. Körperlich war er immer noch kraftvoll, doch gleichzeitig schien er leer, wie ausgehöhlt. Sein Gesicht war fahl und er sah die anderen Ratsmitglieder nicht mehr mit diesem einschüchternden, berechnenden Blick an, den Haru schon für Dorenis natürliches Auftreten gehalten hatte. Sein Blick war leer, durch den Schmerz abgestumpft.

Nur Barako wirkte so stark wie immer, doch ihr Auftreten war abweisend. Sie trug die volle Rüstung und wenn sie nicht gerade in Richtung eines Kohlebeckens oder einer Laterne blickte, war ihr Gesicht unter dem massiven, gehörnten Helm verborgen. Sie sah aus, als bestehe sie nur aus Rüstung, ein laufender Haufen Eisen. Auch zuvor war sie schon einschüchternd gewesen mit ihren Fähigkeiten und ihrer Kraft, eine Gestalt, der er nachgeeifert hatte.

Und die ich geliebt habe. Der Gedanke flackerte kurz auf, dann erlosch er, von Scham ausradiert.

Jetzt war Barako Furcht einflößend. Sie verkörperte die Abrechnung, unnachgiebig und gnadenlos. Ihre dunkle, lauernde Gestalt war so einschüchternd, dass man sie nicht ansehen konnte, aber zu mächtig, um sie zu ignorieren.

Auch wenn Haru nicht sehen konnte, wie Barakos Blick auf ihm ruhte, fühlte er es. Er fühlte ihren Ärger, fühlte, wie sie ihn verurteilte.

Bevor er es verhindern konnte, fragte Haru sich, wie viel grimmiger Barakos Wut wohl ausfiele, wenn sie die ganze Wahrheit kennen würde. Dann überlegte er, ob sie das nicht tat, und seine Stirn glühte vor Schuldgefühlen. Seine besessene Suche nach Ruhm, für die sie ihn völlig zu Recht verachtete, war nur seinem Wunsch entsprungen, sich ihrer würdig zu erweisen. Ochiba war gestorben, als sie versucht hatte, ihn zu retten, das stimmte. Aber Barako hatte Ochiba verloren, weil Haru sich eingebildet hatte, er könnte Barako für sich gewinnen.

Als er so darüber nachdachte, wuchs Harus Selbstekel so sehr, dass er sich wünschte, wieder in der Zelle zu sein.

Wenn er sich doch nur erinnern könnte, was im Turm geschehen war. Von dem Moment an, als er die Schwelle des Turms überquert hatte, bis zu dem Augenblick, als er hinausgestakst war, waren seine Erinnerungen wie ausgelöscht. Barako hatte recht. Das Einzige, was er erreicht hatte, war, als Köder zu dienen.

»Leutnant Barako«, sagte Akemi, »die Samurai der Burg der Morgenröte schulden Euch mehr, als wir je zurückzahlen können. Ich persönlich stehe sogar noch mehr in Eurer Schuld.«

»Ich habe nur meine Pflicht getan.« Barakos Ton ging haarscharf an einer Unverschämtheit vorbei.

Akemi bemerkte offenbar, dass sie das besser nicht weiterverfolgte. »Also, wo stehen wir jetzt? Das Unwetter ist vorbei, wir sehen die Sonne wieder und unsere Außenmauer ist seitdem nicht noch einmal angegriffen worden. Für mich sieht alles nach einem Sieg aus.«

»Ich habe den Oni verletzt«, erklärte Barako, »und zum Rückzug gezwungen. Mehr nicht. Ich habe ihn nicht vernichtet. Unser Kampf ist noch nicht vorbei.«

»Ihr glaubt, er könnte zurückkehren?«

»Ja, sobald er sich erholt und wiederhergestellt hat.«

»Wir sollten einen Außenposten am Eingang des Höhlensystems errichten, das zur Stadt der Hungrigen Nacht führt«, überlegte Doreni. »Und wir sollten darüber nachdenken, den Eingang zum Einsturz zu bringen.«

»An den Toren zur Stadt der Hungrigen Nacht sollte es immer einen Wachposten geben«, stimmte Akemi ihm zu.

»Ja, langfristig«, meinte Barako. »Zuerst müssen wir diesen Krieg gewinnen, sonst stehen wir genauso da wie vor dem ersten Angriff der Schneeskelette. Der Oni kennt die Burg, unsere Schwächen und er kennt *uns*. Er wird zurückkehren. Und mit wessen Gesicht dieses Mal? Mit wessen *Gesichtern*? Wie soll man sich gegen das Misstrauen wappnen? Der Oni hat es letztes Mal fast geschafft, uns dazu zu bringen, uns gegenseitig zu seinem Vergnügen zu töten. Diese Freude wird er sich sicher auch beim nächsten Mal nicht entgehen lassen wollen.«

»Diesmal sind wir vorgewarnt«, sagte Haru und wünschte sich sofort, er hätte es nicht getan. *Was für eine dumme Bemerkung.*

»Das waren wir letztes Mal auch.« Barako sprach wieder wie in der Zelle, als spräche sie mit einem sehr dummen Kind. »Wir wussten, dass ein Oni in der Burg war. Wir hatten den Verdacht, dass er sich als einer von uns verkleidet hat. Wir dachten, Ihr wärt es.«

Er schüttelte den Kopf. »Ich weiß, ich weiß. Vergesst, was ich gesagt habe. Ihr habt recht. Der Oni muss zurück ins Jigoku geschickt werden.« *Dummkopf.* Er schwor sich, bei dieser Ratssitzung nichts mehr zu sagen.

»Unsere Verluste waren unglaublich hoch«, wandte Akemi ein. »Da schlagt ihr doch nicht etwa eine weitere Expedition zur Stadt der Hungrigen Nacht vor, Leutnant Barako?«

»Wir haben keine Wahl.« Barako schien seiner Mutter ihr Zögern nicht ganz abzunehmen.

»Damit würden wir die Burg angreifbar machen«, beharrte die Daimyo.

»Angreifbar ist sie ohnehin. Wir haben keine Wahl«, wiederholte Barako.

»Nein, haben wir nicht«, sagte Akemi sehr leise.

Und das wusstest du ganz genau, dachte Haru. Dass seine Mutter so widerwillig war, lag nicht an Vernunftgründen. Sie war einfach ausgelaugt. Sie hatte sich dem Wunschdenken hingegeben, dass dieser Albtraum wirklich irgendwie zu Ende sein könnte.

»Noch einmal eine ganze Kompanie?«, fragte Akemi.

»Ja.«

»Und wenn sie fällt, was wird dann aus der Burg der Morgenröte?«

»Sie wird nicht fallen. Der Großteil der Kompanie wird, wie beim letzten Mal, das Stadttor halten. Ich nehme nur einen Trupp mit in die Stadt. Den Weg kenne ich.«

Akemi sah nicht beruhigt aus. »Ihr kennt den Weg zum Turm, aber Ihr wisst nicht, was sich darin befindet. Das ist die Festung des Oni.«

»Richtig«, bestätigte Barako. »An der Stelle gehen wir das größte Risiko ein. Und das nötigste.«

»Und wenn der Trupp nicht zurückkehrt?«

»Dann müssen wir die anderen Burgen rufen und um Hilfe bitten, um Verstärkung.«

»Was sollen wir ihnen sagen?«, fragte Akemi.

»Dass sie nicht dieselben Fehler machen sollen, die wir gemacht haben.«

»Verstärkung zu rufen kostet Zeit.«

»Und genau deswegen müssen wir jetzt handeln«, drängte Barako, »und zu den Ahnen um den Sieg beten.«

»Es könnte eine andere Möglichkeit geben«, sagte Doreni leise. »Selbst wenn wir den Oni besiegen, bleibt die Stadt der Hungrigen Nacht immer eine Bedrohung.«

»Sicher.« Barako klang verwirrt.

»Warum versiegeln wir sie dann nicht jetzt sofort?«

»Habt Ihr nicht zugehört? Der Oni *wird* zurückkehren.«

»Doch, ich habe zugehört. Ja, er wird zurückkehren. Zumindest wird er das versuchen. Und wenn seine körperliche Gestalt zerstört ist, dann wird früher oder später etwas anderes diesem verfluchten Ort entspringen. Ich denke, wir sollten die Stadt der Hungrigen Nacht genauso behandeln wie die Schattenlande. Dort fallen wir auch nicht ein und hoffen, all das Böse, das sie enthalten, besiegen zu können. Wir haben eine Mauer gebaut, um sie fernzuhalten. Das sollten wir mit der Stadt auch tun.«

»Vielleicht ist das besser, als eine gesamte Kompanie oder mehr zu riskieren«, stimmte Akemi ihm zu.

Nach einem kurzen Moment des Schweigens sagte Barako: »Ich glaube, wir dürfen diese aktive Bedrohung nicht ignorieren, und der Oni *ist* eine aktive Bedrohung. Derzeit halte ich es nicht für ausreichend, die Höhle zum Einsturz zu bringen und einen Außenposten zu errichten. Aber wenn Ihr darauf besteht, Herrin Akemi, dann lasst mich wenigstens einen einzelnen Trupp zur Stadt führen, damit ich versuchen kann, den Oni zu vernichten.«

»Und wenn ich Nein sage, setzt Ihr Euch dann darüber hinweg?«

»Ich würde allein gehen«, erklärte Barako.

Alle starrten sie an. Ein derartiger Leichtsinn passte überhaupt nicht zu ihr.

»Warum?«, fragte Akemi entgeistert.

»Weil Ochibas Seele dort gequält wird und ich lasse sie nicht im Stich.«

»Woher wisst Ihr das?«, hakte Doreni nach.

»Sie hat mir eine Botschaft gesandt.«

»Habt Ihr darüber nachgedacht, dass auch das das Werk des Oni sein könnte?«

»Ja. Ich glaube es nicht, aber ja, habe ich. Und wenn der Oni mich dort hinlocken will, dann soll er das tun. Soll er mich zu sich holen. Wenn er denkt, er ist noch nicht fertig mit mir, dann wird er herausfinden, dass ich mit ihm auch lange noch nicht fertig bin.«

Langsam breitete sich ein Lächeln auf Dorenis Gesicht aus. Es war ein trauriges Lächeln, aber echt und begierig. »Ja. Oh ja. Ich werde mit Euch gehen. Der Tod meiner Frau und meiner Kinder soll gerächt werden.« Er zuckte mit den Schultern, als ihm wohl klar wurde, dass dieser Beschluss wenig mit dem politischen Kalkül gemein hatte, das er sonst immer gezeigt hatte. »Ich habe sonst kein Vermächtnis«, sagte er leise.

»Auch ich muss mitgehen«, entschied Haru.

Akemi erschauerte. Barako drehte sich mit einem Ruck zu ihm um. Er konnte jetzt die Augen unter ihrem Helm sehen. Ihr Hass schien ihn zu verbrennen. Ein solcher Tod wäre ihm willkommen gewesen. Aber er gab nicht nach. »Bitte«, sagte er. »Ich habe kein Recht, Euch darum zu bitten, aber ich bitte trotzdem. Ich muss mitgehen. Ich muss helfen.«

»Ihr?«, meinte Barako. »Helfen?«

»Ich muss versuchen, meine Fehler wiedergutzumachen.«

»Das ist nicht möglich.«

Da hatte sie recht, aber versuchen musste er es trotzdem. Also probierte er es mit einem anderen Ansatz. »Wenn es nicht der Oni ist, der Euch gerufen hat, dann wird er darum kämpfen, Euch fernzuhalten.«

»Damit rechne ich ebenfalls.«

»Mich hatte er schon einmal in seinen Fängen. Glaubt Ihr nicht, es könnte dem Oni gefallen, mich zurückzubekommen?«

In Barakos finstere Miene mischte sich ein berechnender Ausdruck. »Sprecht weiter.«

»Der Oni hat mich als Köder benutzt. Jetzt solltet Ihr dasselbe tun.«

»Haru«, flehte Akemi leise.

»Ich führe ihn in Versuchung. Glaubt Ihr nicht, dem Oni würde der Gedanke an den Sieg gefallen, den er durch meine Vernichtung erringt? Nehmt mich mit und meine Anwesenheit öffnet Euch den Zugang zum Turm.«

Akemi war in ihrem Sessel zusammengesunken und hatte den Kopf in den Händen vergraben. Alles, was sie befürchtet hatte und dessen sie nur knapp entgangen war, drohte ihr nun erneut. Es tat Haru leid, seiner Mutter so wehzutun. Aber er wusste auch, dass seine Entscheidung endgültig war. Es war sein Schicksal, so wie Barakos ihr unumstößliches Vorhaben war, Ochibas Seele zu retten.

Doreni legte ihm eine Hand auf die Schulter. »In Eurem Streben nach Verdammnis zeigt Ihr eine bemerkenswerte Symmetrie. Ihr hättet Dichter werden sollen.«

Mein Schicksal ist noch nicht entschieden. Und ich bin auch nicht derjenige, der die Entscheidung trifft.

Schweigend wartete Haru darauf, dass Barako ihr Urteil fällte. Es schien eine Ewigkeit zu dauern.

Schließlich sagte sie nur: »Wir brechen im Morgengrauen auf.«

Kapitel Sechsundzwanzig

Wieder einmal war es helllichter Tag, als sie die Höhle erreichten, und ewige Nacht, als sie aus dem Tunnel vor der Stadt traten. Barako blieb nicht stehen, als sie die Senke erblickte, sondern ging einfach weiter, den Abhang hinunter und auf den schmalen Felskamm zu. Die Stadt der Hungrigen Nacht und der Oni in ihrem Inneren hatten nicht versucht, sie mit einem weiteren Schneesturm fernzuhalten. Wenn sie und ihre Begleiter hier willkommen geheißen wurden, nun, dann würden sie die Einladung dankend annehmen.

Akemi hatte schließlich doch eine ganze Kompanie entsandt. »Jemand muss zurückkehren«, hatte sie gesagt. »Jemand muss uns sagen, was geschehen ist. Und wir brauchen einen Sieg. Es muss enden.« Der Großteil der Kompanie bestand aus denjenigen, die bereits an Ochibas Expedition teilgenommen hatten. Sie wussten, was sie erwartete, und auch sie dürsteten nach Gerechtigkeit. Sie wollten ihren Hauptmann rächen. Zwei Trupps blieben am Osteingang der Höhle zurück, um schon einmal zu planen, wie man sie am besten zum Einsturz brachte. Der Rest marschierte mit Barako, Doreni und Haru und auch von ihnen blieb keiner am Rand der Senke stehen.

Der Schnee fiel und barst wie Glas. Der Mond schien auf die Landschaft ohne Zeit herab. Der Wind fauchte die Samurai an und versuchte, sie vom Kamm zu pusten. In der Ferne, hinter dem Tor, sah der Turm der Stadt der Hungrigen Nacht mit seinem unbewegten grünen Blick auf seine Feinde hinab.

Als sie sich dem Tor näherten, fragte Doreni: »Habt Ihr sie noch einmal gehört?«

»Nein.« Barako hatte während des gesamten Weges hierher versucht, Ochibas Stimme noch einmal zu erhaschen. Sie hatte im Gehen aktiv darauf gelauscht. Und wann immer der Rest der Kompanie sich ausgeruht hatte, hatte sie meditiert und war dem Band, das sie mit Ochiba vereinte, gefolgt. Aber sie war auf nichts gestoßen. Wo Ochiba gewesen war, war jetzt Leere. Sie verspürte einen schmerzlichen Verlust. Es fühlte sich so an wie die Art von Verlust, die früher oder später jeden Sterblichen schmerzlich befällt, aber die man immer in schrecklicher Einsamkeit erlebt, als eine Qual, die niemand anders je teilen oder nachvollziehen kann.

Der Verlust war echt. Aber es gab auch eine Erinnerung. Nicht die Erinnerung an Ochiba, wie sie als Lebende gewesen war. Die neue Erinnerung, die nach ihrem Tod gekommen war. Sie veränderte die Leere, machte etwas daraus, das vielleicht nicht direkt eine Lüge, aber auch nicht vollständig wahr war.

»Der Oni verbirgt sie möglicherweise vor mir«, sagte Barako.

»Oder er möchte, dass Ihr das denkt.«

Barako stieß ein kurzes, grimmiges Lachen aus, während sie auf das Tor zuging. »Ihr wollt mir doch nicht sagen, dass dies eine Falle sein könnte?«

Dorenis Grinsen war ebenso dunkel wie ihr Lachen. »Zu einer solchen Annahme hätte ich doch überhaupt keinen Grund, nicht wahr?«

»Nicht den geringsten. Und schon gar nicht den Zustand dieses Tors.«

Es stand offen. Nur einen Spalt, den man aber leicht aufstoßen konnte.

»Ihr hattet es hinter Euch geschlossen?«, vermutete Doreni.

»Das haben wir, um die Skelettsamurai davon abzuhalten, uns zu folgen. Jetzt steht es wieder genauso weit offen wie beim ersten Mal, als wir hier waren.«

Doreni sah sich um und schauderte. Auch Barako verstörte der Effekt des Spiralmusters noch, aber Doreni hatte es noch nie in dieser Größenordnung erlebt. »Ihr habt gesagt, dass die Zeit hier stehen geblieben sei. Das hatte ich nicht wirklich begriffen, aber jetzt verstehe ich, was Ihr meint. Und die Tore sind ein Teil davon, nicht wahr?«

»Ich glaube schon. Eine ewige Einladung.«

»Also definitiv keine Falle.«

»Nein, natürlich nicht.«

Barako sah durch den Spalt zwischen den Torflügeln. Die Straßen waren leer bis auf diese lauernden, geduldigen Schneewehen. Sie deutete darauf. »Dort. Seht Ihr, was ich meine?«

Doreni nickte. »Sie sind zu ...« Er suchte nach dem richtigen Wort.

»Zu flüssig«, meinte Haru. Seit sie von der Burg der Morgenröte aufgebrochen waren, hatte er kaum ein Wort gesagt. Barako hatte ihm nicht befohlen zu schweigen, aber sie war froh darüber gewesen. Sie wollte am liebsten nichts von ihm hören. Aber er hatte recht, was die Schneewehen anging.

»Ja«, sagte auch Doreni. »Flüssig.« Er machte eine kurze Pause. »Bewegen sie sich?«

»Das können sie, wenn sie wollen«, erwiderte Barako. »Hungrige Geister wohnen darin.« Die Ränder mancher Schneewehen wellten sich sacht, wie ein Teich im Wind oder wie ein See, in dem ein Raubfisch seine Runden dreht.

Barako sah zur Kompanie zurück. Die Samurai hatten ihre Waffen gezogen und waren bereit für einen Angriff. Sie salutierten und warteten darauf, wieder einmal das Tor zu halten.

»Sehen wir doch mal, welche Art von Falle uns diesmal erwartet.« Barako schob den Torflügel auf. »Bleibt bei mir«, sagte sie zu Haru. Er gehorchte und gemeinsam betraten sie die Stadt.

Nichts passierte. Sie ging vorsichtig weiter, entfernte sich ein Dutzend Schritte vom Tor. Die Schneewehen bewegten sich, verbargen ihre Zähne und Geheimnisse. Aber keine Angreifer brachen daraus hervor. Sie lauschte auf das Rasseln von Knochen, das eine Armee aus Skelettsamurai ankündigte. Aber sie hörte nur das leise, scharfe Klirren und Knirschen der Schneeflocken.

»Alles ruhig«, bemerkte Doreni, der noch auf der Schwelle des Stadttors stand.

»Dieser Stille dürfen wir nicht trauen«, sagte Barako. »Wir befinden uns im Herrschaftsbereich des Oni. Ob er nun der Stadt dient oder die Stadt ihm, diese Täuschung ist reine Strategie. Er wartet, bis er den größtmöglichen Schaden anrichten kann.« Sie sah hoch zum Turm und stellte sich vor, wie er und sie einander musterten und den nächsten Spielzug planten. »Ich glaube, Haru und ich sollten allein gehen«, erklärte sie.

»Nein«, widersprach Doreni. »Ihr seid die Retterin der Burg der Morgenröte. Opfert Euch nicht so voreilig selbst. Ihr werdet noch gebraucht.«

Barako fragte sich, warum er das gesagt hatte. Sie hasste Schmeicheleien und er wusste das. Darüber hatte sie keine Zweifel gelassen. Hatte er einfach nur gesagt, was er dachte? Oder ging es ihm schon wieder nur um die Erbfolge auf der Burg und er wünschte sich Barako immer noch als Verbündete? Sie fragte sich, wie viel der Politik auf der Burg der Morgenröte ihr hierher gefolgt war.

Dann beschloss sie, dass es keine Rolle spielte. Sie glaubte nicht, dass sie lange genug leben würde, um zu sehen, wie Dorenis Machtspielchen ausgingen, falls er wirklich noch über die Zukunft nachdachte.

Vielleicht tat er es auch nicht. Vielleicht spürte er, dass auch seine Zeit gekommen war.

»Soll die ganze Kompanie weitergehen?«, fragte Doreni. Schon während der ganzen Mission hatte er ihr das Kommando überlassen.

Geht allein. Nur du und Haru, und Doreni, falls er darauf besteht. Wenn wir sterben, was macht das schon? Zwei Krieger, die von Trauer zerfressen sind, und einer, der ohnehin nie jemandem etwas genützt hat. Aber die ganze Kompanie wäre ein schwerer Verlust.

Sie rief sich zur Ordnung. Ihre Gedanken drehten sich nur um das Ende, um Niederlagen. Aber sie war nicht hierhergekommen, um zu sterben. Sie war hier, um Ochibas Seele zu befreien und den Oni zu vernichten. Sie war hier, um zu kämpfen und zu siegen.

»Ein Angriff mit unserer ganzen Stärke …« Doreni musste den Satz nicht beenden.

»Also gut.« Barakos Hände packten den Stiel ihres Hammers fester. »Lasst sie hereinkommen. Zwei Trupps sollen das Tor bewachen.« Sie behielt die Dunkelheit auf den Straßen im Auge, als die Samurai in die Stadt der Hungrigen Nacht strömten.

Sobald etwa die Hälfte der Kompanie durchs Tor gekommen war, bewegten sich die Schatten langsam vorwärts. »Haltet Euch im Mondlicht«, erinnerte sie die Samurai. »Wo es kein Mondlicht gibt, rennt.«

Haru und Doreni folgten ihr auf dem Fuße, während Barako den dunklen, verdrehten Straßen der Stadt in Richtung des ersten Nebenturms folgte. Die missgestalteten Pagoden und Ruinen ragten über die Straßen, die Schneewehen sammelten sich an ihren Fundamenten und hingen wie Vorhänge an den Fassaden. Die Stille, die nur durch das Klirren der Schneeflocken unterbrochen wurde, war drückend. Überall schien eine unsichtbare Falle zu lauern.

Die Kompanie rückte über die schmale Straße vor und hielt sich dabei immer im kalten Mondlicht in ihrer Mitte. Barako hatte das Gefühl, dass sie rennen sollten. Die geringe Geschwindigkeit und die schmale Reihe, in der sie sich bewegten, machten ihre Samurai zu verwundbar. Durch Geschwindigkeit hatten Ochiba und sie den Turm beim ersten Mal erreicht.

Da wollte der Oni auch, dass wir dort hingelangen.

Mit derart vielen Kriegern war es zu gefährlich, zu schnell zu werden. Fehler waren unvermeidlich.

Wenn ich nicht bereits einen begangen habe.

Das konnte sie erst wissen, wenn das Blut floss. Sie hatte keine Ahnung, welchen Spielzug der Oni machen würde. Sie konnte ja kaum das Spielbrett erkennen.

Beinahe hatten sie die erste Kreuzung erreicht, als das Horn vom Turm aus über die Stadt erschallte. Die Kriegserklärung. »Der Feind hat uns bemerkt!«, schrie sie, während das Echo des Horns noch nachhallte und ihr Innerstes erschaudern ließ.

Immer noch kein Rasseln von Knochen. Kein Heulen von Untoten.

Stattdessen kam die Flut der Geister.

Zu beiden Seiten der Straße erhoben sich die Schneewehen, wurden zu weißen, kantigen Wellen, die sich entlang der gesamten Straße erstreckten. Sie stiegen an, bis sie fünf, sechs Meter über der Kompanie aufragten. Dann hielten sie inne und sammelten sich, als freuten die weißen Massen sich schon auf ihr Festmahl. Wenn die gefrorenen Wellen über ihnen zusammenschlügen, wäre der Pfad aus Mondlicht ganz verschwunden.

Die Geister huschten auf die Straße und die Samurai stellten sich ihnen entgegen. Männer und Frauen mit Schwertern und Hämmern und Hellebarden, bereit zu bekämpfen, was sie nicht bekämpfen konnten, aber abwehren mussten. Barako und Doreni standen Rücken an Rücken, Haru direkt daneben. Barako schlug mit dem Hammer nach der Welle. Sie war fest entschlossen, zuzuschlagen, bevor sie versuchen konnte, sie zu verschlingen. Die weiße Masse schreckte in einem stummen Schrei vor ihrer Waffe zurück, bevor der geisterhafte Schnee sich zu einem Wirbel zu drehen begann.

Die Kompanie schrie den Wellen einen Kampfschrei entgegen und dann war die gesamte Straße von diesem unheiligen Weiß bedeckt. Die Geister bewegten sich stumm, wo ein Meer hätte rauschen sollen, und diese Stille innerhalb des Weiß war greifbar, ebenso wirklich wie die Schneewehen selbst. Sie versuchte, Barako zu packen, ihr mit ihrem Gewicht Mund und Nase zu verschließen. Sie zog den Hammer wieder an ihre Seite, dann schwang sie ihn weit und folgte dem Schwung mit ihrem Körper. Sie spürte, dass das Weiß aufschrie, und die Stille zerriss wie etwas Lebendiges.

Sie kämpfte, ohne etwas sehen zu können. So lange sie konnte, hielt sie den Atem an, um die Schatten aus ihrer Lunge fernzuhalten. Dabei schlug sie auf die weiße Masse ein, bis Licht aus ihrem Hammer strömte und die geweihte Waffe das Unheilige verbrannte. Wenige Augenblicke später durchbrach sie die Oberfläche. Die Flut aus Geistern zog sich verwundet vor ihr zurück.

Kurz darauf schnitt sich auch Doreni mit seinem Katana frei. Fetzen der Geister hingen noch an ihm, tropften von seiner Rüstung und verblassten. Vor Hass und Grauen hatte er die Augen weit aufgerissen.

Auch der Rest der Kompanie drängte die Geister zurück. Entlang der Straße zog die Flut sich zurück, verwundet und zerschlagen von den Bushi. Nicht alle hatten überlebt. Gelegentlich erklangen Schreie, wenn die Geister Samurai mit sich rissen, diejenigen, die sie eingeatmet hatten und jetzt im Griff der Nacht gefangen waren und bald ihren Hunger stillen würden.

Auch Haru kämpfte. Aber keine Geister blieben an ihm hängen. Erst jetzt bemerkte Barako, dass sie sich ihm überhaupt nicht näherten. Wohin er auch ging, bewegte er sich in einer Insel aus Mondlicht. Die Geister mieden ihn und wollten ihn nicht berühren.

Er ist als Beute für etwas anderes vorgesehen.

Die Schneewehen zogen sich wieder an die Wände zurück und sammelten sich erneut, höher diesmal und noch höher. Das Horn am Turm erklang. Der Schnee über ihnen wirbelte wild und Geister von überall aus der Stadt zogen sich zusammen, ein Ozean, der die Eindringlinge ertränken wollte.

»Zurück zum Tor!«, schrie Barako. »Haru und ich müssen allein gehen! Ihr alle, zurück!«

Einen Augenblick lang befürchtete sie, dass die Samurai sich ihrem Befehl widersetzen könnten. Aber sie alle wussten, dass sie damit keine Feigheit von ihnen verlangte. Deshalb rannten sie die Straße entlang, so schnell sie konnten, um das Tor vor der Flut der bösen Geister zu erreichen.

Barako packte Haru am Arm. »Bleibt direkt neben mir. Der Turm will Euch, also muss er mich auch nehmen.«

»Und mich.« Doreni trat näher, bis er in dem kleinen Kreis aus Mondlicht stand, der Haru umgab.

»Und jetzt rennen wir«, beschloss Barako.

Das taten sie, mit Haru in der Mitte. Die Geister hielten mit ihnen Schritt. Sie flossen über die Gebäude der Stadt der Hungrigen Nacht wie ein schwerer Nebel. Der weiße Strom schäumte vor Wut. Tentakel peitschten daraus hervor und griffen nach Barakos oder Dorenis Beinen. Hinter ihnen folgte eine riesige weiße Sturmflut, die geradeso durch die Anwesenheit der erwählten Beute zurückgehalten wurde.

»Ihr hattet recht«, sagte Doreni zu Haru. »Der Oni will Euch zurückhaben.«

»Gut.« Haru klang auf armselige Weise dankbar, dass er nützlich sein konnte. Das war wohl das erste Mal, dachte Barako, dass sie sich freute, ihn bei einer Schlacht dabeizuhaben.

»Der Oni besteht auf seiner Rückkehr«, sagte sie. »Uns braucht er nicht.«

»Ihr habt ihm Grund genug gegeben, Euch zu fürchten.«

»Und die Lektion ist noch nicht vorüber.«

Barako erinnerte sich an jede Kurve, jede Kreuzung. Der Weg durch die Stadt der Hungrigen Nacht hatte sich ihr bis ins kleinste Detail eingebrannt. Als sie die Strecke das erste Mal gelaufen war, hatte sie sie auswendig gelernt, da sie gewusst hatte, dass sie eines Tages würde zurückkommen müssen.

Aber sie hatte sich niemals ausgemalt, aus welchem Grund sie erneut hierherkommen würde. Es wäre ihr nie in den Sinn gekommen, dass sie nicht Ochiba in die Schlacht folgte. Ein solcher Gedanke wäre zu schmerzlich gewesen.

Und die Wirklichkeit war sogar noch schlimmer.

Ihre Beine waren länger als Harus. Sie schätzte ihre Schrittlänge falsch ein, war ihm eine Winzigkeit voraus und die Schatten ergriffen sofort die Gelegenheit. Sobald ihr Fuß aus dem Kreis aus Mondlicht hinausragte, peitschte ein Tentakel aus Schnee vor, wickelte sich darum und zog so kräftig an ihrem Bein, dass der Aufschlag ihr den Hammer aus den Händen schlug. Im selben Moment hatte die Schneewehe sie ganz bedeckt. Die Geister kratzten und bissen und die Tentakel drückten zu. Durch den Fall war ihr alle Luft aus der Lunge gepresst worden. Aber sie atmete nicht ein, obwohl alles in ihr danach drängte, sondern zog den Jadedolch aus ihrem Gürtel. Sie stach nach oben und durchschnitt den Schnee. Wo der Dolch die Geister berührte, glühte reinigendes Licht auf. Eine intensive Hitze ging von ihm aus und der Schnee zuckte zurück, an den Rändern verschmort.

Barako sprang auf die Füße. Haru und Doreni hatten augenblicklich angehalten und Doreni hatte ihren Hammer gefunden. Sie kam wieder zu ihnen ins Licht.

»Als Ihr gefallen seid, wart Ihr augenblicklich unter dem Schnee verschwunden«, sagte Doreni. »Wir wussten gar nicht, wo wir Euch suchen sollten.«

»Dann darf ich nicht noch einmal fallen.« Barako nahm ihren Hammer wieder entgegen. »Auch Ihr müsst achtsam sein.«

»Das bin ich.«

Die Geister schnappten auch nach seinen Beinen. Er schlug mit dem Katana nach ihnen, als müsste er sich durch hohes Schilf kämpfen. Je weiter sie liefen, desto heftiger bissen und schnappten die Geister nach Doreni. Er hielt sich so nah er konnte an Haru und sein Licht und mähte die Geister mit seiner Klinge nieder.

»Ich werde dem Mörder meiner Familie gegenübertreten«, schwor Doreni. »Ich werde ihm gegenübertreten und ich werde mit ihm abrechnen.« Er schlug nach der Dunkelheit und als der Turm noch einmal das Horn erklingen ließ, sah er auf, die Zähne vor Schmerz und Trotz gefletscht, und hielt dem Dröhnen stand. *»Ich komme zu dir!«*

»Das werdet Ihr«, versicherte ihm Barako. »Wir sind fast da.« Sein Bedürfnis war ebenso stark wie ihres. Doch sie war dem Oni zumindest schon einmal gegenübergetreten und hatte ihm einen Vorgeschmack auf seine gerechte Strafe gegeben. Für Doreni war das Ungeheuer, das ihm alles geraubt hatte, noch immer ein Schatten, weniger real als die Geister, die ihn gerade angriffen. Er hatte geglaubt, dass der Mörder Harus Gesicht trug, aber er hatte sich geirrt. Ein unsichtbares Wesen hatte sein Leben zerstört. Dafür hatte er es verdient, mit ihm abzurechnen. Er hatte es verdient, dass die Schatten sich lichteten und die Wahrheit ans Licht kam.

Grünes Licht. Grünes Licht durchzog die undurchdringliche Schwärze. Das Licht, das im Turm blitzte und pulsierte, war durch die offene Tür des Turms sichtbar. Die flügelartigen Felsformationen, die ihn einrahmten und die während ihrer letzten Flucht eingestürzt waren, standen wieder, als wäre nie etwas geschehen. Die Geister hielten immer noch mit den Samurai Schritt, als sie sich dem Turm näherten. Von der Spitze tropften die Schneewehen herab wie ein Wasserfall, erfüllten den Platz und schwollen durch den Zorn des Turms zu einem Sturm an. Die Geister streckten ihre Krallen nach Barako und Doreni aus. So nah an ihrem Ziel passten sie sogar noch mehr auf, mit Haru im Gleichschritt zu gehen. Auf seinem Gesicht stand die Hoffnung geschrieben, seine Schuld zu begleichen, eine Hoffnung, die er nicht aussprach, und diese Vorsicht half Barako, ihre Verachtung im Zaum zu halten.

Kein Wächter erwartete die Bushi diesmal, nur die sturmgepeitschte Dunkelheit. Sie liefen auf den Eingang zu, der immer noch von langen, zahnartigen Stacheln gesäumt war.

Sie bebten. Das Maul war begierig, zuzuschnappen.

»Seht Ihr die Zähne?«, fragte Barako, als sie noch zwanzig Meter davon entfernt waren. Die anderen beiden bejahten. »Wir gehen genau gleichzeitig hindurch.«

Barako und Doreni passten ihre Schritte exakt an Harus an, der mit gleichmäßiger, nicht nachlassender Geschwindigkeit rannte. Sie näherten sich dem Durchgang wie eine Einheit.

Drei Meter von der Schwelle entfernt. Zwei. Einen. Sie erreichten sie.

Die Geister griffen an.

Eine Klauenhand schlug in dem Moment nach Barakos Fuß, als er den Boden verließ. Sie verfehlte sie und Barako trat mit Haru über die Schwelle.

Ein weiterer Geist erwischte Dorenis Ferse. Er konnte ihn nicht packen und zurückziehen. Aber er ließ ihn stolpern. Doreni fiel zurück. Weniger als einen Herzschlag langsamer.

Das Maul schloss sich. Barako und Haru wirbelten herum.

Dorenis Oberkörper und Arme ragten aus dem geschlossenen Durchgang heraus. Die spitzen, ineinander verkeilten Zähne zermalmten den Rest. Sein Mund war vor Schreck über den plötzlichen Schmerz offen. In seinen Augen stand noch die Trauer über sein Versagen, über den unerfüllten Schwur.

Noch einmal von schneidendem Abschiedsschmerz durchbohrt kniete Barako sich neben ihn. Sollten die Verluste denn immer so weitergehen? Wie viel mehr würde sie noch ertragen müssen? »Ich werde auch Euch rächen«, versprach sie. »Euch und Eure Familie.«

Sie stand auf und musste sich wieder einmal die Trauer verweigern. Dann ging sie mit Haru zusammen weiter durch die Architektur der Dunkelheit, dem Klang des Gelächters des Oni entgegen.

Kapitel Siebenundzwanzig

Der Turm war aus Hunger errichtet. Er war aus steingewordenem weißem Tod gebaut oder aus Tod gewordenem weißem Stein. Im Inneren war er hohl und von oben bis unten vom Vorbild und der Quelle des Spiralmusters erfüllt. Die Rampen aus Schattenstein wanden sich vom Boden aufwärts bis zur Spitze. Die Gravuren, die Barakos Augen so gequält hatten, waren blasse Imitationen davon. Die komplexen Strukturen drehten sich umeinander. Netzartige Strähnen verbanden die Linien der Spirale und die ganze Unermesslichkeit ergriff den Blick und den Verstand und trug beides nach oben und immer höher. An der Spitze befand sich eine anhaltende Explosion aus blendender Dunkelheit, umgeben von einem Kranz aus giftigem Grün. Das schwarze Licht, um das sich das grüne wie eine Ranke wand, erstrahlte in einer Säule in der Mitte der Spirale und traf mit einem unendlichen Brüllen auf dem Boden auf. Von dort aus verteilte es Lichtblitze überall im Turm. Und dann nahm die Spirale den Blick wieder auf, trug ihn nach oben und der Zyklus begann von Neuem.

In der Mitte des schwarzen Sturms schien noch ein Licht. Es war hell, golden, hob sich vom Schattenlicht ab und wurde von ihm gequält. Es litt.

Darin befand sich Ochiba.

Barako spürte sie wieder, spürte das Band, das den Tod überdauerte. Im Inneren des Turms konnte der Oni Ochibas Seele nicht mehr vor ihr verbergen.

Sie ist zu stark für dich, du Ungeheuer, dachte Barako. Dieses Triumphgefühl war ebenso schmerzhaft wie der Verlust.

Der Oni hockte auf halber Höhe der Spirale. Er sah sie an, blickte ihr direkt in die Augen. Sein Gelächter galt ihr, nicht Doreni.

Der Oni verfügte wieder über all seine Gliedmaßen. Ein Nimbus aus grünem Licht umgab ihn und tauchte seine blasse Haut in die Farbe fauligen Todes. Ein flackernder Lichtstrahl ging von der goldenen Mitte der Dunkelheit aus und erreichte die wiederhergestellte Handfläche. Er nährte sich von Ochiba, benutzte ihre Seele dazu, sich zu heilen.

Der Oni hatte Ochiba nicht vor Barako verborgen. Er hatte sie gezwungen, aufzuschreien.

»Endlich bist du gekommen!«, dröhnte der Oni triumphierend.

•

Sobald er die Schwelle überschritten hatte, erinnerte sich Haru. Er sah die Szenen seiner Qualen wieder vor sich und alles kam zu ihm zurück. Er erinnerte sich, von Händen mit Klauen so lang wie sein Unterarm gepackt worden zu sein. Er erinnerte sich an das Zusammenspiel der Lichter. Der Oni hatte ihn in das grausame Grün geworfen, das ätzende Grün. Er war in einem Schwebezustand zwischen Leben und Tod gefangen gewesen. Das schwarze Licht stellte die endgültige Leere dar. Hätte der Oni ihn dort hineingeworfen, wäre er gestorben. Stattdessen war er in diesem Zwischenstadium gefangen gewesen, von der Zeitlosigkeit der Stadt erfasst. Die Zeit war stehen geblieben und doch hatte sich eine Ewigkeit vor ihm ausgebreitet, ein qualvoller Augenblick nach dem anderen.

Er hatte geschrien. Erst um Hilfe, dann um Gnade, schließlich nach dem Tod. Ewig hatte er geschrien und plötzlich hatte Ochiba ihn herausgezogen.

Aber er war nur der Köder gewesen.

Der Oni hatte Ochiba gepackt und viel tiefer ins Licht gestoßen, in die Schwärze. Er hatte ihren Körper übernommen und ihre Seele zu seinem Vergnügen gefangen gehalten.

An all das erinnerte er sich jetzt und bei dem Gedanken, warum der Oni ihm erlaubt hatte, zurückzukehren, drehte sich ihm vor Angst der Magen um.

Vor ihm setzte die riesige, in ihre Rüstung gehüllte Gestalt Barakos einen Fuß auf die Spirale aus Schattenstein und begann den Aufstieg. Er folgte ihr.

Der Oni betrachtete ihn und sein Ochiba-Gesicht zuckte amüsiert. *»Ihr kommt freiwillig hierher?«* Er lachte wieder und sprang von einem Bogen der Spirale zum nächsten. *»Der Mut der Unwissenheit, schätze ich. Diese Stadt war mein Gefängnis. Jetzt wird sie zu eurem werden, wie sie es für so viele eurer Art schon ist. Ich kann mich gar nicht mehr erinnern, was mich hierhergerufen hat. Ich wurde für ewige Zeiten hier festgehalten. Genug, um mir die Stadt der Hungrigen Nacht zu eigen zu machen. Die Stadt hört auf mich. Dass ihr uns herausfordert, bedeutet, dass eure Unwissenheit mit Arroganz gepaart ist.«* Der schlangenartige Hals schnellte in Barakos Richtung. *»Ich habe nicht vergessen, welche Schmerzen ich dir zu verdanken habe.«* Er ballte die Hand zur Faust. Dann schlängelte sich sein Kopf zu Haru herüber. *»Willkommen zurück, Kakeguchi Haru. Zeit, dich an deinen rechtmäßigen Platz zurückzubringen. Es war schade, dich gehen lassen zu müssen, aber es diente einem Zweck, den ich letztendlich doch noch erreichen werde, und du bist für mich nicht länger von Nutzen.«* Er sah wieder zu Barako zurück. *»Und du. Du. Danke, dass du mir dein Gesicht gebracht hast.«*

Barako sprintete los, ließ Haru zurück und stürzte sich auf den Oni.

•

Der Oni kämpfte stumm. Er ließ Angriffe auf Barako herabregnen, versuchte ihr mit seinen riesigen Klauen den Hammer aus der Hand zu schmettern. Sie parierte und stürzte vor, trieb den Oni auf der Spirale höher und höher. Die ineinander verschlungene, verwirrende Konstruktion zerrte an ihren Augenwinkeln und versuchte, ihre Aufmerksamkeit zu erregen. Sie wollte, dass sie sich in der Betrachtung der endlosen Windungen verlor. Die Spirale kämpfte aufseiten des Oni. Barako widerstand ihr und hielt ihre Aufmerksamkeit auf ihn gerichtet. Sie dachte an nichts anderes als an seine Vernichtung. Die Seele ihrer Geliebten war direkt vor ihren Augen und sie wich nicht vom Pfad der Gerechtigkeit ab.

Dass der Oni schwieg, brachte sie auf den Gedanken, dass sie ihn vielleicht mehr unter Druck setzte, als sie gedacht hatte. Dann wehrte sie einen Biss seines Kopfes ab und sah, dass das Ungeheuer immer noch grinste. So konzentriert war sie darauf gewesen, einen Angriff nach dem anderen abzuwehren, und so schnell hintereinander waren sie auf sie niedergeprasselt, dass sie erst jetzt bemerkte, dass der Oni sie nur mit drei seiner Arme angriff. Der vierte, der neue, griff immer wieder nach der Säule aus Licht. Die Hand griff nach dem grünen Glühen, und jedes Mal, wenn sie das tat, schoss ein grüner Blitz die magische Kette hinauf, die den Oni mit Ochibas Seele verband. Und mit jedem Lichtblitz wand sich das goldene Licht vor körperlosem Schmerz.

Der Oni bemerkte ihren Blick. *»Ja, jetzt hast du es erkannt. Unser Duell ist für mich nichts weiter als ein kleiner Zeitvertreib. Ich kann dich niederstrecken und gleichzeitig Ochiba foltern. Und jetzt, da du das erkannt hast, foltert es auch dich. Der Kreis des Leidens dreht sich immer weiter, Schmerz bringt* *neuen Schmerz hervor. Das ist der Hunger der Nacht, der immer verschlingt, immer mehr will. Es wird Zeit, dass du dich ihm ergibst.«*

Barako machte ein paar Schritte rückwärts. Sie sah es, aber sie weigerte sich, es sich einzugestehen. Es sich einzugestehen hätte bedeutet, geschwächt zu werden und der Vernichtung ein Stück näher zu kommen.

Aber sie sah alles und konzentrierte sich nur auf das, was ihr nützlich erschien. Wenn der Oni die Hand nach dem Licht ausstreckte, griff er nie ganz hinein. Seine Hand berührte nie das schwarze Licht, immer nur das grüne.

Der Oni stakste auf sie zu und sie wich schnell zurück, aus der Reichweite seiner Angriffe heraus. Noch ein Dutzend weitere Schritte wich sie zurück und widerstand den Zuckungen des Schattensteins unter ihren Füßen. Dann blieb sie reglos stehen.

Der Oni fauchte und sprang.

Barako war bereit. Die wenigen Sekunden Pause hatten es ihr ermöglicht, sich zu sammeln und sich der Leere zu öffnen. Der Oni und seine Stadt repräsentierten den Tod der Zeit. Barako repräsentierte die Zukunft mit all ihren noch nicht Gestalt gewordenen Möglichkeiten. Der Oni griff an, wie er sie immer angegriffen hatte. Er verfiel leicht in ein repetitives Muster, denn hier in der Stadt der Hungrigen Nacht gab es nichts anderes. Seine Schläge waren schnell und mächtig. Sie konnten Stein zerschlagen und Haut von Knochen reißen. Sie begegneten Barakos Abwehr, aber die Abwehr war eine Täuschung. Sie parierte die schlimmsten Schläge, nahm den Schmerz der restlichen hin und ihre Parade wurde zum Beginn ihres Gegenangriffs. Sie schlug zu wie die Leere, die aus der Gegenwart hinaus in die Möglichkeiten der Zukunft überfloss, Möglichkeiten, die alle in diesem einen, bestimmten Moment zusammenkamen, als ihr Hammer auf die rechte Schulter des

Oni prallte. Die unnatürliche Haut brannte. Die gestohlenen Knochen darunter splitterten. Der Oni heulte, sein Arm hing schlaff herab und die Verbindung zwischen ihm und Ochiba erlosch mit einem Flackern.

Der Oni fauchte. Der Kiefer, der einst Ochibas gewesen war, klappte weit auf und das Monster brüllte wütend. Dann griff es an, warf sein ganzes Gewicht gegen Barako. Sie stemmte sich gegen den Angriff, aber es war, als wollte sie einen Erdrutsch aufhalten. Der Oni schob sie beide über die Kante der Spirale und sie stürzten auf den Boden des Turms.

•

Bevor er sie erreichen konnte, fielen Barako und der Oni an Haru vorbei. Barako kam mit einem Krachen ihrer schweren Rüstung auf dem Boden auf. Sie versuchte aufzustehen, aber der Oni landete auf den Füßen und griff an. Sie hatte ihren Hammer in der Hand behalten und wehrte die Angriffe ab, aber es gelang ihr nicht, sich zu erheben.

Der Oni schrie vor Wut und Triumph. Er würde nicht müde werden. Sie schon.

Haru machte sich an den Abstieg, blieb aber nach zwei Schritten stehen. Er wusste, was passieren würde. Es war unvermeidlich, dass der Oni Barako besiegte. Dann würde sein Ende kommen. Er wusste ja, dass er keine Hilfe sein würde.

Triff die richtige Entscheidung. Dieses eine Mal wähle den richtigen Weg.

Der einzige andere Weg war der nach oben. Wo sich Ochibas Seele in Qualen wand.

Diese Qualen sind deine Schuld. Ihr Tod ist deine Schuld. Sie ist für nichts gestorben.

Er sah eine Möglichkeit, es wiedergutzumachen.

Haru sprintete die Spirale hinauf. Dabei sah er auf den Kampf unter sich. Er brauchte Zeit. Wenn Barako während der nächsten Sekunden fiel, waren sie alle verloren. Aber sie hielt den Oni in Schach und der Dämon begann wieder zu lachen. Er hatte seine Beute am Haken und genoss ihre langsame Niederlage.

Also rannte Haru. Er warf sich in die Umarmung der Spirale und sie hieß ihn willkommen. Sie bog sich und schob ihn weiter nach oben, denn sie war aus Nacht gemacht und sie war hungrig und sie schob ihn in ihr Zentrum, wo alles enthüllt wurde und alles endete. Haru rannte und er lachte jetzt, lachte vor Freude. Er sah das Muster des Schicksals vor sich und wie man es zeichnen musste und wie er dieses Muster vervollständigen konnte.

Als er das obere Ende erreichte, sprintete er verzückt und ohne zu zögern dorthin, wo die Spirale endete, an die Stelle, wo die Explosion aus schwarzem Licht sich im grünen Licht verbarg, und zu der goldenen Seele, die im schwarzen Licht gefangen war. Als er das Ende erreichte und sprang, dehnte sich die Zeit aus. Der Augenblick seines Endes vervielfältigte sich. Er hatte Zeit, alles zu erkennen und zu verstehen, und schließlich lachte er vor Dankbarkeit. Er sprang an der grünen Zwischenwelt vorbei, die ihn wieder zu ihrem Gefangenen machen wollte, durchdrang sie, denn er war gesprungen, um die Endgültigkeit des schwarzen Lichts zu erreichen. Er tat es aus eigenem Antrieb und mit Freuden, denn er tat es aus Liebe und um einer anderen Liebe willen. Er tat es mit Freuden, denn er handelte aus wahrer Selbstlosigkeit heraus, für die Familie, für den Klan und für Rokugan. Er tat es mit Freuden, denn er wusste, dass es eine ehrenvolle Tat war.

Und in der Vielzahl der Möglichkeitsfragmente, die zwischen der Zeit und ihrer Abwesenheit schwebten, als er noch zu dieser Welt gehörte und die nächste schon berührte, griff Ochiba aus der Dunkelheit heraus nach ihm.

Sie wurden eins.

Der lebende Samurai am Ende seines Lebens und der tote, der durch ihn noch einmal zurückkam, um denselben letzten Moment zu nutzen.

Und sie schlugen zu.

•

Goldenes Licht flammte über ihnen auf. Der Blitz schlug im Rücken des Oni ein und das Wesen aus dem Jigoku stieß einen so lauten Schrei des Schmerzes und der Überraschung aus, dass die Spirale aus Schattenstein erbebte. Er stolperte, verlor das Gleichgewicht, ließ von Barako ab und wich in Richtung der Lichtsäule zurück.

Barako stand auf. *Ochiba*, dachte sie. *Ochiba, Ochiba, Ochiba.* Der Name war ihr Antrieb und ihr Segen. »Herr Hida«, rief sie aus, »schenke ihr Gerechtigkeit!« Sie brannte vor Wut und Trauer und Liebe und mit diesem Feuer griff sie an. Sie schlug zu wie Feuer und ihr Hammer prallte links und rechts auf den Oni und brach ihm die Arme.

Der Oni zischte und Ochibas monströs verzerrter Kopf schnellte herab, die Zähne gefletscht, um nach Barakos Kehle zu schnappen.

Aber sie wusste, dass es nicht Ochiba war. Dieses Zerrbild funktionierte nicht mehr, denn Ochiba war hier bei ihr gewesen, hatte einmal mehr an ihrer Seite gekämpft, war der Blitz gewesen, der dem Donner vorausging.

Und Barako stieß den Jadedolch in den Hals des Oni.

Reinigende Flammen schossen aus der Wunde und verbrannten das Fleisch. Sie fraßen die körperliche Gestalt des Oni auf. Er wedelte mit den gebrochenen Armen und versuchte, sich den Dolch aus dem Körper zu ziehen. Vor Schmerz sah er auf und als Barako gegen ihn anstürmte und den Oni mit ihrem ganzen Gewicht rammte, sah sie Angst in diesen unmenschlichen Augen.

Endlich. Endlich Angst.

Sie trieb den Oni zurück und mit einer Stärke, mit der sie die Unermesslichkeit ihres Verlusts zum Ausdruck brachte, schleuderte sie das Ungeheuer in die Lichtsäule. Der Oni fiel durch die grüne Zwischenwelt hindurch und geradewegs in das schwarze Licht, das das Ende bedeutete.

Seine körperliche Gestalt wurde in die dunkle Energie des Todes gezogen.

War das, was Barako blendete, eine Explosion? Es war ein Licht, ein blendendes Licht, das die ganze Welt ausfüllte. Aber kein Geräusch war zu hören, es sei denn, die Erschütterung war so groß, dass das menschliche Ohr sie nicht wahrnehmen konnte. Barako schloss die Augen gegen das Licht, sah es aber dennoch. Das Licht vertrieb die Zeit. Sie war im Augenblick der Zerstörung oder der Schöpfung gefangen, sie wusste es nicht.

Das Licht ließ nicht nach. Es endete einfach. Sie konnte nichts sehen, nichts hören, nichts wahrnehmen außer dieser Intensität. Und dann stand sie wieder auf dem Boden des Turms. Die Säule aus Licht war verschwunden. Der Oni war verschwunden. Barako sah nach oben. Alle Macht, die den Turm erfüllt hatte, war verschwunden.

Auch Ochiba war weg.

Barako konnte etwas erkennen, weil Tageslicht durch den offenen Durchgang des Turms hereinströmte.

Sie blinzelte und schwankte unsicher auf den Beinen.

Es ist vorbei. Der Krieg ist vorüber.

All die Emotionen, die sie zurückgehalten hatte, drängten jetzt gegen die Wände ihres Gefängnisses. Sie musste weitermachen oder sie würden alle auf einmal hervorbrechen.

Haru lag in der Mitte des Raums. Er musste von der Spitze des Turms herabgestürzt sein. Sein Körper war zerschmettert, ein schlaffer Sack voller gebrochener Knochen. Sie hockte sich neben ihn und betrachtete seinen glücklichen Gesichtsausdruck.

»Ich vergebe Euch …«, begann sie. Dann hielt sie inne, nicht sicher, wer von wem Vergebung brauchte.

Im offenen Durchgang lag Dorenis Körper, in zwei Stücke zerteilt. »Ich hoffe, Ihr habt Frieden gefunden«, sagte sie. »Wir haben Gerechtigkeit über die Stadt der Hungrigen Nacht gebracht. Die Burg der Morgenröte ist sicher. Und Ihr habt gut gekämpft.«

Die Worte waren schwach und unzulänglich.

Barako ging aus dem Turm hinaus in die erwachende Stadt.

Hier war es später Nachmittag, wie es sein sollte. Der ewige, unveränderliche Mond war verschwunden. Die Wolken hatten sich verzogen und es fiel kein Schnee. Die Sonne schien durch die kalte Luft auf die Ruinen, die jetzt bloß noch Ruinen waren. Sie waren dunkel, makelbehaftet, aber sie waren keine Feinde mehr.

Die einzigen Schatten waren ihre eigenen.

In der Entfernung vernahm sie den Klang menschlicher Stimmen, die jubelten. Ihre Kompanie. Die Samurai waren sicher auf dem Weg.

Sie würde hier auf sie warten. Bis dahin hatte sie Zeit, sich der Gesellschaft des Verlusts hinzugeben.

•

Danksagungen

Es war mir eine aufregende Freude, dieses Buch zu schreiben, und ich möchte den Leuten, die diese Erfahrung so großartig gemacht haben, einige Worte des Dankes aussprechen. Also, danke an Marc Gascoigne, Lottie Llewelyn-Wells, Nick Tyler, Anjuli Smith und alle bei Aconyte Books, dass sie mich in ihren Kreis aufgenommen haben. Du meine Güte, war das ein Spaß, und ich kann unseren nächsten Streich kaum erwarten. Mein besonderer Dank gilt Lottie, die mich überhaupt erst eingeladen hat, mich der Aconyte-Party anzuschließen, und für ihre superbe Begleitung im Lektorat von *Der Fluch der Ehre* vom ersten Entwurf bis zum fertigen Manuskript. Es war ein Privileg, mit ihr zusammenzuarbeiten und von ihr zu lernen.

Danke auch an Fantasy Flight Games für ihre Anleitung und dafür, dass sie mich in ihrer fabelhaften Welt haben spielen lassen. Besonders danke ich hier Katrina Ostrander für ihre wertvollen Tipps und Rückmeldungen.

In meinem Heim möchte ich meinen Stiefkindern Kelan und Veronica danken. Ihr lasst mich ehrlich bleiben, lasst mich lachen, lasst mich fröhlich sein.

Nicht zuletzt gilt mein Dank, mein *ewiger* Dank, meiner Ehefrau und Partnerin Margaux Watt. Das Glück, das ich in Fantasiewelten haben kann, hat seinen Ursprung immer in dem Glück, das wir während unserer gemeinsamen Abenteuer in der wahren Welt erleben.

DESCENT
JOURNEYS IN THE DARK
DIE VERDAMMUNG VON FALBHAIN
Eine neue Finsternis bedroht die Lande von Terrinoth
ROBBIE MACNIVEN

Ein grandioses Weltraumepos zu dem Strategie-Brettspiel Twilight Imperium

NOVEMBER 2021

Twilight Imperium 1: ZERBROCHENE LEERE

von Tim Pratt

Paperback mit Klappen | ca. 352 Seiten

ISBN 978-3-96658-615-3 | **€ 15,— (D)**

Weitere Informationen auf www.cross-cult.de

cross cult